# E SE A GENTE TENTASSE?

# BECKY ALBERTALLI
# & ADAM SILVERA

# E SE
# A GENTE
# TENTASSE?

TRADUÇÃO DE CARLOS CÉSAR DA SILVA

Copyright © 2021 by Becky Albertalli e Adam Silvera
Publicado mediante acordo com os autores e BAROR INTERNATIONAL, INC., Armonk, Nova York, Estados Unidos.

TÍTULO ORIGINAL
Here's to Us

PREPARAÇÃO
Bruna Miranda

REVISÃO
Theo Araújo
Thaís Carvas
Thais Entriel

DIAGRAMAÇÃO
Ilustrarte Design e Produção Editorial

IMAGENS DE MIOLO
@Shutterstock / art-of-sun

ARTE DE CAPA
© 2021 by Jeff Östberg

DESIGN DE CAPA
Erin Fitzsimmons e Alison Donalty

ADAPTAÇÃO DE CAPA
Anderson Junqueira

CIP-BRASIL. CATALOGAÇÃO NA PUBLICAÇÃO
SINDICATO NACIONAL DOS EDITORES DE LIVROS, RJ

A289e

    Albertalli, Becky, 1982-
      E se a gente tentasse? / Becky Albertalli, Adam Silvera ; tradução de Carlos César da Silva. - 1. ed. - Rio de Janeiro : Intrínseca, 2022.
      368 p. ; 21 cm.

    Tradução de: Here's to Us
    Sequência de: E se fosse a gente?
    ISBN 978-65-5560-437-5

    1. Romance americano. I. Silvera, Adam. II. Silva, Carlos César da. III. Título.

22-77116

CDD: 813
CDU: 82-31(73)

Meri Gleice Rodrigues de Souza - Bibliotecária - CRB-7/6439

[2022]
*Todos os direitos desta edição reservados à*
Editora Intrínseca Ltda.
Rua Marquês de São Vicente, 99, 6º andar
22451-041 – Gávea
Rio de Janeiro – RJ
Tel./Fax: (21) 3206-7400
www.intrinseca.com.br

Para David Arnold e Jasmine Warga,
as primeiras estrelas do nosso universo em expansão.

**PARTE UM**

# Limpar a lousa e recomeçar…

# BEN

Sábado, 16 de maio

E SE FOR PARA SER?

Essa pergunta surge em minha mente toda vez que penso nele.

Sinto como se estivesse perdido há muito tempo, como uma caixa que teve a etiqueta de envio retirada durante o trajeto para o destinatário. Mas acho que finalmente alguém me encontrou.

Ele cortou a fita adesiva grossa da caixa e a abriu.

Do lado de fora, tem luz e ar.

Mensagens de bom-dia e noites juntos.

Conversas em espanhol e beijos.

Mario Colón.

Quando eu estava prestes a entrar na estação, Mario me mandou uma selfie na cadeira do dentista. Ele está usando camiseta branca e macacão jeans com uma alça solta, como se fosse a versão porto-riquenha do Super Mario que o mundo merece. Sua pele é lisa porque pelo visto ele não tem pelos no corpo, algo que o chateia às vezes, já que imagina que ficaria ótimo se tivesse a barba do Lin-Manuel Miranda. Seu cabelo escuro é cacheado, e a luz forte do consultório realça o brilho de seus olhos castanhos. Consigo ver sua língua no canto da boca, e mesmo quando ele faz gracinha, quero beijá-lo, como na primeira vez que fizemos o trabalho de escrita criativa juntos.

E em todas as cinquenta vezes depois disso.

Inseguro, rolo a conversa para analisar a foto que enviei para ele. Sempre tiro dezenas de selfies antes de encontrar uma digna de mandar para o Mario, já que ele é, com toda certeza, muita areia para o meu caminhãozinho, mas dessa vez precisei ser rápido porque o metrô já estava chegando. Segurei o celular acima da cabeça, checando se dava para ver a camiseta que ele tinha feito para mim. Quando Mario se formou no ensino médio, ele ganhou dos pais uma impressora para tecido e outros materiais, porque queria dar um charme extra às roupas. Semana passada, ele me surpreendeu com camisetas de *A Guerra do Mago Perverso* que têm o mesmo *lettering* da capa que Samantha criou para eu usar no Wattpad. Foi um presente muito especial. Até comecei a julgar a mim e as minhas fotos bem menos.

Mario e eu nos conhecemos no primeiro semestre da faculdade, na aula de escrita criativa. De primeira, podia jurar que ele seria um cara que faz o tipo Escritor de Ficção Muito Sério ou um ótimo autor de poesia *slam*. Acabou que ele não era nem uma coisa nem outra. Mario é roteirista e está na ativa desde que tinha onze anos, o que muitas vezes lhe trouxe problemas no ensino fundamental por fazer seus deveres de casa como se fossem roteiros de uma série de TV.

Ele foi a primeira pessoa que chamou minha atenção depois do término com meu ex-namorado, Arthur. Eu reparava quando Mario não aparecia nas aulas, admirava o quanto ele ficava bonito de macacão e gostava muito das golas altas que usava no inverno. Além disso, ele era confiante sobre a própria escrita de uma maneira que eu não conseguia entender — sempre orgulhoso, mas nunca convencido.

Na época, ainda havia muitos *e se?* na minha cabeça a respeito do Arthur para que eu sequer cogitasse me aproximar dele.

Agora os *e se?* são sobre Mario.

*E se a gente se tornar namorados de verdade em vez de só amigos que se beijam e passam muito tempo juntos?*

Estou indo ao Central Park encontrar meu melhor amigo, Dylan, e sua namorada, Samantha. É a primeira vez que vou ver os dois desde as festas de fim de ano, já que eles ficaram na faculdade no recesso de primavera. Era para a gente ter passado a noite de ontem jogando videogame, mas Dylan estava cansado da viagem, principalmente por causa da mudança de fuso horário, ainda que a diferença entre Chicago e Nova York seja de apenas uma hora. Deixei pra lá, porque Dylan sempre foi dramático assim mesmo.

Passo o resto da viagem de metrô escrevendo ideias num caderninho para o próximo capítulo do meu livro de fantasia, *A Guerra do Mago Perverso*. Terminei o rascunho dele há bastante tempo, mas percebi que a história estava confusa. Muitos momentos empolgantes estavam sendo deixados de lado porque poderiam aparecer em continuações que talvez nunca saíssem do papel, e todos os personagens inspirados em meus amigos e ex-namorados precisavam ser mais desenvolvidos e acessíveis para pessoas de fora da minha bolha.

Meu pensamento eterno: escrever é difícil.

Mario me perguntou uma vez se existe algo que eu já quis fazer além de escrever. A escrita é a única coisa na qual sou bom. Mesmo se algum outro sonho surgisse, não sei o que faria sem todo o carinho que meus amigos e desconhecidos têm pelos meus magos perversos. Arthur falava sobre os personagens como se eles fossem nossos amigos. E Dylan ama tanto a história que sonha com um bar drag na vida real, onde drag queens usam fantasias de criaturas fantásticas, como elfos e trolls. E eu nunca demonstrei o menor interesse nisso.

Adoro me conectar com as pessoas por meio das palavras.

E amo me conectar com Mario pelas palavras, tanto em inglês quanto em espanhol.

Ele é um porto-riquenho que passa tranquilamente por branco, assim como eu, mas os pais dele, ao contrário dos meus, optaram por uma criação bilíngue. Mario incorpora bastante o espanhol aos seus roteiros e disse que torce para que nenhum estúdio o obrigue a traduzir esses trechos para o público; ele queria que as pessoas tivessem que se esforçar para entender, assim como os pais dele fizeram na juventude. A forma como Mario pensa me inspirou a me dedicar mais — e quase gritei "¡*Sí, por favor!*" quando ele se ofereceu para ser meu professor particular.

Estou muito animado para vê-lo.

Vou precisar dividir minha atenção quando encontrar Dylan e Samantha, já que Mario também vai estar com a gente. Ele não é meu namorado, mas também é mais que um simples amigo. As coisas são muito confusas nessas circunstâncias. Tipo quando acordo pensando nele e quero desejar bom-dia, de um jeito casual, mas então percebo que às vezes isso pode soar íntimo demais. Ou quando fico pensando em qual seria o melhor jeito de apresentá--lo aos meus amigos, apesar de eles saberem como lidamos com nosso relacionamento. Ou mesmo a forma como palavras tipo "relacionamento" podem parecer fortes demais, meio deslocadas se comparadas a um namoro.

Sei lá. Esse é um problema para o Ben-do-Futuro.

Mas preciso tirar o rosto lindo do Mario da cabeça, porque estou quase perdendo minha parada. Dou um salto do banco e corro para a plataforma quando as portas estão prestes a se fechar. Não posso chegar atrasado de jeito nenhum. Não me atraso mais. Na aula de escrita criativa, a sra. García chamaria isso de "amadurecimento de personagem".

Deixo a estação e ando até a entrada oeste do Central Park, na rua Setenta e Dois. Não demoro a encontrar Dylan e Samantha. Eles estão em um banco, fazendo aquela brincadeira de olhar nos olhos um do outro e dar um tapa nas mãos da outra pessoa antes que ela possa tirá-las.

Samantha bate nas mãos de Dylan.

— Peguei você! Quatro a um. Você é péssimo.

— Ei — digo e dou a volta no banco —, posso participar também?

Dylan sorri.

— Sempre tem espaço para você na nossa cama.

— Não falei nada sobre a sua cama. Eu…

Dylan me manda ficar quieto enquanto se levanta e me puxa para um abraço, dando tapinhas no topo da minha cabeça.

— Senti saudade, cara.

— Também senti. E já não aguento mais você — digo com um sorriso.

O cabelo do Dylan cresceu a ponto de ele finalmente conseguir fazer o coque que tanto queria e que fica ótimo nele — e se você perguntar, ele vai dizer que é a única pessoa que consegue ficar estilosa com esse penteado. Está arrasando com uma camiseta nova da Kool Koffee e calça jeans azul.

— Tem um café bonitinho por aqui. Se prepare para beber todos os *shots* de *espresso*, meu grãozinho de café. Benzinho de café? Grãozinho de Ben?

— Voto em nenhuma das alternativas — diz Samantha.

A mistura de azul e verde dos olhos dela me surpreende tanto quanto da primeira vez que a vi atrás do balcão da Kool Koffee. Seu cabelo escuro está preso em uma coroa de tranças digna de uma imagem do Pinterest que eu deveria incluir na coleção de referências para o meu livro. Ela está usando camiseta azul-marinho por dentro de um short branco, e tem uma chave prata pendurada no pescoço.

— Oi, Ben — diz ela, me puxando para um abraço.

Estou aliviado que Dylan não a transformou em alguém que me dá apelidos.

— Bem-vindos de volta, gente.

Samantha arregala os olhos quando vê minha camiseta.

— Ai, minhas deusas gregas, amei!

Dylan também sorri.

— Aqueles magos perversos vão magicar tanto um dia.

Fiz várias mudanças na história desde que Dylan leu o livro no verão passado, antes da faculdade começar, mas o apoio dele nunca diminuiu. De vez em quando, recebo mensagem do meu amigo perguntando como está o duque Dill, personagem que criei baseado nele. Dylan tem tentado me incentivar a procurar um agente literário, mas de uns tempos para cá, me tornei perfeccionista.

Não quero decepcionar ninguém.

Esse carinho é o tipo de pressão que me deixa ansioso.

— Quero uma camiseta dessa também — comenta Samantha, sentindo o tecido da manga. — Foi você que fez?

— Mario me deu de presente — respondo.

— Super Mario! — diz Dylan. — Espero que ele não esteja cansado desse apelido, porque você sabe que vou ser obrigado a chamar ele assim.

— Ele ama, na verdade.

É o tipo de coisa que me incomodaria depois de um tempo, mas não é assim com o Mario. O mais bravo que já o vi ficar foi quando nosso colega de turma, Spikey, fez críticas pesadas ao roteiro dele. No fim, Mario só deixou pra lá porque Spikey estava com sangue nos olhos depois de a sra. García ter chamado o conto dele sobre a Guerra Civil de "historicamente impossível" e a turma toda rir.

— Mas e aí, quando o Super Mario vai surgir de um cano? — pergunta Dylan.

— Já, já. Ele está vindo do dentista. Vocês vão ter que me aguentar até lá.

— Fantástico — diz Samantha, entrelaçando o braço no meu, e começamos a andar pelo Central Park. — As coisas estão fluindo com ele?

— Acho que sim.

Me sinto meio bobo falando do Mario com Samantha e Dylan. O relacionamento deles não é confuso como o meu. Por outro lado, Mario e eu somos como um ponto de interrogação junto de uma exclamação — incertos e eufóricos.

— Precisamos arrumar um nome de casal para vocês — diz Dylan. — Acho que "Bario" fica legal, mas "Men" é a pura perfeição. "Homens", sacou? Porque vocês dois são...

— Como foi o jantar? — interrompo, me virando para Samantha.

— Ótimo corte — diz ela. — Foi divertido. Obrigada por perguntar. Acho que compensamos o Natal.

Os pais da Samantha gostam mesmo do Dylan, mas quando descobriram que a filha estava dividindo o quarto com ele em Chicago, deu merda.

— Dylan até que se comportou. Bom, mais que de costume, pelo menos — diz Samantha. — Desculpa de novo por a gente ter cancelado a ida ao *escape room*.

— Não se preocupe. Temos o verão inteiro.

Dylan coloca os braços ao redor dos meus ombros.

— Big Ben, sabemos que a ida ao *escape room* faz parte do seu grande plano para ficar trancado em um quarto comigo por uma hora. Não precisa arrumar desculpa, viu?

— Cara, sua namorada está aqui.

— Ai, é um favor que você me faz — diz ela.

Dylan dá uma piscadinha para mim.

— Viu só? A patroa está de boa.

Paro na barraquinha de pretzel porque mais cedo só dei uma única mordida em um bagel torrado com geleia que minha mãe fez quando eu já estava saindo de casa. No jeitinho Ben Alejo de ser, derrubei o lanche nos trilhos da estação ao tirar a selfie para Mario, e um rato saiu correndo com meu café da manhã. Se eu ligasse um pouco para o TikTok, provavelmente teria viralizado.

— Vocês querem um? — pergunto.

— Me entupi de frutas — diz Samantha. — Dylan comeu o que sobrou do pato assado no café da manhã.

— Shhh — responde Dylan. — Tem patos no parque.

— Você acha que eles vão atacar?

— Um ataque de dar pena, sim.

Samantha balança a cabeça.

— Por que eu… por que eu *estou* com você?

— Porque a Máquina Mor-Dy-fera é irresistível.

— Menos, cara — digo.

— E isso é só como me refiro a mim mesmo. Espera até ouvir como chamo meu…

Samantha coloca a mão sobre a boca dele. Uma heroína da vida real.

— Dylan, você quer café?

Ele olha ao redor.

— De onde?

Aponto para a barraquinha de pretzel.

— Muito fofo, Ben. Você sabe que não vou beber esse café ruim. — Dylan se vira para o vendedor. — Sem ofensas, bom senhor, mas com muita ofensa aos idiotas que abasteceram seu negócio com essa porcaria.

O vendedor olha para Dylan como se ele estivesse falando outra língua.

— Você já está elétrico demais, de qualquer forma — digo.

— Antes de encontrar você, fizemos um esquenta com um *espresso* duplo da Dream & Bean.

— Pato assado e café logo de manhã. Por que não estou surpreso?

— Pare de agir como se não me conhecesse.

Eu o conheço muito bem. Somos melhores amigos desde o começo do ensino fundamental. Se bem que, quando Dylan se mudou por causa da faculdade, a distância afetou nossa amizade.

— Acho bom você não ficar doido de cafeína antes do almoço com o Patrick — avisa Samantha.

— Patrick — repete Dylan e cospe no chão. — Arrume amigos melhores, amor. Você está vendo o Ben falando, falando e falando sobre nadar com golfinhos e abraçar macacos?

— Eu não falo sobre nenhuma dessas coisas — comento.

— Nem o Patrick — responde Samantha, me olhando de soslaio. — Ele tirou um ano de férias para viajar com o primo antes de ir para a universidade.

Um ano de férias me parece ótimo. *Anos* de férias seria melhor ainda.

— Vem almoçar com a gente, Ben. Você vai ver o quanto esse cara é exagerado.

— Você está mesmo chamando alguém de exagerado, D?

— Para você ter noção do quanto ele é fora do comum!

— Não dá. Preciso trabalhar mais tarde.

— Fala para o seu chefe que a realeza está de visita.

— Você sabe que eu não posso.

Meu chefe é meu pai. Ele foi promovido a gerente na Duane Reade no fim do ano passado. Fui contratado em abril para trabalhar no caixa e ajudar a abastecer as prateleiras. Começar em um emprego de meio período pouco antes das provas finais só deixou as aulas mais difíceis, mas meus pais não aliviaram as coisas para mim, já que trabalhavam em período integral quando estavam na faculdade.

— Numa próxima você conhece o Patrick, então — diz Samantha. — Ele vai ficar aqui por dois meses. Talvez a gente possa ir ao *escape room* juntos.

— Você não vai me trancar com Patrick por uma hora — avisa Dylan.

— É um incentivo para você resolver os enigmas ainda mais rápido. — Samantha me cutuca com o braço, brincando. — A gente pode chamar o Mario também!

— Pode ser.

Meu celular vibra.

— Falando no Super Mario. — Leio a mensagem dele dizendo que já está vindo. — Ele está chegando. É melhor ficarmos parados em algum lugar para ele achar a gente, né?

Dylan olha ao redor e aponta para o terraço do Castelo Belvedere. Aquele lugar sempre me pareceu ter sido tirado de um livro de fantasia e colocado no meio do Central Park.

— Fala para o seu namorado que vamos esperar ali.

— Ele não é meu namorado.

— Ainda.

Isso é engraçado, porque a última vez que Dylan e eu estivemos no Belvedere foi pouco depois de eu ter conhecido Arthur na agência dos correios. A gente não conseguiu descobrir o nome um do outro antes de um flash mob nos separar, mas eu não parava de pensar nele, então Samantha deu uma de Nancy Drew investigando alguns detalhes da minha conversa com Arthur para descobrir o melhor jeito de localizá-lo. Ela ficou sabendo de um encontro para alunos de Yale que aconteceria no Castelo Belvedere, e já que Arthur tinha mencionado que queria estudar lá, tentei a sorte. Dylan decidiu que precisávamos de codinomes pretensiosos para ir ao evento e escolheu Digby Whitaker. Só me lembro disso porque acabei dando esse nome para um personagem com perfil acadêmico em *AGMP*.

Vim aqui procurar um garoto dois anos atrás, e agora marquei de encontrar outra pessoa no mesmo lugar.

Sem sequer um olhar, a mão de Dylan acha a de Samantha e eles sobem as escadas juntos.

Andar de mãos dadas é um ato simples, eu sei, mas é muito legal ver um casal que namora há dois anos e ainda gosta um do outro — ou melhor, ainda *se ama*. Isso nunca aconteceu comigo. Me dá esperança de que alguém vai sentir o mesmo por mim um dia.

Quando chegamos ao terraço, levamos um susto. Normalmente é bem tranquilo aqui. Na maioria das vezes, tem só algumas pessoas posando para fotos com o parque ao fundo, mas hoje tem um casamento acontecendo. É uma cerimônia íntima, só com algumas dezenas de pessoas vestidas de maneira casual e uma banda tocando baixinho uma versão instrumental de "Marry You", do Bruno Mars. Estou prestes a arrastar Dylan e Samantha para longe, para não acabarmos saindo nas fotos do evento, quando a noiva começa a caminhar até o altar.

Fico em choque.

Acho que conheço a noiva...

Quando conheci Arthur nos correios, o flash mob que nos separou era, na verdade, um pedido de casamento para a atendente que estava me ajudando a enviar as coisas do meu primeiro ex-namorado, Hudson. Ficou muito caro, e ela não foi muito solidária. Mas agora ela está deslumbrante com uma seda preta enrolada no ombro por cima do vestido branco simples, sorrindo com um grande piercing no lábio.

Primeiro o Castelo Belvedere e agora a moça daquele dia. É como se o universo estivesse fazendo o nome de Arthur Seuss piscar em um letreiro neon da Broadway.

Não falo com Arthur há meses, mas preciso lhe contar isso.

Pego meu celular e gravo um vídeo curto da noiva andando em direção ao noivo. Dylan e Samantha se abraçam enquanto assistem. Abro a conversa com Arthur — a última mensagem que recebi dele foi no meu aniversário, dia 7 de abril. Não respondi porque, então... é. Não tive coragem na época, porque tudo estava dando certo para ele com o novo namorado, e eu não queria ter que fingir que meu aniversário estava sendo um dia bom. Mas eu deveria ter dito algo, pois agora vai ser esquisito falar alguma coisa.

É como se a gente não se conhecesse mais.

Abro o Instagram, rede social em que o perfil dele está silenciado pelo bem da minha sanidade. Doía demais entrar no aplicativo e ver fotos do Arthur Feliz e do Mikey Feliz sendo Arthur-e-Mikey Felizes Juntos. Eu precisava me dar um espaço; a vida já estava estressante o suficiente com a faculdade, a sensação de estar preso em casa e o fato de me sentir sozinho sem Dylan ou um namorado.

Abrir o perfil de Arthur é como arrancar um Band-Aid.

Os olhos azuis dele estão mais bonitos do que nunca na foto de perfil. As fotos mais recentes do feed são de uma caixa em seu quarto no dormitório, uma citação de Stacey Abrams ("Não importa onde a gente termine, estamos maiores do que quando começamos"), um #TBT de um Arthur mais novo com a mãe, e Arthur e Mikey segurando uma *Playbill*, uma revistinha para fãs de dramaturgia, no teatro da universidade — o que faz o sangue pulsar em minha cabeça. E então sinto um aperto no peito quando vejo uma selfie de Arthur segurando o cartão-postal do Central Park que eu lhe dei quando nos despedimos dois verões atrás; no verso, escrevi uma cena de sexo entre nossos personagens de *A Guerra do Mago Perverso*, Ben-Jamin e rei Arturo, para só ele ler.

Por que ele publicou uma foto com aquilo?

Leio a postagem:

*A próxima parada da turnê de Arthur Seuss — Nova York! 17 de maio.*

Ele vai voltar.

Amanhã.

Ele usou um cartão-postal do nosso passado para anunciar seu futuro.

Tem muitos comentários carinhosos de Mikey, da melhor amiga de Arthur — que se chama Jessie — e da antiga colega de trabalho dele, Namrata.

Sou o único idiota que mora em Nova York e não mostrou empolgação alguma na postagem. Seria estranho se eu curtisse a foto agora. Mas e se esse for o melhor primeiro passo para nos reconectarmos? Conhecendo a nossa sorte, é provável que a gente se esbarre por aí em algum momento. A única vez que Nova York nos manteve separados foi quando eu estava aqui e ele não.

Curto a postagem. E, apesar de estar parado, meu coração acelera como se eu estivesse correndo.

Antes que eu possa fazer um comentário na foto, Dylan arranca o celular da minha mão.

— O amor está no ar, Ben!

— A gente nem consegue ouvir…

— *Sinta* o amor, Ben, *sinta* o amor.

— Na verdade, vi o pedido desse casamento acontecer.

— É sério? — pergunta Samantha.

— No dia em que conheci Arthur. Se lembra daquele flash mob que eu contei? Foi para esses dois.

Durante o caos na agência de correios, eu fui embora. O término com Hudson estava muito recente, e apesar de ter tido uma conversa legal sobre o universo com Arthur, eu não esperava mais nada daquilo. Em momento algum pensei que me apaixonaria pelo garoto que estava usando uma gravata de cachorro-quente.

— Que coincidência você assistir ao casamento deles — diz Samantha.

Está mais para uma conspiração do universo.

— Eles são jovens demais — declaro. — Eles têm, sei lá, uns vinte e poucos anos?

— Noivos há duas primaveras — murmura Samantha, como se tentasse ouvir os votos do casal. — Deve ser sério.

— Meus pais se casaram novos também — comenta Dylan. — Deu certo.

— Sua mãe odeia seu pai — diz Samantha.

— Ela odeia o fato de que ele mastiga de boca aberta, nunca troca o rolo de papel higiênico, mente sobre os impostos que tem que pagar e a acorda de madrugada para contar sobre os sonhos que teve, para não esquecer. Mas ela não o odeia.

Conheço os pais de Dylan — tem ódio envolvido ali, sim. Não acredito que estou presenciando o casamento da Moça dos Correios. Quando eles se beijam no altar, gritamos como se eles fossem velhos amigos nossos, apesar de ela ter sido grosseira comigo. Nunca pensei que esse seria o primeiro casamento a que iria. Talvez eu possa usar isso em uma história um dia.

E, então, tudo fica escuro quando mãos cobrem meus olhos e uma voz familiar diz:

— Adivinha quem é, Ben Hugo Alejo.

— Alguém bastante Super — respondo.

Mario abaixa as mãos.

— E não se esqueça disso.

Me viro e olho para ele. Hoje é um daqueles dias em que a beleza natural de Mario me deixa sem ar. Ele não é só fotogênico, é bonito na vida real também. Seus olhos castanhos são muito lindos, mesmo não me chamando atenção logo de cara como os olhos azuis do Arthur. Mas quanto mais próximos Mario e eu ficamos no último mês, mais eles me encantavam. Às vezes demoramos para valorizar certas belezas, mas elas não são menos incríveis por isso.

— Então você é o Mario do Luigi do Ben — brinca Dylan.

— E você é o duque Dill do Ben-Jamin do Ben — diz Mario, indo abraçar Dylan como se já se conhecessem.

Nós já conversamos sobre como nossos pais porto-riquenhos nos ensinaram a demonstrar muito afeto, mesmo com desconhecidos, e isso é algo em que tentamos prestar mais atenção, para respeitar o espaço dos outros. Mesmo assim, esses dois parecem se atrair como ímãs. Mario se vira para Samantha.

— E você, a capista de livros mundialmente aclamada.

Samantha sorri.

— Eu mesma!

Dylan olha para ela.

— Graças a Deus você não ficou com as bochechas vermelhas. Mas, por outro lado, meu amor, como ousas? Olha este belo rapaz. Ruboriza por ele! Não deixes que esta beleza passe despercebida pelo sangue em teu rosto.

Mario se vira para mim.

— Ele é mesmo do jeitinho que você falou.

— Sou bom com as palavras.

— De fato.

Como ele pode fazer com que essas duas palavras acendam uma faísca em mim?

Quero me aproximar dele neste exato momento. O tipo de proximidade que não é permitida em um parque público. Tudo em que consigo pensar é que nem dei um beijo nele quando chegou. Ou mesmo um abraço. Um pequeno lembrete de que não somos namorados. Quero estar com alguém que não consegue tirar a boca de mim e cujas mãos sempre encontram as minhas como se elas nunca devessem ter se separado. Mas, com o Mario, nunca consigo entender se ele sequer pensa em me beijar e segurar minha mão. Às vezes, ele comenta sobre caras bonitos na rua como se estivesse me encorajando a falar com eles. Como se não fosse incomodá-lo. Eu ficaria muito desconfortável se ele flertasse com outra pessoa na minha frente.

E aí tem aqueles momentos em que a energia entre a gente muda. Momentos em que podemos esquecer que não precisamos ser namorados para aproveitar a companhia um do outro.

— Qual é a do casamento? — pergunta Mario. — São amigos de vocês?

— A noiva é amiga do Ben — diz Dylan.

— Sério?

— Longa história — respondo.

— Me conta depois?

— Conto.

— *Maravilloso* — diz Mario em espanhol e bate uma palminha.

— Trouxe presentes. Mas nenhum para os noivos. — Ele pega a mochila, e de dentro tira duas camisetas de *A Guerra do Mago Perverso*.

Samantha fica boquiaberta.

— Você é o melhor! — Ela coloca a blusa nova sobre a que está usando.

— Precisei fazer uma para você, para que não me processasse. — E então Mario se vira para Dylan. — E não queria que você achasse que esqueci de você. — Ele dá uma piscadinha, mas é meio atrapalhada, como se tivesse algo no olho. De algum jeito, o gesto me encanta ainda mais que uma piscadinha sedutora.

Dylan veste a camiseta.

— Ah, meu Deus, estou vermelho. Olhem! — diz ele antes de explodir numa gargalhada que ruboriza suas bochechas. — Mario, é fascinante como alguém com sua aparência faz roupas quando deveria ficar pelado todos os dias.

— Agora quem está tentando me deixar vermelho é você! — comenta Mario.

— Ah, pronto — brinca Samantha. — Acho que nós os perdemos, Ben.

— É o que parece.

Mario pega o celular.

— Preciso tirar uma foto de vocês três com as camisetas.

— Só se você sair nela também — diz Dylan.

— Sim! — concorda Samantha.

— Então fechou — conclui Mario.

Coloco os braços ao redor dele, e Dylan e Samantha chegam mais perto de nós dois. Gosto muito de abraçá-lo, e mesmo depois de ele tirar a selfie, eu o seguro por mais um tempo. Vemos a foto juntos e a luz do sol trabalha a favor de todos nós, como o filtro mais generoso do mundo.

Todos parecem tão felizes, e espero que essa seja a primeira de muitas memórias que vamos registrar neste verão. E, talvez, quanto mais eu compartilhar meu mundo com Mario, mais ele queira fazer parte dele e me deixe adentrar seu mundo também.

Todo relacionamento é assim. Você começa com nada e talvez acabe conquistando tudo.

# ARTHUR

### Sábado, 16 de maio

**MINHAS ROUPAS ESTÃO NO CHÃO** e Mikey está na minha cama. Olha só, ele está *sentado* na minha cama. Encostado em uma pilha de almofadas, vestindo uma calça de pijama de flanela, usando óculos e sem camisa. Sua barba por fazer é típica de quem está na semana de provas finais. Não que eu esteja reclamando. O Mikey de Cara Amassada é meu Mikey favorito.

Ainda assim, ele é um exemplo de ordem e simetria, e dá para saber de cara quais das minhas caixas ele empacotou. São as que estão alinhadas perfeitamente na beirada da cama, cada uma identificada com caneta permanente, cheias de pilhas de toalhas e lençóis arrumadinhas. *Arthur: Roupa de cama. Arthur: Livros da faculdade.* Agora, ele está tirando as fotos das paredes, juntando todas as fitas adesivas que as prendiam em um montinho na mão.

Me jogo ao lado dele.

— Você sabe o que isso parece?

— Um bolinho de fita adesiva?

— Deixa eu fazer buracos para os olhos dele. — Enfio dois dedos no montinho e encaro Mikey de novo, com grande expectativa.

— Um bolinho de fita adesiva com olhos?

— Mikey! É aquela geleca de *Monstros vs. Alienígenas*!

— Ah. — Ele enrola mais fitas adesivas e as cola na cabeça do monstrinho como se fosse uma peruca de topete.

— É, agora ficou parecendo o Trump. — Com rapidez, amasso tudo como uma panqueca e jogo em cima da cômoda. — Muito melhor.

— Tão militante... — provoca Mikey.

— Shhh. — Me inclino para dar um beijo nele. — Adivinha?

— O quê?

— Estou entediado.

— Valeu, hein?

— De tanto *arrumar caixas*. — Afasto a franja do rosto dele e o beijo mais uma vez.

— Sabe, a gente nunca vai terminar de fazer isso se você continuar me beijando.

Apenas sorrio, porque Mikey é *tão* Mikey. Ele ainda fica com vergonha quando o beijo. Às vezes ele pigarreia e diz *Então*.... Ou checa a hora, ou pergunta se a porta está trancada. Passei semanas achando que isso significava que ele estava procurando desculpas para não me beijar. Mas agora eu entendo. Mikey é uma daquelas pessoas que consegue o que quer e aí entra em pânico.

Apoio minha cabeça no ombro dele e dou uma olhada no quarto: pilhas de livros e papéis espalhados. Tudo de acordo com a minha personalidade acumuladora. Mikey, lógico, já guardou todos os pertences dele há quatro horas.

— Obrigado por estar aqui — murmuro.

Se ele quisesse, já poderia estar em Boston. Mas nós dois sabemos que não existe um universo em que Mikey não fica para me ajudar.

Enrolo uma camisa polo de listras amarelas, que roubei de uma caixa de coisas do ensino médio do meu pai, e a enfio na minha bolsa para Nova York — uma mala de lona grande, já cheia de camisetas, calças e livros. Levar toda a bagagem para o trem amanhã vai ser uma Grande Experiência, mas a essa altura eu só espero conseguir chegar em Nova York. O que não vai acontecer até eu dar um jeito nessa bagunça de trinta mil toneladas de trecos acumulados no meu quarto.

Tiro uma caixa de papelão do caminho com o pé, as mãos no cabelo.

— De que estou esquecendo? Carregadores, blusas, calças...

— Cuecas? — diz Mikey.

— Cuecas.

— Roupas para o trabalho? Terno e gravata?

— Terno e gravata? Para ficar parecendo o Engomadinho do Escritório? — Balanço a cabeça. — Michael McCowan, vou para um teatro queer off-Broadway! Se eu for vestido assim, vão me tirar do palco às gargalhadas.

— Tirar você do palco? — Michael semicerra os olhos. — Você é o estagiário de um assistente.

— Estagiário do assistente do *diretor*. Você tem ideia de quantas pessoas fizeram entrevista para essa vaga?

— Sessenta e quatro.

— Exatamente. Sessenta e quatro — respondo, me sentindo um pouco encabulado.

Talvez eu tenha enchido o saco do Mikey sobre o estágio uma ou duas ou algumas centenas de vezes. Mas que culpa tenho? Essa oportunidade é sem dúvida o suprassumo do meu trabalho dos sonhos, do tipo bom demais para ser verdade. Acho que minha ficha ainda nem caiu completamente. Em menos de uma semana, vou começar a trabalhar para ninguém menos que Jacob Demsky, roteirista ganhador de um Lambda e diretor ganhador de dois prêmios do New York Innovative Theater. Como eu não poderia pular de alegria, pelo menos um pouco?

Meio que esperava que Mikey pulasse de alegria também. Ou ao menos que tentasse não ficar com a cara do Ió, do Ursinho Pooh, toda vez que toco no assunto.

Quer dizer, eu entendo. Óbvio que sim. Já tínhamos planejado nossas férias de verão: morar em Boston, ficar no quarto de hóspedes da casa da irmã do Mikey, trabalhar em um acampamento. Não iria exatamente revolucionar meu currículo, mas essa não era minha prioridade. Tinha topado por causa do sorvete da Emack & Bolio, dos donuts da Union Square, das viagens bate e volta a

Salem e a Cape Cod nos fins de semana. Tinha topado por causa do Mikey.

Mas então Jacob Demsky anunciou o estágio e não consegui parar de pensar nessa possibilidade.

Sim, o salário seria menos da metade do que eu ganharia sendo monitor no acampamento, mas poderia economizar morando no apartamento do tio Milton. Perder esse tempo com Mikey seria péssimo, mas não é como se eu estivesse me mudando para a lua. E era só durante o verão. Além disso, não tinha motivo para me preocupar com a logística, porque Jacob nunca iria me escolher. Qualquer nerd LGBTQIA+ obcecado pela Broadway estaria sedento por essa oportunidade, e era muito provável que algumas dessas pessoas tivessem um currículo teatral mais impressionante que só algumas apresentações improvisadas de *Beauregard e Belvedere* no porão do Ethan.

Ainda assim, me entreguei de corpo e alma naquele e-mail e cliquei em enviar.

Depois, só tentei tirar aquilo da cabeça. Foquei em Boston, no Mikey e em aprender a fazer tecelagem porque, quem diria, não nasci com habilidades de um monitor de acampamento. Mas eu iria ocupar esse cargo. Em Boston. Porque Boston era real e Nova York era um e-mail que enviei em segredo e com expectativas baixas.

Até duas semanas atrás.

Nunca vou esquecer a maneira como Mikey ficou paralisado quando contei que tinham me chamado para uma entrevista pelo Zoom.

Eu o observo por um momento. Michael Phillip McCowan, meu namorado de ombros pálidos que é um poço de ansiedade. Ele está sentado abraçando os joelhos em vez de fazer contato visual comigo.

— Mikey Mouse — digo rapidamente. — Coloca "Don't Lose Ur Head" para tocar.

Se tem um álbum que consegue arrancar um sorriso de Mikey, é a gravação original do elenco de *Six*, o musical.

Ele tira meu celular do carregador e digita a senha para desbloqueá-lo. Mas aí o rosto dele meio que… congela. Ele olha para a tela do celular sem dizer nada.

E definitivamente não está sorrindo.

Sinto meu coração palpitar.

— Está tudo bem?

— Aham.

Ele dá alguns toques na tela, e a voz de Ana Bolena começa a tocar na minha caixa de som bluetooth. Nesses momentos, Mikey costuma cantar junto em voz baixa, mas agora parece estar chateado com algo.

É como se a pressão na atmosfera tivesse mudado.

Passo a mão no canto de uma das caixas que vão ser enviadas para a casa da vovó.

— Acho melhor eu levar isso para o carro.

— E se você só… não for?

— Para o carro?

— Para Nova York.

Eu o encaro e ele me devolve o olhar através dos óculos. Vejo em seu rosto que está falando sério.

— Mikey. — Balanço a cabeça. — Tenho um trabalho…

— Você também tinha um em Boston — diz ele baixinho.

Sinto meu estômago revirar.

— Eu deveria ter contado antes, Mikey, me desculpa por…

— Para. Você não precisa se desculpar de novo. — Ele balança a cabeça, e suas bochechas estão vermelhas. — Só não estou pronto para me despedir.

— Nem eu. — Me jogo na cama ao lado dele.

— Queria que você ainda fosse a Boston.

A música acaba e "Heart of Stone" começa a tocar. Pego a mão de Mikey e entrelaço nossos dedos.

— Bem, felizmente são só dois meses.

— Dez semanas.

— Beleza, dez semanas. Mas vai passar rapidinho, prometo. Não vai dar nem tempo de a gente sentir saudade um do outro.

Ele dá um sorriso triste.

— Eu meio que já estou sentindo sua falta.

Olho para ele, e o que Mikey disse me pegou tanto de surpresa que fico sem ar por um instante. *Eu meio que já estou sentindo sua falta.* Tipo, sei que Mikey gosta de mim. Nunca duvidei disso. Mas ele não costuma ser tão direto assim.

— Eu também. Pelo menos vou ver você daqui a duas semanas.

— Toco seu ombro para que ele vire de lado na cama, de frente para mim. — E vou levar você a todos os seus lugares favoritos. O Central Park, a Times Square, a Levain Bakery e aonde mais você quiser ir.

Mikey franze a testa.

Estreito meus olhos.

— Que foi?

— Não falei nada.

— Você fez uma cara…

Mikey solta a mão da minha.

— Eu só… — Ele faz uma pausa, massageando a nuca. — Você foi a esses lugares com o Ben?

— Ah. Sim, fui. — Me sinto envergonhado de repente. — Mas isso aconteceu dois anos atrás. Eu e o Ben não nos falamos há tempos. Desde fevereiro.

Mikey dá de ombros como se não acreditasse em mim.

Mas é verdade. Faz meses desde a última vez que a gente se falou ou sequer trocou mensagens. Tentei ligar pelo FaceTime no aniversário dele, em abril, mas Ben não atendeu nem respondeu a mensagem que mandei depois.

Mikey está me olhando agora com a expressão de um cachorrinho que caiu do caminhão de mudança.

— Você vai encontrá-lo?

— O Ben?

— Vocês vão estar na mesma cidade.

— Mikey, sério. A gente não se fala desde fevereiro. Ele nem sabe que estou indo.

—Acho que ele sabe, sim.

O jeito que Mikey diz isso me deixa alarmado.

—Do que você está falando?

A música muda de novo. "I Don't Need Your Love". Posso jurar que consigo ouvir a batida do coração de Mikey mudando de ritmo. Ele se inclina, tateia até encontrar meu celular e o entrega para mim. A notificação do Instagram aparece assim que clico na tela.

**@ben-jamin curtiu sua foto.**

É a primeira vez em meses que Ben curte uma foto minha.

Sinto meu coração na boca. Tentei não deixar esse negócio do Instagram me incomodar. É normal que as pessoas se afastem, né? Principalmente quando se trata de ex-namorados.

Só não achei que isso aconteceria com *a gente*. Comigo e o Ben. Meio que pensava que nós dois éramos indestrutíveis.

No começo, a gente era mesmo.

Nunca vou me esquecer da primeira semana que passei em casa, na Geórgia, depois de deixar Nova York. Ben e eu conversamos todas as noites até a bateria dos nossos celulares acabar. E nunca passamos mais de um dia sem conversar por mensagens durante o último ano do ensino médio. Eu andava tanto pela casa falando com ele pelo FaceTime que meus pais começaram a gritar "Oi, Ben" sempre que viam meu celular. Às vezes Diego e Isabel gritavam de volta, e aí eles começavam uma conversa à parte. Ben e eu reclamávamos disso, mas acho que no fundo amávamos que nossos pais meio que eram obcecados uns pelos outros.

Quer dizer, gosto de pensar que eu e Ben meio que éramos obcecados um pelo outro também.

Pensei que as coisas continuariam assim na faculdade. Ou que tudo seria até melhor. Com certeza melhor, porque ao menos eu não precisaria lidar com os olhares sabichões da minha mãe toda vez que saísse do quarto. Inclusive, a piada vem pronta: tente não se apaixonar ainda mais pelo seu ex-namorado enquanto ele fica adorável divagando sobre estruturas narrativas em chamadas de vídeo *e* aguente seus pais vendo a negação estampada na sua cara. É toda aquela situação dos pais fazendo piadas sobre namorados sem de fato você ter um.

Então é isso. Era bom ter privacidade. E o fato da Universidade Wesleyan ser próxima de Nova York era ainda melhor. Só uma viagem de trem de um pouco mais de três horas — duas, se deixasse o carro na casa da vovó e pegasse o trem de New Haven. Não é como se eu esperasse retomar o relacionamento de onde tinha parado — não necessariamente. Mas Ben parecia muito feliz por eu ir morar em um lugar mais próximo dele. Passou meses falando disso. E então, quando de fato *cheguei* a Connecticut, as coisas ficaram estranhas bem rápido.

Nós ainda conversávamos o tempo todo, e Ben sempre dizia que sentia saudade. Ou eu acordava com mensagens longas que começavam com "lembra aquela vez que…". Mas quando eu mencionava os itinerários do trem, ele mudava de assunto tão rápido que eu ficava zonzo.

Uma vez ele me mandou uma captura de tela da selfie que postei no Instagram, seguido de um único emoji com olhos de coração. Isso me levava a duas horas no FaceTime com Ethan e Jessie, tentando formular a maneira mais casual-porém-eficaz de responder: "Ei, acho que você está flertando de brincadeira, mas caso seja pra valer, gostaria de lembrar que não tenho um colega de quarto."

Aquilo me deixava desconcertado e irritado, e de uma hora para outra tudo estava um caos por causa do Ben mais uma vez. Pensei em bloquear o número dele. Pensei em aparecer para conversar com ele. Mas eu estava cercado de garotos bonitos com muitas opiniões e que gostavam de beijar, então tentei aproveitar a situação. Só que sempre acabava sozinho no dormitório, dissecando as entrelinhas das mensagens do Ben.

Até Mikey aparecer.

@ben-jamin curtiu sua foto.

Não consigo parar de encarar a notificação. Ela não diz qual foto ele curtiu. Pode ter sido a postagem do dia de arrumar as caixas, lógico. Mas também pode ter sido a imagem com a citação da Stacey Abrams que repostei ontem à noite, ou a retrospectiva do Dia das

Mães que postei recentemente, ou qualquer outra coisa, na verdade. Quero tanto abrir o aplicativo que meus dedos estão quase clicando no botão sozinhos, mas não posso fazer isso na frente do Mikey.

Aquela notificação.

Queria saber o que significa.

Provavelmente nada. Talvez tenha curtido sem querer enquanto rolava o feed. Talvez nem tenha notado que curtiu. Me pergunto se ele vai descurtir quando ver. Não sei se isso faria a notificação sumir, ou se eu receberia uma nova notificação, ou...

Percebo com um susto que Mikey acabou de falar alguma coisa. E não ouvi nada do que ele disse.

— Espera, desculpa. — Engulo em seco, me sentindo culpado. — O que você falou?

Mikey me olha.

— Disse que se você quiser, deveria vê-lo.

— Mikey, eu não falo com ele desde...

— Fevereiro, eu sei. — Ele está piscando muito. — Você já falou. Algumas vezes.

Sinto minhas bochechas corarem.

— É a verdade.

Para ser exato, foi em 12 de fevereiro.

E eu odeio isso. Odeio o tanto que preciso rolar a tela para encontrar a conversa com o Ben. Odeio não saber se ele acabou a última revisão de *AGMP*, ou se os pais dele cumpriram a promessa e o forçaram a arrumar um emprego como haviam ameaçado. Odeio não saber o que ele comeu de café da manhã hoje.

Detesto que essa situação toda com o Mikey seja culpa minha. Eu é que deixei as coisas estranhas. Acho que começou quando voltamos, no Ano-Novo. Mas também não posso culpar o Mikey — não é como se ele tivesse pedido para me distanciar do Ben. Só ficava meio desconfortável e esquisito sempre que eu mencionava o nome do Ben em uma conversa.

Então parei de falar dele.

E acho que isso fez parecer que eu estava escondendo o Ben de alguma forma.

— Mikey, o Ben curtir uma foto minha no Instagram não significa que de repente somos melhores amigos de novo — declaro, tentando soar casual e descontraído. Mas até eu consigo ouvir o tom defensivo na minha voz.

Ao meu lado, vejo Mikey repetindo o tique que tem de ficar apertando a ponte do nariz por trás dos óculos. Ele fazia muito isso no primeiro semestre. Acho que só agora me dei conta de que ele tinha parado. Mikey fecha os olhos por um momento.

— Posso ser sincero com você?

— Aham. — Chego mais perto dele.

A música parou, e o silêncio parece infinito e pesado. Quando Mikey enfim fala, a voz dele não demonstra emoção alguma.

— Sei que você não tem conversado com ele. E mesmo se tivesse, confio em você, Arthur. Você nunca me trairia, sei disso. Só tenho medo.

Pressiono minha coxa contra a dele.

— De quê?

— Não sei. Acho que fico um pouco inseguro. Ele foi seu primeiro amor. Sua grande história de amor da Broadway.

— Dois anos atrás. E não o vejo desde aquela época. Você sabe disso.

Ele assente.

— É só que… e se vocês *de fato* se virem de novo?

— Mas por que eu iria vê-lo? Acho que, a essa altura, ele nem acha que ainda somos amigos.

Mikey me encara de um jeito estranho.

— *Você* acha que ainda são amigos?

Minhas bochechas ficam quentes.

— Tipo, nós éramos, né? Não sei. Ele é meu ex. Namoramos por algumas semanas, milhares de anos atrás. Mas estou com você agora. E, Mikey, gosto muito de você, muito mesmo. Gosto muito da gente.

E é verdade. Realmente gosto dele. Gosto do rosto de Mikey, de sua voz e do jeito estranho e nerd que o cérebro dele funciona, e às vezes eu o acho tão fofo que quase não me aguento. Além disso, nós somos ótimos juntos. Mal brigamos. Ok, ele tem estado meio mal-humorado por causa de Nova York, mas sei que vamos superar isso. Sempre superamos as coisas. Porque somos adultos maduros em um relacionamento de adultos maduros, e está tudo bem, de boa e dando certo. Estou feliz.

— Gosto da gente também — diz Mikey.

Pego sua mão e a aperto.

O negócio é o seguinte: Ben foi minha grande história de amor da Broadway. Mas eu tinha dezesseis anos. Se apaixonar aos dezesseis é assim mesmo. Só porque é diferente agora, não significa que é menos real.

Observo o rosto de Mikey por um momento e começo:

— Ok, quero mostrar uma coisa pra você. Ia esperar para fazer surpresa em Nova York, mas…

Fico em pé, me espreguiço e abaixo depressa minha camiseta quando ela se levanta e deixa minha barriga à mostra, tirando um sorriso de Mikey que logo desaparece. Minha bolsa carteiro está encostada no canto da estante de livros, já pronta para a viagem. Eu a pego do chão e a levo para a cama, abrindo o zíper do bolso menor da frente.

Mikey me olha com curiosidade.

— Espera… — Fuço até encontrar uma pilha pequena de papel, dobrada três vezes, e a entrego para Mikey, que pega com hesitação. Eu o encorajo.

— Pode abrir.

Ele abre e ergue os papéis mais perto do rosto para ler, seus olhos se arregalando atrás dos óculos.

— Espera aí, é sério?

— Daqui a duas semanas. É uma sessão matinê. E nossos lugares são horríveis, só para já deixar avisado.

Mikey me olha, perplexo.

— Nós vamos ver *Six*?

— Nós vamos ver *Six*!

— Arthur, isso… é caro demais. Não precisava.

— Só queria me desculpar por estragar nosso verão…

— Você não estragou.

— Estraguei sim. — Apoio a cabeça no ombro dele. — E queria fazer algo especial, sabe? Só para nós dois.

— Arthur. — A voz dele está trêmula.

— E não foi caro — respondo depressa, erguendo a cabeça para olhar nos olhos de Mikey. — Quer dizer, foi, mas consegui um desconto. Vantagens do estágio.

— Por que, em vez do desconto, eles não aumentam seu salário?

— Não funciona assim. — Dou um beijo em sua bochecha. — Desculpa, você vai ter que aceitar e assistir ao melhor espetáculo da Broadway comigo. E quer saber de uma coisa?

Mikey sorri.

— O quê? — pergunta ele.

— Você estava certo. Vou precisar de uma gravata. O Engomadinho do Escritório vai para a Broadway. — Fico de pé de novo, examinando o quarto. — Agora só preciso descobrir onde foi que guardei as minhas.

— Na caixa de papelão perto da sua escrivaninha. Escrito *Arthur: Chique*.

Coloco as mãos no peito.

— Você separou uma caixa para roupas chiques?

— Aham. — Ele olha para mim por um momento, sorrindo com timidez. Depois, se levanta e pega a camiseta do chão. — Certo, que tal você terminar o que falta? Vou entregar a chave na secretaria e comprar comida pra gente na volta, pode ser?

— Mikey Mouse, você é meu herói. — Mesmo depois de ele sair, não consigo conter o sorriso.

Mas um segundo depois, pego meu celular.

@ben-jamin curtiu sua foto.

Parece que meu coração está tentando pular do peito. Por causa de uma notificação do Instagram. É a coisa mais ridícula do mundo.

Abro a notificação e, momentos depois, olho para o anúncio oficial do meu retorno a Nova York que postei semana passada. É uma selfie em que estou segurando um cartão-postal do Central Park, que Ben me deu da última vez que nos vimos pessoalmente.

Tem até uma cena de Ben-Jamin e Arturo escrita à mão atrás. Mas é óbvio, a única pessoa que poderia reconhecer o cartão-postal ignorou a foto por completo, como sempre.

Curtido por @ben-jamin e outros.

Até agora. Um dia antes de eu voltar para Nova York.

# BEN

### Domingo, 17 de maio

A MELHOR PARTE SOBRE MEU pai ser meu chefe é que agora sou pago para fazer o que ele me pede.

Tenho investido o dinheiro que recebo da Duane Reade no que espero que seja meu próximo trabalho — autor-best-seller-megabombado de *A Guerra do Mago Perverso*. Então comprei um curso de escrita para me ajudar a organizar as ideias de construção de universo da minha história, além de um domínio para o site da saga. Estou sonhando alto, mas Mario tem me incentivado bastante dizendo que meus livros podem ser o próximo grande sucesso. Seria épico ter uma franquia de filmes, e posso escrever histórias para quadrinhos e videogames que se passem no universo que criei. E, lógico, meus pais não precisariam mais trabalhar se não quisessem, apesar de que eu adoraria dar ordens para o meu pai se ele trabalhasse no parque de diversões temático que seria construído com o passar dos anos.

Mas até que esse dia chegue, meu pai continua me entregando uma cestinha com testes de gravidez e preservativos.

— Para você colocar nesse corredor.

— Não era para os preservativos ficarem em outro lugar? Vamos criar uma seção para as pessoas que não querem fazer planejamento familiar.

— Ah, pois não se acanhe. Tenho certeza de que o dono quer que toda a logística da loja seja reformulada pelo filho de dezenove anos do novo gerente.

— Nepotismo é o que há.

Ainda não acredito que meu primeiro emprego de verdade é trabalhar para o meu pai. Pensei que seria algo como desencaixotar mercadorias em uma livraria. Mas quando ele avisou que estavam contratando no trabalho dele, mandei o currículo porque tinha certeza de que só precisaria abastecer prateleiras ouvindo música. Nada disso. Boa parte da minha função consiste em memorizar onde diferentes produtos estão na loja o mais rápido possível, porque os clientes odeiam quando você não responde na velocidade de uma pesquisa no Google. Percebi que trabalhar no caixa me estressa. Uma vez não dei o troco certo a um cliente, e ele pediu para falar com o gerente. Como sou um idiota, chamei meu pai de "pai" na frente dessa pessoa e ela brigou com ele por não ter me ensinando a contar. Fiquei vermelho de vergonha e meu pai se segurou para não responder. Nós dois ficamos irritados pelo resto do dia.

É bem óbvio o motivo de eu preferir desencaixotar as coisas no fundo da loja quando posso. Não tem clientes e ainda tenho tempo extra para pensar nos meus mundos — o real e os imaginários.

Pego meu celular no bolso.

— Nada de mexer no celular durante o trabalho — avisa meu pai.

— Só estou vendo a hora. *Lo siento.*

— *Está bien.* Você vai encontrar aquele menino?

Ele está falando do Mario.

— Só o Dylan — respondo.

— Nunca é "só o Dylan", mesmo quando é só o Dylan de fato. Ele é demais para uma pessoa só.

Meu pai gosta bem mais do Dylan que do Mario. Ele acha que mereço um relacionamento mais estável, mas eu e Mario só estamos nesse espectro romântico há pouco mais de um mês. Ainda tem tanta coisa que nós não conversamos... Tipo o histórico dele de ex-namorados e se ele está procurando algo sério. Não sou muito fã de meu pai ficar julgando o Mario por não namorarmos oficialmente.

Ele dá uma batidinha no meu ombro.

— Se pedisse para você me contar seus pensamentos em espanhol, você já conseguiria?

— Não — murmuro.

— Não entendi, você disse "não" ou "*no*"?

Continuo com o olhar fixo nas caixas de camisinha. Meu pai estala os dedos na minha frente.

— Benito, fala comigo.

— Estamos no trabalho.

— Sou seu pai antes de ser seu chefe. Menos quando você quer sair mais cedo ou precisa de uma folga.

Ele não entende que esse é um dos problemas. Ele é meu pai e meu chefe. Talvez ele queira conversar agora, mas estou exausto e preciso tomar um ar. Tudo seria diferente se minha família tivesse dinheiro, como a do Dylan, para que eu pudesse ter estudado em outro lugar. Não vou revelar isso para o meu pai enquanto estivermos usando nosso uniforme azul da Duane Reade, ou mesmo em casa. Só preciso de espaço.

— Estou bem — digo.

Ele suspira.

— Se você diz. Arruma as camisinhas na prateleira. Depois, pode ir.

— Obrigado.

Meu pai dá aquela tosse forçada para me fazer falar em espanhol. Ele tem exigido mais de mim desde que transformei o Mario em um Duolingo particular. Esse é outro motivo pelo qual meu pai fica esquisito quando falo do Mario, apesar de ele não admitir. Meu pai teve a oportunidade de me ensinar, mas agora estou procurando a ajuda de outra pessoa.

— Ninguém precisa de aulas de espanhol para dizer "*gracias*".

— Todo esforço vale a pena — responde meu pai.

— *Gracias, papá.*

Ele aperta meu ombro.

— *Ese es mi hijo.*

Um chiado sai do radinho dele e em seguida a voz de Alfredo pede a ajuda do meu pai no caixa.

— Não esquece de me dar tchau antes de ir embora — avisa ele.

— Não quer dizer *"adiós"*?

Ele se curva um pouco em agradecimento e vai para a frente da loja.

Sinto o impulso de me desculpar por ser uma pessoa fechada, mas sei que não deveria. Só preciso de um tempo para entender meus sentimentos em paz.

Coloco as caixas de preservativos na prateleira, pensando na consequência de morar com meus pais. Mês passado, meu pai estava lavando roupa e encontrou uma embalagem de camisinha no bolso da minha calça. Isso nos fez ter uma longa conversa em que ele me perguntou se sou sexualmente ativo. Ele ficou surpreso e desconcertado quando eu disse que já transei com Hudson, Arthur e Mario. Acho que os artigos que leu na internet sobre como falar de sexo com o filho não o prepararam para saber o que dizer ao descobrir que o filho de dezenove anos já transou com mais pessoas que ele. Tudo que meu pai conseguiu falar é que estava aliviado por saber que camisinhas sempre estiveram envolvidas nessas situações e que, se eu quisesse, ele falaria com minha mãe por mim. Não me importava de ela saber, mas ainda assim não consegui encarar nenhum dos dois pelo resto da noite.

Estou prestes a terminar com os preservativos e focar nos testes de gravidez quando ouço a voz do meu melhor amigo.

— A-há! Sabia que ia encontrar você aqui — diz Dylan.

— Por quê?

— Porque você deve estar se equipando para mais maratonas de sexo com seu namorado.

— Ele não é meu namorado — rebato, e assim que Dylan abre a boca, acrescento: — E não fazemos maratonas de sexo.

— Como você *consegue* não se esfregar naquela criação perfeita sempre que pode? Comentei com a Samantha que aposto que o

Mario foi criado em um laboratório por um dr. Frankenstein tarado, e ela não discordou. — Dylan assobia baixo.

— Sim, ele é lindo — concordo e coloco na prateleira mais testes de gravidez que, ao contrário das camisinhas, precisaram de fato ser repostos no estoque; a matemática disso fala por si só.

— Ele é gostoso — diz Dylan.

— É mais que só sexo pra gente — digo, segurando os preservativos que sobraram para guardá-los na sala dos fundos.

— Eu sei, Big Ben. Vi vocês juntos. Com certeza você vai ser o Luigi daquele Mario, um pulando no cano do outro e... — Dylan para de falar quando vê uma cliente com uma criança passando pela gente no corredor. — Só...

— Não precisa terminar a frase — afirmo.

Vou para a sala dos fundos, bato ponto e troco a calça cáqui e camisa polo por calça jeans e uma camiseta de gola V azul que me lembra o tom do esmalte que Mario usa às vezes. Quando volto para a loja, Dylan está lendo uma frase de divulgação na quarta capa de um romance comercial. Paro na frente dele, pensando que isso vai fazer com que me note, mas ele continua lendo, murmurando em seguida a sinopse sobre uma professora e um fuzileiro naval que se apaixonam.

— Eu seria gay se comprasse isso? — pergunta Dylan.

— O que você acha?

Dylan faz uma pausa.

— Não?

— Acertou.

— Ótimo. Quanto é seu desconto de funcionário? Cinquenta por cento?

— Não.

— Setenta?

Estou chocado de verdade que estamos na fila para comprar o livro, mas damos sorte quando meu pai nos chama para o caixa em que ele está.

— Dylan, bem-vindo de volta — diz ele.

— É uma honra estar de volta, Diego — cumprimenta Dylan.

O sorriso educado do meu pai me lembra de quando ele está de saco cheio dos clientes, mas precisa disfarçar. Ele se vira para mim.

— Você não precisava ter entrado na fila para se despedir.

— Não foi por isso.

Dylan chega mais perto e coloca o livro sobre o balcão.

— É para a Samantha? — pergunta meu pai.

Dylan balança a cabeça.

— Diego, Diego... Tenho certeza de que você não tem uma mentalidade antiquada assim.

— Foi você que perguntou se comprar esse livro significava que era gay — argumento.

— Sou leitor de romances — continua Dylan. — É o que me faz ser tão incrível com as mulheres... — Ele coloca os braços ao redor dos meus ombros — ... e com o seu filho.

— Parece que a faculdade não fez você amadurecer nem um pouco — diz meu pai.

— Pode acreditar, Diego, estou ficando bastante ma-*duro* na faculdade.

O outro funcionário trabalhando no caixa, Donny, acidental-mente passa uma embalagem de xampu no escâner mais de uma vez enquanto tenta ouvir a maluquice de Dylan.

Meu pai coloca o livro em uma sacola.

— Vão embora, por favor.

— Vamos nos ver mais vezes em breve — diz Dylan, jogando a sacola sobre o ombro e indo para a saída.

— Por que isso pareceu uma ameaça? — pergunta meu pai.

Dou de ombros.

— Até logo, pai.

— *Te quiero, Benito.*

— Também te amo, pai.

Ele tosse forçado.

Suspiro.

— *Te quiero, papá.*

Na nossa família, sempre dizemos que nos amamos antes de sair de casa, ir dormir ou desligar o telefone. Meus pais explicaram para mim desde criança que, mesmo passando por dificuldades financeiras às vezes, sempre seremos ricos em amor. E entendo isso — mas se amor estivesse disponível em notas, eu não gastaria tudo no mesmo lugar. Talvez eu queira investir em um garoto bonito com o nome de um encanador de videogame. Saio da Duane Reade e encontro Dylan me esperando do lado de fora. O quarteirão sempre fica cheio de gente porque é muito próximo de algumas estações de metrô e em frente à Union Square, onde as pessoas vão para jogar xadrez, passear com o cachorro, ler e andar de skate. É uma das minhas partes favoritas da cidade — *era* uma das minhas partes favoritas da cidade. Até a Union Square está perdendo o encanto por causa da frequência com que a vejo. Algumas semanas atrás, eu estava indo encontrar o Mario aqui perto e sem querer acabei entrando no trabalho e indo até a sala de descanso dos funcionários antes de perceber o que fazia. Eu estava no piloto automático porque essa é minha vida agora.

— O que vamos fazer? — pergunto.

— Quer dizer, sem a patroa e o maridão? — Dylan dá o braço para mim e caminhamos juntos até o metrô.

— Ele não é meu maridão — retruco.

— Desse jeito não vai ser mesmo.

Meus sentimentos pelo Mario crescem todo dia. Fico tentando não demonstrá-los para me proteger, depois de ter sofrido com outros garotos que amei. Primeiro Hudson e eu brigamos feio e ele beijou um desconhecido antes que pudéssemos nos resolver. Depois Arthur, cujo amor por mim pareceu ir por água abaixo quando conheceu Mikey, que talvez combine mais com ele. Agora é minha vez de estar com alguém que combina mais comigo.

— Vamos dar uma volta — diz Dylan. — Preciso buscar os cookies que encomendei para a festa de vinte e quatro anos de casados dos pais da Samantha.

— É uma data esquisita para comemorar.

— Diz isso pra Samantha! Falei a mesma coisa. Não é vinte, não é vinte e cinco. Qual é a deles, Ben? Eles só estão interessados nos cookies?

— O que Samantha está fazendo? — pergunto, ignorando o que ele disse.

— Ela... — Dylan tropeça na frente da máquina de cartão do metrô. — Ela vai conversar com Patrick no Skype. — Ele cospe no chão.

— Você pode odiar o Patrick sem precisar cuspir toda vez — retruco ao passarmos pelas roletas e entrarmos na plataforma.

— Falar o nome dele deixa um gosto ruim na minha boca.

— Não sei por que você tem tanta birra com ele.

— Ele fala da Samantha como se a conhecesse desde sempre.

— D, eles cresceram juntos. Eles *literalmente* se conhecem desde sempre.

— Sempre é muito mais tempo que dezenove anos, Benzo. Precisa ficar de recuperação de novo?

— Quer buscar os cookies sozinho?

— Ui, que bravinho. O Dylan gosta.

O trem chega, fazendo um vento bater na gente e me impedindo de ouvir o próximo comentário sexual de Dylan.

Nós entramos e nos espremos em um banco antes que o trem nos leve para longe do centro de Nova York. Dylan me conta sobre como as coisas estão boas com Samantha. Teve alguns percalços quando eles se mudaram porque, independentemente do quanto se amavam, precisaram se acostumar a morar juntos. Samantha teve que se habituar ao Dylan sendo ele mesmo 98% do tempo e entender como ampará-lo nos 2% em que ele estava se sentindo para baixo. E Dylan precisou aprender a ficar quieto quando Samantha está estudando e dar espaço para ela no dia a dia.

Descemos do trem e conto sobre o quanto odeio minhas aulas não relacionadas à escrita e o quanto as faculdades são caras no geral. Andar pelo Upper West Side não ajuda. Tem um grupo de pessoas paradas do lado de fora de um café com algumas sacolas de compras. Aposto que alguém ali acabou de comprar uma blusa que custa mais do que ganho em duas semanas de trabalho. Eu me sentiria uma fraude gigantesca andando por aquelas lojas. E quem precisa delas, não é mesmo? Prefiro mil vezes pagar para que Mario faça roupas personalizadas para mim.

— Estou sedento, meu Ben-senhor — diz Dylan com um tom de voz pretensioso. — Espero muitíssimo que a Levain tenha chás gelados ou água gaseificada.

Levo um segundo para entender. De primeira, acho que ele pode estar se referindo a uma personagem de um livro de fantasia. Então paro sobre um bueiro, sentindo como se fosse derreter e escorrer para dentro dele quando me dou conta de aonde estamos indo.

— Levain Bakery?

— Viu? Você é inteligente. Retiro o que disse sobre ficar de recuperação.

— Foi lá que... — Sinto como se estivesse sendo arremessado no tempo para dois verões atrás. — Arthur ia lá.

— E?

— E tenho certeza de que ele vai estar lá com o namorado, comprando cookie e...

— E você vai estar comigo!

— Mas você não é meu namorado.

— E de quem é a culpa, sr. Adoro-Me-Fazer-de-Difícil?

Respiro fundo quando nos aproximamos da confeitaria. Tem milhões de pessoas em Nova York e bilhões de coisas para fazer, e mesmo assim fico com medo de encontrar o Arthur. Ele sempre acreditou fielmente que o universo une as pessoas, mas sou cético em relação a destino e coisas assim. Se a gente entrar na Levain e encontrar o Arthur, vou mudar tudo o que penso sobre o universo. Vou me tornar alguém que acredita pra valer, mas com certos limites. Não dá para bater na porta das pessoas para semear a palavra.

Entramos na fila, que está do lado de fora da loja. Fico na ponta dos pés para verificar se Arthur está aqui. Não o encontro, mas ainda não descarto a possibilidade de vê-lo. Talvez ele seja baixo demais para que eu o ache.

— Não seria o fim do mundo se você esbarrasse nele — diz Dylan, me olhando. — Você o ama.

Sinto um aperto no peito.

— O quê? Não amo, não.

— Calma aí, sr. Na Defensiva. Não estou afirmando que você o ama *romanticamente*, só estou dizendo que você ama aquele danadinho. Do jeito certo, que não envolve você traindo seu namorado.

— Mario não é meu namorado. — Se a gente namorasse, o que sinto por Arthur seria mais simples. — Você sabe como ex--namorados ficam competitivos, né?

— Nossa, sim. Harriett me disse com todas as letras que ela era mais importante que eu porque tinha dezenas de milhares de seguidores no Instagram. É tarde demais para mandar uma mensagem dizendo que uma Samantha vale mais que um milhão de Harrietts?

Encaro Dylan.

— Sim, é tarde demais — responde ele. — De volta ao que você estava falando. Por que ele se tornou seu Inimigo Público Número Um?

— Ele não é meu inimigo, mas é um saco porque parece que o Arthur está ganhando em tudo. Uma universidade maravilhosa, um namorado, um trabalho de verão legal em Nova York. E eu tenho o quê?

— Seu melhor amigo sexy.

— Mas isso não é novidade.

— Meu cabelo é, e acho que você não está valorizando meu coque tanto quanto deveria.

— Sei lá, D. Às vezes parece que minha vida está passando tão devagar que é como se não estivesse indo a lugar algum.

— Como a gente nessa fila. — Dylan dá uma olhada para a frente. — Quanto tempo leva para escolher um doce, gente?

— Obrigado por me dar atenção total.

— O que você disse? — Dylan dá uma piscadinha. — A guerra entre ex-namorados é complexa, mas não esqueça que Arthur entraria em combustão tal qual um vampiro atingido pelo sol se ele visse seu atual.

— Ele. Não. É. Meu. Namorado.

Esse jogo de ficar comparando a beleza deles é idiota. Gosto do Mario por motivos diferentes dos que me faziam gostar do Arthur, não motivos melhores. Não foi à primeira vista com nenhum dos dois. Pensei no Arthur algumas vezes depois de conhecê-lo na agência dos correios, mas não coloquei bilhetes com o rosto dele em cafeterias. E foi rápido para eu reparar que Mario é lindo, mas levou meses e um trabalho de escrita criativa em dupla para que a gente se aproximasse.

Espero que um dia não precise me esforçar tanto para que algo pareça fácil.

Tenho certeza de que as coisas estão indo bem com Arthur e Mikey. Às vezes os imagino cantando trilhas de musicais juntos, como o Arthur não precisa apresentar para Mikey os maiores sucessos, tipo *Hamilton*, já que eles podem conversar até sobre musicais desconhecidos da off-Broadway. Assunto para verdadeiros fãs de teatro, não para pessoas como eu, que ouvi um álbum porque um menino bonito me pediu enquanto lia o rascunho do meu livro. Dividir essa experiência com Arthur foi muito especial e íntima. É estranho perceber que agora isso é só mais um momento perdido no tempo e que não sou nada além de um instante para ele. Curti a publicação no Instagram dele e Arthur nem me mandou uma mensagem para dizer que está em Nova York. Sério mesmo que foi assim que descobri a viagem dele para cá? *Pelo Instagram?*

Mas tudo bem.

Preciso parar de remoer o passado.

Vou focar nas minhas coisas.

Na minha própria vida.

Tipo em que amanhã vou encontrar o Mario. Vou ajudá-lo em alguns compromissos antes de irmos à minha casa. Vamos assistir a um filme, praticar um pouco de espanhol, talvez até role algo a mais. Entendo perfeitamente como isso parece um encontro para quem está vendo de fora. Mas tudo é diferente com o Mario.

Às vezes sinto como se a gente fosse um relógio com o ponteiro travado no onze, sem nunca avançar para o doze e completar a volta.

Espero que a gente encontre nosso tempo.

Até que enfim entramos na Levain Bakery, onde o cheiro de cookies frescos está bem forte. Dylan diz à atendente no caixa que viemos buscar uma encomenda, mas é evidente que não podemos ir embora sem nos darmos ao luxo de experimentar um também. Peço um cookie de aveia com uvas-passas e Dylan escolhe um de chocolate amargo com manteiga de amendoim. Ele ergue o doce no alto em comemoração.

— Daria para matar alguém se batesse com isso aqui — diz ele.

— Não daria, não — responde a moça no caixa.

Dylan a encara com os olhos semicerrados, dando um passo para trás.

— Que você tenha um ótimo dia. — Ele pega a caixa com a encomenda e vai para a saída, sussurrando: — Ela com certeza já tentou matar alguém com um cookie, Ben. Será que a gente deve prestar queixa?

— O que você acha?

— Que é melhor não?

Abro a porta da loja e o universo me ataca. Não é o soco pelo qual estava esperando, mas esse outro ainda posso receber daqui a alguns segundos.

A melhor amiga de Arthur, Jessie, está na frente da loja. Ela parece tão surpresa quanto eu.

— Ben! Minha nossa, oi! — Jessie me abraça e, mais uma vez, é como se eu fosse arremessado para o passado. Depois, ela abraça Dylan. — Gente! Parece até uma série, um episódio especial de reencontro.

— Pode ser um daqueles reencontros em que as pessoas saem no tapa? — Dylan esfrega as palmas. — Cadê o Arthur? Traz ele aí, vamos começar a Batalha dos Ex. Ben, eu te amo, mas aposto no Arthur. Ele parece ser do tipo que não desiste fácil.

Jessie ri e revira os olhos.

— Arthur ainda está desfazendo as malas. Fiquei encarregada de comprar cookies. Vocês se lembram daquela noite no apartamento do Milton? Parece que já faz tanto tempo.

É verdade, mas ao mesmo tempo não parece.

Era a festa de aniversário do Arthur no apartamento do tio dele: nós dividimos um cookie; conheci Jessie e Ethan, um outro amigo do Arthur que também é da Geórgia; Dylan e Samantha fizeram um bolo temático de *Hamilton*; as colegas de trabalho de Arthur, Namrata e Juliet, apareceram de surpresa; e, no fim da noite, Arthur e eu ficamos abraçados na cama enquanto ele lia o capítulo de *AGMP* em que o rei Arturo aparece pela primeira vez.

Lembro de toda aquela alegria como se fosse ontem.

— Foi tão legal. — É tudo que digo.

— Ainda não acredito que não reclamaram da gente naquela noite — confessa Jessie. — Os pais do Arthur não vieram dessa vez, então podemos fazer mais festas lá.

— Pode me chamar — diz Dylan.

Jessie sorri.

— Arthur vai ficar com tanta inveja de eu ter encontrado vocês dois.

— Fala pra ele que desejo boa sorte nessa nova chance que ele está dando para Nova York.

— E fala que sinto falta da energia sexual dele — acrescenta Dylan.

Jessie ri.

— Vou correr para comprar as coisas.

— Faz bem — responde Dylan. — Acho que a moça do caixa pode ser uma assassina.

Dessa vez, a risada de Jessie soa forçada.

— Fico impressionada que Samantha aguente você. Ela é uma guerreira.

— Ah, você não faz ideia do que…

Puxo Dylan e saio andando.

— Tchau, Jessie. Bom verão, se divirta!

Dylan quase derruba a caixa com os cookies.

— Por que a pressa?

— Porque aquilo tudo foi esquisito, D. Você devia saber.

— Não é como se tivesse sido o próprio Arthur.

— Não, mas vai chegar nele. O que você acha que ele vai pensar? Ontem eu curti a foto dele no Instagram, e hoje fui a uma confeitaria perto de onde ele está hospedado. Ele vai achar que estou tentando chamar atenção. Não quero deixar um clima estranho, ainda mais porque ele tem namorado. — Levanto um dedo. — Se você disser que eu também namoro, vou bater em você com esse cookie até a morte.

— Não vai funcionar — responde Dylan melodicamente.

Volto para a estação do metrô desejando que toda essa experiência não tivesse me deixado tão abalado. Quero ficar contente pelo Arthur, mas é difícil quando sinto que ele não estava feliz de verdade comigo. Eu era apenas alguém para entretê-lo até que ele encontrasse um cara com quem combinasse mais. Mas tudo bem.

Encontrei alguém que gosta das mesmas coisas que eu também.

Em vez de me preocupar em esbarrar com meu passado na rua, vou continuar construindo meu futuro.

# ARTHUR

Domingo, 17 de maio

ARTHUR SEUSS: UM HERÓI DERROTADO. Um guerreiro subjugado. Perdeu a última gota de dignidade para um maldito lençol de elástico.

Me jogo de braços abertos no colchão do tio Milton, ofegante como se tivesse acabado de correr uma maratona. É tipo quando tentei vestir meu blazer apertado do bar mitzvah só porque Ben não acreditou que eu tinha usado uma roupa social listrada. Tirei uma selfie bonitinha? Sim. Mas foi um parto tirar a roupa depois. E pelo menos na época eu conseguia colocar uma manga do blazer sem a outra sair, o que é mais do que tenho a dizer sobre esta merda de cama.

Preciso de Jessie. Óbvio que ela foi "buscar comida rapidinho" uma hora atrás, tempo suficiente para confirmar o que sempre suspeitei: é *patético* o quanto sou incapaz de morar sozinho. Mas acho que o universo sempre soube disso, porque Jessie teve problemas com o alojamento de verão exatamente no mesmo dia em que aceitei a oferta de Jacob. Uma semana depois, aqui estamos nós: colegas de quarto em Manhattan. Legalmente adultos glamourosos fazendo coisas ao nosso nível na cidade que nunca dorme.

Se bem que por agora isso se resume a guardar meias, caçar tomadas e respirar ofegante no colchão por motivos nada sexuais.

Mas é quase glamouroso. *Vai ser* glamouroso. Só preciso mandar uma selfie em pânico para a Jessie antes, preso no meio do lençol como se tivesse sido engolido por uma touca de banho tamanho corpo inteiro. **Assassinado por um lençol** 🫣 **SOS.**

Ela responde logo depois:

**Você deve estar colocando do lado errado.** 😆 **Dá uma olhada se não diz qual lado fica em cima e qual fica embaixo. Tipo, ativo ou passivo.**

Escrevo: **O lençol agora tem um perfil no Grindr???**

Assim como ela disse, ao passar os dedos pela costura de dentro, tateio etiquetas de cetim: *Para cima, Para baixo* e *Lateral*. Adivinha quem foi o gênio que passou meia hora tentando colocar ao contrário?

Dez minutos depois, meu quarto parece ter saído de uma das revistas de decoração da minha mãe — mais que digno de uma foto triunfante no estilo Missão Cumprida, que vou mandar para Jessie. Mas assim que pego meu celular, ele começa a vibrar com uma chamada do FaceTime.

Mikey. Pressiono a tela para aceitar, sorrindo. O rosto dele está tão perto da câmera que é quase constrangedor. Um garoto que herdou o celular antigo do irmão aos oito anos deveria saber usar a câmera frontal a esta altura, mas até a vovó é melhor em chamadas de vídeo que Mikey. É fofo pra caramba, na verdade.

— Olha só. Cama maneira, né? — Viro a câmera para mostrar o resultado do meu trabalho braçal. — Só falta você, pelado…

Mikey pigarreia bem alto e se inclina para trás, as bochechas coradas. Um segundo depois, a sobrinha dele, Mia, aparece na tela.

— Que susto, menina! — Coloco o vídeo de volta na câmera frontal, sorrindo de desespero. — Olha só! Oi, sr. Cavalinho! — Aponto o celular para cima, mostrando a pintura enorme de um cavalo acima da cama do tio Milton. — Oiiiiii, Mia! — digo em uma voz zoada, imitando um cavalo.

Mikey parece estar se divertindo. E um pouco preocupado também.

— Oi, Autor — diz Mia. Mikey murmura algo no ouvido dela, que olha de volta para mim. — Arrrrrrrthurrrrrr. — Ela pronuncia o R como se fosse um pirata e ganha um soquinho de parabéns do tio Mikey.

Ele é tão legal com a sobrinha. Quando conheci Mia no Ano-Novo, ela estava muito envergonhada para falar comigo. Mas Mikey nunca a pressionou — na ocasião, ele só a abraçou e deixou a garotinha esconder o rosto na camiseta dele enquanto a gente conversava. O gesto me deixou todo derretido. Não consegui parar de olhar para ele a noite toda; não consegui parar de pensar em beijá-lo, mesmo na frente de sua família.

É estranho saber que eu poderia estar com eles em Boston nesse momento, vivendo um verão fantástico com meu namorado, que é inacreditavelmente fofo. Se eu pensar demais, dói um pouco. Talvez mais que só um pouco.

Engulo em seco.

— Mia! Quantos anos você tem agora?

Ela murmura algo, envergonhada, baixo demais para que eu consiga ouvir.

— Dezesseis? — pergunto.

Ela dá uma risadinha.

— Não!

— *Dezessete?*

— Não! — Mia olha incrédula para Mikey antes de virar para mim de novo.

Mikey ergue quatro dedos atrás dela.

— Certo, certo — digo. — Humm. Você tem… quatro anos?

— E meio!

Ele faz uma cara de "foi mal" e dá de ombros.

— Lógico! — Dou um tapinha na testa. — Nossa. Que saudade. Como vocês estão?

Mikey faz uma pausa.

— Estamos… bem.

— Só bem?

— Mimi, quer ir falar com seu pai?

— Não — responde ela de imediato. Sem rodeios, apenas um "não" bem direto. Porque Mia McCowan Chen é um ícone.

— Vai lá falar com ele — insiste Mikey.

Mia faz uma cara emburrada e desaparece da tela.

— O que foi? Aconteceu alguma coisa no jantar?

Tento lembrar se tinha algo diferente nas mensagens de Mikey ontem à noite. É difícil de saber; mesmo que me torne bom em ler suas expressões faciais, ele ainda é misterioso demais digitando. Eu queria ter feito uma videochamada com ele ontem à noite na casa da vovó, mas ela leva o jantar muito a sério. Logo depois, Jessie chegou de viagem de Providence, e nós ficamos até tarde conversando no antigo quarto da minha mãe.

— O jantar foi ok. — Mikey esfrega a ponte do nariz. — Descobrimos uma coisa hoje de manhã... Meu irmão fugiu para se casar.

— Robert fez o quê? — Meu queixo cai.

— E contou para os meus pais por mensagem.

— *Não acredito.*

— Pois é!

— Não. Isso é demais, até para o Robbie.

Mikey dá um breve sorriso. Ele adora o quanto minha memória de elefante guarda detalhes aleatórios e pessoais. Sei de cabeça os cinco insetos que Ethan mais odeia, o signo do ex-namorado do Ben... Essas coisas. Não consigo ler um livro sem ter que voltar a cada três parágrafos, mas me lembro do nome do marido da minha professora do segundo ano. É meu superpoder esquisito. Mas estou começando a achar que essa não é uma habilidade tão ruim, especialmente porque a família grande, agitada e unida do meu namorado significa muito para ele, e eu poderia escrever um livro sobre cada um deles.

— Meus pais estão surtando — diz Mikey. — Laura está lá desde cedo, e parece que minha mãe não para de chorar. Está um caos.

— Achei que seus pais gostassem da Amanda!

— Eles gostam, mas...

— Ele não fugiu com outra, né? Ou com um homem? — Coloco a mão na boca, em choque. — Robert se casou com um ho-

54

mem? Isso é... minha nossa, esse é o jeito mais épico de sair do armário. Por que não pensei nisso?

— Ele é hétero — responde Mikey. — Quer dizer, até onde sei. E a família adora a Amanda. Só estão chateados porque os dois não avisaram ninguém.

— A Amanda está grávida?

Mikey balança a cabeça.

— Não, é só que casamentos são importantes para os meus pais, sabe? Eles fizeram de tudo por Laura e Josh. Convidaram basicamente todo mundo com quem já tinham feito contato visual. — Ele faz uma pausa. — E é possível que seja por isso que Robbie e Amanda tenham saído de fininho.

— Provavelmente. Nossa. — Dou de ombros. — Pelo menos é romântico, né? Fugir para se casar!

— Olha, Laura acha que eles fizeram isso por causa do plano de saúde. Amanda fez vinte e seis anos e...

— Entendi. E ela trabalha como autônoma. Faz muito sentido.

— Sério, como você lembra todas essas coisas? — Mikey dá um sorriso sincero. — Você sabe que não precisa guardar detalhes sobre a namorada do meu irmão, né?

— Da esposa do seu irmão. Agora ela é sua cunhada.

Mikey leva um momento para digerir o que eu disse.

— Pois é.

— Caramba... Nem um casamento para poucas pessoas, hein? — Deito sobre os travesseiros, segurando o celular acima do rosto. — Nada de primeiro beijo como marido e mulher, nem bolo de casamento. Nadinha?

— Eles ainda podem se beijar e comer bolo.

— Sim, mas... Sei lá. Você não se sente um pouco triste por não poder ver o rosto do Robbie quando a Amanda entrar no altar? O que eu faria é...

— Eu sei — diz Mikey. — Você me mandou aquela lista do BuzzFeed quatro vezes.

— E vou *continuar* mandando fotos de noivos emocionados ao verem suas lindas noivas até você curtir esse assunto.

— É uma ameaça? — Ele faz uma careta e sorri, uma das minhas expressões favoritas de Mikey.

Um instante depois, o rosto dele fica sério.

— Não acredito que o climão na família já começou. — Estou aqui há menos de vinte e quatro horas — diz ele.

— Se precisar fugir de todo esse drama, estou aqui.

Mikey me observa, em silêncio.

— Ok. Mas se você quiser um drama *diferente…*

Ouço a porta do apartamento sendo fechada.

Olho para cima.

— Jessie voltou!

Um minuto depois, ela está na porta do meu quarto, segurando um cookie de chocolate em uma mão e um saco de papel da confeitaria na outra.

— Arthur, você *não vai* acreditar em quem eu encontrei lá. — Ela se senta ao meu lado na cama e olha para a tela do meu celular.

— Ah! Oi, Mikey.

— Como você está? — Ele acena de leve para ela.

— Ótima, ótima.

Sorrio olhando de um para o outro.

Meu Deus, como amo introvertidos. Acho que faço coleção de pessoas assim.

Jessie me entrega o saco com os cookies. Eu o abro para inalar o aroma, animado.

— O cheiro é tão bom.

Ela dá um tapinha no meu ombro.

— De nada.

— Então, quem você encontrou?

— Ah, é. — Ela balança a cabeça bem rápido. — Namrata.

— Na Levain? Tá brincando? Achei que ela estivesse morando no centro agora.

— Quem é Namrata? — pergunta Mikey.

— Ela era uma das estagiárias do escritório de advocacia quando trabalhei lá, no verão. Mas agora foi efetivada. Nossa, Jess, quais as chances de você encontrá-la justamente hoje, um dia antes de você voltar para o trabalho? — Balanço a cabeça, sorrindo. — Mandou bem, universo!

— Mas enfim, vou comer. — Jessie dá pulinhos. — Cookie de almoço?

— Cookie de almoço. — Viro para Mikey. — Acho melhor desligar.

— Os cookies estão quentinhos, vai lá — diz ele.

Sorrio.

— Me mantém atualizado sobre a história do Robert?

— Pode deixar. — Mikey faz uma pausa. — Estou com saudade de você.

— Também estou com saudade, Mikey Mouse.

Desligo e vou para a sala, onde Jessie está sentada na mesa de jantar com o cookie e dois copos de leite.

— Eu te amo pra caramba, Jessie Franklin — digo.

Ela sorri para mim e diz:

— Você não me avisou que precisaria de um talher para comer isso aqui.

— Que nada, manda ver.

Me jogo na cadeira ao lado dela e mordo o cookie como se fosse um hambúrguer. Ele está tão quente, macio e gostoso. Tão nova-iorquino. E eu vivendo à base dos cookies da cantina da faculdade por um ano.

— Você não tem noção do quanto eu precisava disso.

— Imaginei.

— Não acredito que você encontrou a Namrata. Como ela está?

— Não faço ideia. — Jessie dá de ombros.

— Espera…

— Na verdade, vi o Ben — diz ela, sem fazer alarde.

O mundo pausa por um instante.

— O Ben… tipo, o *Ben*? Ben Alejo?

Jessie dá uma mordida e balança a cabeça.

— Mas você falou…

— Pois é.

— Então por que você não…?

Jessie lança um olhar acusatório para meu celular, e sinto minhas bochechas ficando quentes.

— Ah, entendi.

Jessie faz uma pausa.

— Mas e aí, como o Mikey está?

— Ótimo! Quer dizer, ele está de boa. — Estou confuso. — O que o Ben estava fazendo na Levain Bakery?

— Comprando cookies…? — sugere Jessie. — Muito esquisito, né? Ele estava com o Dylan. Confesso que não os reconheci de primeira. Sabia que o Dylan está usando coque?

— O Ben está diferente?

Semicerro os olhos, tentando lembrar a última foto que vi dele. Na maioria das vezes, Ben posta fotos de prédios, grafites e outras coisas sem graça, como pombos. Acho que ele ainda não percebeu que o rosto dele é a vista mais bonita de Nova York. *Não, não, não. Apaga esse pensamento.*

— Que nada, ele está a mesma coisa. Acho que eu só não esperava vê-los. Dylan disse que está com saudade da sua energia sexual.

— Estou com saudade dele também!

Acho que faz um ano que não falo com o Dylan, talvez até mais. Mas eu já sabia sobre o novo penteado dele porque o sigo nas redes sociais — ele e Samantha com certeza são meu casal favorito no Instagram. Semana passada, Dylan postou sobre uma cabaninha que eles fizeram no quarto da Samantha, que era basicamente um lençol estendido sobre duas caixas de papelão empilhadas. Ainda colocaram a cama dela embaixo para poderem passar a última noite no dormitório da faculdade sob um dossel. Se isso não é o auge do romantismo, não sei o que é. Lógico, passei a última semana toda pensando em como recriar isso com o Mikey na *nossa* última noite; até comprei um pisca-pisca em formato de estrela em uma loja de brinquedos no centro da cidade para podermos imaginar que estávamos acampando.

Mas no fim das contas, nem cheguei a mencionar os planos para o Mikey, mesmo tendo certeza de que ele teria topado para me agradar. Acho que só fiquei criando um cenário em que ele me olha com uma cara de "espera aí, por que nós estamos fazendo isso?". Ou me perguntando se valeria a pena, já que precisaríamos arrumar tudo na manhã seguinte. O tipo inegável de questão retórica: se seu namorado pergunta se um gesto romântico vale a pena, então não vale a pena.

Sei lá, talvez Mikey tivesse gostado da ideia da cabana. Ele não é do tipo que tem uma inspiração romântica espontânea, mas é bastante fácil de persuadir, especialmente quando não envolve demonstrações públicas de afeto. E ele gosta de me fazer feliz. Ele me *faz* feliz. E daí que namorar o Mikey não é uma grande festa surpresa? O amor não precisa ser assim. Não tem que ser chamativo, esbanjar sentimentalidade ou parecer maior que tudo na vida. O amor pode ser uma pilha de roupas lavadas e dobradas e um tanque de gasolina cheio, ou seu namorado estável e fofo passando uma noite extra na universidade para ajudá-lo a fazer as malas. De qualquer forma, nem todo relacionamento vai ter...

— Ben Alejo — diz Jessie, e quase derrubo meu copo de leite.

— Logo no primeiro dia. Isso não é muito aleatório?

— Total. Totalmente aleatório — digo, assentindo.

Ok, uau. Minha cabeça está girando. Meu cérebro está parecendo um moinho, um peão, *a merda de um tornado*. Porque ontem Ben curtiu minha postagem sobre me mudar para Nova York. E de repente ele está andando pela Levain Bakery, no meu bairro, *no dia em que eu chego?* Se isso não é uma placa em neon encomendada pelo universo, não sei o que pode ser. A menos que...

— Ele disse alguma coisa?

Jessie vira a cabeça.

— Alguma coisa...?

— Sobre mim. — Minhas bochechas ficam quentes. — Não sei. Estava só me perguntando... Nem sei se ele sabe que estou aqui.

— Ah, sabe sim. Ele chamou sua volta de "a nova chance que você está dando para Nova York".

Meus pulmões param de funcionar. Abro a boca e depois a fecho.

Jessie ergue as sobrancelhas.

— Está tudo certo?

— O quê? Ah, está sim. Eu só... — Faço uma pausa. — Você acha que eu deveria mandar uma mensagem para ele?

— De jeito nenhum.

— Por causa do Mikey?

— Sim! Art, sério...

— Ai, minha nossa. — Solto uma risada. — Não vou chamá-lo pra gente se pegar, não. Estou falando de um amigável e platônico "Oi, tudo bem? Faz um tempinho que a gente não se fala...".

— Péssima ideia.

— Por quê?

— Arthur, dois segundos atrás nós precisamos *mentir* sobre o Ben, e...

— Nós? — Eu a encaro, incrédulo. — Quem mentiu foi você!

— Sim. Sabe quantas vezes você já me disse que o Mikey fica todo esquisito quando você fala do tempo que esteve em Nova York?

— Você acha que esse é um assunto proibido com o Mikey?

— Me diz você, já que literalmente acabou de explicar quem é Namrata.

— Tá, só não entendo por que meu namorado precisa saber quem é cada um dos meus antigos colegas de trabalho.

— Estou dizendo que o Ben ainda é um tópico delicado para o Mikey. Por que colocar mais lenha nessa fogueira?

Balanço a cabeça.

— Você está exagerando. Não estou a fim de ficar com ele! Só quero dar um "oi", beleza? Estou na cidade dele! Ben era um dos meus melhores amigos...

— Ele é seu ex — diz Jessie.

— E *amigo*! Uma coisa não invalida a outra. — Enfio mais um pedaço de cookie na boca, mastigando indignado. — Só porque...

— Engulo. — ... você não fala com o Ethan...

— Isso não tem nada a ver. — Ela se levanta com rapidez, colocando as mãos na barriga. — Nossa, a massa desse cookie é pesada.

Balanço a cabeça de leve, concordando, mas meu cérebro já está a quilômetros daqui. Jessie ter encontrado Ben deve ser um sinal do universo, certo? Acasos desse tipo não acontecem em Nova York. Não sem intervenção divina. Como vou deixar isso pra lá? Mikey entenderia. Não estou dizendo que ele ficaria superanimado logo de cara, mas ele confia em mim. Como esperado. Pois quando se trata dos meus limites pessoais, traição é a mesma coisa que votar em um candidato conservador e cometer assassinato. Além disso, Mikey me incentivou a encontrá-lo, se eu quisesse. O que não significa que eu *quero* vê-lo, sabe? Só estou dizendo que o encontro não precisa ser grande coisa. Para ser sincero, deixar de mandar mensagem para o Ben seria *ainda mais* esquisito, já que eu estaria ativamente o evitando e *provando* que ainda sinto algo por ele. E não é isso. Não sinto algo pelo Ben.

Então por que não mandar mensagem para ele?

E se eu… mandasse?

# BEN

### Segunda-feira, 18 de maio

ATÉ CONHECER O MARIO, eu era o campeão do título Pessoa Mais Provável de Chegar Atrasada.

Confiro meu celular e vejo que ele está vinte minutos atrasado. Até agora. Não quero ser o cara que enche o saco das pessoas por causa disso. Hudson não era muito fã dos meus atrasos crônicos quando a gente namorava, e Arthur levava a situação para o pessoal. Mas eu e Mario não estamos namorando, então eu nem devia fazer esse tipo de comparação. Ele é um amigo de quem eu gosto *muito*, e não vou fingir que estamos em um relacionamento até que comecemos a namorar.

Se é que ele quer isso.

A questão é que a programação de hoje é em função dele, e agora os planos da noite toda vão atrasar. Tentei ligar algumas vezes, mas Mario não atendeu. Não está caindo direto na caixa postal, o que provavelmente significa que ao menos ele já está no metrô.

Ligo mais uma vez, porque me sinto um idiota esperando.

— *Lo sé, lo sé, lo siento* — diz Mario, ofegante. — Juro que estou a uns quinze minutos de distância... no máximo vinte.

— Vinte minutos? O que aconteceu?

— Precisei impedir meus irmãos de se matarem por causa do PlayStation, mas chamei um carro de aplicativo para compensar!

Também empacotei as coisas do meu tio e vou enviar para ele pelo correio, na agência da Lexington. Depois vou direto ao cabeleireiro antes que o Francisco cancele o horário.

— É, não dá pra você ficar andando por aí sem um bom corte de cabelo.

— Não fico bonito de coque como o Dylan.

Aposto que Mario ficaria lindo de qualquer jeito.

— Ok, mas quanto mais você se atrasar, mais vamos demorar para assistir ao filme.

— É na Netflix — diz Mario.

— Sim, mas meus pais voltam às oito horas. Daí vai ser só Netflix mesmo. Sem segundas intenções.

— Ou talvez a gente esqueça a Netflix e fique só com as segundas intenções mesmo — sussurra Mario, como se não quisesse que o motorista ouvisse.

Preciso interromper o assunto porque não posso ficar em pé na rua nesta situação.

— *Ándale*, Colón.

— *Lo tienes*, Alejo. Me encontra nos correios.

Abro o mapa no celular e sigo o caminho. Uma vida inteira em Nova York e ainda não conheço a cidade como outros moradores daqui. Não é como se eu fosse embora, então tenho todo o tempo do mundo para explorar. Mas não precisaria me importar com as coordenadas se Mario estivesse comigo. Ele é meu GPS particular, e nós sempre brincamos sobre como eu não sobreviveria a nenhum tipo de apocalipse. Acho que vamos ter que ver como me viro quando ele viajar para Los Angeles no final de semana.

O tio do Mario se mudou para lá alguns anos atrás e abriu uma produtora. A Close Call Entertainment faz filmes de terror daqueles que dão susto, ficções científicas bizarras e thrillers de fim do mundo. O gênero favorito do Mario sempre foi suspense — talvez esse fato diga alguma coisa sobre ele — e sei que está ansioso para passar um tempo com o tio, que é como um segundo pai para Mario e está animado para mostrar ao sobrinho como os bastidores funcionam.

Viro a esquina e parece que o tempo congela quando vejo o prédio à minha frente.

É a agência dos correios onde conheci Arthur.

Sou arremessado para um vendaval de memórias bem quando estou tentando respirar novos ares. Mas foi Mario que planejou esse destino — o real, não o metafórico. De todas as agências nesta região, não acredito que ele tenha escolhido essa por acaso. E é inacreditável quanto o universo parece determinado a tornar Nova York ainda mais sufocante.

Espero do lado de fora, o coração acelerado como se o estabelecimento fosse uma casa mal-assombrada. Mas depois de um ou dois minutos, o calor fica demais para mim.

O Ben que entra nem parece eu. Foi Um Outro Ben que esteve aqui dois verões atrás, segurando uma caixa para o ex logo depois do término, e que conheceu o garoto que seria seu próximo namorado. É como se eu pudesse ver o Ben do Passado andando por este lugar com o Arthur do Passado ao lado dele, os dois tendo acabado de conversar sobre os gêmeos de roupa combinando. Então, o Arthur do Passado chama a caixa do meu antigo eu de "pacotão" e o Ben do Passado repara na gravata de cachorro-quente dele. Eles conversam sobre o universo até que um flash mob os afasta.

Quase dois anos depois estou aqui, parado sozinho na agência dos correios esperando por outro garoto.

Deve ter sido muito mais fácil para o Arthur me superar. Ele voltou para a Geórgia e foi estudar em Connecticut, dois lugares em que nunca estive. Mas tive que fingir que não via pegadas do Arthur pela cidade toda, pelos lugares por onde passamos. Não sei dizer quantas vezes nos últimos meses evitei o Dave & Buster's na Times Square. Nunca estou no clima para lidar com turistas no Madame Tussauds e no McDonald's, mas aquele fliperama foi onde eu e Arthur tivemos o primeiro de muitos encontros.

Não me arrependo daqueles encontros. Mas nem sempre gosto de pensar neles.

Estou com dificuldade em confiar nas pessoas. Até onde sei, Mario está na defensiva em relação a seus sentimentos também.

E se ele colocasse as cartas na mesa, talvez ainda assim eu não soubesse como reagir. Arthur tinha um coração enorme e era como um livro aberto que não teve um final feliz. Só porque alguém diz que ama você, não significa que ele nunca vai dizer o mesmo para outra pessoa. Eu deveria saber disso melhor do que ninguém, já que tinha experiência com namoros que acabaram mal.

Mas está tudo bem.

Estou trabalhando no amadurecimento do meu personagem. Não me joguei em outro relacionamento nem tentei voltar para o Hudson, mesmo ele estando por perto quando eu estava me sentindo sozinho. Vivi a solidão e fiquei desconfortável com ela, e agora não posso deixar que minha construção de personagem seja em vão só porque sou muito carente com o Mario.

Não quero mais passar noites sem dormir com o coração partido. Fico esperando perto do balcão, debaixo do ar-condicionado. Pego a caneta amarrada ao móvel como se tivesse cometido um crime e começo a desenhar no verso de uma nota fiscal que alguém largou ali. Nos últimos dias, tenho fantasiado cada vez mais sobre a capa de *A Guerra do Mago Perverso*. A arte que Samantha fez há alguns anos foi ótima para o Wattpad, mas acho que não faz mais sentido para o livro. Na segunda-feira passada, fiquei a tarde inteira na livraria Strand com o Mario, e nós analisamos diferentes capas e descobrimos que nossos gostos são completamente opostos. Até fizemos uma brincadeira de escolher dez livros ao acaso e anotar no celular de quais capas havíamos gostado. Não concordamos em nenhuma delas. Para ser sincero, não sei se eu torcia por um resultado diferente, porque à medida que discordávamos, o jogo ficava mais engraçado.

Isso é algo de que gosto em nós dois, de verdade — podemos ter gostos diferentes e ainda assim mantermos o interesse um no outro.

Meu celular vibra. Ou é Mario me atualizando sobre seu paradeiro ou Dylan me mandando mais um TikTok de pessoas espremendo espinhas.

Mas não é nada disso.

É o Arthur.

Olho ao redor como se fosse encontrá-lo dentro da agência de correios.

É a primeira mensagem que ele me manda desde abril, quando me desejou feliz aniversário. A primeira desde que ele chegou a Nova York.

**Oi, soube que vc encontrou a Jessie.** 😊

É uma mensagem curta, o que me incomoda. Quero saber mais. Ele levou um dia inteiro para escrever isso? Ele e Mikey estavam com ressaca de cookies, por acaso?

Talvez só estivessem curtindo o tempo juntos. Na verdade, vamos usar as palavras certas aqui: talvez Arthur e Mikey estivessem transando. Imaginar o ex-namorado com outra pessoa é muito difícil. É o tipo de coisa em que você não quer pensar, mas os pensamentos não estão nem aí para o que você quer. E fica ainda mais complicado evitá-los quando um personagem do livro que você está escrevendo é baseado no seu ex.

É a chance que tenho de acertar as coisas depois de ter deixado o Arthur no vácuo. Queria que ele mesmo tivesse me dito que viria a Nova York, mas talvez ele achasse que eu não queria me reaproximar. Mas agora Arthur está falando comigo de novo, então é a minha vez.

Tiro uma foto da agência de correios e mando duas mensagens para ele.

Está feliz, universo?

# ARTHUR

### Segunda-feira, 18 de maio

JESSIE SAI DO PROVADOR COM um blazer espinha de peixe do tamanho ideal para uma pessoa quinze centímetros mais alta que ela.

— Que ótimo, estou parecendo três crianças escondidas em um sobretudo — brinca.

Dou uma risada.

— Não parece, não.

Ela me lança um olhar cético.

— Em primeiro lugar, é um blazer, não um sobretudo.

Jessie enche as bochechas de ar e expira fazendo barulho. No mesmo instante sinto a dor que assola milhares de namorados em lojas de departamento.

— O que eu faço agora? Não posso aparecer na firma assim.

— Sabe que não precisa ir toda arrumada, né? Um look *business casual* dá conta.

Ela olha para o espelho em desespero.

— O que diabo isso significa?

— *Business casual*? Sei lá, uma blusa de botão. Algo assim. Tipo a Meghan Markle em *Homens de Terno*.

— Então preciso *mesmo* usar um terno? — pergunta Jessie, pasma.

— Não, é só o nome da série. O estilo da Meghan é exatamente esse que falei. Quer saber? Vou abrir minha coleção da Meghan no Pinterest...

— Por que você tem uma coleção da Meghan Markle no Pinterest?

— Porque ela é minha gêmea de aniversário. Você sabe disso.

Levanto e pego o celular do bolso de trás, mas congelo quando olho para a tela.

Duas notificações. Duas mensagens. Mensagens do...

— Jess — digo, minha voz saindo um pouco engasgada. — Ben me respondeu.

Jessie arranca o celular da minha mão.

— Você falou com ele? Quando?

— Quando você estava no provador. Não foi nada sério.

— Você vai contar para o Mikey? — pergunta ela.

— Já contei.

— Você falou para o Mikey que mandou mensagem para o Ben?

— Sim! Pode ver aí, se quiser.

Jessie semicerra os olhos, como se estivesse esperando pela pegadinha.

— Por que você não bota fé no meu relacionamento?!

— O quê? — Ela faz uma pausa, sobressaltada. — Não é verdade. Só acho que você precisa ser cuidadoso. Não quero que faça algo de que vai se arrepender.

— Jessie, não vou trair o Mikey. Isso está *completamente* fora de...

— Eu sei, Arthur! Mas traição não é a única coisa que pode prejudicar um relacionamento, sabia? Toma. — Ela me entrega o celular. — Pega logo. Mas use de maneira responsável, combinado?

— Então eu deveria simplesmente apagar os códigos capazes de disparar bombas atômicas que estão no aplicativo de anotação?

— Só não exploda seu relacionamento com o Mikey. Meio que gosto dele.

Sorrio.

— Eu também.

Agora estou pensando no vídeo que Mikey me mandou hoje de manhã — ele e Mia cantando "New York State of Mind". Sem dúvida a coisa mais fofa que já aconteceu na história da música. Surpreso, mostrei para Jessie no café da manhã, e metade de um croissant caiu da boca dela quando Mikey alcançou um Lá bem agudo no segundo verso. Foi a primeira vez que ela o ouviu cantando sem ser em um coral. Mikey sempre ficava muito envergonhado para cantar solos. Mas olha só para ele agora. Não sinto tanto orgulho de alguém desde que... certo, desde que BennisOPimentinha, postou o último capítulo no Wattpad.

*Ben.*

Assim que Jessie volta para o provador, abro as mensagens.

**É mesmo um sinal do universo! E falando no 🪐, adivinha onde estou agora.**

A segunda mensagem de Ben é uma foto. Minha mente enlouquece de vez.

— *Puta merda.*

— Ah, não. O que foi? — pergunta Jessie, esticando a cabeça no cantinho da cortina do provador.

— Ben está nos correios.

— Aham...

— Jessie, *naquela* agência. É...

— É o lugar onde vocês se conheceram. Conheço a lenda.

— Não é isso. A agência fica a uns dois quarteirões daqui. Ben Alejo está *aqui perto*.

Jessie arregala os olhos.

— Eita.

Pressiono o celular contra o peito, e só depois me dou conta do gesto. Meu coração está tão acelerado que juro que talvez ele consiga quebrar a tela do aparelho.

— Será que a gente devia ir lá?

— Você quer dizer: será que a gente devia cair numa cilada?

— Não seria uma cilada!

Solto uma risada, mas parece que estou com falta de ar e continuo:

— Acho que seria legal. Já faz dois anos que…

— Então marca algum dia com ele, como uma pessoa normal.

Balanço a cabeça antes mesmo de ela acabar a frase.

— Você não entende a nossa dinâmica. Jess, isso é um sinal do universo. O próprio Ben disse isso!

— Sim, mas…

— E não seria uma *cilada*. Seria uma surpresa! Quando Dylan estava no hospital, atravessei metade de Manhattan para ir até ele. E Ben ficou de boa com aquela situação. Acho que nunca vou esquecer da cara que ele fez quando me viu na sala de espera.

Jessie morde os lábios.

— Arthur…

— Tá, sabe quem você está parecendo?

— Quem?

— Você mesma de antes do Ano-Novo. *Arthur, o que você está fazendo? Você vai para onde? Por que você não deixa para falar com Mikey só quando ele voltar?*

— Que bom que funcionou daquela vez! — diz Jessie. — Mas foi arriscado. Aparecer do nada na casa dos pais do Mikey? E se eles tivessem tirado o final de semana para viajar?

— Era uma terça-feira, e…

— Não é essa a questão. Só porque da última vez você deu sorte, não…

— Dei sorte? — repito, bufando. — Me dá uma moral, vai? Foi um gesto romântico digno de um dez.

— Que tal *não* fazer um gesto romântico para o seu ex-namorado?

Pressiono minha testa.

— Quer me supervisionar? Vem comigo, então!

— Não falei que você precisa ir acompanhado.

Jessie segura a cortina do provador com força, me encarando pelo que parece uma hora. E então suspira em derrota e anuncia:

— Ok, olha só. Vai lá. Ainda quero experimentar mais algumas roupas, e depois vou dar uma olhada em outras lojas. Só me avisa quando estiver voltando, pode ser?

— Não, você não precisa ficar sozinha. Posso esperar até que você...

— Arthur. Vai!

— Mas...

— Agora. Ou não vai conseguir alcançá-lo.

Por fim, saio correndo. Sei o caminho até lá de cabeça.

Tudo é como me lembro: fachada de pedra branca, colunas e detalhes em bronze e CORREIOS DOS ESTADOS UNIDOS em relevo. E com portas de vidro duplas — estou meio convencido de que passar por elas vai me transportar para aquele verão. De volta aos dezesseis anos, usando uma gravata ridícula e maravilhado com a beleza de um garoto e sua caixa de papelão gigante.

Conhecer Ben fez com que as fileiras de caixas postais parecessem tijolos dourados. As lâmpadas fluorescentes se tornaram raios de sol. Ben tinha esse jeito de fazer com que o mundo parecesse amplificado. Nem perguntei o nome dele naquele dia, não peguei o número dele e não tinha ideia de como encontrá-lo. Mesmo assim, foi como se Nova York finalmente tivesse se aberto para mim.

É engraçado olhar para trás agora, sabendo tudo que veio depois. Me sinto como um viajante no tempo, enviado direto do futuro.

Ouço meu coração batendo muito rápido. Agora que estou aqui, mal consigo acreditar no que está acontecendo. *Ben*. Minhas pernas ficam bambas e fracas, e quase cedem. Levo meus dedos até a maçaneta, e de uma hora para outra estou descendo pela rampa.

Vou me encontrar com Ben. Pela primeira vez em quase dois anos.

Tudo está tão caótico e distante. Eu nem sabia que ainda poderia me *sentir* assim.

E então o vejo apoiado em um quiosque de autoatendimento, de mãos vazias. Sem caixa, sem etiqueta, sem nem mesmo um encarte de selos, parecendo perfeitamente confortável. Acho que ele sempre está tranquilo. O cabelo está mais longo, e a calça azul--royal é mais ousada que qualquer outra peça de roupa que já o vi usar. Porém, estou mais impressionado com o perfil dele e a maneira como o cabelo cacheia acima das orelhas. Coisas que eu conhecia, mas esqueci. É curioso como o tempo sempre ofusca os detalhes.

Ele se vira para mim, esboçando uma expressão surpresa.

— Arthur?

Meu coração acelera ainda mais.

— Me desculpa. Eu... Eu só... Quando você mandou a mensagem, a gente estava... Eu estava aqui perto. A dois quarteirões de distância. Desculpa. — Balanço as mãos no ar como se isso fosse ajudar. — Como você está?

Ben solta uma risada.

— Tudo certo. Caramba. Arthur.

Quando dou por mim, ele me puxa para um abraço e estou retribuindo, e tudo é tão natural quanto respirar. O cheiro dele, a maneira como a ponta dos nossos tênis se tocam, o jeito como me encaixo sob o queixo dele... Talvez os dois últimos anos tenham sido apenas um sonho. Talvez eu nunca tenha saído dos braços do Ben. Talvez eu nunca tenha ido embora.

Sinto vontade de chorar. Sinto vontade de...

Mikey. Tenho o Mikey. Não posso... sentir isso. E não estou sentindo nada. Não tem *isso* algum para eu sentir. Meu cérebro já entendeu o recado; só preciso que meus pulmões voltem a funcionar.

Ben me solta e estuda meu rosto. Eu o encaro de volta — é mais forte que eu.

— Que *saudade* de você — digo sem pensar muito.

Ele me abraça de novo.

— Eu também. Desculpa não ter...

— Não, a culpa foi minha, eu estava todo enrolado. Com a faculdade, sabe como é.

— E Mikey! Como estão as coisas entre vocês?

Uau, entendi. Vamos entrar de cara no assunto "namorados". Mas isso é maravilhoso! Somos só dois velhos amigos conversando sobre nossa vida amorosa. Talvez dessa vez seja possível pular a parte em que a gente se deixa no vácuo por três meses.

Ben me olha com expectativa, e minhas bochechas queimam.

— Sim! Mikey! Está tudo ótimo.

Não consigo decidir se as sardas de Ben se multiplicaram. Talvez eu só tenha me acostumado com as que consigo ver por fotos.

— Como você está? E a faculdade? — pergunto.

— De boa. Quer dizer, estou escrevendo bastante. Não, tipo, para a faculdade. Coisa boba dos magos — diz ele e balança a mão.

— Coisa boba? Você sabe que está falando com uma pessoa que leu *A Guerra do Mago Perverso* três vezes, né?

— Que fofo. Sério?

— Ben, eu literalmente li fanfics do seu livro.

— As pessoas escreveram... fanfics?

— Pode apostar.

Fico envergonhado ao me lembrar de uma história que encontrei alguns meses atrás sobre o Ben-Jamin e o rei Arturo ficando presos em uma masmorra. O enredo não era dos melhores, mas a narrativa era *muito* descritiva.

Pigarreio, ignorando o calor nas minhas bochechas.

— Mas então, por que você tirou *A Guerra do Mago Perverso* do Wattpad?

— Ah, é que estou revisando. Acrescentando algumas coisas — diz ele, vagamente.

— Me avisa se precisar de alguém para ler o conteúdo novo!

— Obrigado, significa muito. De verdade.

Caramba, adoro o quanto estou levando numa boa. Adoro que não estou tietando meu ex-namorado na cara dura. E olha só, talvez eu seja a primeira pessoa do mundo a desenvolver um relacionamento amigável com alguém com quem já transei.

Ben me analisa por um momento e diz:

— Ah! Nossa, você não vai acreditar em quem encontrei no Central Park quando...

— Por favor, me diga que foram os gêmeos.

— Não! — responde ele, rindo. — Nossa, foi um ótimo chute. Mas não. Então, eu estava dando uma volta com... uns amigos, e nos deparamos com um casamento. Quando cheguei mais perto, percebi que, sem brincadeira, era o casal do pedido de casamento em flash mob.

— *Você está brincando!*

— Juro de pé junto. — Ele esfrega as bochechas, sorrindo. — Fiquei tipo: "De onde conheço eles mesmo? De onde... MINHA NOSSA."

— O universo agindo! Quando foi isso?

— No sábado! Inclusive, até filmei... Ia mandar pra você.

Ben dá alguns passos em direção aos caixas de autoatendimento para deixar uma mulher negra com um bebê no colo passar. Vou para perto dele, uma luzinha de alerta piscando na minha cabeça. *Sábado*. Foi quando Ben curtiu minha foto.

Nostalgia, talvez?

Pode ter sido apenas o universo lembrando você da minha existência.

Encaro seu rosto. Ele está contando sobre as madrinhas terem usado calça e Dylan ter dado Opiniões com O maiúsculo sobre o café de uma barraquinha de rua. Balanço a cabeça enquanto ele fala, mas minha mente está longe daqui.

Quem deu permissão ao Ben para exibir por aí esse rosto lindo? É até falta de educação, para ser sincero. Sim, Ben, nós sabemos que você é maravilhoso. Não precisa esfregar na cara de todo mundo.

Ou talvez seja pessoal. Nem sei se ele tem esse efeito sobre as pessoas, mas tem algo no rosto de Ben Alejo que imediatamente aciona alguma coisa na minha cabeça. Isso sempre acontece, e nunca entendi por quê. Não vou mentir, isso dificultou as coisas com o Mikey no começo, porque com ele nada foi tão instantâneo. Quer dizer, eu tinha *reparado* no Mikey, sem dúvida. Já tinha visto ele no campus muitas vezes — um garoto fofo que usava óculos de idoso e tinha cabelo loiro como o da Elsa, de *Frozen*. Mas não foi o tipo de situação que me tirou do eixo e deixou com frio na barriga. E acho que isso fez com que eu questionasse se minha atração era real.

Procurei provas. Passei o segundo semestre do ano passado analisando a boca, o maxilar, as sobrancelhas e os cílios de Mikey.

O hábito que ele tinha de imprimir os textos das aulas e grifar quase todos os parágrafos. Às vezes eu o achava tão irresistível, e outras vezes poderia jurar que estava só tentando me convencer disso. E quando nos beijávamos, sempre teve química, mas logo depois era estranho o quanto me sentia aliviado. Como se nunca pudesse ter certeza de que nossa conexão estaria ali na próxima vez. Lembro de me perguntar se as coisas iam se acertar sozinhas caso pedisse Mikey em namoro. E então eu teria certeza. Mas se eu estava *incerto*, como poderia firmar um compromisso? Comecei a adiar a iniciativa, semana após semana, até que dezembro chegou. E nada. Isso por si só me pareceu uma resposta.

Então terminei com ele, apesar de que usar essa palavra soa meio ridículo. Dá para chamar de término se a gente nem estava namorando? Mesmo Mikey tendo se mostrado impassível quando conversei com ele, chorei aquela noite toda. Me senti um monstro.

Por outro lado, acordar sozinho na cama na manhã seguinte pareceu... a coisa certa. E o dia seguinte pareceu ainda mais certo. Naquela semana, andei pelo campus com a sensação de que tinha descido de uma esteira que estava indo rápido demais. Desorientado e tonto, mas também sentindo uma liberdade divina.

E depois vieram as férias de inverno.

Primeiro, foram meus pais que deixaram as coisas estranhas, principalmente minha mãe. Ela estava tão cheia de preocupações que beirava a agressividade. Para resumir, nenhum dos dois tirou os olhos de mim por uma semana. Fomos acender menorás em Avalon e assistimos ao show de luzes em Callaway Gardens, e eles passaram o tempo todo me observando, como se a qualquer momento eu fosse entrar em colapso e dar início a uma grande crise infindável.

Mas isso não foi nada comparado a quando eu e Ben terminamos. Para início de conversa, eu estava um ano e meio mais velho e mais sábio.

— Além disso, não fui eu que levei um pé na bunda dessa vez — disse para minha mãe quando entramos no estacionamento do shopping North Point, na época.

Ela me lançou um olhar esquisito.

— Da última vez você também não levou um pé na bunda.

Ela estava certa, como é de se esperar. Meu término com Ben foi uma decisão mútua. Tecnicamente, verbalmente, na teoria, na prática e de qualquer outra forma que eu quisesse encarar a situação. Não sei por que sempre pareceu que Ben tinha terminado comigo. A questão é que com o Mikey foi diferente. Fiquei ok. Talvez meu coração desse um pulinho toda vez que eu visse o nome dele nas minhas mensagens, mas não é como se eu tivesse ficado chorando pelos cantos. Às vezes, passava horas sem pensar nele.

Até a véspera de Natal.

Juro, a falta dele me atingiu *do nada*. Meus pais estavam assistindo a *Esqueceram de mim* pela vigésima bilionésima vez enquanto eu matava tempo no TikTok e trocava memes com Ethan. Mas então Macaulay Culkin entrou numa igreja.

Acho que parei de respirar por um segundo. Foi como uma bigorna de desenho animado se espatifando no chão.

O coral estava cantando "Noite Feliz".

De uma hora para outra, só conseguia pensar na noite de outubro em que Musa, um amigo meu, convenceu um pessoal do dormitório a acordar antes do sol nascer para assistirmos a uma chuva de meteoros. Para ser sincero, não gostei muito da ideia logo de cara. Mal tinha acordado, estava frio pra caramba, e eu nem entendia o apelo dos meteoros, para começo de conversa.

Mas quando chegamos ao Foss Hill, uma chavinha virou na minha cabeça. Várias pessoas estavam deitadas lá sobre cobertores e embrulhadas em mais cobertores, como se fosse a maior festa de pijama do mundo. E foi legal poder ficar deitado ao lado do Mikey, olhando para o céu e entrelaçando nossas mãos debaixo das cobertas. Ele me falou da sobrinha, de como era ter irmãos muito mais velhos, e do quanto se sentiu sozinho quando eles se mudaram para morar no alojamento da universidade. Eu nunca o tinha ouvido falar tanto de uma só vez. Foi naquele dia que reparei no leve sotaque dele, a cadência na voz quando pronunciava um O mais fechado. Quis beijá-lo toda vez que ele falava "Boston".

Mikey falou sobre o quanto amava o Natal e sobre ter feito parte do coral da igreja. Ele odiava cantar "Joy to the World" porque tinha uma melodia muito simples, mas "Noite Feliz" era sua favorita. E então contei a ele que eu amava cantar essa música no coral da escola, e amava quando as notas ficavam altas no final, mas que sempre acabava só mexendo a boca, sem cantar, quando a letra mencionava Jesus, porque não queria que Deus pensasse que eu era um mau exemplo de judeu.

Mikey virou o rosto para mim quando eu disse isso.

— Um mau exemplo de judeu?

— Por traí-lo com Jesus.

Esperava tirar uma risada de Mikey, mas ele não riu. Só olhou para mim com um meio sorriso, como se estivesse começando a perceber que meu cérebro era uma caixinha de surpresas repleta de coisas estranhas e misteriosas, e que talvez isso não fosse algo ruim. Tentei memorizar os traços do seu rosto iluminado pelas estrelas.

Nós já tínhamos nos beijado algumas vezes antes daquele dia, mas algo naquele momento me pareceu mais forte que só um beijo.

Dois meses depois, lá estava eu, sentado entre meus pais no sofá, pensando "que noite infeliz".

Eu estava com *saudade* dele.

E foi assim que eu acabei viajando para Boston na semana seguinte, implorando a Mikey para tentarmos de novo. Para me deixar fazer direito dessa vez. Para oficializarmos.

Michael McCowan, meu namorado. Real, oficial.

Sendo assim, Ben Alejo pode ficar à vontade para mandar seus olhos, sardas e a calça azul linda pra caramba de volta para o universo. Devolver ao remetente.

— E o mais estranho — continua Ben —, é que eu nem sabia que você viria pra cá até aquele dia. Não sei como não vi seu post.

— Pois é, foi tudo muito rápido. Foi meio que uma oferta de trabalho surpresa.

— Estou feliz que esteja de volta — diz ele, sorrindo com tanto carinho que fico envergonhado.

— É, eu também.

Ben começa a falar alguma coisa, mas então olha para trás de mim e fica em silêncio. Um garoto de cabelos escuros surge de repente. Ele coloca duas caixas no chão, ao lado de Ben.

— Desculpa, desculpa! Não fica bravo. Estou aqui!

Sorrindo, ele segura as bochechas de Ben e dá um beijo rápido em sua boca.

Sinto todas as moléculas de ar deixarem meus pulmões.

— Oi! — diz o garoto, estendendo a mão para mim. — Mario.

*Mario*. Minha cabeça está girando. Mario? Nunca ouvi Ben sequer mencionar esse nome, a menos que ele estivesse falando de Nintendo. E nunca vi o cara na minha vida. Ele não está em nenhuma foto que Ben postou no Instagram. Pode acreditar, eu não esqueceria disso por nada, principalmente se fosse gato assim.

Porque esse garoto está num nível "socorro!" de beleza. Ou gostosura. Talvez "gostoso" seja a palavra certa. Ele tem olhos grandes e castanhos, pinta de estrela de cinema e um sorriso enorme e está usando jardineira com uma alça solta sobre uma regata, como se tivesse saído de um galinheiro no Brooklyn. Ele também tem braços bonitos — não chega a ser definido no estilo monstrão, mas com certeza faz academia. E ele é pelo menos uns quinze centímetros mais alto que eu. E…

De repente, percebo que era para eu cumprimentá-lo.

— Oi! Arthur. Quer dizer, meu *nome* é Arthur.

— Espera. Arthur, *o famoso* Arthur?

Ok, então o novo namorado do Ben sabe quem eu sou, o que é… engraçado. Hilário, eu diria. O garoto me conhece até pelo nome e eu nem sabia da existência dele.

Ben sorri sem graça e dá de ombros.

— Caramba! — exclama Mario com uma expressão alegre. Ele me abraça com força e me dá um beijo no rosto. — Que bom conhecer você. Minha nossa. Você está aqui só de passagem, veio para passar o verão ou o quê?

— Passar o verão — anuncio. Para Mario. O namorado do Ben. Porque Ben tem um namorado. — Vou ser estagiário do diretor e roteirista queer Jacob De…

— Jacob Demsky?

— Você conhece Jacob Demsky?

— Cara, JD é uma lenda. É sério que você vai trabalhar para ele? — Mario bate palmas, fazendo barulho. — Arthur, parabéns! Que tudo!

— Valeu! Pois é. Estou bastante ansioso.

De soslaio, consigo ver um Ben nervoso nos observando como se fôssemos o *crossover* de séries que ele nunca pediu para ver.

— Desculpa, você tem coisas para despachar. Não quero incomodar — digo, gesticulando de maneira sutil para as caixas nos pés do Ben. — E preciso correr. Vou encontrar minha amiga e…

— Sem problema! Fico muito feliz por finalmente ter conhecido você. — Mario me abraça de novo. — Sério, não suma. A gente deveria marcar de sair qualquer dia desses — completa ele, gesticulando para mim e para o Ben.

Ele abre um sorriso, e dá para ver que é tão sincero que quase me desestabiliza.

— Pode ser. — Encontro os olhos de Ben, que parece estar tão surpreso quanto eu. — É… combinado, então. Vai ser ótimo.

Só eu, Ben e o namorado dele. Porque o Ben tem um namorado. Vai ficar tudo *absolutamente* ótimo, porque também namoro.

Tenho um namorado. Tenho o Mikey. E antes mesmo de sair da agência dos correios, ligo para ele.

# BEN

### Segunda-feira, 18 de maio

**A ÚLTIMA VEZ QUE TESTEMUNHEI** Arthur ir embora foi dois verões atrás.

Estou revivendo uma incerteza profunda no meu peito. Naquela época, eu não sabia o que a gente viria a ser depois de terminar, e não sei em que pé estamos agora que ele voltou para a cidade com o namorado novo.

Não era para aquela foto ter sido um convite para Arthur vir me pegar de surpresa, mas não posso culpá-lo. Mandei uma foto de onde nos conhecemos para uma pessoa que acredita nos acasos do universo. Foi quase como se eu mesmo o tivesse trazido aqui com o feitiço de invocação de *AGMP*.

— Seu ex voltou. E ele é muito, muito bonito — diz Mario, sorrindo. — *¿Cómo estás?*

— Do que você está falando? Estou ótimo.

Talvez eu esteja na defensiva. Mas não quero que Mario se incomode por eu estar surtando internamente, e estou torcendo para que ele não perceba.

— Acredito em você, Alejo. Mas sei que é estranho ver um ex-namorado pela primeira vez depois do término.

Estranho é eufemismo.

— Você já esteve em uma situação parecida? — pergunto.

Mario nunca falou do histórico amoroso dele. Respeito isso, apesar de ter muita curiosidade.

— Com certeza — diz Mario quando entramos na fila de atendimento. — Esbarrei com o Louie no cinema uma vez e…

— Louie?

— Meu primeiro namorado.

O fato de existir um primeiro namorado significa que também tem um segundo. Talvez até mais que dois. Mas não é isso que prende minha atenção.

— Por favor, me diga que Louie é um apelido para Luigi.

Dylan vai amar esse detalhe mais do que ama a Samantha.

Mario solta uma risada e balança a cabeça.

— *Lo siento*, Alejo.

É, Dylan vai odiar esse detalhe mais que café descafeinado. Talvez até mais do que odeia o Patrick.

— O que aconteceu quando você esbarrou com o Quase Luigi?

Mario dá um sorriso nostálgico, como se tivesse sido transportado de volta para aquele dia.

— Fiquei muito feliz em vê-lo, mas só como amigo mesmo. Foi tranquilo porque a gente só tinha dezessete anos quando namorou. Nada sério, durou dois meses.

Nada sério? Arthur e eu tínhamos essa mesma idade quando a gente namorou. Nem foi por dois meses, mas eu com certeza classificaria como algo sério. Não que eu precise defender a forma como aquele verão foi maravilhoso para mim. E quando nosso tempo juntos acabou, desejei poder mergulhar na tela do celular quando estava conversando com Arthur no FaceTime e dormir ao lado dele na cama. Desejei com toda força que a família dele se mudasse de vez para Nova York.

Tenho certeza de que ainda estaríamos juntos se eu não tivesse me afastado tanto.

Porém, isso não importa mais.

Foco no futuro, Alejo.

— Arthur parece ser bem de boa — diz Mario.

— Ele é.

Arthur pareceu estar tranquilo mesmo, mas o Arthur que eu conhecia não "ficava de boa" por nada. Acho que ele aprendeu a se acalmar um pouco. Mas será que alguém assim teria coragem de correr para encontrar o ex-namorado? Sei lá, viu? Não sei ao certo quem é Arthur Seuss atualmente.

Tentei manter contato, me esforcei de verdade. Mas conversar sobre Mikey era difícil demais. Eu estava em um momento complicado, porque precisava dar apoio ao Arthur, como um bom amigo faria, apesar de ainda estar tentando lidar com o que eu sentia por ele. Quando os dois terminaram, acendeu uma faísca de esperança; achei que nossa história não tivesse de fato chegado ao fim. Mas desde que eles voltaram, entendi que nós não somos a história de amor incrível que eu imaginava.

Ajudo Mario a colocar as caixas no balcão de atendimento e vou para o lado, deixando-o resolver o envio. Dou uma olhada ao redor, me perguntando qual "coisa de filme" está prestes a acontecer. Outro pedido de casamento com direito a flash mob? E então cai a ficha. Já aconteceu.

Meu ex-namorado se encontrou com meu possível próximo namorado.

Mario termina de ser atendido, e depois vamos embora da agência. Ele gesticula para um carrinho de supermercado vazio.

— A carruagem aguarda você, Alejo.

— Não vai rolar. Deixa que eu empurro.

— Nada disso, deixa comigo.

— Você está dando uma de *macho alfa* pra cima de mim? — pergunto, dando ênfase sem perceber. Acho que meu cérebro liga a chavinha do espanhol quando estou com Mario.

Ele dá a volta no carrinho e coloca a mão em meu ombro.

— Espera aí, Benjamin Hugo Alejo. Quem ensinou a palavra *macho* para você?

— Hã… essa não é uma palavra exclusiva do espanhol.

— Sim, mas você falou com seu tom "de espanhol". Sei diferenciar.

Não sei como ele consegue distinguir, mas conheço bem quando o tom de Mario vai de "amigável" para "flertando". Meu rosto fica vermelho, sinto arrepios pelos braços, e sempre levo alguns segundos a mais para encontrar as palavras.

— *Tengo una pregunta* — declara Mario.

Olho em seus olhos castanhos e meu coração palpita. Há tanta coisa que ele poderia perguntar.

Talvez ele finalmente me peça em namoro.

— ¿*Sí?*

— Você acha que sair com Arthur vai deixar as coisas menos estranhas? Ou até conhecer o namorado dele... Juro que encerro o assunto se isso for demais para você.

Então ele não me pediu em namoro. Só está deixando explícito o quanto fiquei esquisito depois de encontrar com meu ex.

Mario tira a mão do meu ombro e desvia o olhar.

— Esquece. Vou ficar quieto.

— Por favor, não — digo. — Talvez isso seja bom pra mim.

— Vou com você, se quiser. Que tal sexta-feira, antes da minha viagem no sábado?

— Aham. Vai ser divertido.

Tradução: encontro duplo.

— E você já esbarrou com o namorado novo do seu ex? — pergunto.

Mario sorri e me puxa para um abraço.

— Sinto informar que ainda não cheguei a esse ponto, Alejo.

Apoio o queixo no ombro dele, sentindo o cheiro do xampu e querendo não sair daqui. Me afasto, e olhamos nos olhos um do outro de novo enquanto sorrimos. Geralmente, não tomo iniciativa em momentos carinhosos com Mario porque não quero arriscar ser rejeitado. Mas fico muito grato pelo tanto que ele está sendo compreensivo; tão compreensivo que sinto como se um ímã me puxasse até ele.

Eu o beijo por tempo suficiente para ele entender que não quero ser confundido com apenas um amigo. Fico nervoso quando paramos de nos beijar, desejando que pudéssemos viver para sempre nesse espaço em que estamos presos um ao outro.

— *Otra vez* — sussurra Mario.

Levo um tempo para recuperar o raciocínio e não entendo o que ele quer dizer.

— O quê?

— Me beija de novo — pede ele.

Beijo Mario *otra vez*.

— A carruagem ainda está esperando por você — diz Mario.

Entro no carrinho, dobro as pernas e pressiono os joelhos contra o metal. É bastante desconfortável, principalmente quando Mario começa a correr enquanto empurra. Estamos rindo, e tenho certeza de que vamos cair e ralar a cara no asfalto, mas Mario é cuidadoso.

Quando ele faz uma pausa para recuperar o fôlego, abro a conversa com Arthur.

**Ei, foi legal "esbarrar" em vc. Vcs querem sair comigo e o Mario na sexta à noite?**

Clico em enviar de uma vez, tentando não levar uma eternidade para digitar uma mísera mensagem para o Arthur. Quero aproveitar cada minuto que tenho com o Mario.

# ARTHUR

### Terça-feira, 19 de maio

— MIKEY MOUSE, POR QUE não consigo dormir?

Mal são seis horas da manhã. Meu namorado, que ama acordar cedo, está agindo como um sabiá e já está de banho tomado.

Ele se senta na beirada da cama, sorrindo.

— Você conseguiu dormir um pouco pelo menos?

— A minha câmera frontal diz que não — digo, olhando mais perto. — Apesar de que as marcas do travesseiro no meu rosto dizem que sim. Ai… — Paro. — Eita, sua câmera acabou de tombar como num filme de terror. Você foi…

— Assassinado? — Ele volta a aparecer na tela do meu celular. — Não. Estava colocando uma meia.

Ele é tão fofo que quase não aguento. Mikey já escreveu uma dissertação de quinze páginas sobre a ópera estadunidense da época da Guerra Fria, mas não consegue segurar o celular e colocar uma meia ao mesmo tempo.

— Ok, preciso de ajuda. Não sei o que vestir no primeiro dia. Estou tentado a usar terno e gravata, mas…

Mikey ergue as sobrancelhas.

— Engomadinho do Escritório, é você?

— Parou. Só no primeiro dia, sabe? É a primeira impressão. Estava pensando em algo meio…

— Jeremy Jordan em *Supergirl* — dizemos juntos.

Solto uma risada.

— Sim! — Faço uma pausa. — E tem certeza de que…

— Você não vai ficar igual a um contador mirim, prometo.

Mordo o lábio para reprimir um sorriso.

— Você está lendo meus pensamentos agora, é?

— E estou errado?

A expressão séria dele me faz derreter por dentro. Talvez seja só o fato de que Mikey nunca me provocava, mas agora ele é o brincalhão mais carinhoso do mundo, e não me canso disso.

— E qual a programação de hoje? — pergunto. — Mergulho? Arco e flecha?

— Você sabe que as crianças do acampamento estão na pré-escola, né?

— Fiz mergulho na pré-escola.

— Arthur, você literalmente tem medo de peixes.

— Porque fiquei traumatizado por causa do mergulho. — Faço uma pausa, pensativo. — Espera, acho que foi snorkel, não mergulho. Enfim, preciso me arrumar!

— Me liga quando voltar para casa? Quero saber como foi.

— Vou fazer a cobertura completa. Você, Mikey Mouse, vai saber mais sobre Jacob Demsky que o próprio marido dele.

— Não duvido que eu já saiba.

Dou uma risada.

— Saudade de você.

— Também estou — diz ele baixinho.

Ficamos em silêncio, o que tem acontecido com mais e mais frequência nos últimos tempos, e nunca sei como quebrá-lo. Acho que é a parte da conversa em que as pessoas dizem "eu te amo", mas Mikey e eu não chegamos lá ainda. Não sou exatamente contra as três palavras, só acho que é cedo demais para declarações. Mas, de um jeito ou de outro, a hesitação indica que já estamos nesse estágio do relacionamento.

É como se o silêncio tomasse o lugar de um "eu te amo" quando a declaração parece precipitada.

Desligamos, e me arrasto para dar início à rotina matinal: banho, dentes e botões da camisa. Gravata também, porque, afinal, prefiro ser o Engomadinho do Escritório a um garoto vestido para um bar mitzvah. Pelo menos posso exibir minhas habilidades com o nó de Windsor — fruto de horas assistindo a tutoriais no YouTube que renderam visuais incríveis de formatura para mim, Ben *e* Dylan; minha maior conquista do ensino médio, sem dúvida. E lógico, agora estou preso na lembrança dos olhos do Ben se iluminando na tela do meu celular quando ele fez o último passo do nó e viu que tinha ficado perfeito.

Da mesma maneira como ele ficou feliz ao me ver na agência dos correios ontem.

Fecho os olhos com força, tentando afastar a imagem da minha cabeça. O tanto que as lembranças de Ben têm me assombrado nos últimos dias é desconcertante. Fico sentado aqui cuidando da minha vida, pensando no meu namorado, e então Ben surge do nada, em um milhão de disfarces. Tem Benjamin Franklin em cada nota de cem dólares e o Big Ben em cada postal de Londres. Até o reitor da minha universidade se chama — adivinha? — Ben. Não sei como, mas ele está constantemente a minha volta. Assim como um vulcão, basta um pequeno terremoto para que entre em erupção.

Às vezes queria que eu tivesse vinte ex-namorados, só para saber se o que sinto por Ben é normal.

Estranho mesmo é o tanto que esse trabalho parece um primeiro encontro, pelo jeito que estou tão agitado, nervoso e desesperado para causar uma boa primeira impressão. O assistente do Jacob, Taj, me mandou mensagem dois dias atrás com as instruções de como chegar lá de metrô, e a este ponto elas já estão tatuadas no meu cérebro. Consigo um assento vago, o que é maravilhoso, porque significa que posso usar o percurso até o centro para dar uma última olhada no roteiro — repleto de post-its coloridos e de anotações, apesar de Jacob não ter *tecnicamente* pedido isso. Mas é preciso se esforçar quando se trata do emprego dos sonhos. Abro na primeira página e, como sempre, aquelas letras maiúsculas em fonte Courier fazem meu coração disparar.

### "MAIS UMA VEZ, DO COMEÇO"
### Escrito por Jacob Demsky

A peça em si é muito diferente do que eu esperava. Pensei que seria um tipo de performance artística multissensorial, como o espetáculo de dança a que Mikey e Musa me fizeram assistir uma vez na Wesleyan, em que todos os dançarinos emergiram de um útero de elastano gigante, e os lanterninhas deram sacos cheios de terra para que a gente cheirasse em momentos específicos da apresentação. Mas não é nada disso. É apenas uma história comum — convencional, linear e quase encantadoramente linda.

É sobre a amizade entre duas pessoas queer em Nova York e a criança que elas criam juntas. Acho que já li umas doze vezes até agora, mas não conseguiria evitar mais uma releitura, nem se tentasse. Mal passo da segunda cena do primeiro ato quando o metrô chega ao Columbus Circle, onde preciso descer para fazer a baldeação. E, daqui, são só mais algumas estações até o local do ensaio.

Falando nisso, meu estágio é em um estúdio de ensaio — um estúdio de verdade e legítimo da off-Broadway. Não, não é aquele de dez andares icônico próximo da Times Square, onde dá para esbarrar no elenco de *Hamilton* no elevador. Mas tenho certeza de que esse estúdio ainda assim é melhor, por umas cinco milhões de razões, começando com o fato de que fica localizado no East Village, também conhecido como a central hipster. Acho que nenhuma outra área foi habitada por tanta gente descolada. Tem dois rapazes tatuados falando espanhol, uma mulher em uma cadeira de rodas enfeitada com crochê em formato de mandala e um homem negro estiloso com dreads cinza segurando um copo de café na mão. Estou surpreso que minha barba ainda não tenha crescido espontaneamente e meu cabelo não tenha se tornado um topete só de respirar o ar da região.

Ando em círculos próximo à entrada do estúdio por algum tempo, tentando me acalmar. Estou quinze minutos adiantado, tempo suficiente para dar uma volta no quarteirão se eu quiser, só para explorar. Na verdade, acho que estou perto do bairro do Ben. Não que ele precise que eu apareça do nada na porta dele numa manhã de terça-feira altamente erótica com Mario.

Só é engraçado, acho, porque ele gastou uma eternidade falando sobre o quanto queria ficar solteiro. Ficou insistindo que precisava de "tempo" e reafirmando que não iria namorar ninguém a menos que estivesse a fim de verdade. Ele é assim, diz que prefere ficar solteiro a firmar compromisso só para estar em um relacionamento. Então é evidente que ele está sério com Mario. Acho que é o tipo de situação que acontece quando você conhece um garoto daqueles.

Mas quer saber? Tenho meu namorado, que é completamente adorável. Michael McCowan, o Mikey de Boston, Massachusetts, que sem dúvida alguma precisa de uma selfie minha na frente do estúdio. Sou discreto, óbvio, para não dar a impressão de "acabou de chegar da Geórgia" logo de cara no meu primeiro dia na vanguarda do East Village. Vou só segurar o celular na altura do peito e…

— Quer que eu tire uma foto sua?

Olho para cima assustado e vejo um garoto de pele marrom com cabelo preto liso e um rosto perfeitamente simétrico — acho que deve ser do Sul da Ásia e ter vinte ou vinte e poucos anos. Algo me parece familiar, então é provável que ele seja ator, talvez até meio famoso. Porém, mais que qualquer coisa, é a roupa dele que me deixa sem palavras. Em particular a gravata e o suspensório. Ambos *floridos.* Genial pra caramba, nossa. Uma revelação.

— Não me importo — afirma ele, segurando o próprio celular enquanto continuo o encarando boquiaberto. — Sorria!

Dou um sorriso tosco, porque parece que o Arthur Vanguardista do East Village é muito suscetível aos comandos de garotos bonitos com suspensórios floridos.

— Vou mandar pra você por mensagem — diz ele, digitando algo no celular.

Assinto em silêncio, esperando pela parte em que ele pede meu número. Em vez disso, o garoto só olha para mim e sorri. Meu celular vibra na minha mão: uma nova mensagem de texto com uma foto anexada enviada por...

— Ah, você é o Taj! — Balanço a cabeça, sentindo o calor subir para minhas bochechas. — Caramba. Me desculpa. Eu... óbvio que é você. Seu cabelo era...

— Um terrível experimento. Apesar de meu namorado ter achado que fiquei parecido com o Johnny Bravo. — Ele ri, fazendo uma careta.

— Bem, sou Arthur — digo sem pensar, o que faz minhas bochechas queimarem de novo. — E você já sabe disso. Lógico. — Levanto o celular no que acredito ser o gesto universal para "você acabou de me mandar mensagem, e eu sou um palhaço". — Desculpa, eu só, hã...

— Prazer em finalmente conhecer você! — diz Taj. — É melhor a gente entrar, o que acha?

— Sim! Maravilha. O mesmo. Quer dizer, sinto o mesmo. Também é um prazer conhecer você pessoalmente.

Como é que eu calo a boca mesmo?

Taj abre a porta para mim e dou passinhos rápidos para dentro do saguão do Estúdio de Ensaio Lafayette, que é igualzinho ao que vi doze vezes pelo tour virtual. É um prédio antigo, com um tapete de veludo verde e detalhes dourados — mas também há janelas grandes, e o ar tem um cheiro cítrico de produto de limpeza. Taj segue direto para os elevadores, aperta o botão e sorri para mim.

— Como está se sentindo?

Respiro fundo.

— Bem. Não acredito que estou aqui. Jacob é meu diretor favorito. Parece que estou sonhando.

— Jacob é ótimo — responde Taj. As portas do elevador se abrem e ele dá espaço para eu entrar. — A peça também é ótima. Estou empolgadíssimo.

— Ai, nossa, sim. Fico tão triste por ter perdido a leitura de mesa. Tive uma prova na manhã de sexta-feira. Ainda sou estudante. Estou na faculdade. Lógico, né? — Esfrego minha bochecha. — Não sei se Jacob comentou sobre mim.

— Você terminou o primeiro ano na Wesleyan agora, né? Me formei em Yale dois anos atrás.

— Espera. Sério? — Fico chocado. — Minha avó mora em New Haven!

Mas que incrível, Arthur. Mencionar a *avó* antes mesmo de sair do elevador. Sempre uma bela jogada profissional.

— Que legal. Adoro New Haven — diz Taj assim que chegamos ao quarto andar. — Certo. Está pronto?

Faço que sim e sorrio com calma.

— Sério, pode relaxar. Todo mundo é superlegal. Vou apresentar você para as pessoas.

O estúdio é mais iluminado do que eu imaginava, e o teto alto e os espelhos fazem com que pareça ainda maior do que é. Só tem algumas pessoas aqui por enquanto, correndo para lá e para cá com pranchetas e colocando cadeiras no lugar. Meu olhar pousa em um rapaz negro com um piercing no septo e uma camiseta com os dizeres DIREITOS TRANS SÃO DIREITOS HUMANOS — ele está conversando com uma mulher branca baixinha com um estilo retrô e um cara de pele marrom e óculos enormes dos anos oitenta, que parece ser só um pouco mais velho que eu. A energia hipster está fora do normal.

— Seus pronomes são ele/dele, né? — pergunta Taj, e eu assinto. — Certo, os atores só chegam às onze horas, mas vou apresentar você a alguns assistentes. E ao Jacob, lógico.

Taj gesticula para um grupo de pessoas conversando perto de várias estantes de partitura. Alguém se vira de supetão em minha direção. Mesmo se não o tivesse conhecido na nossa entrevista no Zoom, reconheceria Jacob num piscar de olhos: carinha de bebê, cabelo loiro e olhos azuis, assim como nas fotos. Ele se alegra quando me vê e dá uma corridinha até mim.

— Arthur, oi! Vejo que já conheceu o Taj. Excelente. Ele vai cuidar bem de você. — Ele se vira para Taj. — Ah, acabei de lembrar. Stacy está precisando de uma mãozinha com o inventário dos adereços de palco. Você ajuda o Arthur a mexer na planilha?

— Sem problemas.

— Ah! E se vir Justin, pergunte a elu se podemos mudar a paleta da Amelia para tons de verde. Mas estou gostando do vermelho escarlate para o Em.

Balanço a cabeça com Taj, apesar de não ter ideia de quem Justin, Amelia e Em são. Ou qual tom é "vermelho escarlate". Além disso, estou vestido como o Pete Buttigieg. Será que estou me saindo bem?

— Então, boas notícias. — Jacob se vira para mim. — A peça foi confirmada no Shumaker Blackbox Theater. Cinquenta lugares, e é um espaço acessível e maravilhoso. Você vai amar. Vou levá-lo lá qualquer dia. Mas sinta-se livre para me perguntar o que quiser. Estamos muito felizes de ter você aqui!

Sinto meu coração palpitar.

— Muito obrigado. De verdade. — Respiro fundo. — Estou surtando um pouco. É uma honra *tão grande* conhecer você.

— Você é muito gentil. — Jacob dá um tapinha no meu braço.

— Certo, então hoje você vai ficar se adaptando. Taj vai ajudá-lo com a planilha de adereços, e depois vamos apresentá-lo à Stacy quando ela voltar. Ah, quase esqueci! Você tem uma cópia impressa do roteiro?

— Tenho! — digo e levanto o fichário com o roteiro.

— Ótimo! Então, acho que podemos… — Ele hesita no meio da frase, olhando para algo atrás de mim. — *Meu Deus!*

Quando me viro, vejo o cara do piercing no septo segurando o que parece ser o boneco Chucky, só que careca.

— Eita — murmura Taj.

— Se um dia eu escrever outro musical que envolva um bebê — diz Jacob —, por favor, me matem.

— Isso é o bebê cenográfico? — pergunto.

— Não. Definitivamente não. — Jacob dá uma risada cansada e passa a mão pelo cabelo. — Certo, é melhor eu resolver isso.

— E vou arrumar um lugar para você — diz Taj, se virando para mim, mas então hesita. — Na verdade, quer saber? Por que você não pega um café antes dos atores chegarem?

— Ah! Não, obrigado, melhor não. Já estou nervoso por ser o primeiro dia. Se ingerir cafeína, vou virar o Sonic. Ou um vibrador.

Alô, tudo bem? Gostaria de falar com o gerente, por favor. É sobre a possibilidade de entrar em combustão espontânea. Porque, por alguma droga de razão, decidi me referir a mim mesmo não apenas como um personagem de videogame, como também a um brinquedo sexual no primeiro dia de trabalho. E para completar, não consigo parar de olhar para o suspensório florido. E para a *gravata*.

— Entendi — diz Taj depois de umas dez horas de silêncio constrangedor.

Mando uma mensagem para Jessie assim que Taj sai. **Eu ficaria bem de gravata florida, né???**

Nenhuma resposta. Acho que ela deve estar atolada com documentos, lutando com uma copiadora ou anotando pedidos da Starbucks, e, minha nossa, como sou grato por não ser mais estagiário em uma firma de advocacia. Não estou dizendo que preencher uma planilha de Excel com adereços de palco é o auge da criatividade — no final das contas, essa é a vida do estagiário. Mas se for para eu buscar o café gelado de alguém, que seja o do Jacob Demsky.

E então a ficha cai com tudo: Taj não estava perguntando se eu queria café. Ele queria que *a gente* fosse pegar café para a equipe, talvez até para os atores. O que significa que sou oficialmente o estagiário mais inútil da face da Terra. Será que é esse meu legado? Arthur Seuss, pioneiro na arte de esquecer tarefas básicas, tipo se oferecer para buscar café para o chefe.

Vou ter que compensar o deslize surpreendendo Taj e Jacob com o melhor inventário de adereços de palco da história do teatro.

O modelo que Taj me enviou é bem básico, mas aposto que consigo replicar a tabela no aplicativo de design de que Samantha sempre fala no Instagram. Talvez eu pudesse até importar as imagens de cada adereço, só para dar um tcham. Quero que Jacob saiba que estou levando minha função a sério. Os dias de fazer o mínimo esforço possível acabaram. Estou manifestando toda a energia de puxa-saco do universo.

Estou tão concentrado que não escuto os passos de Taj até sentir o cheiro de café.

— Nossa, uau. — Olho para cima e o vejo olhando para a tela do notebook com as sobrancelhas franzidas. — Isso é...

— O que você acha? É óbvio que tem as mesmas informações, mas pensei em algo diferentão, sabe?

— Hum. Sim, sim. Deu pra ver. Está diferentão mesmo.

Contenho um sorriso de orgulho.

Taj esfrega a ponte do nariz.

— Então. É... Normalmente, a equipe prefere seguir os modelos simples, só para padronizar o processo.

Sinto meu estômago revirar.

— Ah. É...

— O que você fez é muito impressionante — acrescenta ele depressa. — É só que... sabe como é, né? Por acaso você teria a outra versão?

— Aham! Quer dizer, ainda não, mas posso voltar com o modelo anterior. Nossa. Me desculpa mesmo. Não sabia que...

Encaro minhas mãos.

— Ah! Não. Eu é que peço desculpas. Devia ter explicado melhor. Você só estava... sua planilha é *fantástica*. É que...

— Vou levar dez minutos. Vou começar agora.

Estou piscando tão rápido que meus cílios quase saem voando. Mas não posso chorar no primeiro dia de trabalho. É só que... poxa. Não tem nem uma hora que estou aqui e fiz besteira. Já preciso de uma nova chance.

Isso parece mesmo um encontro.

# BEN

Sexta-feira, 22 de maio

— TOC, TOC — DIZ DYLAN do lado de fora da porta do meu quarto, sem de fato bater.

— Um segundo.

Estou parado sem camisa em frente à gaveta aberta. Quero usar uma das camisetas que Mario fez para mim, mas me parece uma escolha impactante demais para encontrar com meu ex e o novo namorado dele. Será que o look não passa a ideia de que estou jogando na cara o tanto que Mario se importa comigo, apesar de não estarmos oficialmente juntos? Ou seria suficiente o fato de que ele vai sair com a gente na sua última noite na cidade, antes de viajar para Los Angeles?

É bobagem me importar tanto assim.

Não preciso competir com Arthur.

Vou manter a cabeça erguida durante o encontro.

Falando em orgulho, decido usar minha camiseta favorita que Mario fez depois de começarmos as aulas de espanhol: branca e com a bandeira de Porto Rico estampada no bolso do peito. Brinquei com ele uma vez que parecia que as pessoas não perceberiam que sou porto-riquenho a menos que eu usasse a bandeira como uma capa, então ele fez essa camiseta para mim e disse que assim seria mais sutil. Sinto que as pessoas me veem de verdade quando a uso.

— Toc, toc — repete Dylan. — Você tem cinco segundos para levantar a calça.

— Pode entrar — digo.

— Sério? Você ainda tem uns três segundos — informa ele, ainda do lado de fora.

— Sai da frente — diz Samantha, entrando no quarto. — Oi, Ben.

Ela está mexendo no colar com os dedos e toda vestida de preto e branco — camiseta preta, casaco branco, calça jeans preta e tênis preto e branco. Ela passa uma vibe meio estagiária da Cruella de Vil, e cai bem nela. Dylan entra em seguida, andando atrás de Samantha como um cachorrinho fiel.

— Não será um encontro comum, nem um encontro duplo, mas um encontro triplo! — informa Dylan. — Pela primeira vez na história mundial!

— Nós fomos a um encontro triplo no boliche com meus amigos aquela vez — lembra Samantha.

— Não conta. Eles não tinham química alguma. Aquilo foi no máximo um encontro duplo. — Dylan se vira para mim. — Ashleigh não largava o celular, e Jonah foi péssimo, Big Ben. Ficou se exibindo na pista de boliche.

— Então ele jogava melhor que você? — pergunto.

— Sim — responde Samantha. — E Ashleigh estava resolvendo uma emergência familiar, mas Dylan tem razão: Jonah é insuportável.

Dylan sorri.

— Ouviu só? Ela disse que estou certo.

— Isso sim é uma primeira vez na história mundial — diz Samantha.

Dylan sobe na minha cama e começa a pular.

— Estou certo!

— Sai daí — ordeno.

Ele desce e me lança um olhar suspeito.

— Por quê? Você por acaso está escondendo o Arthur aqui? — pergunta Dylan, se abaixando para olhar embaixo da cama.

Sinto minhas bochechas corarem.

— Por que eu esconderia o Arthur?

— Porque deixar ele à solta seria uma grande falta de respeito?

— Mas não tem nada rolando entre a gente.

Troquei apenas algumas mensagens com Arthur desde que nos vimos na segunda-feira. A primeira foi quando sugeri sairmos, e a outra hoje mais cedo para confirmar o horário e checar se teria problema Dylan e Samantha também irem com a gente.

— Não seja estranho hoje, D. Não quero que as pessoas se sintam desconfortáveis.

— Eu? Estranho? Posso me sentir ofendido com isso, Fiscal de Diversão?

— À vontade.

Guardo a carteira no bolso e nós três saímos do quarto.

Meus pais estão abraçados no sofá assistindo à segunda temporada de *One Day at a Time* na Netflix. Minha mãe provavelmente já viu cada episódio pelo menos quatro vezes, mas é a primeira vez que ela faz meu pai assistir. Eles me chamaram para a maratona, mas no geral prefiro ir para o quarto escrever ou conversar com Mario no FaceTime. Ver séries sobre famílias geralmente me faz desejar que a vida fosse mais simples, como se eu pudesse viver os altos e baixos de morar com os pais por apenas trinta minutos.

— Quais são os planos para hoje, Benito? — pergunta minha mãe, cobrindo a perna com o edredom.

— Só vamos à Times Square.

— Times Square?

— Arthur já não foi lá?

— Sim, mas ele ama aquela região. Mikey também, imagino.

Não ficaria surpreso se eles tivessem passado cada noite em Nova York indo a um espetáculo diferente. Enquanto isso, estou aqui esperando o salário de cada mês e dando dinheiro aos meus pais para pagar o aluguel do quarto e as compras de mercado.

— Se divirtam, então — diz minha mãe. — Vocês também, Samantha e Dylan.

— *Gracias* — diz Dylan, exatamente como um bom estaduni-dense faria.

Saímos e andamos até a estação, pegando o metrô a tempo de vermos dois garotos negros de pele retinta gritarem "É hora do show!". A música começa e Dylan tenta bater palma conforme a batida — só que ele está tão fora do ritmo que estou a um passo de fazê-lo parar. Para ser sincero, nem sempre presto atenção às apresentações no metrô, mas esses caras são outro nível. Não consigo parar de assisti-los dançando pelo corredor e girando nas barras e alças de apoio com a força de super-heróis. Damos alguns dólares a eles antes de sairmos para pegar outra linha.

Quando chegamos à Times Square, percebo logo de cara que o lugar não tem aquele efeito mágico sobre mim. Os painéis luminosos se misturam com os semáforos. Os cartazes da Broadway também poderiam ser pôsteres em pontos de ônibus. Me sinto assim em Nova York o tempo todo. Acordo todas as manhãs e vejo a cidade brilhando um pouco menos a cada dia. Mas o glamour da cidade não é para quem mora aqui, como eu. É para pessoas como Arthur e Mikey, que provavelmente vão surgir a qualquer momento, felizes e cantando trilhas sonoras de musicais que não conheço.

Pego o celular e vejo que Mario avisou que vai se atrasar porque arrumar as malas da viagem levou muito tempo. Eu tinha pensado em passar a noite na casa dele, mas ele vai sair bem cedo e sei como descanso é algo importante. Por sorte, conseguimos nos curtir um pouco ontem à tarde enquanto meus pais estavam trabalhando.

— Estou morta de fome — anuncia Samantha.

— Quer cachorro-quente? — pergunta Dylan, apontando para o vendedor na esquina.

— Talvez um pretzel — diz ela.

Dylan vai até a barraquinha.

— Meu bom senhor, qual o valor do pretzel que tu vendes?

— Por que você está falando assim? — pergunta o vendedor.

— Para você não pensar que sou turista.

— Você fala como se fosse.

— Um turista de onde?

— Do passado.

Dylan o encara.

— Quanto é o pretzel? Minha esposa está com fome e preciso colocar comida na mesa.

— Cinco dólares.

— Aham. E depois que eu entregar para você uma nota do queridíssimo Lincoln, você vai ser preso imediatamente por seus crimes?

Os dois se encaram como se estivessem em uma competição. Eu e Samantha reviramos os olhos.

— Quatro dólares — barganha Dylan.

— Cinco.

— Quatro dólares e mais um dólar por um refrigerante.

— Sete dólares.

Dylan se inclina.

— Você está me envergonhando na frente da minha esposa. Por favor, de um homem de família para outro, quebra esse galho para mim.

— Você é uma criança.

— Como ousas? Eu tenho barba.

Samantha interrompe a conversa com uma nota de cinco dólares.

— Um pretzel, por favor.

O vendedor pega o dinheiro e entrega o pretzel a ela.

— Tenha uma ótima noite.

Samantha dá uma mordida enorme, agradece com a boca cheia e sai andando.

Dylan lança um olhar sério para o vendedor.

— Divirta-se na cadeia, cara.

Alcançamos Samantha, que está devorando o pretzel. Ela começa a falar sobre o quanto ele é mais saboroso do que os da lanchonete do campus, e Dylan menciona seus lanches favoritos que são vendidos lá (nuggets, pizza de pepperoni e hambúrguer) e os que deveriam ser banidos (cachorro-quente, batata frita e tacos). Não tenho nada a acrescentar à conversa, o que é ótimo, já que estou focado no que me aguarda.

Ainda estamos esperando Arthur e Mario.

Não, corrigindo. Mario e Arthur. Mario vem primeiro agora. Penso nele quando acordo. A cada mensagem que recebo, espero que seja dele. Eu cancelaria os planos com todo mundo para ficar sozinho com ele. Sei que deveria aproveitar o tempo que Arthur está na cidade, mas a viagem dele não gira em torno de sair comigo. Não foi assim dois anos atrás e não vai ser assim agora.

E então Arthur é a primeira pessoa que vejo na multidão. Fico surpreso por ele não estar de mãos dadas com Mikey, mas é possível que eles tenham soltado as mãos por não ser muito prático caminhar lado a lado pelas ruas cheias. Não ver os dois grudados é um jeito bom de começar a noite. Mas quando Arthur se vira para falar com alguém, não é o Mikey. É a Jessie. Não tinha me tocado de que ele a chamaria também, mas por mim tudo bem.

Essa é a mesma região onde marcamos nosso primeiro encontro de verdade.

— Oi! — diz Arthur, sorrindo. — Nossa. Dylan! Samantha! — Ele os abraça. — É tão bom ver vocês.

— É ainda melhor ser visto por você — responde Dylan.

— Oi de novo — digo para Jessie.

— Oi, oi. — Jessie dá um beijo no rosto de Samantha. — Ouvi o podcast que você me mandou. Hilário.

Gosto do fato de que Samantha e Jessie não perderam o contato depois de Arthur e eu terminarmos. As coisas não deveriam ser complicadas para elas também.

— Oi, Arthur.

— Oi, Ben.

Nós nos abraçamos, mas o contato é rápido. E tudo bem. De boa. Já riscamos da lista o abraço "nossa, que bom ver você pela primeira vez em dois anos" alguns dias atrás.

— Onde está o Mario? — pergunta ele.

— Deve chegar logo. Ele acabou se atrasando fazendo as malas para a viagem a Los Angeles amanhã.

— Quanto tempo ele vai passar lá?

— Uma semana.

Aqui estou eu, falando sobre a programação do Mario para meu ex-namorado.

Preciso parar de pensar em Arthur apenas como um ex. Ele é mais que isso. Somos amigos. Não importa que ele é a última pessoa que amei de maneira romântica. Isso já faz anos.

— *Estoy aquí, estoy aquí* — grita Mario atrás de mim. Ele belisca minha cintura e abraça todo mundo que conhece antes de se apresentar para Jessie. — Me desculpem o atraso, eu estava fazendo as malas e… enfim, cheguei.

Mario sorri para mim, esfrega a ponta do dedo na bandeira de Porto Rico na minha camisa e dá uma piscadinha.

— Camiseta maneira, Alejo.

— *Gracias.*

Mario estala os dedos na direção de Arthur.

— Cadê o Mikey?

Arthur parece confuso.

— Em Boston.

Fico me perguntando se está tudo bem.

— Quando ele foi embora? — pergunto.

— Ele nunca veio para cá…

—Achei que ele tinha vindo com você…

— Estamos só nós dois mesmo — diz Jessie. A mão dela voa para a boca por um segundo. —Ah, não, que vergonha. Você tinha convidado o Mikey em vez de mim?

— Não, eu… — hesito. — Quer dizer, sim, mas é lógico que estamos felizes por você ter vindo!

Que desastre. Como foi que as coisas ficaram confusas desse jeito? Acho que não prestar atenção nas postagens do Instagram do Arthur é um começo. Eu estava criando um monte de cenários sobre ele e Mikey em Nova York — indo a espetáculos da Broadway, andando de mãos dadas cantando letras de musicais e dividindo a cama.

Me sinto mais leve. Como se eu não fosse a única pessoa no mundo que não tem a vida perfeita.

Mas o fato de o namorado do Arthur não estar na cidade não deveria me tranquilizar.

— Que pena que o Mikey não veio — lamento.

— Ele vem me visitar semana que vem, então vocês vão poder conhecer ele.

— Precisamos mandar uma foto para ele — diz Mario. — Mas primeiro devíamos ir para algum lugar.

Jessie aponta para o cinema do outro lado do quarteirão.

— Vamos assistir a um filme?

— Ai, meu Deus, sim, estou sedenta por uma raspadinha bem gelada — responde Samantha.

Mario balança a cabeça.

— Essa é a primeira vez que vocês se veem em anos! Não dá para botar o papo em dia durante um filme.

— É porque você nunca foi ao cinema com essa tagarela — diz Dylan, apontando para Samantha.

Ela dá um tapinha no braço dele, e ele finge que doeu.

Mario dá uma olhada ao redor.

— E o Madame Tussauds? Podemos tirar fotos com as estátuas de cera de celebridades ou… já sei, vamos ao Dave & Buster's!

Arthur olha para mim e desvia tão rápido que deve ter ficado tonto.

O Dave & Buster's foi onde tivemos nosso primeiro encontro. Não deveria ser nada de mais, porém admito que nunca voltei lá. Mas se é algo que Mario quer fazer, não é legal evitar só por causa do meu histórico com Arthur.

— Por favor, me diga que eles ainda têm *Super Mario Kart* — pede Dylan. — Precisamos de uma foto do Mario jogando *Super Mario Kart*. Icônico.

— *Pac-Man*? — Jessie pergunta para Samantha.

— Sim! — diz ela.

Arthur está em silêncio, imóvel.

— Tudo bem por você? — pergunto.

Ele balança a cabeça de maneira automática.

— Aham. E vamos de máquina de ga…

Mario pega minha mão e beija meu rosto.

— Vou desafiar você no *Guitar Hero*.

Ele me puxa em direção ao fliperama antes que eu possa ver a reação de Arthur. Deve ser estranho para ele ver outra pessoa me beijando.

No caminho, Mario se desculpa de novo pelo atraso e começa a falar de como está ansioso para a viagem. Não digo o quanto estou ansioso para que ele volte porque não quero parecer carente. Mas essa é a verdade: gosto do Mario e gosto de estar com o Mario. A energia dele é como a luz do sol.

Entramos no Dave & Buster's e subimos de escada rolante até o andar de jogos. Pegamos o finzinho de uma música da P!nk antes de uma da Rihanna começar a tocar. O fliperama tem várias mesas de hóquei, máquinas de pinball e plataformas de dança. O bar está cheio, o que é uma vantagem para quem veio apenas jogar. Mario e eu compramos um cartão juntos, cada um colocou quinze dólares para dividirmos os créditos nos jogos. Se acabarmos nos separando durante a noite, vamos ter que nos encontrar de novo, e me sinto ansioso por esses pequenos encontros.

Dylan está jogando *Speed of Light*, um jogo cujo objetivo é acertar o máximo de luzes possível quando elas piscarem; é como aquele jogo de acertar toupeiras quando elas saem do buraco. E ele está sofrendo para acertar as luzes. Ao contrário de Mario, que já chega com tudo e ganha de lavada. Acho que ele tem um sexto sentido para saber onde a próxima luz vai aparecer.

— Incrível — diz Arthur, surgindo do meu lado. — Ele joga com frequência?

— Parece, né? Mas não sei. Não venho aqui desde aquela vez com você.

— Por que não? Não estraguei o lugar para você, né? É esquisito perguntar isso? Não quero que as coisas fiquem mais estranhas do que já estão por eu ter trazido a Jessie. Você disse "vocês" na mensagem, e nós dois achamos que você estava falando da gente. Não tinha entendido que você achava que o Mikey estava aqui.

— Ah, então você não lê mentes? — pergunto.

— Infelizmente, não sou o Ben-Jamin depois de beber uma poção de telepatia.

Arthur sorri, como se ainda tivesse muito orgulho de ser um dos meus maiores fãs. Talvez até o maior.

— Não foi o melhor momento do Ben-Jamin. Talvez seja bom a gente não saber cada pensamento que passa pela cabeça das outras pessoas.

— Provavelmente.

Já está óbvio que não faço ideia do que está acontecendo na vida do Arthur. Tenho certeza de que ler a mente dele só iria me mostrar que ele mal pensa em mim.

— Enfim, eu deveria ter mencionado o Mikey. É que achei que vocês iam passar as férias de verão juntos.

— Era para a gente estar em Boston, mas dei sorte de conseguir um estágio e… Olá, Nova York. Arthur Seuss está oficialmente na Broadway! Quer dizer, off-Broadway, mas posso tossir para disfarçar a primeira parte.

— Não precisa ter vergonha, Art. Tenho muito orgulho de você.

— Obrigado, Ben.

Os olhos dele ainda são tão azuis. Começo a me perder neles, mas a comemoração de Mario muda o foco da minha atenção.

Dylan está se curvando para Mario.

— Você realmente é super!

Mario olha para cima de cabeça erguida e coloca as mãos na cintura, indo na onda de Dylan antes de se virar para mim e perguntar:

— Você viu?

Confiro o placar.

— Você massacrou o recorde do Dylan.

— O que não é difícil — diz Samantha.

— Tenta você, então — responde Dylan.

Samantha aceita o desafio. Seus movimentos são eficientes, como se estivesse de volta à Kool Koffee, precisando vaporizar leite, colocar essências saborizadas nas bebidas e entregá-las aos clientes ao mesmo tempo. Mario grava um vídeo dela arrasando no que imagino ser a primeira vez jogando. Ela parece ter nascido para isso.

— Super-Samantha! — Mario comemora quando ela bate o recorde.

— Arthur, você quer tentar?

Ele balança a cabeça.

— Vai, Arthur, você consegue.

— Não consigo, não.

Mario está prestes a fazer um discurso para encorajá-lo, mas eu o seguro pelos ombros para impedi-lo.

— Deixa ele — digo, e Mario não insiste.

Jessie e Samantha vão para a pista de boliche, rindo.

Vejo a cabine em que Arthur e eu tiramos fotos no nosso primeiro encontro. Eu não estava tão confortável naquele momento quanto gostaria; e até Arthur percebeu. Naquela época, ainda estava lidando com o que sentia pelo Hudson, e eu e ele também tínhamos tirado fotos naquela cabine. É como se o Dave & Buster's fosse uma máquina do tempo romântica que me puxa para o passado toda vez que meu coração se empolga com uma pessoa nova.

Encontro quatro cadeiras de *Super Mario Kart* vazias e aviso ao pessoal para irmos lá. Dylan e Mario saem correndo, e amo o tanto que eles estão se divertindo juntos. Existe sempre uma expectativa de que seus amigos e crushes se deem bem. Dylan não me preocupa, mas não sei ao certo quais são as primeiras impressões do Arthur. Sento ao lado de Mario, e Arthur fica com a cadeira da ponta, me deixando no meio dos dois; não preciso ler mentes para saber que Dylan está inventando uma piada sobre isso.

Antes da corrida começar, escolhemos nossos personagens. A escolha de Mario é óbvia. Dylan escolhe o Bowser e promete causar caos absoluto na pista. Arthur escolhe o Toad, que é um humanoide pequenininho que parece um dedão e usa um chapéu de cogumelo.

O tempo está se esgotando e preciso decidir quem vou escolher.

— Escolhe a Princesa Peach para o Mario-Mario salvar você — sugere Dylan.

— O jogo não é assim — digo. — Aqui não tem times, é cada um por si.

— Deixo você ganhar, se quiser — sussurra Mario.

— Não precisa — retruco, escolhendo o Yoshi. Sempre gostei daquele dinossauro verde.

Dylan se inclina, dando uma piscadinha sugestiva para mim.

— Você sabe que em alguns níveis o Mario cavalga no Yoshi, né?

— Cala a boca, D.

Falar de sexo enquanto estou sentado entre Mario e Arthur me incomoda.

Me concentro ao máximo no jogo. Dylan está cumprindo a promessa e me tira do percurso com um casco de tartaruga vermelho. Mario está na frente de todos nós. Será que existe alguma coisa em que ele não é bom? Enquanto Yoshi se recupera, tenho certeza de que já fiquei muito para trás. E então vejo Toad batendo em todas as paredes do cânion e dou uma risada do quanto Arthur é péssimo nesse jogo.

— É sua primeira vez jogando? — indago sem tirar os olhos da tela.

— Não sei o que faz você pensar isso — responde Arthur, dirigindo na direção oposta.

Não completamos nem a primeira das três voltas na pista quando Mario nos ultrapassa, já na sua segunda volta. Ele está muito concentrado no jogo, como se fosse ganhar um troféu de verdade. Ou como se quisesse provar algo. Por mais que seja adorável ver o Arthur mostrar que ele nunca deveria tirar uma habilitação, quero ganhar e estou torcendo para que algo atrapalhe o Mario — o personagem dele cair do mapa, ser atingido por um raio ou por um monte de cascos de tartaruga azuis. Mas tudo está indo na mais perfeita paz para os dois Marios.

— Parabéns — digo quando o placar aparece na tela, desejando que ao menos eu tivesse chegado em segundo lugar.

Pelo menos o terceiro lugar é melhor que o sexto, que foi o que Dylan conseguiu. E, sim, melhor que o décimo segundo, como Arthur, mas isso chega a ser fofo.

— Selfie em grupo, gente — diz Mario, esticando o braço e se inclinando para perto de mim.

Para a foto, Dylan abre a boca como se estivesse rugindo. Mario dá o tipo de sorriso que dentistas amam. Arthur chega mais perto para aparecer na tela do celular e coloca o braço no meu ombro. E eu sorrio, sentindo as bochechas corarem com o toque dele.

# ARTHUR

### Sexta-feira, 22 de maio

É DEMAIS. ISSO TUDO É demais para mim: os barulhos dos jogos, a música technopop e as luzes brilhantes que não param de piscar. O fato de essa noite toda parecer uma piada interna da qual não faço parte.

Não sei por que pensei que o encontro daria certo. Estava até ansioso para que chegasse logo — só um grupo de amigos curtindo a noite numa boa, e eu seria uma daquelas pessoas que são muito maduras e amigas dos ex-namorados. Além disso, se as coisas dessem errado, eu poderia desaparecer num passe de mágica e voltar para Midway com a Jessie. Um plano quase infalível, certo?

Só que não.

Jessie sumiu com Samantha uma hora atrás, Ben e Dylan estão no nível dez de uma invasão alienígena, e o namorado do meu ex está possivelmente planejando me matar com a força do seu charme irresistível.

— Passei uma semana lá depois do Natal — diz Mario. — Temperatura amena e céu aberto o tempo todo. Muito incrível. Ben nem sequer...

— MERDA! — Dylan bate as mãos na máquina do jogo.

— Toma essa — provoca Ben. — Toma. *Essa*.

— ... até eu mostrar as fotos pra ele — continua Mario.

Não estou mais prestando atenção, porque não preciso ouvir sobre as fotos sensuais de Mario na Califórnia. E também não quero mais testemunhar aqueles bíceps. *Já entendi, Mario, você malha.* Isso é uma droga, porque eu até que estava me achando bonitinho hoje. Minha roupa estava bonita: uma blusa com as mangas dobradas, um colete de tricô e uma gravata florida azul novinha. Taj disse que eu parecia o filho do casal clichê e problemático Joseph Gordon-Levitt e Zooey Deschanel em uma sequência de *(500) Dias com Ela* em um universo alternativo. Acho que meu cérebro se apegou a essa informação e se deixou levar. Me senti em um filme o dia todo, como se tivesse um filtro dourado e fantasioso em mim. Coçar a cabeça parecia coreografado. Quase consigo ouvir The Smiths tocando ao fundo.

Até Mario aparecer. Meu disco foi riscado como nunca.

Garoto indie dos sonhos? Não! Sou apenas um bobão de dezoito anos da Geórgia com bronzeado de fazendeiro e espinhas no queixo. E a iluminação das dezenas de telas de LED não está me favorecendo nem um pouco. Aposto que elas dão um ar de fim de tarde para pessoas com a altura do Mario.

Será que posso me teletransportar para Boston? É tudo que eu queria. Ter uma noite comum no sofá com Mikey. Ele iria pescar tubarões virtuais no *Animal Crossing*, eu assistiria a vídeos da Broadway no YouTube, e depois escovaríamos os dentes, apagaríamos as luzes e definitivamente não faríamos nada além disso, já que Mikey nem se masturba quando a irmã está em casa.

Mas quem se importa? Só quero acordar ao lado dele.

Eu poderia ligar para ele. Me esconder em algum brinquedo de corrida ou dar uma fugidinha para a entrada do fliperama, e talvez isso seja tudo que preciso para ficar tranquilo. Ver o rosto lindo do meu namorado.

Mas o que eu diria? Como poderia explicar esta noite para o Mikey? Não estou falando sobre o Dave & Buster's ou sobre eu estar aqui com o Ben. Disso Mikey sabe, e ele está tranquilo. Acho que Ben não é tão ameaçador quando se tem um cara como o Mario na jogada.

Agora Mario está começando uma história engraçada sobre a aula de escrita, o manuscrito do Ben e alguma coisa que Ben falou uma vez durante o exercício de crítica por pares, e juro que de dez palavras que saem da boca dele, metade é "Ben". E Mario fica tocando o braço do Ben. Acho que isso não é nada de mais, apesar de não entender por que ele acha que distrair o Ben no meio de uma partida é algo legal. Estamos falando de um garoto que, reza a lenda, já recusou um *boquete* para superar o recorde do Dylan no *Candy Crush*.

Do Hudson, só para enfatizar. Ben nunca recusou um boquete meu. Não que ele tenha tido muitas oportunidades de fazer isso. Mas isso não é relevante. Boquetes definitivamente não são relevantes. E não chega a ser algo que se aplica a nós agora, porque o Ben tem um novo namorado, eu também namoro outra pessoa, e todo mundo está bem resolvido. E feliz. Estou feliz! Só estou me sentindo um pouco fora de sintonia hoje, mas e daí? Não é como se Mario tivesse parado de falar um instante sequer para perceber.

— Aí fiquei tipo, quer saber? Vou pra casa terminar isso hoje à noite. Não importa o tempo que levar. Amanhã recupero o sono no avião.

Sorrio vagamente, como se tivesse noção do que ele está falando.

— Com certeza.

— Mas estou tranquilo, sabe? Sinto que sei para onde estou indo, então agora só preciso me expressar da maneira certa. — Ele boceja e se espreguiça. — Nossa, cara, foi mal. Fiquei acordado até tarde…

*Transando com Ben*, penso.

— … domando aquela fera até chegar ao clímax — continua ele.

Levo a droga de um minuto inteiro para entender que ele está falando do roteiro, não de sexo. Será que o rosto do Mario está interferindo nas minhas ondas cerebrais? É isso que acontece ao conhecer o namorado do seu ex-namorado?

Dou uma olhada rápida para Ben e Dylan, inclinados no console de uma maneira que não sei dizer se o objetivo do jogo é aniquilar os ETs ou dar beijos neles. Não parece que a rodada está perto de acabar.

Preciso ficar sozinho por um momento. Minha mente está precisando voltar para as configurações de fábrica.

— Preciso de uma ligação. — Faço uma careta. — Preciso *fazer* uma ligação.

— Ah. Dar notícias para o namorado — diz Mario, compreensivo.

Balanço a cabeça um pouco rápido demais. Pode apostar. Vou dar notícias para meu namorado megaperceptivo, que vai levar cerca de dez segundos para perguntar se estou bem. Qual será o momento em que vou me atrapalhar com as palavras explicando que estou *muitíssimo* bem, nem um pouquinho incomodado? Porque, afinal de contas, qual explicação eu tenho para estar incomodado? E se eu parecer mal-humorado é porque estou cansado. OLHA, ESTOU BOCEJANDO! UM BOCEJO NORMAL.

Certo, isso com certeza vai tranquilizá-lo.

Cinco minutos e uma Mensagem Perfeitamente Normal Para Mikey depois, estou lançando meus sentimentos para Ethan de dentro de um carro de corrida. **Adivinha quem está num rolê com o novo namorado do Ben?** 😬

Dois segundos depois, o celular vibra com uma ligação. Ethan nem me espera dizer alô.

— Você saiu com o Ben?

— Não *saí* com ele. Saí com umas pessoas, viemos para o Dave & Buster's e…

— Pessoas, incluindo o Ben.

— E o namorado dele — relembro.

Namorado do Ben, namorado do Ben, namorado do Ben. Olho para o volante, me sentindo abalado e distante. É como se eu estivesse do lado de fora do meu próprio cérebro.

— Não sabia que Ben estava namorando — diz Ethan.

— Não só namorando… Ele está namorando um cara muito gato. Com certeza muito mais gato do que eu.

— Uau. Ben está de parabéns.

Quase derrubo o celular. Parabéns? Será que Ethan sequer se lembra do nosso término? Chorei o caminho todo voltando de Nova York. Não conseguia dormir. Fiquei igual a um zumbi por *semanas*. Tomei tanto sorvete que meu pai começou a me chamar de Gelarthur. Até lembrar o último ano do ensino médio faz meu estômago revirar.

— Não acredito que você disse isso.

Ethan ri.

— Por quê? Você tem um namorado. Por que ele não deveria ter?

Meu surto de indignação é tão expressivo que um garoto com bigodinho de adolescente vira para me encarar pela janela do carro de corrida. Balanço a mão para ele sair do meu campo de visão e volto para a conversa.

— Você não ouviu a parte sobre ele ser mais gato que eu?

— Ouvi.

— É pra você dizer que não!

— Mas eu nunca vi o garoto — argumenta Ethan. — Como poderia ter certeza?

Bato na minha testa.

— Porque Mario não é seu amigo. Mas eu sou!

— O nome dele é Mario? Vixe, parece ser gato mesmo.

— Ah, pode acreditar que sim. Caramba. É a segunda vez que presencio a beleza dele — digo.

Fico paranoico achando que Mario está, de alguma forma, escutando. Ou Ben. Minha nossa, não sei o que seria pior. Mas quando olho para cima, é só o Bigodinho me olhando dos pés à cabeça e, sem explicação alguma, mexendo a língua dentro de um sinal da paz, na parte que forma um V. Não é exatamente o gesto que eu usaria para descrever minha vida sexual, mas tudo certo.

Respondo Bigodinho com um gesto de mão.

— Ainda não superei o fato de que você está com o namorado do Ben — diz Ethan.

— Não de propósito! É culpa do universo.

Quando olho para cima de novo, Bigodinho decidiu compartilhar seus dons em outro lugar. De uma hora para outra, meus olhos vão para o jogo de motocicleta. Aquele que joguei com Ben no nosso primeiro encontro de verdade.

Fecho os olhos com força.

— Não acredito que Ben está refazendo nosso primeiro encontro. Neste exato momento. Com o namorado gostosão dele que…

— Ele não é tão gostosão assim! Você é mais! — Ethan faz uma pausa. — Como me saí?

— Muito convincente. — Seguro firme no volante. — Não é estranho me sentir estranho com a situação, né? Tipo, Ben ficou estranho por causa do meu namorado. Posso ficar estranho por causa do namorado dele também.

— Estranho é você ter usado a palavra "estranho" quatro vezes agora.

— Ué, é uma situação estranha mesmo!

Ethan ri.

— Não é, não! Você só está com ciúme porque seu ex está namorando de novo. É a coisa mais normal do mundo.

Sinto um aperto no peito.

— Você acha que tenho ciúme do Ben?

— Olha…

— Seussical!

O rosto de Dylan surge ao lado da tela do jogo de corrida, e quase caio do banco.

— Preciso desligar, mando mensagem depois — digo, apertando com tanta força a tela do celular que quase entorto o dedo.

Dylan já está se acomodando no banco ao lado.

— Seussical, escuta só. Preciso de você. Eu te amo. Quero passar o resto da vida com… — Ele me empurra para fora do banco. — … o tigre de pelúcia que você vai ganhar para mim na máquina de garra.

Agora estou cambaleando atrás dele como um personagem de desenho animado. Enquanto ele me puxa, passamos por algumas máquinas de colocar moeda para ganhar um brinquedinho, viramos à esquerda na máquina do *Pac-Man*, e lá estão eles. Ben e Mario, lado a lado, olhando um para o outro. Mario está falando e Ben dá uma risada, e fico preso na imagem dos dois sentados, encostados em uma tenda de prêmios de bichinhos de pelúcia. É como se eles estivessem posando para uma sessão de fotos romântica e bem produzida. Isso quase me faz perder o fôlego.

Eles ficam muito lindos juntos.

— Saiam da frente, cavalheiros! O rei da Garrolândia chegou — diz Dylan, fazendo uma reverência.

Honestamente, não sei dizer se ele está bêbado ou se é apenas a personalidade de Dylan.

— Olha, Seussauro — continua ele —, não estou dizendo que você precisa ganhar o bichinho de pelúcia para provar seu amor por mim. Mas... se você não ganhar, vou presumir que tudo entre a gente não passou de uma mentira...

— Por que você quer uma pelúcia do Arthur e não da Samantha mesmo? — interrompe Mario.

— Porque a Samantha é péssima nessas máquinas, e não precisamos que isso acabe em lágrimas.

— Dela ou suas? — pergunta Ben.

— Essa informação é irrelevante.

Ben sorri para mim, e meu cérebro é devagar demais para me impedir de retribuir.

— Arthur! Foco no prêmio! — exclama Dylan.

Ele bate no vidro da máquina, apontando para o que parece ser uma bola de pelo sintético laranja fluorescente, com dois cilindros (que parecem dois pênis) brancos como a neve saindo da cara.

Me inclino.

— Era para isso ser um tigre?

— Seussical, fala *sério*! Um *tigre*? — Dylan me olha, perplexo. — Nossa, um tiranossauro é o que para você, então? Um lagarto? Mufasa é só um leão para você também?

— Olha... — Faço uma pausa. — Mufasa é *sim* um leão, e...

— Ele é o *rei* dos leões, cara. Esse danadinho aqui é um dente-de-sabre. Igualmente majestoso. Igualmente lendário. Vou chamá-lo de Dante de Sabre. — Dylan faz uma coxinha com a mão e beija a ponta dos dedos. — Para dar um tom mais refinado.

Olho para a máquina por um momento, e depois me viro para Dylan de novo.

— Ele parece meio…

— Delicado, mas forte. Com uma carinha de anjo — responde Dylan.

— Não, o rosto dele é uma afronta à espécie. Pior que extinção. O que eu *ia* dizer é que ele está numa posição muito ruim. Não vai dar para pegar.

— Olha só para você. Tão modesto.

— Não, estou falando sério! Não tem como a pinça alcançar o tigre.

— Obrigado! — diz Mario, triunfante. — Foi o que eu falei! Eles manipulam essas máquinas. Não dá para ganhar.

— Talvez *você* não consiga ganhar — respondo.

Na minha cabeça, era para soar como brincadeira, mas acaba saindo firme e intenso, quase como uma declaração de guerra. Os olhos de Ben se arregalam por um momento, e Dylan tosse para disfarçar uma risada.

Mario apenas sorri.

— Beleza. Prova que estou errado, então.

Os três chegam mais perto para assistir, o que faz meu coração acelerar. Nunca fui muito bom com plateias.

— Fechou.

Encaro as pelúcias através do vidro, considerando as possibilidades. Depois volto a olhar para Dylan.

— Consigo pegar aquele urso.

Dylan faz uma cara como se eu tivesse acabado de pedir para dar um soco nele.

— Peço um tigre dente-de-sabre, um felino antigo com dignidade e poder, e você me oferece um ursinho de Dia dos Namorados?

— Em primeiro lugar, esse urso *exala* dignidade e poder. Olha para ele! Em segundo lugar, se você não quiser, eu…

— Alto lá. Não disse que não quero — rebate Dylan.

Ben se inclina em direção a Mario.

— Por que essa é a discussão mais interessante que já presenciei?

— É a tensão — sussurra Mario em resposta. — E tudo que está em jogo.

Legal, fico feliz em ser fonte de entretenimento para o Ben e o namorado dele. É para isso que estou aqui, alimentá-los com histórias engraçadas para serem contadas a outros casais em futuros jantares? *Amor, se lembra do garoto que você namorou que pensava que conseguiria ganhar algo na máquina de garra?*

Me viro para a máquina, fixando o olhar no alvo. Quinze segundos. O urso está a alguns centímetros do buraco em que os brinquedos devem ser jogados, o que é um bom sinal — uma distância menor significa menos chances de queda. *Doze segundos.* Uma das pernas do urso está presa em algo, mas as outras patas estão livres. Melhor ainda, o coração fofinho de cetim que ele está segurando não parece estar colado ao peito dele. *Nove segundos. Oito. Sete.* Vai ser agora. *Quatro segundos.* Se ganhar esse ursinho de dez centavos é minha chance de arrancar o sorriso da cara do Mario, considere isso feito. *Três segundos. Dois. Um.*

— Ele está muito para trás — diz Mario, mas ele está enganado.

A garra desce na direção exata, aberta o bastante para atingir seu alvo.

Não pisco. Nem ao menos respiro.

A garra se fecha, segurando a cabeça e o corpo do ursinho. Ela pausa por uma fração de segundo antes de subir de novo. Sem nada. Óbvio. A menos que…

—Ai. Meu. Deus. — Dylan pressiona as palmas no vidro.

Consigo erguer o ursinho, segurando-o pelo coração, e o levo ao buraco antes de soltá-lo. Por um momento, fico paralisado, como um dançarino mantendo a pose depois de um importante número de jazz da Broadway.

— *Puta merda.* Você conseguiu. Caramba! Vocês viram isso? — Mariome dá um toca-aqui e é o cumprimento mais forte que já recebi na vida.

Depois, antes que eu perceba o que está acontecendo, ele me abraça e diz:

— Incrível. Não acredito que duvidei de você.

— É disso que estou falando. Conseguiu de *primeira*. — Dylan se agacha para pegar a pelúcia. — Isso aí, vem cá com o papai.

Ben dá um sorrisinho para mim, e sinto um frio na barriga.

— Olha só para esse carinha. Tão fofinho — diz Mario.

Me viro com as bochechas coradas. *Carinha?* Ok, ele está olhando para o Dylan. Percebo que o apelido não é para o Dylan, na verdade. É para o urso. Mario está se referindo ao urso.

— Sabe o que eu iria amar? — pergunta Dylan. — Um presente de Dia dos Namorados mais criativo. Não compro essa ideia aqui. A gente já não superou isso de *Eu te amo* em ursinhos? Cadê a coragem de lançar um *Você é mel amor?* ou *Te amo ursutilmente?*

— Isso não é presente de Dia dos Namorados, é um pedido de término — diz Ben.

Mario dá uma cotovelada nele e ri.

— É assim que você termina relacionamentos, Alejo? Você dá um ursinho com palavras babacas para o cara, e acabou?

Não. Não mesmo. Ninguém, literalmente ninguém, perguntou a opinião do Mario sobre os términos do Ben. E dá para ver que Ben também ficou desconfortável. É bizarro o tanto que você aprende sobre uma pessoa depois de um ou dois anos de Face-Time. Consigo ler melhor o Ben agora do que quando estávamos namorando.

Dylan entra na conversa.

— Você está chamando meu urso de babaca, Super Mario?

— O ursinho hipotético? Com certeza — diz Mario. — Esse aí, por outro lado, é fofinho pra caramba. Dylan, você é um pai sortudo.

E acho que fui possuído por algum tipo de impulso demoníaco de Ex Competitivo, porque do nada pego o urso das mãos de Dylan e entrego ao Mario.

Dylan fica boquiaberto.

— O QUÊ?

E então percebo, em completo horror, que acabei de dar um ursinho para o namorado do meu ex. Um ursinho com um coração. Que diz *Eu te amo*.

Será que minha vida inteira era uma preparação para a vergonha extrema deste momento?

— Eu... Caramba, desculpa *mesmo*. Não precisa...

Estendo a mão para pegar o urso de pelúcia, mas Mario o puxa com rapidez antes que eu o alcance.

— Ei! Não falei que você poderia pegar de volta — diz Mario.

Dylan parece estar em choque com toda a situação.

— Jamais fiquei tão ofendido. Vocês sequestraram meu *filho*.

— Você *acabou* de dizer que não comprava a ideia dele — rebate Ben.

— Bennifer, por que você tem que colocar capitalismo em tudo?

Mario segura o urso junto ao peito e diz, com honestidade:

— Arthur, você me fez o homem mais feliz do mundo.

— Eu... fico contente que as coisas estejam bem entre vocês — digo para Mario.

Mas meus olhos se voltam para Ben.

# BEN

### Sábado, 23 de maio

ESTÁ CHOVENDO O DIA TODO.

Jurei que o voo do Mario seria cancelado, mas o avião conseguiu sair de Nova York antes de as coisas ficarem feias pra valer. Mesmo assim, rastreei a viagem durante a manhã inteira para ter certeza de que ele estava bem. Antes que pudesse checar pela sexta vez, recebi uma mensagem do Mario dizendo que tinha chegado em segurança e estava indo encontrar o tio Carlos. Gostei de ele ter me avisado. Não precisava, mas ele avisou mesmo assim. Isso me deixou de bom humor pelo resto do horário de trabalho.

Pelo menos até Dylan me mandar uma mensagem para cancelar nossos planos de lanchar no Taco Bell, conversando sobre tudo o que aconteceu no Dave & Buster's e que não poderia ser comentado na frente do Mario e do Arthur. Não sei por que ele está agindo como se estivesse chovendo ácido, mas vou deixá-lo aproveitar uma noite tranquila com a Samantha.

Entendo como é raro eles se encontrarem, já que moram no mesmo dormitório, estudam na mesma faculdade, vivem pra lá e pra cá entre as casas de suas respectivas famílias e ainda por cima ficam inseparáveis quando saem juntos...

Entendo demais.

Estou no meu quarto trabalhando na reescrita de *A Guerra do Mago Perverso*, bastante preocupado com alguns comentários da professora sobre o início da história. A sra. García acredita que uma maior contextualização do Ben-Jamin poderia melhorar a trama, mas leitores de versões anteriores acharam que eu estava jogando informações demais de uma vez. Estou indeciso sobre qual crítica devo seguir. Sim, a sra. García é minha professora e já me deu muitas dicas valiosas — não teria conseguido ajustar alguns pontos importantes do enredo sem ela. Mas Mario e outras pessoas disseram que a história de origem do Ben-Jamin estava atrasando a narrativa e, no fim das contas, não acrescentava nada ao enredo principal.

Em momentos assim, nem sei mais se quero continuar com o livro. É como se eu nunca fosse saber como fazê-lo se tornar tudo que as pessoas querem que seja; como se nunca fosse ficar bom o bastante.

Já dediquei tanto tempo a essa história que agora tudo que desejo é cruzar a linha de chegada. Ainda lembro como foi incrível terminar o primeiro rascunho e postar o último capítulo no Wattpad. Mas o livro mudou tanto de lá pra cá — a trama se transforma de acordo com a minha vida. Hudsonien era uma relação megaimportante para Ben-Jamin, mas à medida que os personagens foram crescendo, ele se tornou mais história de fundo do que parte do enredo principal. O mesmo aconteceu com rei Arturo, que não embarca mais em jornadas épicas com Ben-Jamin. Rei Arturo ainda é um personagem importante, já que precisa de ajuda para encontrar um cetro de pedras preciosas azuis como seus olhos, e Ben-Jamin é o mago certo para essa tarefa. Mas cortei todas as cenas de beijo — era esquisito escrever, especialmente porque não estou mais beijando o xará do personagem.

E era ainda mais bizarro fazer Mario ler as cenas.

Aliás, sou muito grato por ele ter levado as coisas numa boa ontem. Hudson jamais teria aguentado a noite inteira sem surtar, e Arthur teria ficado muito inseguro. E não os culpo. Mas é legal saber que construir um relacionamento com Mario não vai afetar a amizade com meu ex-namorado.

Preciso ouvir a voz dele. Ver o rosto dele.

Mas agora não posso.

Uso o aplicativo Forest quando estou escrevendo para medir quanto tempo passo trabalhando e mantendo o foco. Quanto mais o aplicativo fica aberto, mais árvores crescem na floresta. Se fecho o aplicativo para olhar o Instagram ou ligar para um certo garoto bonito, uma árvore morre. Tento deixar que o som ambiente de ondas faça minha imaginação dar as caras, mas agora derrubaria uma árvore com minhas próprias mãos para poder falar com Mario. Estou no começo do capítulo em que quero incluí-lo na história como o novo interesse romântico do Ben-Jamin — Mars E. Octavio, espadachim com sorriso encantador e o poder de entender qualquer linguagem, humana ou animal.

Saio do aplicativo — *lo siento*, árvore morta — e tento ligar para Mario no FaceTime. Sorrio quando ele atende.

— Ora, ora — diz ele. — Na hora certa.

— É mesmo?

Mario está usando o macacão azul em que pintou Saturno com anéis das cores da bandeira LGBTQIA+. Ele ergue uma sacola de compras, sorrindo.

— Meu tio me mandou ao mercado porque teve uma mudança de planos para hoje. Tem uma pessoa que ele quer que eu conheça.

Sinto um aperto no coração. Será que o tio dele quer apresentar outro garoto para o Mario?

— Ah, maneiro. Quem?

— A Close Call Entertainment está trabalhando em um suspense com robôs e o roteirista vai jantar lá em casa. Talvez eu consiga aprender algumas coisas com ele — diz Mario.

De imediato, me sinto aliviado por ser apenas assuntos de trabalho.

— Carlos não quis me contar antes para eu não ficar nervoso, sabe? — continua ele.

— Isso é incrível! — exclamo, com vergonha por ter entrado em pânico com a ideia de Mario conhecer outra pessoa. — Então, Carlos vai cozinhar?

— Eu que vou, Alejo. — Ele para numa esquina e olha para os dois lados antes de atravessar a rua. — Vou fazer uma sopa de abóbora enquanto meu tio limpa o quintal. Vai dar tudo certo, e não vou surtar por falar com um roteirista legal. Aliás, amo o clima daqui. Olha só.

Mario vira a câmera e mostra o céu azulzinho e a luz do sol refletida em um prédio preto.

— O tempo aqui está ótimo também — anuncio, apontando o celular em direção à janela e mostrando a chuva.

— Ainda?!

— Aham.

Voltamos as câmeras para nossos rostos.

— Prova surpresa, Alejo. *¿Como se dice* "chuva" *en español?*

Não está na ponta da língua como gostaria, mas então os dois L me vêm à cabeça, e me lembro de pensar que ficaria muito legal como feitiço em *AGMP*, ou até como o nome de algum personagem.

— *Lluvia?*

— *Bien hecho.*

É estranho ser elogiado por ter um vocabulário tão básico. Tenho dezenove anos e estou aprendendo *lluvia*. Apesar dos meus pais terem falado espanhol a vida toda, não me ensinaram. Queria aprender, mas eles trabalhavam tanto que não dava tempo. Apesar de saber que ser fluente em espanhol não vai me tornar mais porto-riquenho do que já sou, cada palavra nova que aprendo faz com que me sinta menos como uma fraude.

De qualquer forma, é melhor começar com o básico agora e me tornar fluente daqui a alguns anos.

— Alejo, meu tio está ligando. Aposto que vai me pedir para voltar ao mercado e comprar mais alguma coisa. Posso ligar pra você à noite?

— Eu…

— Ah, você vai estar dormindo! Três horas de diferença. Estou no passado e você no futuro.

— Estou no *seu* futuro — digo.

Em seguida fico quieto porque percebo como a frase soou. Meu rosto está tão quente que preciso de um banho de *lluvia* para me acalmar.

— Sim, você está — diz Mario com uma piscadinha. — *Te veo luego*, Alejo.

— Até depois, Colón.

Desligamos, e fico olhando pela janela. O céu coberto por nuvens escuras. A mesma paisagem da vizinhança que tive durante a vida toda. O mesmo sapateiro. A mesma entrada de parque no fim da rua. Os mesmos prédios residenciais do outro lado da rua que parecem ser melhores que o nosso.

Sempre que este mundo me deixa entediado, volto a criar o meu.

Escrevo sobre Ben-Jamin encontrando Mars em um incêndio na floresta que começa do nada. A atração está ali, mas a química leva tempo para se desenvolver, e consigo iniciar um romance lento ao incluir algumas metáforas sobre poções mágicas sendo preparadas em luas cheias. Ben-Jamin precisa dos poderes de Mars para se comunicar com uma cobra conhecida como serpente-das-ondas, que habita o oceano, mas percebo que estou comprometendo o ritmo planejado quando faço Ben-Jamin e Mars se beijarem em um campo de flores de cristal. Preciso desacelerar. Não posso dar ao leitor o que ele quer logo de cara.

Espero que eu não esteja lendo Mario do jeito errado.

Talvez ele devesse trocar. Em vez de me ensinar espanhol, poderia começar a ensinar Mariês para eu me tornar fluente em entendê-lo.

Leio nossa conversa no WhatsApp, em que ele me mandou várias fotos de ontem à noite no Dave & Buster's. Queria ter tido coragem de chamá-lo para a cabine de fotos comigo.

Vejo a selfie em grupo depois do nosso jogo de *Super Mario Kart*. Lembro o calor no rosto quando Arthur se apoiou em mim, mas as luzes do fliperama disfarçaram o vermelho das minhas bochechas. A iluminação mostra o sorriso forçado do Arthur. Posso estar vendo coisa onde não tem, mas sei como é o Arthur Feliz: sentado em uma calçada na Times Square enquanto ouvíamos música, no dia em que finalmente decidimos que não precisávamos de mais uma tentativa de encontro, e quando nos beijamos pela primeira vez.

Amizade é uma via de mão dupla. Mas só ele está vindo em minha direção; preciso encontrá-lo no meio do caminho.

Se Arthur pode sair com Mario, eu posso falar mais sobre Mikey.

Se eu não conseguir, vou perdê-lo de novo.

E quero Arthur na minha vida.

Eu deveria continuar escrevendo o livro. Sei que preciso, mas tenho que falar com ele.

Mando uma mensagem rápida para Arthur: **Com aquela história de Mario, Super Mario Kart, Dylan e toda Dylanice dele, acho que não conseguimos conversar direito. Quer tentar de novo?**

Pronto. Joguei para o universo e agora é só esperar para ver se...

Arthur já me respondeu: **Vamos tentar de novo!**

# ARTHUR

### Segunda-feira, 25 de maio

**A FILA DO LADO DE FORA** do restaurante já está tomando metade do quarteirão, mas nem parece que estou esperando. O tempo está ameno e ensolarado, é meu dia de folga do estágio e estou literalmente na Broadway — na avenida *e* no distrito. Além disso, o Winter Garden Theater fica logo ali, e não vou fingir indiferença. Se tiver que me agachar para tirar foto do outdoor do ângulo perfeito, que seja.

E é assim que o Ben me encontra: agachado na calçada. Ele me olha de cima com uma expressão dividida entre admiração e confusão, e levanto tão rápido que quase acerto o queixo dele com a cabeça.

— Desculpa! Oi! — digo.
— Oi! Caramba. Estou atrasado?

Ele olha para a fila, parecendo um pouco angustiado.

— Nada, nem abriu ainda.
— Mas por que tem tanta gente?
— Porque é o Eileen's Galaxy Diner. Ben, é um marco histórico da cidade! Você nunca veio aqui?

Ele fica sério.

— Você já?
— Não — respondo depressa. — Quer dizer, acho que uma vez. Mas já faz anos. Nem lembro direito.

Ben olha para mim como se eu tivesse contado a mentira mais deslavada que já ouviu na vida, e confesso:

— Ok, foi há dois anos e lembro perfeitamente, mas e daí? Os atendentes *cantam*. É como assistir a um espetáculo da Broadway enquanto come.

— Sim, foi por isso que sugeri. É muito a sua cara.

— E muito a cara de Nova York.

Dou uma olhada ao redor todo contente, observando lojas de lembrancinhas, táxis amarelos, barracas de pretzel e outdoors gigantescos.

— Minha nossa, como amo os nova-iorquinos. Vocês aproveitam cada momento. Olha só para essas pessoas — digo, apontando para a fila. — Ninguém está irritado por ter que esperar, ninguém veio de Alpharetta, ou onde quer que seja, procurando uma vaga para estacionar, porque Deus o livre de ter que...

— Alpharetta, na Geórgia? — pergunta uma senhora branca que está na nossa frente, com os braços cruzados. — Desculpa interromper, mas vocês são de lá?

— Sim! Quer dizer, sou de Milton, que é logo...

— Ah, conheço aquela região. Somos de Woodstock. — Ela aponta para um homem usando camiseta do corpo de bombeiros de Nova York. — Bill, você não vai acreditar de onde esses rapazes são: Milton, na Geórgia!

— Olha só, quem diria? — diz Bill. — E sabe aquela moça ali com mangas bufantes? Ela é da Austrália!

— Isso é muito a cara de Nova York — sussurra Ben.

— Shh! — Dou uma cotovelada nele e ele devolve.

Mal consigo acreditar no quanto isso aqui é diferente do que aconteceu no Dave & Buster's, ou mesmo nos correios. Passei a semana toda lembrando que esse desconforto entre a gente era comum. Ver o ex pela primeira vez depois de quase dois anos não é bem uma situação tranquila, e conhecer o namorado novo dele, então? Pior ainda. Mas aqui, na fila, é quase difícil lembrar que as coisas um dia ficaram desconfortáveis. Fico à vontade com o Ben, como sempre me senti.

A fila anda rápido, e em minutos estamos sentados em uma das mesas retangulares idênticas, todas com pouquíssima distância entre si.

— Isso é… aconchegante — diz Ben, olhando para o lado.

— Tá falando de eu conseguir puxar o rabo de cavalo daquela moça se esticar o braço?

— Exato. Tocar o cabelo de desconhecidos.

Sorrimos um para o outro.

— Então… — digo.

— Então. — Ele apoia o queixo na mão. — Nada da Jessie, hein?

Faço uma careta.

— Ela está trabalhando.

— Em pleno feriado?

— Dá para acreditar? Ela está atrasada com uma papelada. É trágico.

— Eu choraria.

— Ah, eu também, pode ter certeza. Amo meu trabalho, só que… — Paro de repente, encarando-o. — Espera aí, como é que não sei o que você está fazendo neste verão? Você está trabalhando?

— Um pouco. Na maior parte do tempo só escrevo. — Ben se inclina para a frente. — Quero saber sobre seu estágio chique no teatro. Você está trabalhando para o poderoso chefão dos musicais, né?

Endireito o corpo.

— Mais ou menos. Quer dizer, não sei quantas pessoas fora do cenário queer ouviram falar nele, mas ele já ganhou vários prêmios.

— Uau. E ele acompanha a produção pra valer? Tipo, você consegue conversar com ele e tudo mais?

— Ah, com certeza. Tipo, trabalho mais com o Taj, o assistente dele, mas o Jacob é tranquilo. Tiro dúvidas com ele o tempo todo.

— Isso é tão legal — diz Ben. — Sua ficha não deve ter caído ainda. É literalmente seu emprego dos sonhos.

— Eu sei! — Mordo o lábio. — Mas sou meio ruim. Cometo erros o tempo todo.

Ben sorri de leve.

— Duvido.

— É sério. Tem tanta organização envolvida, tipo planilhas para manter controle das coisas, e sou péssimo nisso. Você devia ver o Taj. Ele separa os e-mails em pastas. Ele tem até um *bullet journal*.

— Não sei o que é isso.

— É uma agenda mais elaborada. Sei lá, ele tem todo um sistema. É organizado com tudo mesmo. Tipo, se você perguntar quando uma encomenda vai chegar, ele responde "Quer o código de rastreamento?".

— Odeio códigos de rastreamento.

— Eu também!

— Ok, mas o que você faz? Só as planilhas ou também faz coisas de diretor?

— Coisas de diretor?

— Tipo gritar num megafone? Sei lá. — Ele nota minha expressão e ri. — Isso não rola?

—Ah, na verdade só faço isso. Grito em megafones. Por horas — digo, e Ben franze o nariz. — Pois é, não rolam coisas de diretor pra mim. Trabalho mais com planilhas mesmo… Basicamente, só faço o que Taj pede para fazer. Tipo, na sexta-feira fiz um inventário das maquiagens para jogar fora o que já tinha passado do prazo de validade. Essas coisas.

— Não parece ser tão ruim — diz Ben.

—Até eu sujar o Jacob.

— O quê?

— Tipo, ele veio me perguntar alguma coisa, e eu estava segurando uma embalagem de base feita para pessoas muito pálidas. E acho que eu estava ansioso, ou sei lá, porque quando dei por mim estava apertando e mexendo aquele negócio pra cima e pra baixo até o líquido branco cair todo na coxa dele, e…

— Oiiii! Sejam bem-vindos ao Eileen's Galaxy Diner. Meu nome é Kat. O que desejam?

Olho para cima e encontro uma atendente com cabelo preso e um sorriso simpático. Ela coloca dois cardápios na mesa e continua:

— Ou é melhor eu voltar quando vocês tiverem terminado de falar sobre…

— Maquiagem! — exclamo. — Não era… você sabe. O líquido branco era maquiagem. De passar no rosto, sabe? Dando batidinhas?

— Por que você está falando sobre dar batidinhas e líquido branco? — pergunta Kat.

Ben ri tanto que mal consegue pedir o café dele, e declara que Kat é sua atendente favorita de todos os tempos. Pego o cardápio com a intenção de me esconder atrás dele. Passar o olho pela lista de opções já me dá fome: omeletes, sanduíche de queijo, milk-shakes…

Mas então vejo os preços.

— Hum… Ben?

Os olhos dele aparecem por trás do cardápio de um jeito adorável.

— Esqueci o quanto esse restaurante é caro.

— É, armadilhas para turistas são assim.

— A gente não precisa comer aqui. Por que não vamos atrás de bagels ou algo do tipo?

— Não, olha! Eles têm bagels!

Ben vira o cardápio para mim e aponta.

— Estou falando de um bagel cujo valor não chegue a dois dígitos.

— Arthur, não tem problema. Sabia onde estava me metendo.

Estudo o rosto dele, tentando ler as entrelinhas de sua expressão. Ele parece estar sendo sincero, mas nunca sei como agir com Ben quando se trata de dinheiro. Seria mais fácil se pudesse pagar para ele — mas isso é muito *coisa de namorado*, como se eu estivesse invadindo o território do Mario. Não que Mario parecesse do tipo que marca território. Na verdade, acho que isso combina mais com Ben, agora que aparentemente confessei meu amor pelo Mario com um ursinho de pelúcia. Porque sou — e não consigo enfatizar isso o suficiente — um completo desastre.

— Mas e aí, como está com o Mario? — pergunto.

Ben parece ter sido pego de surpresa.

— Você quer dizer...

— Desculpa. — Fico envergonhado. — Só quis perguntar o que ele está fazendo. Por que ele não veio comer bagels caros com a gente?

— Ah! Ele está em Los Angeles. Foi visitar o tio — responde Ben.

— É mesmo! Ele comentou.

Kat volta com o café.

— Vocês já querem pedir, ou precisam de mais tempo para...? — pergunta ela, mexendo as mãos no ar.

— Sim, vamos pedir! — digo e lanço um sorriso de "não estamos mais falando sobre batidinhas e líquidos brancos".

Acabo pedindo uma rabanada, o que me parece ótimo, até Ben escolher algo cinco dólares mais barato na parte de aperitivos. Então hesito um segundo, tentando decidir se mudar o pedido faria Ben se sentir mais ou menos desconfortável.

— Por que está fazendo sua cara de pânico? — pergunta Ben assim que Kat sai.

— O quê? Não estou, não. — Aperto as mãos e as coloco embaixo do queixo. — Enfim! O café está bom?

Ben me encara por um momento antes de responder.

— Decente. Já tomei melhores.

— Que esnobe! Você está passando tempo demais com o Dylan. Ele ri, mas percebo algo diferente.

— Ei, está tudo bem?

— Sim, não, total — responde Ben rapidamente. — Ele só... sei lá. Está meio distante de uns tempos pra cá.

— Distante? — Inclino a cabeça, pensando na bobeira do Dylan com a máquina de garra. — Tipo... distante da realidade?

Ben ri.

— É meio difícil de explicar.

— Não estou com pressa. Pode me contar.

— É só... — Ele faz uma pausa. — Quer dizer, pode ser que eu esteja interpretando errado. Aposto que ele só está ocupado. E não tem problema, porque também estou.

— Agora você tem o Mario — digo, assentindo, mas o olhar de Ben me causa um frio na barriga. — Ok, acho que isso foi meio esquisito.

— Não, eu...

— Só quis dizer que estou feliz por você. Mario parece ser incrível, e estou contente que esteja namorando alguém que faz você feliz.

—Ah, não é exatamente... Não estamos namorando.

— Não?

— Não é nada oficial — acrescenta Ben, e tenho quase certeza de que ouvi as palavras dele, mas levo um tempo para assimilar o que significam. É quase como se eu estivesse esperando uma legenda para entender o que foi dito.

Ben acabou de dizer que ele e Mario não estão namorando?

Não faz sentido. Não quero ser exagerado, mas vi um beijo — em público. Isso é algo que você faz com seu namorado, não com uma pessoa aleatória com quem está ficando.

Ok, talvez eu tenha dado uma quantidade modesta de beijos em público antes de começar a namorar de verdade com Mikey, mas não nos beijamos numa agência de correios. Desculpa, mas tem apenas dois motivos para beijar alguém nessa situação: um pedido de casamento em flash mob ou uma despedida do seu primeiro amor antes de voltar para a Geórgia. Qualquer coisa que fuja disso é só demonstração pública e gratuita de afeto.

— Arthur?

Levo um susto e olho para cima.

— Humm?

— Por que você arregalou os olhos?

— Meus olhos são assim.

Ben ergue as sobrancelhas.

— Acha que não conheço seus olhos?

Sinto meu coração disparar — o que não faz o menor sentido. *Olhos*, Arthur. Não é nada tão íntimo assim. Ele não está falando do seu pinto. Até pessoas desconhecidas no ônibus reparam nos seus olhos.

— Sério, não precisa se preocupar com isso — diz Ben. — É o que Mario e eu queremos. Está tudo ótimo, nos divertimos juntos e estamos felizes. A gente só não chegou na fase do "não, *eu* te amo mais" como você e Mikey.

— Espera, o quê?

— Olá, Nova York! — ressoa uma voz alta.

Fico de lado, virando o pescoço. Vejo uma atendente com um microfone parada exatamente atrás de mim na divisão de mesas.

— Vocês estão no Eileen's Galaxy Diner! — Aplausos e gritinhos explodem de todos os cantos do restaurante. — Me chamo Blair, mas estou prestes a ceder o microfone para minhas amigas Kat e Dana…

Volto a olhar para Ben.

— A Kat que nos atendeu?

— Que vão… Ok, Dana está servindo algumas bebidas, mas *depois disso* elas vão encantar vocês com seu talento extraordinário. Tudo pronto, Dana? Sim! Ok! Com vocês… "Dance with You" do filme *A Feeeeesta de Formatura*!

Blair sai e as notas iniciais da parte instrumental começam a tocar. Me viro e Kat está a alguns passos de distância de Ben, segurando o microfone com as mãos. Ben se vira também, o que me dá a visão lateral perfeita dele ficando de queixo caído quando Kat começa o primeiro verso.

— Puta merda. — Ele se volta para mim. — Será que todos aqui são talentosos assim?

— Aparentemente.

— Olha, estou *impressionado*.

Solto uma risada.

— Eu também! Todo mundo aqui é incrível. Você vai ver.

Mas a verdade é que nem estou prestando atenção quando Dana assume os vocais. Não consigo me concentrar na música; fico pensando no que Ben disse sobre Mikey. A fase do "não, *eu* te amo mais"? Ele acha mesmo que eu e Mikey estamos nesse ponto? Óbvio que chamamos um ao outro de namorado e transamos às vezes. Mas *amor*? É isso que o Ben pensa?

As pessoas no restaurante dão uma salva de palmas quando a música termina. Kat surge com nosso pedido um minuto depois, e sou entretido com mais um espetáculo intrigante: Ben Alejo no papel Fanboy 100% Surtado.

— Não acredito que você está tendo seu despertar da Broadway neste exato momento.

Ben pega um palito de queijo empanado.

— Se você diz.

— Conheço muito bem o *hip hooray* e o *ballyhoo* quando os vejo.

Ben olha para mim sem entender.

— É a letra da música "Lullaby of Broadway". Do musical *Rua 42*.

— E esse despertar aí vem com uma enciclopédia completa de referências desconhecidas da Broadway?

— Você chamou *Rua 42* de desconhecido?

Ele ergue as mãos e dá de ombros.

— Ben, esse musical ganhou um Tony. E o *reboot* ganhou outro Tony.

— Como é?

— Inaceitável. Vou fazer uma playlist para você. Não, quer saber? Vou fazer uma playlist com *várias playlists*. Uma para baladas, uma para músicas românticas… — Sinto minhas bochechas arderem. — Ah, e só para você saber, Mikey e eu ainda não falamos sobre isso.

Ben segura o salgadinho no ar.

— Playlists?

— Não, a parte do "eu te amo". Nenhum de nós dois disse ainda.

— Ah! — Ele parece confuso. — Desculpa, pensei que…

— Não tem problema. É que a gente… — Nossa, nem sci terminar essa frase. Mas Ben está olhando para mim, esperando para ouvir o resto dessa besteira. — Tipo, já pensei no assunto. Lógico que eu o amo. Só não sei se eu… — Faço uma pausa.

— Se você está apaixonado por ele?

Dou uma mordida enorme na rabanada, analisando o restaurante enquanto mastigo. Talvez um atendente comece a cantar agora? Talvez role um número divertido, barulhento e grandioso? Alguém?

— Não precisa responder — diz Ben.

Engulo.

— Eu sei.

Sinto algo no peito quando nossos olhos se encontram.

Desvio o olhar.

— É difícil de explicar, às vezes. Sempre pensei que o amor era um sentimento definido por estar ali ou não. Mas com o Mikey é… — Dou de ombros, olhando de novo para Ben.

Ele não responde. Só franze as sobrancelhas e me observa.

— Mas não acho que é para ser como na Broadway, sabe? Não é uma comédia romântica. Sei lá. É a vida real. Ele me faz feliz. E amo quem ele é, como pessoa.

— Ele parece ser ótimo.

— E é mesmo. — digo e sorrio. — Tipo, ele é engraçado demais, mas é tão quietinho que quase ninguém *sabe* disso. Então é como se eu soubesse um segredo. E ele é *muito* inteligente. E canta tão… desculpa, sei que parece que estou fazendo uma lista.

— Não, eu entendo — responde Ben.

— É só que… penso muito nisso. Fico tentando fazer as contas na cabeça. Tipo, em que momento isso tudo vai significar que estou apaixonado por ele?

Ben franze o nariz.

— Por que está tentando traduzir o amor numa equação?

— Não estou, juro! — Dou uma risada. — Só queria saber, entende? Fico esperando uma lâmpada acender ou algo do tipo, e talvez isso não seja… sei lá. Posso estar fazendo errado. Talvez olhe para trás daqui a um ano e diga "Nossa, eu estava apaixonado por ele esse tempo todo", né?

Me mexo no assento, sentindo uma inquietação. Não tinha dito nada disso em voz alta antes, e agora queria poder retirar o que disse. Todas essas dúvidas sobre Mikey, esses pequenos pensamentos que moram no fundo da minha mente. É como se estivesse tatuado no meu rosto: ARTHUR NÃO ENTENDE OS PRÓPRIOS SENTIMENTOS.

A questão é que, dois anos atrás com o Ben, eu não tinha dúvida nenhuma.

Afasto esse pensamento, e tento parecer mais animado:

— Sério, você devia conhecê-lo no final de semana que vem — digo. — Mario também, lógico.

— Tá bom. — Ben faz uma pausa. — Mario ainda vai estar em Los Angeles.

— Você vai estar aqui, né?

— Sim. Mas… não vai ser estranho?

— O quê? De jeito nenhum. Sei que Mikey adoraria conhecer você! Ele já me ouviu falar tanto de você. Não de um jeito excessivo nem…

— Não, lógico que não. Nunca.

— Ah, cala a boca. O que quero dizer é… — Sorrio. — Vai ser divertido! Universos colidindo! Sabe, realmente acredito que vocês vão se dar bem. Vocês têm muito em comum.

— Temos?

— Ué, vocês têm a mim — digo. — E eu sou demais.

Então percebo que a risada repentina do Ben ainda é um dos meus sons favoritos no mundo.

# BEN

### Quinta-feira, 28 de maio

**A KOOL KOFFEE NÃO MUDOU** muito nos últimos dois anos. Os antigos clientes de Samantha ainda a reconhecem, sentada à mesa perto da porta comigo e Dylan. É como se fosse uma celebridade fazendo uma visita à cidade natal, e ela ainda lembra muita coisa sobre as pessoas:

— Firme e forte no descafeinado, Brian?

— Você tinha tanta razão sobre se mudar para cursar a faculdade, Greg.

— Parabéns de novo pelo casamento, Stephanie!

— A gente precisa arrumar um disfarce para você? — pergunto para Samantha. — Talvez uns óculos escuros?

— Ben, por acaso nós pedimos para você passar corretivo nas suas sardas? — pergunta Dylan. — Não, porque não escondemos beleza nesta casa.

— Estamos numa cafeteria.

— É uma expressão.

— Usada por pessoas que moram juntas.

Dylan me encara por cima do seu *espresso* de mocha duplo com duas doses de caramelo.

— Olá, ainda estou aqui — diz Samantha, acenando para nós. — Mas enfim, Ben, estamos sendo interrompidos o tempo todo.

— Sim, são seus fãs — digo.

—*Amigos*. Enfim, por que você está nervoso para encontrar Mikey?

Já faz alguns dias desde que encontrei Arthur no restaurante, mas a ideia de encontrar Mikey ainda está martelando na minha cabeça. Até sonhei algumas vezes que estava segurando vela enquanto eles se pegavam na minha frente. Cheguei ao ponto de acordar no meio da madrugada e tentar trabalhar no livro, mas meu mundo de escape parece ter sido poluído com todas as cenas do rei Arturo.

— Não sei se vou me sentir bem depois de conhecê-lo — respondo, por fim.

— Então não vá ao encontro — diz Samantha.

— Mas Arthur conheceu Mario — respondo.

— Porque você achou que Mikey também estaria lá. E nós estávamos com você.

Brinco com o gelo que sobrou da bebida.

— Quero ser um bom amigo. E Arthur foi naquele dia mesmo sabendo que o Mikey não iria. Só acho que dar para trás agora vai deixar as coisas esquisitas.

— É só mentir e dizer que está escrevendo o livro — sugere Dylan.

— Olha, estou mesmo fazendo isso.

— E dando uma bela pausa para tomar limonada.

Me viro um pouco para encarar Samantha.

— É que não acho justo o Arthur sair com meu grupinho e eu cancelar o encontro com Mikey.

Samantha assente.

— Talvez você esteja enganado e Mikey não vai fazer você se sentir inferior. Não que eu ache que ele vai.

— Aposto que não — diz Dylan. — Já escrevi poemas sobre você. Por acaso faço poesias sobre Mikey?

— Está nos seus planos escrever alguma para mim? — pergunta Samantha.

— Está nos seus planos deixar o poeta respirar? Tudo tem seu tempo. — Dylan esconde a boca com a mão e sussurra para mim: — Me ajuda a escrever.

— Escreva seu próprio poema — rebato. — Isso fica entre nós, mas Arthur falou que ele e Mikey ainda não disseram "eu te amo".

Dylan arregala os olhos.

— Mas em anos gays eles já estão juntos há um tempão.

— Por favor, me dê esse calendário de anos gays.

— Você bem que gostaria, né? — pergunta ele, dando uma piscadinha.

Samantha suspira e se vira para Dylan.

— Vou tirar sua bateria por dois minutos. — Ela pega o celular e abre o temporizador para fazer uma contagem regressiva. — Suas últimas palavras?

— Você vai se arrepender — responde Dylan.

— Como sempre. — Samantha dá um beijo na bochecha dele e configura o aplicativo. — Ben, não temos muito tempo. Eu não gastaria tanta energia nessa fixação pelo relacionamento deles. Isso não é nada com que você precise se preocupar.

Ela está certa. Arthur pode estar falando "eu te amo" para Mikey neste exato momento.

— Acho que não estaria tão obcecado por isso se as coisas com Mario estivessem resolvidas. Mas parece recíproco não querer estragar o que temos com um rótulo. A gente é meio cabeça-dura — digo.

Com a boca fechada, Dylan faz um barulho malicioso.

Samantha acrescenta trinta segundos ao temporizador.

— Ben, você precisa colocar as cartas na mesa. Você merece saber o que alguém sente por você. Quando a gente estava se conhecendo, Dylan foi muito transparente comigo em relação aos sentimentos dele.

— Aquele negócio de chamar você de futura esposa — digo. — Neste exato lugar.

Samantha ri.

— Às vezes ele fala demais, mas pelo menos sei o que ele está pensando. — Ela se vira para Dylan e enrola seu colar no dedo. — Eu te amo.

— Eu também te amo — declara Dylan.

Ele a beija e acrescenta trinta segundos ao temporizador.

É isso que quero em um relacionamento.

Mas agora preciso descobrir o que quero da amizade com Arthur.

O que não digo em voz alta é o quanto sinto saudade dele. Já faz meses que isso me tira o sono; não tê-lo em minha vida é um peso enorme. Houve uma época em que conversávamos até sobre as coisas pequenas, como o que ele andava fazendo na faculdade. Mas deixei de falar sobre alguns assuntos porque não queria magoá-lo. Tipo quando Mario começou a chamar minha atenção no início das aulas. Talvez eu devesse ter dito — Arthur nunca escondeu nada. E mesmo depois de ter silenciado o perfil dele no Instagram, ainda precisava driblar as perguntas dos meus pais sobre como ele estava. Foi por isso que tirei nosso romance do livro. Era demais para mim.

Não quero mais temer Arthur e a vida dele. Não quero enterrá-lo como se não tivesse espaço para ele na minha vida.

# ARTHUR

Sexta-feira, 29 de maio

A ESCADA ROLANTE CONTINUA TRAZENDO pessoas que não são Mikey. Deveria existir alguma regra contra isso, uma lei garantindo um namorado chegando de viagem para cada dúzia de desconhecidos em roupas formais.

Não tenho mais nada a fazer além de esperar sob a placa de Embarque e Desembarque, segurando um buquê de flores comprado no impulso. Deveria ter comprado algo útil, como protetor solar ou cartão do metrô, mas como poderia resistir a rosas por cinquenta centavos cada?

Meu celular vibra com uma mensagem, e me atrapalho para tirá-lo do bolso.

**Então fechou, até mais!**

Uma mensagem perfeitamente normal para receber do meu namorado que já está quase chegando.

Mas não é dele.

Olho para as palavras com certo frio na barriga, até que...

— Oi, me desculpe, estou procurando o Engomadinho do Escritório.

O rosto de Mikey fora da tela do celular. Eu o abraço tão rápido que quase bato nele com as rosas.

— Você chegou!

— Sim!

— Não acredito. Você estava em *Boston*. — Eu o abraço ainda mais forte. — Mikey!

Ele solta uma risadinha.

— Por duas longas semanas.

— E eu não sei?

Me afasto um pouco para observá-lo, e vejo as bochechas dele ruborizarem.

Não posso beijá-lo. Mikey é muito tímido em relação a demonstrações públicas de afeto e não tem lugar mais público que o terminal central da Penn Station. Mas ele estar aqui é como os primeiros passos depois de andar em uma montanha-russa, quando o chão ainda é novidade para o equilíbrio.

Que bom. Tudo isso é bom. A conta dá certo. *Duas semanas sem Mikey* é igual a *estou feliz pra caramba por ele estar aqui*. Estou sentindo tudo que deveria sentir. Nada diferente do esperado. Nada de dúvidas esquisitas ou perguntas que deixo de fazer. Nada além de…

*Tudo bem se a gente sair com o Ben mais tarde?*

*Ei, então, marquei de a gente ir tomar sorvete com o Ben.*

Vai dar tudo certo. Nem estou preocupado, sabe? Podemos conversar sobre isso no metrô indo para casa, e tudo vai estar resolvido antes mesmo de chegarmos ao Colombus Circle.

Só que passamos pelo Colombus Circle, pelo Lincoln Center, e já estamos na rua Setenta e Dois, virando a esquina da Citarella, e ainda não falei com ele.

Não é que eu estivesse evitando tocar no assunto. Mas o metrô estava cheio e abafado, e Mikey parecia estar impressionado. No momento, ele está no meio de uma história sobre a viagem de dois dias que fez com o coral no oitavo ano, a única outra vez que ele veio a Nova York. Mikey, o falador — a mais rara e fascinante faceta dele. Não tem a menor chance de eu estragar isso. Nem mesmo o interrompo para avisar que chegamos ao prédio, só pego a chave do portão e coloco na fechadura enquanto ele fala.

Assim que ficamos sozinhos no saguão, eu o beijo com tanta vontade que ele deixa as rosas caírem.

Mal posso acreditar que ele está aqui. Mikey de verdade, em pessoa. Em Nova York. Neste prédio. É como encontrar o professor de matemática no supermercado, ou ver um passarinho voar janela adentro. Não parece cientificamente possível beijar Mikey no mesmo lugar em que recebo encomendas para meu tio-avô Milton.

Quando paramos para respirar, é adorável o quanto Mikey está envergonhado.

— Então… — digo, meio sem ar. — Aqui é o saguão.

Mikey pega o buquê no chão.

— Certo.

Depois disso, ficamos tímidos na presença um do outro. Mikey se entretém com o próprio reflexo nas paredes espelhadas do elevador, e abro um sorriso para o celular, pensando em como Jessie ainda vai levar cerca de uma hora para chegar em casa. E só vamos encontrar Ben às nove. E vou falar sobre isso com Mikey logo, logo. Agora é pra valer. Vou falar assim que ele guardar as coisas.

O elevador para no terceiro andar fazendo um barulho de sininho, e pego a mala de Mikey. Mas no momento que toco a maçaneta do apartamento 3A, a porta é aberta por dentro.

— Oi! Desculpa! — Jessie aparece no meu campo de visão com um sorriso animado. — Não quero atrapalhar. Só vim deixar o notebook. Vou comer uns petiscos com Namrata e Juliet. Mas enfim… Mikey! Oi! Que bom que você veio.

— É um prazer estar aqui. — Ele sorri, tímido.

— Que horas vocês vão encontrar o Ben mesmo? — pergunta ela, se virando para mim.

Sinto um embrulho no estômago.

— Hã… a gente ainda não…

Jessie ergue as sobrancelhas na expressão *Como assim, Arthur?* mais óbvia do mundo.

Mikey não diz uma palavra, mesmo depois de ela sair. Ele só me acompanha para dentro do apartamento, mas bato a porta com força demais e me atrapalho para acender as luzes no interruptor. Meu coração está batendo tão rápido que quase o sinto na garganta.

— Ei. Então. Eu ia falar com você agora.

O olhar de Mikey está fixo no chão, e não consigo decifrar a expressão em seu rosto. Quando ele enfim diz algo, sua voz começa a sumir gradativamente, como um fantasma.

— Você vai sair com o Ben hoje?

— Nós dois! — digo depressa. — Meu Deus, não sem você. Desculpa, vem cá, não quis deixar você parado em pé. — Dou uma risada fraca e estendo os braços. — Bem-vindo ao apartamento do tio Milton.

Mikey assente, meio tenso.

— Você está com sede? Posso pegar água, ou sei lá. Acho que tem Coca-Cola na…

— Não precisa. — Ele desvia o olhar.

— Ok.

Atravesso a sala e me jogo no sofá, deixando espaço para ele.

— A gente pode conversar sobre isso? — pergunto.

Ele não responde, mas coloca as flores na mesa e se senta ao meu lado com a postura ereta. Quando pego a mão dele, Mikey não a puxa de volta, mas também não segura a minha. Não tem mais sinal algum da doçura de instantes atrás. Analiso o rosto dele.

— Mikey.

Ele não para de encarar os joelhos.

— Então a gente vai encontrar o Ben. Hoje.

— Sei que não é o ideal. É que a gente vai ver o musical amanhã à tarde, e depois Ben marcou de jantar com Dylan, e depois Mario volta de viagem, e você vai embora cedinho no domingo, daí pensei…

— Então vai ser hoje mesmo. Entendi.

— Vai ser só mais tarde, e vamos só comer um doce. Tenho a *leve suspeita* de que você vai gostar do lugar que escolhi. — Aperto a mão dele, mas Mikey ainda não me olha. Hesito. — Quero muito que vocês se conheçam, sabe? É importante para mim.

Os olhos dele por fim encontram os meus.

— Por quê?

— Porque você é importante para mim. Sei lá. Ele é meu amigo, e quero que ele conheça o cara que me faz muito, muito feliz. Ok?

A expressão dele se suaviza.

— Ok.

— Mikey Mouse, me desculpa mesmo. Não devia ter jogado isso em você assim que entrou aqui.

— Na verdade, eu ainda estava no corredor — diz ele e dá um sorrisinho.

— Olha, agora você está aqui. — Eu o beijo na bochecha, e depois deito a cabeça em seu ombro. — Você não tem ideia do quanto senti sua falta.

— Eu também.

E passamos horas assim, juntinhos no sofá. Quer dizer, a gente se beijou um pouco, mas foi nível Disney Channel. Nenhum de nós ao menos sugeriu algo a mais. Talvez seja um desperdício do nosso tempo sozinhos, mas foi bom. Pedimos pizza, e troquei as lentes de contato pelos óculos. Quando terminamos de comer, ainda temos mais uma horinha até encontrarmos Ben, mas convenço Mikey a sairmos mais cedo para apresentá-lo ao Central Park no caminho.

Como esperado, Mikey mal fala durante todo o trajeto até a rua Setenta e Cinco, então meu cérebro decide preencher o silêncio com uma verborragia interminável.

— Tem uma entrada pela rua Setenta e Sete, acho, se quiser entrar nessa área. Ou podemos entrar pela rua do Museu de História Natural. É logo ali. — Aponto para a frente, olhando para Mikey ao meu lado, que sorri vagamente e balança a cabeça. Respiro fundo e continuo: — Você já assistiu a *Uma Noite no Museu*? Com Ben Stiller?

— Acho que não? Não lembro. Eu era novinho.

— Me recusei a assistir até estar no segundo ano do ensino médio, por causa da baleia, e, Mikey, tenho *tanto* medo dela.

— Que baleia?

— A baleia gigantesca pendurada no teto! — Olho incrédulo para ele quando saímos da calçada e pisamos na faixa de pedestres.

— Como você não sabe da baleia? Ela é minha inimiga pessoal. Vou... ok, quer saber? Acho que o museu abre às dez amanhã. Qual o horário da nossa sessão, às duas horas?

Mikey ergue as sobrancelhas.

— Não quero obrigar você a ver a baleia assustadora.

— Sem problema. Por você, Mikey Mouse, eu veria.

Ele ri e depois solta o ar, fazendo seus ombros subirem e relaxarem. Um segundo depois, pega minha mão. Eu o olho, surpreso. Acabamos de passar pela Avenida Columbus, ainda é fim de tarde, e estamos cercados de gente. Isso não me incomoda nem um pouco... mas e quanto ao Mikey?

Ele aperta as pontas dos meus dedos.

— Você se importa?

— Não. Nossa. Lógico que não. — Analiso seu rosto. — Só não quero que você fique desconfortável.

— Não estou. — Ele inspira, mas sua respiração está trêmula.

— Não parece muito confortável.

Mikey ri.

— Não, está tudo certo. Desculpa. Sério.

Andamos em silêncio por um momento, nossos dedos ainda entrelaçados. Quando chegamos na Avenida Amsterdam, aperto a mão dele para chamar sua atenção.

— Essa é a confeitaria de cookies quentinhos que gosto — digo, apontando para a Levain Bakery.

— É aqui que a gente vai encontrar o Ben?

— Não, mas estamos quase lá. Vamos chegar cedo.

Ele assente depressa, os lábios franzidos.

— Não precisa ficar nervoso! — Dou uma risadinha e o puxo para perto. — Prometo que ele não dá medo. Você vai gostar dele.

— Eu sei — diz Mikey. — Não é isso que... enfim. Estou de boa.

— Você está pronto para ficar mais que de boa? — Aponto com o queixo. — Olha lá no fim da rua, à direita.

Mikey olha na direção que indiquei, forçando a vista. Seu rosto se anima assim que ele vê.

— Você está *brincando*!

Emack & Bolio's está escrito em letras brancas maiúsculas com um fundo verde. Acho que não teria notado se o Mikey não tivesse deixado o nome cravado na minha mente. É a sorveteria favorita dele em Boston. A irmã do Mikey ficou noiva lá, e também foi onde ele conversou com o irmão sobre sua orientação sexual. Quando começamos a conversar sobre passar o verão em Boston, foi o primeiro lugar que ele mencionou.

— Não sabia que tinha uma franquia aqui — diz Mikey, admirado.

Estamos quase meia hora adiantados, então nos sentamos em um banco perto da entrada da sorveteria. Ele voltou a ficar calado, e não consigo decifrá-lo. Mikey não está chateado por causa do Ben, *eu acho*. Quer dizer, um minuto atrás ele quase deu pulinhos quando mostrei a Emack & Bolio's, sem falar no ato inédito de segurar minha mão em público durante o caminho até aqui. Mas de alguma forma as mãos se afastam, e Mikey fez questão de deixar alguns centímetros de espaço entre a gente.

Agora ele está lançando olhares de vez em quando, quase como se fôssemos estranhos flertando de longe em uma festa da universidade. Cada vez que nossos olhares se encontram, ele desvia o rosto.

— Mikey Mouse — digo, por fim. — Está tudo certo com você?

— Eu te amo — dispara ele.

Olho para Mikey, chocado.

— Nossa. Desculpa, eu… — Ele solta o ar. — Tentei criar coragem durante o caminho todo. Me sinto tão…

— Meu Deus, Mikey. Não precisa se… não se desculpa, ok?

Levo a mão ao peito, como se fosse me ajudar a recuperar o fôlego. Mal consigo distinguir os pensamentos do som do meu coração batendo. *Ele me ama. Me ama. Ama. A mim. Mikey, que fica vermelho toda vez que o beijo. Mikey, que encheu o tanque do meu carro como presente de Dia dos Namorados. Mikey, que pegou um trem de Boston para vir me ver. Mikey me ama.*

Meu cérebro não consegue processar esse pensamento.

Ele fecha os olhos e os abre de novo. De repente, sua expressão congela.

— Acho que o Ben chegou — sussurra ele.

146

Balanço a cabeça.

— Duvido. Ele nunca chega cedo. Nunca… — Mas a frase morre ainda em minha boca.

Vejo um garoto andando pela Avenida Amsterdam usando calça jeans e camiseta escura apertada, e com certeza é Ben Alejo. Ele tira os olhos do celular e sorri quando nos encontra.

Ben está vinte minutos adiantado.

— Mikey, eu…

— Tudo bem. Sério. — Ele começa a se levantar, mas pego a mão dele antes e a aperto.

—A gente conversa melhor depois — digo, mas sai meio engasgado. — A gente continua no próximo episódio, viu?

Ele assente sem dizer nada e ajeita os óculos no rosto, e é um gesto *tão* Mikey que minha garganta se fecha. Quando me levanto, sinto como se minhas pernas fossem feitas de gelatina.

Esse é o tipo de coisa que as pessoas fazem, né? Namorados e amigos se conhecem. Supernormal. Então por que parece que estou tentando unir dois universos distintos em um único sistema solar? O que devo dizer? Quais palavras devo escolher para apresentá-los? Garoto com quem perdi a virgindade, esse é o garoto que acabou de dizer que me ama pela primeira vez, literalmente dois segundos atrás.

— Não vai me parabenizar por ter chegado cedo? — pergunta Ben, com aquele sorriso de falso orgulho que costuma dar quando está *de fato* orgulhoso de si mesmo, mas não quer admitir. Quando se vira para Mikey, o sorriso dele se torna mais tímido. — Prazer em finalmente conhecer você.

— Digo o mesmo. Ouvi falar… muito de você.

Ben parece intrigado.

— É mesmo?

— Mas e aí? — Aperto as mãos com tanta força que meus dedos começam a ficar brancos. —Alguém quer sorvete?

# BEN

Sexta-feira, 29 de maio

É HORA DE SEGURAR VELA.

Encaro o cardápio na parede como se fosse uma noite qualquer com meus amigos, e não a primeira vez que vejo o novo namorado do meu ex. O namorado que aparentemente ouviu falar muito de mim. Não é uma grande surpresa — estamos falando do Arthur, afinal de contas. Arthur, aquele que sempre sente necessidade de preencher o silêncio.

— Tem tantos sabores — digo.

— Mikey é especialista nesta sorveteria — diz Arthur, segurando a mão do namorado como se ela fosse um balão que ele nunca vai soltar. — O que você recomenda?

— De que você gosta, Ben? — pergunta Mikey.

Ouvi-lo dizer meu nome me dá um aperto no peito. A cada segundo que passa ele se torna mais real, e eu queria muito que Mario, Dylan ou Samantha estivesse aqui comigo agora.

— Vou no básico — digo. — Fico feliz com um de morango.

— Você tem ótimo gosto — elogia Arthur. — Para sorvete — acrescenta ele. — Pessoas também, óbvio. Não estou falando de mim, estou falando do Mario.

Mikey e eu encaramos Arthur. Normalmente acharia isso engraçado, mas é só constrangedor.

Arthur aponta para trás do balcão.

— Você acha que eles deixariam eu me refrescar ali no freezer?

— Não parece muito higiênico — responde Mikey.

Arthur concorda com a cabeça.

— Verdade.

Me pergunto se as coisas ficariam melhores se a gente simplesmente parasse de pisar em ovos. Sim, Arthur e eu éramos apaixonados um pelo outro. Sim, nós terminamos porque achávamos que namorar a distância não ia funcionar. Sim, Arthur começou a namorar Mikey e não deixou a distância atrapalhar. Se é para falarmos disso, não parece certo que eu puxe o assunto. Eles é que são o casal, e sou o agregado hoje.

Mas posso ser uma distração.

— Você recomenda algum sabor, Mikey?

Mikey fica encarando o cardápio.

— Torta de gafanhoto com certeza é uma opção, e respeito o gosto das pessoas, mas eu mesmo não vou fazer essa escolha hoje.

— Nem eu — declaro, rindo.

Arthur ri logo em seguida, um pouco alto demais.

— Gosto de qualquer sabor de fruta — digo.

— O de manga é o melhor — afirma Mikey com uma expressão amigável. — É por minha conta.

De repente fico envergonhado imaginando Arthur falando sobre o quanto sou pobre.

— Não, por favor, deixa comigo — digo. — Inclusive, deixa que pago o seu como um presente de boas-vindas a Nova York.

— Deixa comigo — insiste Arthur. — Vocês dois podem procurar uma mesa. Mikey Mouse, o de sempre, né?

— Aham — responde Mikey.

Mikey Mouse? É um apelido meio bobo — diria até pateta. (Desculpa o trocadilho.) Mas quem sou eu para julgar, considerando que Ben-Jamin é um nome ridículo para um protagonista. Só me dou o direito de usá-lo porque cai bem em um livro de fantasia.

Além disso, é ótimo que Arthur tenha seu Mikey Mouse. Eu tenho meu Super Mario.

Nós dois escolhemos uma mesa próxima à janela, de onde podemos ver um grupo de pessoas rindo do lado de fora de um restaurante e se abraçando antes de partirem em direções opostas.

— Então você tem um "de sempre"? — pergunto.

— Torta de lama — responde Mikey. — O nome é nojento, mas é sorvete de café com gotas de chocolate e pedacinhos de Oreo. Pode experimentar do meu, se quiser.

— Valeu, mas é todo seu. Então, você vem muito para Nova York?

— Essa é a primeira vez em anos, na verdade — diz Mikey.

— Bem-vindo de volta. Vocês vão assistir a algum espetáculo?

Mikey assente.

— E turistar um pouco.

Um silêncio constrangedor toma conta. Sei que não estava muito confortável com a ideia de conhecer Mikey desde o começo, mas agora me pergunto como ele se sente me conhecendo. Não posso negar que tem uma energia entre eles, porém não diria que é química. (Se bem que isso não significa muita coisa vindo de alguém que ficou de recuperação em química.) Dá para ver que eles se importam um com o outro, mas acho que sempre esperei que fossem eletrizantes como as luzes da Broadway. Talvez eu tenha pegado os dois de surpresa ao chegar tão cedo. Só não queria acabar me atrasando e dar a entender que não me importava.

Significa muito para Arthur, então significa muito para mim.

Mesmo assim, hoje é o primeiro dia que Mikey está de volta a Nova York em anos, e ele está tomando sorvete com o ex do namorado dele. A sensação deve ser a de conhecer um fantasma do passado romântico de Arthur. Foi comigo o primeiro beijo, o primeiro namoro, a primeira vez, o primeiro término que o fez chorar. Mas talvez Mikey não ligue para tudo isso porque está confiante sobre o futuro deles juntos.

Posso ter sido o primeiro, mas é ele quem vai estar ali para sempre.

— *Voilà*, senhores. — Arthur volta com os sorvetes, e o dele é o único com casquinha. — O que eu perdi?

Mikey e eu começamos a responder um por cima do outro e paramos na mesma hora. Ele gesticula para eu falar enquanto gesticulo para que ele continue. É quase como se estivéssemos tentando não ficar no holofote. Melhor ficar escondido nas sombras.

— Só estava falando que estou feliz de ter voltado — diz Mikey.

— Vai ser tão divertido — responde Arthur.

Arthur ajeita os óculos, o que me faz repensar o fato de as pessoas não conseguirem diferenciar o Super-Homem do Clark Kent. Tanto Super-Homem quanto Arthur são atraentes sem óculos, mas quando os usam, é uma transformação de tirar o fôlego. Não que eu tenha crush no Super-Homem; ele é um personagem dos quadrinhos. E não que eu tenha crush no Arthur; ele é meu ex-namorado. É possível achar uma pessoa atraente sem querer ter um envolvimento romântico com ela, né? Tipo quando Dylan comenta sobre garotos bonitos porque quer que *eu* namore eles, não porque ele quer namorá-los. Para ser sincero, esse ainda é um tópico em aberto.

Mas tenho certeza dos meus sentimentos, e quando se trata de Arthur, são completamente platônicos. É óbvio.

— Quais espetáculos vocês querem assistir? — pergunto.

Eles me contam os planos, mas fico distraído quando Arthur e Mikey trocam os sorvetes sem dizer nada, como se já tivessem feito isso milhares de vezes. E quando o celular de Mikey começa a vibrar na mesa, Arthur coloca no silencioso por ele. Qualquer outra pessoa acharia essa atitude meio passivo-agressiva, mas Mikey agradece a Arthur. Talvez Mikey goste de ser uma pessoa presente, e Arthur saiba disso.

Das poucas vezes que vi o Instagram de Mikey, percebi que ele não posta com tanta frequência como muitas pessoas que conheço. Ele não tenta ser um influenciador digital, fingir que sua vida é extraordinária ou mostrar o que comeu. Ele é real.

Nossa, o Mikey é real.

E está sentado bem na minha frente.

Houve uma época em que desejava que Mikey fosse a pior pessoa do mundo, para que não me sentisse mal do Arthur ter um compromisso com ele em vez de comigo. Mas ele não é.

Quero ficar feliz pelos dois. Principalmente pelo Arthur.

Felicidade é algo complicado quando se trata da pessoa que me fazia feliz.

— Espero que gostem do musical. Não se atrasem — aviso, dando uma risada.

Arthur dá um sorriso desconfortável e balança a cabeça.

— Aquilo não foi legal.

— O quê? — pergunta Mikey.

— Arthur deve ter contado sobre como estraguei nossa sessão de *Hamilton*.

— Não contou — diz Mikey.

De repente, desejo poder voltar no tempo, porque não queria mesmo entrar no assunto "história do nosso relacionamento", mas é difícil quando isso é tudo que existe entre mim e Arthur.

— Me atrasei para chegar ao teatro, e por isso não conseguimos comprar os ingressos que vendem na hora — digo.

Não menciono que Arthur e eu ficamos sentados na calçada, ouvindo música.

Mikey balança a cabeça e diz:

— Que dó!

— Apenas um dos muitos motivos pelos quais decidi não me atrasar mais — concluo.

Tudo que sai da minha boca parece errado. Como se eu estivesse tentando mostrar para Arthur que sou uma pessoa melhor agora. Mas isso não é uma tentativa de voltar com ele. A verdade é que não sei ser amigo dele, porque nós nunca fomos *apenas* amigos.

Sem falar que evitá-lo nas redes sociais por meses me deixou completamente desprevenido para encarar que Arthur está namorando sério. Deveria ter me preparado vendo fotos dos dois juntos.

Mas esse é o ponto. Será que o namoro é sério mesmo se eles ainda nem disseram *eu te amo*?

— Então, você é escritor? — pergunta Mikey.

— Não publicado.

— Mas ainda assim é escritor, né?

— Aham. Escrevo fantasia sobre magos.

— Ele tem centenas, talvez milhares de leitores que pedem a continuação da história dele — conta Arthur. — E estão certos... Amo tanto aquela história.

E voltamos à sensação constrangedora. Espero que Arthur tenha tido o bom senso de não contar ao Mikey sobre o romance entre Ben-Jamin e rei Arturo. Ou até mesmo sobre o fato de Arthur ter inspirado um personagem — apesar de ele não ser mais um interesse romântico. Me sinto mal por um dia ter que contar isso para Arthur, mas qualquer preocupação sobre partir o coração dele vai por água abaixo quando vejo Mikey segurando sua mão.

— Tirei a história do Wattpad para reescrever na faculdade. Quero muito publicar logo.

— Onde você estuda? — pergunta Mikey.

— Na Hostos Community College — digo.

Fico inseguro de novo, desejando ter tido as notas e recursos financeiros necessários para entrar no programa de escrita criativa da The New School, ou em qualquer curso na Universidade de Nova York. Mas essa é a realidade. Dei tudo de mim, e minha família fez o melhor que pôde. Estou tentando aceitar isso da melhor forma.

— Gosto bastante de lá — continuo. — Tenho uma professora ótima, os colegas de turma também. Tem até um cara chamado Mario, que foi minha dupla, e agora nós meio que estamos ficando.

— Ele foi com vocês ao Dave & Buster's, não foi?

— Ele acabou com a gente em quase todos os jogos — diz Arthur.

— Por que ele não veio?

— Ele está em Los Angeles com o tio. Parece estar sendo incrível.

— Por que você não foi com ele?

Balanço a cabeça.

— É meio que um passo muito grande, já que não estamos namorando oficialmente. E além do mais, preciso trabalhar no livro.

— É, mas você pode escrever em qualquer lugar — aponta Mikey.

Por que ele está forçando tanto a barra? É como se não quisesse que eu esteja na mesma cidade que o Arthur.

— Não tenho dinheiro para comprar a passagem de última hora.

Falar de dinheiro me deixa desconfortável. Me lembra que não importa o quanto eu tente, não ganho o bastante para guardar. Isso faz com que me sinta ainda mais impotente. É por isso que um contrato editorial seria realmente útil. Uma vez, uma editora literária foi à Hostos para falar sobre publicação tradicional e nos deu uma ideia realista do que esperar de um primeiro contrato. Mesmo que os adiantamentos fossem baixos, com certeza mudariam minha vida. Se isso acontecesse, talvez eu tivesse grana para ir aonde quisesse, quando quisesse.

Um dia a sra. García perguntou para a turma o que nos motiva a escrever, além do amor que temos por histórias. A verdade nua e crua; o motivo pelo qual terminamos um rascunho e já começamos o próximo. Estava muito nervoso, mas levantei a mão e disse que queria estabilidade financeira. Queria deixar de me preocupar com gastos; ver algo legal na internet e comprar porque posso, e não porque preciso; cuidar da minha família do mesmo jeito que eles cuidam de mim; pagar Dylan por todas as vezes que ele me deu dinheiro sem pedir um centavo de volta, nem mesmo quando me vê vez ou outra ganhando vinte dólares da *abuelita*.

Assim que todo mundo termina o sorvete e a conversa sai do tópico dinheiro, estou pronto para deixá-los a sós.

— Vou sair do pé de vocês. Muito obrigado pelo sorvete, Arthur. — Levanto da mesa para jogar o lixo fora.

— Você não está no nosso pé! — diz Arthur, um pouco animado demais. — Volta com a gente.

— Eu…

— Você ainda nem me contou sobre o que Ben-Jamin está aprontando nessa nova versão que você está revisando!

Algo me diz que Mikey não está interessado, mas Arthur parece estar tão em pânico que só dou de ombros.

— Hum, pode ser.

Então Mikey pega a mão de Arthur assim que saímos da sorveteria, e isso mexe um pouco comigo. Começo a me perder no que estou falando no meio das frases.

Não vou dizer que chegar ao prédio de Arthur é o ápice de animação que já senti, mas com certeza estou mais aliviado que nunca.

Viro para Mikey.

— Foi muito bom conhecer você. Espero que goste do resto da viagem.

— Valeu, Ben. — Mikey estende a mão para mim. Teria sugerido um abraço, mas um aperto de mãos é mais adequado. — Boa sorte com a escrita. Tenho certeza de que vai dar tudo certo.

Cruzo os dedos.

— Torcendo.

— Cuidado no caminho de volta para casa — diz Arthur. — Sem brigar com ninguém no trem.

Dois anos atrás, fomos atacados verbalmente por um homofóbico porque Arthur e eu estávamos abraçados em público. Arthur ficou transtornado e, para ser sincero, ainda estremeço quando passo naquela estação de metrô, com receio de encontrá-lo de novo. É mais uma coisa que me assombra nessa cidade.

— Farei o possível — respondo.

Arthur e eu damos o abraço mais rápido do mundo, como se um segundo a mais pudesse ser confundido com algo muito íntimo.

Depois ele entra no saguão com Mikey. Eu os observo por alguns instantes antes de me virar, porque o ciúme me atinge com tudo. Quero um relacionamento estável como o deles.

E quero isso com Mario.

Na noite seguinte, Dylan me arrasta para o Upper West Side mais uma vez para jantarmos.

O Earth Café parece ser calmo, e Dylan passa o tempo todo estudando o lugar como se quisesse fazer um investimento nele. Não entendo o drama por trás da atitude, mas o deixo continuar a inspecionar cada utensílio, prato e a temperatura da comida. Mas chego no limite quando ele tenta pedir três tipos diferentes de café. E ele se rebela pedindo todas as sobremesas do cardápio.

Dylan corta um croissant de chocolate ao meio e diz:

— Dá uma nota de um a cem para esse aí.

— É uma escala muito grande.

Ele dá uma mordida.

— Vale um oitenta e sete, sem dúvidas — diz ele, dando uma segunda mordida. — Não, oitenta e oito.

Estou muito cheio por causa da salada de frango para provar qualquer coisa, então deixo ele comer sozinho.

É a noite dos garotos, já que Samantha e Jessie estão juntas, mas ele parece muito distraído o tempo todo. Não sei o que está rolando, mas Dylan insiste que está tudo certo com ele.

— Então — digo —, Mikey é legal.

— Tradução: chato pra c...

— Não — interrompo —, ele é legal mesmo. Talvez um pouco privilegiado, mas não de um jeito babaca. Não tenho nada de ruim para dizer sobre ele. Será que isso significa que ele é bom para o Arthur?

Dylan devora a segunda metade do croissant enquanto reflete sobre a pergunta.

— Acho que o Arthur merece mais que alguém só legal. Mas não conheci o Mikey, então não posso opinar.

— Eles devem se dar bem. Arthur não ia forçar nada que não funcionasse. Aliás, você está coberto de migalhas.

Dylan olha para a camiseta.

— Fale o que quiser sobre seu ex-namorado, mas quando se trata das migalhas, fica na sua.

— Anotado. Me pergunto se nosso término fez bem para o Arthur, no fim das contas.

— Me preocupo mais se fez bem para você.

Dylan começa a comer um muffin de mirtilo, e meu celular vibra. Sorrio.

— É o Mario — digo, e atendo a ligação. — Oi!

— Oi, Super Mario — cumprimenta Dylan com a boca cheia de muffin.

Ele pega o próprio celular, provavelmente para dar nota aos doces.

— Ah, você está na rua — diz Mario. — Não quero atrapalhar se você estiver ocupado.

— Não, tudo bem. Dylan está dando uma de crítico gastronômico, porque... é o Dylan, né? Você chegou bem?

— Acabei de sair do avião e vou para casa. Ainda estou no fuso horário de Los Angeles, então tenho um pouco de energia a mais. Pensei em chamar você para fazer alguma coisa e você me dar as boas-vindas agora que estou de volta ao futuro.

— Eu topo! — Não vou nem disfarçar a empolgação. — Estou com o D. Tudo bem se ele for junto?

— Quanto mais gente, melhor, contanto que você esteja lá, Alejo. Decide para onde vamos. Logo chego em casa e vou tomar um banho rápido.

Quase dá para sentir o cheiro do sabonete dele, que lembra o cheiro do mar. Queria que pudéssemos passar a noite juntos, mas meus pais estão em casa, e a casa dele nunca está vazia aos sábados.

— *Te veo pronto* — digo e desligo.

— Qual é a da língua secreta? — pergunta Dylan.

— Disse que vou vê-lo logo, já que ele está de volta. Aonde você acha que a gente deveria ir?

Dylan arregala os olhos.

— Você sabe quem está aqui por perto, né?

Sei de quem ele está falando, mas balanço a cabeça.

— Não.

— Sim. Estamos no Território do Arthur. Está pronto para repetir a dose da semana passada?

— Não estou nem perto de estar pronto.

Dylan levanta o celular.

— Eles estão esperando a gente!

— O quê? — Pego o celular dele e vejo que Dylan mandou uma mensagem para Arthur, dizendo que estamos nas redondezas.

— Você está tentando dar uma de *Operação Cupido* para fazer a gente voltar? Ele está com o namorado, D. A gente devia deixar eles sozinhos.

— Se eles vão passar o resto da vida juntos, vão ter muito tempo para ficarem sozinhos.

— Por que você está falando como se fosse um mestre em relacionamentos longos? Você e Samantha estão juntos há dois anos.

— O que me faz um especialista comparado a você e ao Arthur.

Ele tem razão. Dylan continua:

— Acho que temos aqui uma ótima oportunidade de você ostentar seu namorado… Eu sei, eu sei! E passar mais tempo com Arthur e o namorado dele.

Com certeza seria uma dinâmica diferente ter Mario e Mikey no mesmo ambiente. Talvez até diminua minha insegurança. Provar de uma vez por todas que nosso término abriu portas para encontrarmos pessoas que combinam mais com a gente.

— Um novo encontro duplo — digo.

— Com convidado, lógico — responde Dylan com um sorriso enorme. — *Preciso* ver isso.

# ARTHUR

### Sábado, 30 de maio

— ELES VÃO CHEGAR... QUANDO? — Mikey parece um pouco desnorteado.

— Não faço ideia. Dylan só disse que estavam no Upper West Side. Parece que o Mario voltou de viagem. — Passo para ele um prato cheio de migalhas de pão. — E então ele perguntou se a gente estava em casa, respondi que sim, e eles disseram que estavam vindo para cá, e foi isso. Posso mandar mensagem de novo, se você achar melhor.

— Sem problema — diz Mikey sem olhar para mim.

Eu o observo mudando as coisas de lugar na máquina de lavar louça e tento fazer com que meu coração volte a bater no ritmo normal.

— Ei. — Seguro a borda da bancada. — Não esqueci, ok?

Ele vira um prato, colocando-o ao lado dos outros.

— Ok.

— Quer falar sobre isso agora? Ia esperar a Jessie sair, mas...

— Não tem problema se for mais tarde.

— Mais tarde, então — repito, ignorando a pontinha de culpa no peito.

Não é como se tivesse algo errado em conversar depois. É que as coisas se acumulam. Primeiro foi Ben ontem, depois foi Jessie e mais Jessie, e depois dormimos, e então hoje visitamos o museu, assistimos a *Six*, *conversamos* sobre *Six* e jantamos. Muita coisa está acontecendo. E agora tem isso, justo quando Jessie está prestes a ir para a casa dos pais da Samantha.

E bem na hora, Jessie aparece na porta com uma mochila sobre o ombro.

— Namrata acha melhor eu levar camisinhas e bebida.

— Preparadíssima para uma orgia — digo e pressiono as mãos. Mikey arregala os olhos, e Jessie ri.

— Pode apostar que não vai rolar orgia — garante ela. — O amigo da Samantha, Patrick, está em Nova York, então vamos comer cupcakes e ver filmes.

Balanço a cabeça.

—Ainda não acredito que você e Namrata conversam por mensagem. Ela e Juliet agiam como se eu fosse uma criança.

— Você meio que era, né? Foi dois anos atrás.

*Dois anos atrás.* O jeito que Jessie diz isso faz minha respiração acelerar. Ela fala como se fosse a Idade da Pedra — mas talvez de fato tenha sido outra era. O Arthur de dezesseis anos, com emoções à flor da pele. Eu era como um vulcão em pessoa. Me lembro de cada detalhe daquele verão, tudo que senti e pensei. Tudo que vivi está logo ali, mas não consigo alcançar. É quase como se eu tivesse lido a história em um livro.

Quando abro a porta dez minutos depois, Dylan me abraça como se eu tivesse voltado da guerra.

— Olha só para você. Não envelheceu nem um pouco. Faz quanto tempo que a gente não se vê?

Faço as contas desde a noite no fliperama.

— Oito dias?

— Tá, tá, mas aquele dia não conta. Você deu meu filho para o Super Mario.

Dylan entra no apartamento e Ben o segue.

— Mario está no metrô — avisa Ben, e depois se vira para abraçar Mikey. — E aí, cara? Que bom ver você de novo.

— O famoso Mikey! Artesão falou muito sobre você! — diz Dylan.

A expressão no rosto de Mikey é idêntica à de um pré-adolescente ganhando um beijo na bochecha de um parente distante que ele nunca viu na vida. Consigo ver a tentativa desesperada de disfarçar o pânico. É como se eu estivesse vendo o álbum de fotos do meu bar mitzvah.

Ben se vira para mim.

— Espero que não tenha problema a gente ter vindo. Samantha expulsou o Dylan de casa só por hoje.

— Não mesmo, eu *escapei*. Com uma saída triunfal. Não me misturo com aquela gentalha.

— Quem, a Jessie? — pergunto.

Ben revira os olhos e diz:

— Ele está falando do Patrick.

— Não quero ouvir esse nome. Não quero ver a cara dele. — Dylan atravessa a sala de estar e se joga no sofá. — Aquele homem está para a minha vida como um joanete está para o meu pé. Você sabe que ele e Samantha dormiam na mesma cama, né?

— Em viagens de família — diz Ben. — Quando eles tinham seis anos.

— Uma cama é uma cama!

— A gente já dormiu na mesma cama também. Muitas vezes — argumenta Ben.

Dylan solta uma risada seca.

— Ah, é para isso me confortar? Benzo, cada vez que estamos a menos de três metros um do outro, dá para sentir a tensão sexual no ar.

Ben lança um sorriso rápido para Mikey.

— Dá para acreditar que ele está sóbrio?

— E isso é um *crime*.

— Não, é literalmente o oposto de um crime — diz Ben.

Dylan o ignora.

— Seussical, como estamos com bebidas nesta residência?

—Ah, é. Tem… água, óbvio. Coca-cola, leite, suco de laranja e… hã… Posso comprar outras coisas também — respondo e levanto.

Um segundo depois, Ben fica de pé também.

— Quer ajuda?

— Ah! — Olho de soslaio para Mikey. — Hã...

— Perfeito. Vocês dois, tragam um suco de Seuss. Já passou da hora de Mikester e eu termos um momentinho juntos. — Dylan chega mais perto de Mikey, que parece aterrorizado.

Um minuto depois, estou com Ben na cozinha pequena e iluminada do meu tio, tentando lembrar como conversas funcionam.

— Então... Acho que a maior parte das bebidas alcoólicas estão...

— Isso é licor de chocolate? — Ben segura a garrafa que Jessie deve ter deixado na bancada. — A gente pode beber, ou...

— Não, sim, com certeza — digo, assentindo com entusiasmo demais.

Não sei como pude esquecer disso — a forma como estar sozinho com Ben faz parecer que meu coração está digerindo sentimentos. Meus olhos vão para as flores que dei para Mikey, que agora estão em um jarro de metal que achei no armário de artigos judaicos do tio Milton.

— Você já experimentou?

Balanço a cabeça.

— Devia. É como a versão em bebida de um cookie da Levain. — Ele pega uma colher da gaveta de talheres. — O da Godiva é o melhor. Minha mãe ganhou uma vez.

— E ela deixou você beber?

— Ela achou que era calda de chocolate e batizou o sorvete. Ok, experimenta.

Ben me oferece uma colher do licor como se fosse xarope, com a mão erguida. De repente, ele para no meio do movimento. Viro a cabeça, envergonhado.

— Aqui — diz ele, me entregando a colher.

Coloco-a na boca.

Na verdade, não é minha primeira experiência com álcool, mas tenho quase certeza de que é a primeira vez que experimento uma bebida alcoólica sem que um adulto tenha dito *borei pri hagafen* antes. Saboreio o líquido na boca por um instante, e primeiro sinto o gosto de chocolate, só que ruim. No entanto, quanto mais tempo curto o sabor, mais gosto, e assim que termino a colherada, estou apaixonado.

Ben olha para mim com expectativa.

— O que achou?

— Forte.

— É mesmo. Tipo, acho que costumam beber misturado com outras coisas. Você tem Baileys?

— O quê?

— Licor irlandês. Ou uísque? Estou tentando pensar no que combinaria com chocolate.

— Como você sabe de tudo isso? Mario trabalha em um bar ou algo assim?

— Ele não bebe.

— Ah...

— E ele tem vinte anos. Ele não... ah, tem vodca! Acho que vai dar certo. — Ben olha para mim. — Tem certeza de que seu tio não vai se importar?

— Sim, não tem problema.

— Beleza, então. — Ele procura uma receita no celular. — Precisamos do bastante para quatro pessoas, né?

— Três. Mikey também não bebe.

Quer dizer, tecnicamente, eu também não.

Mas não é que *não* bebo, só não bebi *ainda*. Mas uma vez experimentei um brownie mágico com o Musa. É possível que a gente não soubesse que o brownie tinha maconha, assim como é possível que a gente tenha cuspido logo depois e passado o resto da noite surtando sobre exames toxicológicos e futuros arruinados. Mas a questão é que não sou o garoto com carinha de neném de dois verões atrás, e talvez o Ben precise saber disso.

— Ok, experimenta agora. — Ele me entrega um copo cheio com um líquido que parece chocolate derretido.

Assim que tomo um gole, levo as mãos à boca para não cuspir. Ben arregala os olhos.

— Está tudo bem?

— Aham! É bom!

Ele pega o copo de volta e dá um gole.

— É, está meio forte. Vou dar um jeito nisso.

Eu o observo colocar um pouco mais do licor na mistura e tento não pensar no fato de que Ben tomou do mesmo copo que eu como se não fosse nada. Isso não é meio que um beijo indireto?

O pensamento me faz dar um passo para trás tão rápido que quase caio com tudo no chão.

Assim que me sento no sofá, Dylan se inclina em minha direção.

— Estava agorinha mesmo contando ao Mikeylicioso sobre quando você cantou aquela música do rato para o Ben.

— Que ótimo. — Tomo um gole da bebida.

— Cara, olhando para trás, foi uma cantada genial. Você já tinha a serenata a seu favor, e deixou mais sensual ainda com a temática do rato, e…

Ben balança a cabeça e diz:

— Ratos não são sensuais.

— Eles são sensuais e todo mundo sabe disso! — rebate Dylan.

Dou mais um gole na bebida.

Dylan faz uma pausa.

— Ah, quer saber? Confundi com coelhos.

— E se você passasse menos tempo pensando na vida sexual de animais? — sugere Ben.

— Meu argumento ainda é válido! Não vamos esquecer do que aconteceu depois do karaokê, quando…

— Ok! — Ben se levanta em um pulo. — Mario está lá embaixo.

— Posso deixá-lo entrar…

— Não, vou lá buscá-lo. Volto em um instante — diz Ben, quase correndo porta afora.

Dylan se aconchega nas almofadas e estende o braço casualmente no encosto do sofá.

— Legal, né? Noite dos garotos. Estou com meu grupinho gay completo. Vocês dois são muito fofos — comenta Dylan, gesticulando para mim e Mikey, e depois apontando para a porta. — Eles também são fofos. Mas sabe quem não é fofo?

— Patrick?

— O maldito Patrick.

Logo em seguida, Dylan está falando coisas tão ruins sobre Patrick que ele deixaria a sessão de comentários do YouTube no chinelo. Mikey concorda por educação com cada palavra, mesmo depois de cinco minutos de críticas. Dylan ainda está falando quando Ben aparece no apartamento acompanhado por Mario.

— Caramba, aqui é enorme — diz Mario.

Apesar de ele não estar sendo sarcástico, minhas bochechas queimam. Nunca vou ver o mundo com as lentes de um nova-iorquino; sequer consigo ter noção de espaço como um.

Mario se senta no lugar vazio que sobrou, ao lado de Mikey — lógico, a configuração está toda errada. Me levanto e pergunto:

— Acho que vocês querem se sentar juntos, né?

— Não, tranquilo — responde ele, apoiando as costas. — Oi! Você deve ser o Mikey. Sou Mario, estou com aquele ali.

Ele aponta para Ben, que parece ter sido tão pego de surpresa com a escolha de palavras quanto eu.

Engulo o resto da bebida e quase pulo do sofá para pegar mais. Apesar de me atrapalhar com o filtro, consigo pegar água para Mikey e Mario também. Agora tenho que voltar para a sala com três copos cheios, um desafio tão complexo quanto andar vendado em um caminho com obstáculos. Mas acho que os únicos empecilhos são meus próprios pés.

Quando volto, Mario está contando uma história sobre a viagem e sorri para mim quando entrego o copo a ele. Depois, me sento ao lado de Mikey.

— Só de estar em Los Angeles foi incrível — continua o Mario. — Quero me mudar para lá um dia, sabe? Escrever para TV é um grande sonho.

— Já nos aventuramos no mercado televisivo, eu e o Benvólio aqui — conta Dylan, cheio de si. — Fizemos um sucessinho entre os reality shows na época.

— *Being Bad Boys?* — pergunto.

Mario sorri.

— Uau.

Mikey se mexe desconfortável ao meu lado, e percebo que ele já está quieto há um tempo. Sufocado com tudo isso, provavelmente. De repente, sinto uma onda de carinho por meu namorado. Chego tão perto dele que quase consigo ouvir seu coração.

— Tudo bem? — sussurro, encostando os lábios na bochecha corada dele por um momento.

Mikey assente.

Ben se levanta, olhando para meu copo quase vazio.

— Vou pegar mais para mim. Arthur, quer que eu bata uma para você?

Olho para ele, em choque.

— Batida. Para beber.

O rosto dele parece estar em chamas.

— Pode ser! — digo depressa e acabo com o resto da bebida em um gole, entregando o copo na mão dele.

Dylan acompanha Ben até a cozinha, e Mario e Mikey começam a conversar sobre Nintendo. Me encosto nas almofadas, ouvindo os dois falarem sobre nabos e códigos de amigos. É o Mikey mais animado que vejo a noite toda. Nem me surpreende Mario gostar de um jogo nerd como *Animal Crossing*, porque ele é descolado a ponto de não se importar de não parecer descolado.

Aposto que ele é do tipo que ri alto no cinema, canta no supermercado e diz com orgulho que a cantora favorita dele é a Taylor Swift, pois ama as músicas dela, provavelmente porque a música dela é incrível pra caramba e ela é uma genieusa — palavra que acabei de inventar para "genial" e "deusa". Mas estou desviando da questão principal: Mario não se importaria nem um pouco se estivesse sendo convencional ou clichê demais. Aliás, até a capinha do celular dele é totalmente legal: o Super Mario na versão mais clássica, com uma cauda de guaxinim voando pelo céu azul.

Ele desbloqueia a tela e chega mais perto de Mikey.

— Espera, vou mostrar pra você no aplicativo.

Apoio o queixo no ombro do Mikey, olhando pra lá e pra cá entre as telas dos celulares deles. Fico um pouco tonto, como se estivesse dando rodopios em uma pista de dança. Sinto a necessidade de informá-los:

— Seus celulares são amigos.

Ben e Dylan voltam da cozinha, mas Dylan fica um pouco para trás, digitando algo no celular. Ben me presenteia com um copo cheio.

— Prontinho. Da mais alta qualidade.

— É mesmo! Literalmente! Porque meu tio deixa as garrafas na prateleira de cima, a mais alta. Meu tio-avô — corrijo. — Ele faz as duas coisas muito bem. Ser tio e avô. Tomara que meu avô de verdade não se sinta mal por eu ter dito isso. — Pauso para tomar um gole. — Desculpa, vô.

Ben não sabe se dá risada ou se tira o copo da minha mão.

— Nossa, é bom *mesmo*. Ben! Você devia trabalhar num bar. Não, espera, ainda melhor: você poderia escrever um livro sobre um barman que é um *mago*, e as bebidas poderiam ser poções.

Ele me encara.

— Ok, então. Não quero ser fiscal de festa nem nada assim, mas… você sabe que está bebendo rápido demais, né?

— Prefiro o termo "eficiência". — Lanço um sorriso para ele. — E estou ótimo. Só preciso fazer xixi.

Me levanto rápido do sofá, mas assim que fico em pé, minha barriga faz o barulho de um monstro marinho. Minhas mãos voam para a boca.

Mikey olha para mim.

— Você está bem?

— Merda. — Ben vem até mim, tira o copo da minha mão e coloca-o na mesa de centro. — Ei, você vai…?

Balanço a cabeça com avidez, tentando ignorar a ânsia.

— Tudo bem. Você está bem. Respira — diz Ben.

Ele coloca as mãos nas minhas costas, e sinto como se meu cérebro tivesse se transformado em pixels. Os olhos de Ben encontram os de Mikey, e ele afasta a mão.

— Hã... Acho melhor alguém levar ele para o banheiro.

— Ah! — Mikey se levanta. — Ok, hum...

Ben aponta na direção do banheiro.

— Lá no fundo.

— Eu sei — diz Mikey.

— Desculpa...

— Está tudo certo — responde Mikey, passando os braços pela minha cintura. — Vamos só...

— Ei, acho que vou nessa — diz Dylan de repente.

Ben olha preocupado para ele.

— Aconteceu alguma coisa?

— Tudo nos trinques. Vou salvar minha esposa das garras do Satã.

Sinto meu estômago revirar mais uma vez, e cubro a boca com as mãos.

— Eu sei, Seussical, eu sei. Ele me enoja também.

— Certo! — Ben se vira para mim. — Vai com o Mikey, senão você vai vomitar aqui. E, D, promete que não vai matar o Patrick.

— Só prometo o que posso cumprir.

Ben abre a boca para responder, mas não entendo uma palavra, porque descubro que *ainda* sou um vulcão em pessoa aos quase dezenove anos.

Mikey me leva para o banheiro na hora certa.

# BEN

Domingo, 31 de maio

A FAMÍLIA DO MARIO NÃO ESTÁ EM CASA — os irmãos estão em um *escape room* e os pais, no trabalho —, então vim para a casa dele no Queens hoje de manhã. Queria muito morar sozinho para poder transar com meu namorado em potencial sempre que quisesse. Mesmo assim, matar a saudade depois que Mario voltou de viagem foi um jeito muito, muito bom de começar o dia.

Tomo banho sozinho, usando bastante sabonete líquido para ficar com o cheiro dele por mais tempo. Quando saio do banheiro, Mario me surpreende com ovos mexidos e uma carinha sorridente desenhada com ketchup.

— O que é isso? — pergunto.

— Café da manhã atrasado — responde Mario. — Come tudo.

Eu o sigo de volta para o quarto, que fica no subsolo e é compartilhado com um dos irmãos. É uma caverna que exala masculinidade, com consoles de videogame espalhados, um sofá velho em que as visitas dormem, um frigobar para suprir o vício de chá gelado do irmão dele e uma TV de cinquenta polegadas. A escrivaninha de Mario, onde ele confecciona as camisetas, fica ao lado.

Me sento na cama dele, onde já fizemos algumas refeições — que geralmente é a comida que os pais dele fazem ou algo que pedimos no delivery. Sei que são só ovos mexidos com um sachê de ketchup do McDonald's, mas foi algo que ele fez para cuidar de mim.

— Olha só quem está de bom humor — digo.

— Como não estaria, depois disso tudo? — responde Mario, jogando no lixo a camisinha que usei e a escondendo debaixo de rascunhos descartados de estampas para camisetas. — Sei lá, Alejo, sinto que estou finalmente me encontrando. É como se eu estivesse chegando cada vez mais perto de me tornar a pessoa que lutei tanto para acreditar que poderia ser.

— Por minha causa ou por causa da viagem?

Mario se aproxima e me beija.

— Os dois. Queria contar tudo pra você ontem à noite, inclusive, mas não deu tempo.

— Desculpa, não teria levado você para a casa do Arthur se soubesse que queria conversar.

— Não precisa se desculpar. Me diverti bastante. — Mario se senta. — Especialmente com você.

— Eu também.

Meu coração acelera. Acho que esse é o momento pelo qual estive esperando.

— Gosto mais de você do que gostei dos meus antigos namorados, Alejo. Sem querer ofendê-los, mas não chegam aos seus pés. *Tú eres amable. Tú eres bastante guapo. Tú corazón lo es todo.*

*Sou amável.*

*Sou muito bonito.*

*Meu coração é tudo para ele.*

Não importa o tempo que passei sozinho construindo minha autoconfiança, ainda assim recebo com carinho as palavras de Mario sobre o quanto significo para ele. Acredito no que ele diz.

— Como digo "você está tentando me fazer chorar" em espanhol mesmo?

Mario sorri. Seguro a mão dele.

— Você é uma das almas mais generosas que conheço. E também é incrivelmente lindo. Queria ter falado com você no segundo em que colocou os pés na sala de aula.

Fico feliz que ele não tenha feito isso. Ainda estava muito envolvido nos meus sentimentos pelo Arthur e precisava de tempo para me abrir com outra pessoa.

— Tudo no seu tempo — digo.

Mario olha para nossas mãos entrelaçadas.

— Só que errei demorando para agir. Surgiu algo superlegal.

Fico tentado a soltar a mão dele, nervoso com o que Mario está prestes a contar.

— Ok…

— Sabe o Hector, roteirista que conheci em Los Angeles? Ele compartilhou comigo o texto da série de androides que escreveu, para eu entender como é o formato de uma proposta decente. Era tão legal, amei a premissa. Mas achei que os personagens jovens precisavam melhorar, sabe? Então dei algumas ideias. Ele acabou editando algumas cenas e disse que elas ganharam mais brilho.

— Que incrível — digo.

Ainda estou esperando o soco na barriga.

— Hector ainda não sabe se a emissora vai comprar, mas se a resposta for positiva, ele quer me contratar como roteirista assistente.

— Isso é maravilhoso… — Hesito quando entendo o que ele quer dizer. — O trabalho não seria em Nova York.

Ele evita meu olhar.

— Seria em Los Angeles.

— Você acha que iria?

— Sem dúvida.

Esse é o tipo de notícia que, antes de as pessoas darem, perguntam se você está sentado.

Por que tudo tem que ser tão difícil? Esperei anos para encontrar alguém perfeito para mim. Ele finalmente está confessando os sentimentos profundos que tem por mim e já está disposto a me deixar?

É esse tipo de merda que me faz desacreditar no poder do universo, no fim das contas. Conheço pessoas incríveis nessa cidade, e elas me abandonam para ter vidas melhores longe daqui.

— Mas e a faculdade? — indago.

Soa desesperado demais, mas sei que se ele fosse ficar não seria por minha causa.

— Se der certo, eu receberia um salário para aprender na prática em uma sala de roteiristas de verdade em vez de pagar para a faculdade me ensinar.

— E quando você vai receber a resposta? Caso a série seja comprada pela emissora?

— Talvez nas próximas semanas.

— Semanas. Uau. — Pode ser que ele vá embora logo. — Mario, tem certeza de que você não está sob o efeito da vitamina D de Los Angeles?

Mario me encara.

— Acho que tem uma versão de mim em Los Angeles que vai ser mais feliz do que sou agora. Vale arriscar. Você acha que é feliz aqui?

— Não, e isso já tem um tempo. Mas você ajudou muito.

— Fora meus irmãos, é de você que mais vou sentir saudade. Você é único, Alejo. Acho que você gostaria de Los Angeles.

— Não tenho dinheiro para bancar a vida lá nem um tio com casa aberta para visitas.

— Você tem a mim. Talvez você pudesse ficar comigo por um tempo.

Não sei o que responder. Tudo isso faz parecer que a gente estava namorando esse tempo todo, e nem percebi quando oficializamos as coisas porque estava ocupado demais perdido nos olhos castanhos dele.

— Diz alguma coisa — pede Mario.

É muita coisa para digerir agora.

— Só estou pensando em tudo que devo perder em breve — confesso.

Quase consigo sentir os lábios dele nos meus, o conforto da cabeça dele em meu ombro, o orgulho de toda vez que entendo algo que ele disse em espanhol.

— Ei, talvez eu esteja errado, e o roteiro de Hector seja uma droga — diz Mario. — Nesse caso, não vou precisar ir a lugar algum.

— Quero que você tenha sucesso — afirmo. — Mesmo se isso significar sentir sua falta.

— Não precisa sentir ainda — responde ele.

Mario se inclina para me beijar. Por mais que eu queira me afastar para proteger meu coração, beijo os lábios dele porque sei que logo, logo ele vai estar do outro lado do país.

# ARTHUR

Sexta-feira, 5 de junho

SABE AQUELES MEMES DE EXPECTATIVA *versus* realidade? Minha vida profissional é assim.

Amo meu trabalho, juro. Tenho a oportunidade de conversar com Taj o dia inteiro e respirar o mesmo ar que Emmett Kester e Amelia Zhu. Até estou mais relaxado perto de Jacob, porque ele é tão intimidador quanto um Papai Noel de shopping — até vê-lo mudar uma cena inteira com apenas uma sugestão. O processo me fascina; fico encantado assistindo à história se desenrolar, pedacinho por pedacinho. Mas pensava que eu seria parte do desenrolar.

— Então você *acha* que mandou? — pergunta Taj.

Ele transmite um grande *pelo amor de Deus, Arthur* em um milésimo de segundo, arqueando as sobrancelhas. É como se eu fosse o pior desastre da face da Terra.

— Não, mandei mesmo. Com certeza. — Me inclino para a frente, passando o olho pelos e-mails enviados. — Encaminhei para ele na… sexta-feira. A-há!

Aponto para o orçamento do departamento de design cênico que fiz semana passada, me sentindo grato ao Arthur do Passado por não ter vacilado.

— Ok, tudo bem. Ele não deve ter visto. Você pode mandar mais uma vez? Vou conferir com Jacob se ele só precisa disso mesmo.

Meu celular vibra na mesa.

— Combinado! — digo depressa.

Tenho certeza de que é uma mensagem do Ben. Ele passou a semana inteira falando sobre como Dylan está estranho, e concordo um milhão por cento com ele. Não só porque estranheza é meu nome do meio. Para ser sincero, Ben ter voltado a me contar as coisas é um fato delicado e precioso de uma maneira que não sei explicar. Acho que pensei que a gente tinha perdido a conexão para sempre.

Abro o aplicativo de mensagens assim que Taj sai, e leio: **Vc não achou mesmo que ele estava estranho no sábado?**

Penso um pouco e digito uma resposta: **Hm, depende do que vc quer dizer com estranho, acho. Ele estava caótico, mas isso é meio que normal, né?**

Se Ben queria ver caos de verdade, deveria ter ficado para presenciar a parte em que eu precisava muito fazer xixi, mas também queria muito ficar sentado, então simplesmente chorei por isso nos braços de Mikey por uma hora.

Ben responde: **Pois é, talvez eu esteja vendo coisa onde não tem. Mas ele estava grudado no celular, não tirava o olho.**

Não sei se acho fofo ou irritante o tanto que ele se preocupa com Dylan. Ben não pareceu perder o sono por eu ter literalmente passado mal de tanto beber no sábado. Não que eu espere isso dele. Porque isso seria uma coisa muito, muito esquisita para se esperar do seu ex-namorado. Muito.

**Talvez? Pra falar a verdade, não reparei!**, escrevo.

**Engraçado. Vc parecia estar tão lúcido e alerta naquela noite.**

Sorrio para o celular e vejo outra mensagem chegar:

**Além disso, no fim da noite ele foi embora do nada.**

**Ele falou que precisava salvar Samantha do** 😈

**Haha vdd.**

**Falando sério, Patrick é tão chato assim???**

Ben responde com o emoji de um menino dando de ombros, e escreve:

**Não cheguei a conhecer ele e acho que nem vou.**

Escrevo: **Sabe o que você deveria fazer???**

Deixo que ele sinta o suspense enquanto esquematizo o plano de muitas etapas para introduzir Patrick como personagem no mundo de *A Guerra do Mago Perverso*. Patricio, o inimigo rebelde que sequestra Sam O'Mal, mas no final é derrotado pelo maior aliado do duque Dill, a lendária quimera dente-de-sabre — o sr. Sabre. Vou deixar Ben e Dylan decidirem qual das três cabeças da criatura fantástica dá o ataque fatal. Olha, não estou dizendo que sou um gênio diabólico, mas...

— Como está o Mikey? — pergunta Taj, se sentando de volta em sua mesa.

— O quê? — Olho para ele. — Ele foi embora faz cinco dias.

E mais uma vez, as sobrancelhas de Taj se comunicam por ele.

— Eu sei. Só estou perguntando mesmo, porque você fica com aquela ruguinha de quem está apaixonado quando conversa com ele. Bem aqui. — Ele toca o canto dos próprios olhos.

— Na verdade... — Paro de falar, sentindo as bochechas queimarem. Como respondo isso?

Que não sei se estou apaixonado? Que faz uma semana que estou fugindo desse tópico?

Que nem é com Mikey que estou falando?

Meu celular vibra, e tento não olhar para a tela. É como se eu estivesse no ensino fundamental de novo: na época, recebi advertências suficientes para saber que só precisava derrubar mais uma carteira para levar um bilhete na agenda para meus pais assinarem. Mesmo assim, continuei estragando tudo na maior parte do tempo. Os relatórios de comportamento que os professores escreviam sobre mim variavam entre: *Muito inteligente. Gosta de aprender. É um prazer tê-lo na sala. Um desastre ambulante que não sabe se controlar.*

— Mas então — digo, me puxando de volta para a realidade. Observo Taj verificar a lista de ícones de pastas, todas devidamente identificadas e organizadas por ano. — Tudo certo com o orçamento?

— Ah, sim. Só estou pegando alguns números dos últimos espetáculos para Jacob comparar. Ele está dizendo para substituir a FDP de novo.

FDP, também conhecida como Filhinha do Papai. Basicamente, para seguir o roteiro, precisamos ter um bebê em cena, mas Jacob se assusta com todos os bonecos que o aderecista compra. De tempos em tempos, pedimos troca ou reembolso, mas o processo às vezes leva dias ou até semanas. Um verdadeiro caos para o departamento de design cênico.

— Ele não vai acabar trazendo um bebê de verdade, né?

Taj solta uma risada.

— Acredita que já fizeram isso na Broadway? Tinha uma peça chamada…

— *The Ferryman*!

— Não acredito que você sabe disso — diz Taj.

Meu celular vibra de novo, mas antes que eu possa conferir, Jacob surge do nada.

— Tá falando com o boy? — pergunta ele com um sorriso.

Ajusto a postura na cadeira.

Jacob ri.

— Prometo que não estou aqui para ser fiscal de celular. Responde ele!

*Ele. O boy.* Jacob acha que estou falando com Mikey, assim como Taj. Por que eu não estaria? Por que não estaria conversando com meu namorado que me ama? Por quem eu talvez corresponda o sentimento, uma dúvida que definitivamente não era mais para existir a essa altura, certo?

— Ok! — anuncia Taj. — Estou com os registros de 2016 a 2019. Quando precisar, é só falar.

Jacob une as mãos com um estalo.

— Minha nossa, como eu te amo.

Meu cérebro para de funcionar.

— Já volto — digo, pegando o celular na mesa. — Camarim. Banheiro.

Taj assente, solene.

— Vai com Deus.

Durante o caminho, mal percebo os pés tocando o chão. Porque…

*Minha nossa, como eu te amo.*

Amor.

É uma palavra tão vaga. O problema é esse. Amor pode significar muitas coisas. Jacob ama Taj por conseguir encontrar um monte de planilhas de orçamentos antigos. Eu amo chocolate, *Hamilton*, meus pais e minha avó. Quer dizer, é meio absurdo quando você para e pensa sobre o assunto, né? Aqui estou eu, hesitante com o peso da pergunta "será que amo Mikey?", quando não pensaria duas vezes sobre qualquer outra pessoa. Será que amo Ethan e Jessie? Lógico que sim. Amo meus amigos da Wesleyan. Amo Musa. Não tenho dúvida alguma. Então porque isso se torna uma grande questão quando me pergunto sobre Mikey?

Quer dizer, amo Mikey de um jeito normal. Isso é óbvio para mim. Mas o resto fica confuso.

Estou tão distraído que nem vejo Emmett saindo do banheiro do camarim antes de trombar com ele.

Eu o observo, boquiaberto. Emmett Kester.

Acabei de dar de cara com alguém cujo rosto está literalmente em um outdoor na Times Square. Lógico, ele está no canto da foto, meio que apertado entre Maya Erskine e Busy Philipps. Mas é porque Emmett vai estar em uma série de TV! Com Maya Erskine! E Busy Philipps! E nos últimos meses tem sido impossível pesquisar sobre ele na internet sem encontrá-lo em matérias que listam "Ícones Bissexuais" e "Vinte Celebridades Negras LGBTQIA+ com Menos de 30 Anos".

— Me… desculpa. *Mesmo* — digo, meio engasgado. — Eu não…

— Relaxa, tudo bem — responde ele, me dando um tapinha reconfortante no braço. — É Arthur, né? Sou o Em.

Emmett. Emmett Kester sabe meu nome. E pediu para que eu o chame de *Em*. E agora estamos juntos no camarim como se fôssemos colegas, e não tem a menor condição de isso ser real. Ainda precisava de semanas para eu criar coragem o suficiente para conversar com os atores. E agora já estamos no nível de usar apelidos?

— Oi! Sim! Desculpa, não costumo ser desastrado desse jeito, mas… — Faço uma pausa longa o bastante para minha mente criar uma montagem super-rápida dos meus maiores sucessos, começando com a vez em que elogiei o pacotão do Ben na agência dos correios. — Arthur. Prazer em conhecer você oficialmente, Ben... *Em*!

Sinto meu coração capotar. Merda. Merda, merda, merda. Desfazer. Apagar. Deletar.

Emmett apenas sorri.

— Prazer em conhecer você também. Tenho certeza de que a gente se vê por aí.

Quando ele sai, só consigo me encarar no espelho do camarim com as mãos pressionando as bochechas, que estão vermelhas de vergonha. Estou parecendo um pequeno Macaulay Culkin judeu que se esqueceu de usar protetor solar.

Não acredito que o chamei de Ben.

Respiro fundo algumas vezes para me acalmar e pego o celular. Duas notificações — duas mensagens do Ben. Abro a conversa, procurando a última mensagem que mandei. É de quase trinta minutos atrás. **Sabe o que você deveria fazer???**

A resposta de Ben veio alguns minutos depois: **???**

E um tempo depois: **Que suspense!!!**

Releio a mensagem que estava digitando sobre Patricio, sr. Sabre e duque Dill, e ela é tão dolorosamente forçada que nem consigo concluir o enredo que inventei sem me contorcer de vergonha. Pressiono sem dó o botão para apagar.

**Desculpa, precisei voltar a focar no trabalho!**, escrevo, pausando para refletir sobre o ponto de exclamação. Acho que foi uma escolha normal. Talvez até boa. Contida o bastante, sem me desculpar demais, espontâneo. Sei que não alivia o suspense de fato (*que suspense!!!*), mas um pouco de mistério talvez não seja algo tão ruim.

**Haha ok**, responde ele.

Às vezes as interações com Ben parecem um jogo, no qual quanto mais me esforço, mais perco. Sou sempre o primeiro a mandar mensagem e responder mais rápido, e quase todas as conversas terminam com mensagens minhas. Não só agora. Já faz dois anos que as coisas são assim. Estou perdendo há *dois anos*.

Talvez eu não devesse responder. Desistir enquanto estou na frente, para variar.

Mas não. Nossa amizade está finalmente funcionando de novo, e não estou disposto a perdê-la outra vez, ainda mais com Dylan agindo de um jeito meio esquisito. Ben precisa de um amigo agora mais que nunca.

Encho a tela com o tipo de sinceridade sem filtro que estou tentando conter nesses últimos tempos; pelo menos com Ben. Mas, dessa vez, clico em enviar antes que possa me convencer a dar para trás.

**Tá. Então, eu ia fazer uma piada sobre o Dylan e a rivalidade unilateral dele com Patrick, mas sei que vc tá preocupado. Só quero que saiba que tô aqui se vc quiser sentar e conversar sobre isso.**

**Ou ficar de pé e conversar?**, acrescento, em uma nova mensagem. **Ou pular em um pé só e conversar?**

Ben responde de imediato: **Obrigado. Muito legal da sua parte, talvez eu aceite a oferta.**

**Aceita!** Sinto um sorriso se formar. **É só dizer quando. Vai ser tipo uma sessão de terapia com um psicólogo muitíssimo incompetente.**

**Que proposta tentadora haha,** escreve Ben. Quando estou prestes a responder com um emoji de palhaço, ele acrescenta: **Vc vai fazer alguma coisa na quarta?**

Encaro o celular por um momento, como se eu tivesse acabado de virar uma garrafa de licor de chocolate. Afasto o pensamento e começo a digitar. **Nada, só trabalhar mesmo. Devo sair lá pelas seis.**

**Beleza, vc trabalha aqui perto, né? Quer que eu encontre você na saída e a gente decide o lugar?**

**Melhor plano do mundo,** respondo.

E daí se as coisas ficaram um pouco constrangedoras entre nós no final de semana passado? Talvez nossa amizade precise apenas de uma nova chance. Vou ajudá-lo a dissecar e analisar em detalhe todas as interações dele com Dylan, tim-tim por tim-tim.

E talvez Ben seja a melhor pessoa para me ajudar a entender a confusão sobre Mikey.

**PARTE DOIS**

# A gente pode tentar…

# BEN

Terça-feira, 9 de junho

**TUDO ESTÁ DANDO ERRADO.**

Assim que comecei a trabalhar, tinha uma criança sem responsável sentada num canto da loja com uma panela daquelas que vendem na TV, misturando suco de frutas e Sprite da nossa geladeira para fazer uma poção mágica. Admiro tanta imaginação, mas a criança está banida do meu futuro parque de diversões depois da bagunça que fez. Uma cliente gritou comigo no caixa porque ela não tinha setenta e cinco centavos para completar o valor de um baralho, e eu não poderia deixar pra lá. Além disso, estou com muito trabalho extra porque um colega faltou alegando estar doente, apesar de ele ter postado no Instagram que está fazendo piquenique com os amigos na Ponte do Brooklyn. Estou tentado a mostrar para o meu pai, mas aí eu seria a pessoa que cagueta o colega de trabalho para o pai.

Vou parar de me importar.

Esse trabalho não é quem sou, e não quero ficar aqui para sempre.

E também não tenho certeza se estou falando só da Duane Reade quando digo *aqui*.

Desde que Mario contou que talvez consiga um trabalho em Los Angeles, passei por uma série de sentimentos: orgulho por ele estar sendo reconhecido pelo escritor brilhante que é; ciúme que nepotismo para Mario significa um trabalho na TV e para mim é a oportunidade de limpar uma poção de suco e Sprite na Duane Reade; e fé nas forças superiores para que a emissora odeie androides e Mario não precise se mudar.

Tentei focar no livro em vez de deixar os sentimentos egoístas atrapalharem. Está mais difícil de escrever nesses últimos nove dias. Fico encarando as mesmas palavras sem saber como continuar.

Tudo está tão confuso, e nem sei mais qual é o rumo da história. Talvez Mario tenha razão sobre ser mais feliz em Los Angeles. Lugar novo. Pessoas novas. Vida nova.

Não consigo superar o quanto doeria me despedir dele. Se namorar a distância não era uma opção com Arthur — que na época estava apaixonado por mim! —, não tem chance alguma de um relacionamento com Mario sobreviver a esse desafio. Não estou pronto para mais uma rodada de noites em claro, odiando a solidão.

Não estou pronto para deixar outra pessoa incrível escapar.

Termino de passar pano no corredor, coloco uma placa de piso molhado e vou à sala dos funcionários, apesar de não ser o horário do intervalo. A sala do meu pai está fechada, e o banheiro dos funcionários está vazio, então não tem problema fazer um FaceTime com Mario antes que eu possa mudar de ideia. Encaro a parede com a escala da semana pendurada e sinto uma vontade repentina de derrubá-la, me demitir e não precisar mais encontrar meu chefe em casa.

— Alejo — responde Mario baixinho assim que atende a ligação.

A maneira como ele diz meu nome me acalma e me deixa eufórico ao mesmo tempo. Ele está no quarto e, como sempre, apoia o celular em uma pilha de livros.

— É bobo dizer que sinto sua falta, sendo que a gente se viu ontem?

— Nem um pouco.

— Tenho medo de sentir mais saudade ainda quando você não estiver mais aqui.

184

— Pode não dar em nada, lembra?

— Vai dar certo. Se não isso, alguma outra coisa vai. E você vai se mudar, e vou sentir sua falta.

— Você sabe que a gente tem opções, né?

— Estive pensando nisso… — Olho ao redor. — Não quero ficar aqui.

— Quando acaba seu horário?

— Não estou falando aqui, tipo, *aqui* no trabalho. Acho que quero dizer em Nova York.

Mario sorri e parece estar se segurando para não erguer a mão para ganhar um toca-aqui.

— Por acaso está pensando em se mudar para Los Angeles?

— Você mesmo disse, talvez eu seja mais feliz lá.

A porta da sala do gerente se abre, e meu pai sai de lá. Desligo a ligação tão rápido que até parece que estava assistindo a um vídeo pornô no celular.

— Não estou atendendo, então você não pode brigar comigo por estar mexendo no celular — argumento.

— Você não devia estar com o celular em momento algum durante o horário de trabalho, mas esse não é o problema. Lembre-se de que sou seu pai antes de ser seu chefe. Foi impressão minha ou acabei de ouvir que você quer se mudar para Los Angeles?

— Sim. Quer dizer, sim, foi o que você ouviu. Mas ainda não sei se quero mesmo.

Meu pai balança a cabeça.

— Não é tão fácil assim arrumar as malas e ir embora.

— E como você sabe? Passou a vida toda aqui.

— Porque, Benito, não é fácil.

— Se a vida sempre vai ser difícil, por que ela não pode ser difícil em outro lugar?

— Existe uma grande diferença entre ter uma vida difícil debaixo do teto dos seus pais e ter uma vida difícil sozinho.

— Eu não estaria sozinho.

— Está falando do seu namorado? Você moraria com ele?

— A gente não está namorando.

Não importa o quanto seja verdade, essa foi a resposta mais idiota que pensei.

— Ouça o que você está falando. Parece certo? Faz algum sentido para você?

Não, não me parece certo nem faz sentido.

Mas e se me fizer feliz?

— Olha, Mario nem sabe se vai se mudar mesmo, ok? Não vou me mudar amanhã e…

— Sei que não, até porque sua mãe pegaria o primeiro voo para arrastar você de volta.

— Me tratar como criança é uma ótima maneira de me convencer a ficar, pai.

— Não é a intenção. Quero que sua vida seja incrível. Mas você está cometendo um erro enorme. Ainda tem a faculdade, tem seu…

— E se eu cometer um erro? — interrompo. A vida é minha, afinal. — Pai, nunca tive aventuras como meus amigos. Dylan e Samantha saíram da cidade. Arthur está superfeliz com o namorado na Wesleyan. E eu estou preso aqui.

— Sinto muito que se sinta preso, mas muitas pessoas adorariam estar no seu lugar.

— Eu sei.

Estou cansado de não me permitir sentir frustração porque há pessoas em situação pior. Sei que tenho sorte de ter um teto, pais que me amam e comida na mesa. Eu sei, eu sei, eu sei. Mas também posso desejar mais para a minha vida.

— Benito, não quero que tome uma decisão precipitada da qual pode se arrepender. Você nem apresentou esse menino para sua família e está pensando em se mudar para outro estado com ele.

É como se ele pensasse que meu relacionamento com Mario é apenas sexo, mas ele tem razão sobre Mario e eu precisarmos nos resolver antes de eu cogitar ter mais conversas sobre Los Angeles. Só que, pela primeira vez, é como se minha vida não parecesse estar a anos-luz. Tem um mapa se formando na minha cabeça com um círculo desenhado em volta de Los Angeles. E sei o primeiro passo que tenho que dar para chegar lá.

— Vou voltar para a loja. Temos poucos funcionários hoje — digo.

— A gente conversa depois — responde meu pai, me seguindo para fora da sala.

Assim que um cliente sai do corredor de remédios, pego o celular e vejo uma mensagem de Mario.

**Aconteceu alguma coisa?**

**Tudo certo por aqui**, respondo. **Quer jantar lá em casa comigo e com meus pais algum dia desses?**

Não sei como não estou suando. Estou nervoso e grato por não ter perguntado isso pessoalmente ou pelo FaceTime, caso a resposta seja negativa. Mas já estou no limite. A gente precisa resolver o relacionamento antes de planejar o futuro.

Ele responde alguns instantes depois. Leio a mensagem e abro um sorriso.

**Eu topo!**

# ARTHUR

Quarta-feira, 10 de junho

VER BEN É COMO ENTRAR em um buraco de minhoca. Não sei como explicar. Talvez seja só uma daquelas coisas de ex-namorados, mas o rosto dele me faz esquecer em que ano estamos.

— Já passei por aqui tantas vezes — diz Ben, me cumprimentando com um abraço rápido. — Nem me toquei de que era aqui que você trabalhava.

Ele está vestindo roupas quentes demais para a estação — um suéter cinza por cima de uma camisa polo azul.

— Você está parecendo um aluno de ensino médio vestido para o outono — digo.

Ele ri.

— Espera, como assim?

— Tipo… sei lá… como se você estivesse indo para o jogo de abertura da temporada, sabe? Não é algo ruim!

De repente, percebo que nunca vi Ben no outono — não pessoalmente. Nunca estive com ele em nenhuma outra época do ano que não fosse o verão, e só de pensar nisso perco o fôlego por um instante.

— Essa é a coisa mais Geórgia que alguém poderia dizer.

Ele coloca os pés na faixa de pedestres, e eu o sigo, apesar do semáforo ainda não estar aberto para a gente. Se isso não é puro instinto nova-iorquino, não sei o que é. Acho engraçado como é fácil voltar para a mentalidade daqui — desviar de táxis, prever mudanças do semáforo, andar três vezes mais rápido do que andaria em casa. Volto para a mesma configuração de dois anos atrás, como se alguma versão paralela de mim nunca tivesse parado de atravessar essa rua.

— Então, Dylan anda estranho e distante — digo.

— A gente não *precisa* falar disso.

— Mas eu quero — respondo, e ele solta uma risadinha meio impaciente, mas deixo pra lá. — Sou seu amigo! Me importo com você.

Ben olha para mim, mas não consigo ler direito sua expressão. Ele dá um breve sorriso e diz:

— Ok, mas nem sei por onde começar.

— Pelo começo. Você disse que é meio sutil, né?

— Não comigo, mas no geral, sim. — Viramos em direção ao St. Marks Place, e Ben puxa as mangas do suéter. — Tipo, ainda é o Dylan, ainda é aquele espetáculo todo que você conhece. Mas por baixo disso tudo, ele sempre foi sincero comigo. Agora sinto que está me evitando há semanas. — Ele dá de ombros, apontando para uma pracinha. — Enfim, sabia que tinha uma escultura de rinoceronte aqui?

— Sério? Um rinoceronte?

Desenho um chifre no ar com um dedo, no centro da minha testa.

— Isso é um unicórnio. — Ben abaixa meu dedo alguns centímetros até encostar em meu nariz. — Rinoceronte é aqui. Era tipo um projeto de conscientização sobre a extinção deles.

— Aposto que era uma estátua legal — digo, tentando ignorar as batidas desenfreadas do meu coração.

Ele ri.

— Ele não estava morto, então sim.

Passamos pela faculdade Cooper Union e por vários restaurantes e estúdios de tatuagem. Não consigo parar de misturar passado e presente. Tenho dezesseis anos, estou segurando uma sacola cheia de camisinhas e cada metro quadrado da calçada parece sagrado. Passo por prédios que nunca vi antes com um garoto que os conhece de cor.

Ben está me contando diversas histórias. Ele aponta para uma rua e conta sobre um restaurante que vende bolinhos de origem judaica chamados latkes. Ele erra a pronúncia, mas não o corrijo. Quando chegamos ao parque Tompkins Square, Ben me fala que ele e Dylan acabaram não se conhecendo na primeira vez que as mães deles marcaram para brincarem, porque elas os levaram para playgrounds em entradas opostas da praça.

— Parece uma metáfora. — Ben lança um sorriso vacilante.

— Você tem alguma ideia do que pode ser? Tipo, qual o motivo para Dylan estar evitando você?

Ele olha para a frente.

— Achei que ele só estava muito envolvido com a Samantha, sabe? As pessoas sempre largam os amigos quando estão namorando.

O comentário me pega de surpresa.

— O que…

— Mas ele me deu bolo duas vezes — continua Ben, ainda sem olhar para mim. — Perguntei o motivo, e ele ficou tipo "Ah, é que tenho uma consulta".

— Espera. — Olho para cima. — Você não acha que…

Não termino a frase porque, por alguma razão, não quero falar sobre o problema no coração do Dylan em voz alta. Mas aponto para o peito.

— É… Sei lá.

— Puta merda.

Ele pisca e diz:

— Talvez eu esteja viajando. Vai ver ele só está no mundinho Samantha mesmo.

— Espero que sim. — Faço uma pausa. — Não que eu queira que ele deixe você de lado. Não é isso que…

— Eu sei, Arthur.

Ficamos em silêncio por um momento.

— Ei — digo, por fim. — Posso perguntar uma coisa para você?

Ele me encara, mas não responde.

Engulo em seco.

— Você acha que deixei você de lado?

— Olha… — Ben franze o cenho. — Não foi exatamente "deixar de lado", sabe? Suas prioridades mudaram, acho. Mas isso é normal.

Balanço a cabeça.

— Nunca vou deixar você de lado. Se fiz com que se sentisse assim, eu…

— Não fez. Eu que invento isso.

A voz dele está baixa, mas as palavras reverberam na minha mente como se Ben as tivesse gritado em uma caverna. *Eu que invento isso.*

De repente, só consigo pensar nos três meses em que a gente não se falou — e em como não tocamos no assunto desde então. Parece que havia um acordo não verbal de que iríamos fingir que nada disso aconteceu. Mas talvez devêssemos conversar sobre a situação. Amigos deveriam poder falar sobre a amizade, não é?

— Acho que estraguei tudo — digo, depois de um tempo.

Ben olha para mim.

— Como assim?

— Com você.

Ben abre a boca para responder, mas eu o interrompo antes que ele comece a falar:

— Sei que as coisas estão estranhas entre a gente. Não sabia se podia falar sobre Mikey com você.

— Você pode falar comigo sobre qualquer coisa.

— Sim, mas… — Faço uma pausa, procurando alguma coisa na mente que faça o mínimo sentido. — Não sabia quanto falar, entende? Não queria ser babaca, mas… Não estou dizendo que você ainda gostava de mim, ok? — acrescento depressa.

— E se fosse verdade?

Congelo com a pergunta dele.

— Então você…

— Ah. — As bochechas dele ficam vermelhas. — Desculpa, quis dizer, tipo: *e daí* se fosse verdade? Não teria sido culpa sua. Não ia querer que você parasse de falar comigo por isso.

— Tive a impressão de que você *queria* que eu parasse de falar com você.

Por alguns instantes, Ben fica quieto, encarando uma placa do parque. Ele nos leva para um canto, respira fundo e anuncia:

— Não respondi a mensagem que você me mandou de aniversário.

— Não tem problema, sério. Desculpa se...

— Não, *eu* que preciso pedir desculpas. Queria responder, mas a gente não se falava fazia quase dois meses, e parecia tão importante, sabe? Comecei a pensar demais. E então quanto mais tempo eu *demorasse* para responder, você...

— Ben, não esquenta!

Ele oferece um sorriso breve.

— Mas enfim, vocês parecem ótimos juntos — diz ele.

Pisco, me sentindo desarmado.

— Você está falando de...

— De você e Mikey.

— Você e Mario também. Ele parece ser uma pessoa maravilhosa. — Faço uma careta. — Desculpa, acho que é chato para você falar disso agora.

Ben ri.

— Por que seria chato?

— Por causa da Califórnia, né? É uma droga que ele vá se mudar.

Passo a mão na nuca, sentindo minhas bochechas corarem.

Talvez o tópico "Mario vai se mudar" passe dos limites. Ben certamente não tocou no assunto desde que me deu a notícia do nada por mensagem no domingo à noite. Mas estou curioso.

Ben não falou sobre um possível término, mas que alternativa eles têm? Ben foi bastante enfático ao dizer que não namora a distância.

— Não tem nada definido ainda, mas sim. É uma droga. — Ele estreita os lábios e volta a olhar para mim. — Ei, posso perguntar uma coisa para você?

— Lógico! Sempre.

Ele respira fundo antes de falar.

— Às vezes você se sente preso?

— Preso? Tipo…

— Não estou falando do Mario. Sei lá. É mais, tipo, sobre a vida em geral. Não estou curtindo a faculdade. Nem a Duane Reade.

— Espera, a loja?

Ele desvia o olhar, ficando vermelho.

— Pois é, hã… — Ele abre o suéter, mostrando a logo da loja bordada na camisa. — Estou trabalhando lá. Com meu pai.

— Ah, saquei! Legal.

Ele faz uma careta.

— Preciso do dinheiro, mas é um trabalho frustrante. Agora as coisas estão melhores, mas quando as aulas voltarem, mal vou ter tempo de me dedicar aos estudos, muito menos ao meu livro.

— Que saco, Ben. — Faço uma pausa. — Talvez tenha uma forma de fazer seu livro contar como créditos para a faculdade, ou algo assim?

— Não sei — responde ele. — E não sei se quero.

— Ok, entendo seu…

— Na verdade, nem sei se tenho vontade de continuar a faculdade. Eu o encaro.

— Você está pensando em…

— Talvez — diz ele, o tom de voz um pouco agudo. — Só estou dizendo que talvez a faculdade não seja para todo mundo.

— Eu sei. Mas achei que você gostava. Escrita criativa é…

— Gosto dessa disciplina, mas tipo… — Ele enche as boche-chas, visivelmente frustrado. — O curso é tão caro, e sinto que quase não tiro proveito das outras matérias, sabe? E tem milhões de oficinas de escrita que ensinam as mesmas coisas, mas por um preço muito mais em conta. Além do mais, ninguém precisa de diploma algum para…

— Óbvio que não. Desculpa. Não quis pressionar você.

— Não pressionou. Eu que estou… meio sensível, acho, com a situação toda. — Ele passa a mão na nuca. — Desculpa, a gente pode mudar de assunto? Como vai a vida na off-Broadway? Já estão deixando você gritar em megafones?

— Quem me dera. Ainda estou recluso na Cidade das Planilhas.

Ben faz uma careta.

— Não tem problema, sabe? — continuo. — Estou pegando as manhas. Mas é meio entediante... — Paro abruptamente, sentindo o rosto corar. — Meu Deus, você deve achar que sou o maior babaca de todos os tempos.

Ben solta uma risada, surpreso.

— Por quê?

— Ah, várias pessoas matariam alguém para estar no meu lugar, e eu aqui reclamando por ter que encaminhar uma planilha do Excel.

— Ei, tranquilo, sou eu! Você pode reclamar dessas coisas.

— Eu sei. Estou tentando não ser tão negativo. Gosto mesmo do estágio, sabe? Todo mundo lá é excepcional. Talvez consiga absorver toda a genialidade de alguma maneira.

Viramos na esquina e desviamos do jato de água de um hidrante. Tem um grupo de crianças correndo perto dele, gritando e rindo, e uma música em espanhol está tocando em alguma varanda por perto.

— E Taj continua legal? — pergunta Ben.

Me lembro da camisa rendada de botões e mangas curtas que ele usou hoje. E do fato de que ele acabou de voltar de uma viagem romântica dos sonhos para Montauk.

— Ai, total. Ele é *exatamente* como quero ser aos vinte e cinco anos. Depois disso, o próximo passo é ser o tio gay, igual ao Jacob, casado com um britânico e dono de um cachorro hipoalergênico, e então...

— Uau...

— ... vou evoluir para a última e mais poderosa versão. — Faço uma pausa dramática. — Pai gay bobão de gêmeas chamadas Rosie e Ruby.

Ele ri.

— Você é como um Pokémon gay.

Passamos por um casal de idosos que cumprimentam Ben.

— São vizinhos do prédio, o sr. e a sra. Diaz — diz Ben.

A gente para embaixo de um toldo, e ele me lança um sorriso constrangido.

— Inclusive, falando do prédio…

Olho para cima e o reconheço no mesmo instante.

— Caramba. Já faz um tempinho, hein?

— É mesmo — concorda ele. — Você devia subir. Garanto que meus pais vão ficar muito felizes se virem você.

Outro buraco de minhoca. Cá estou, logo após o trabalho, seguindo Ben Alejo pelas escadas até seu apartamento. Estou nervoso, o que é estranho — talvez seja só porque faz tempo que não vejo os pais dele. Será que vão achar que mudei demais nos últimos anos? Talvez eu tenha mudado mesmo. Afinal, ninguém repara que está mudando até já estar diferente.

A entrada do corredor nos deixa ao lado do apartamento do Ben, onde encontramos Isabel lutando para encontrar a chave dentro da bolsa e equilibrar um monte de sacolas de mercado nas mãos. Ela fica surpresa em me ver.

— Arthur Seuss. Minha nossa!

— É tão bom vê-la! — exclamo.

Pego algumas sacolas e quase as derrubo tentando dar um abraço nela.

— Obrigada. — Ela aperta meu braço. — Caramba, não acredito! Como você está?

— Ótimo! Voltei para Nova York a trabalho nesse verão.

Isabel encontra a chave e consegue empurrar a porta com o quadril.

— Benito contou que você está trabalhando para um diretor famoso da Broadway.

— Acho que ele exagerou um pouquinho. — Sorrio para Ben, que está atrás de mim, e ele levanta as mãos como se assumisse a culpa. — Não é na Broadway, mas amo mesmo assim.

— É tudo o que importa — diz ela enquanto Ben e eu a seguimos para dentro. — Diego, você não vai acreditar em quem está aqui! — Ela se vira para mim de novo. — Olha só para você. Está ainda mais bonito que antes. Aposto que está arrasando o coração dos garotos por todo canto.

Dou uma risada.

— Acho que não!

Olho para o ambiente e o assimilo. Sempre que Ben e eu conversávamos por FaceTime, me imaginava deitado na cama dele ou sentado na mesinha da sala de jantar. A mesa está exatamente igual, incluindo os jogos americanos. Na verdade, o apartamento não mudou nada, exceto por alguns pequenos detalhes — o diploma de ensino médio do Ben agora está pendurado na parede, junto de algumas novas fotos em família.

— Quem é vivo sempre aparece — comenta Diego, vindo em minha direção.

— Pode deixar as sacolas ali na bancada, *conejo* — diz Isabel.

— Muito obrigada.

Diego me abraça.

— O que traz você aqui? Estava passeando por esses lados?

— Ele faz estágio aqui perto — responde Ben.

— Com um diretor bastante famoso — acrescenta Isabel.

Diego une as mãos.

— É mesmo?

Fico envergonhado.

— Acho que sim... Algumas pessoas diriam que ele é famoso, acho.

Começo a arrumar as compras, e Ben vem ajudar. Diego nos observa por um momento, os olhos brilhando.

— Benito, pode continuar trazendo esses meninos prestativos aqui para casa. Esse aqui da Geórgia está ajudando com as compras, o da Califórnia vem essa semana fazer *asopao de pollo*. Nem o conhecemos ainda, e ele já vai cozinhar para a gente!

A informação me atinge como um soco no estômago. Por um momento, juro que esqueço de respirar.

— *Asopao* — explica Ben, como se o acontecimento bombástico fosse o prato principal. Ele parece estar um pouco em pânico.

— É um ensopado de arroz porto-riquenho. Dá para preparar de muitas formas, mas a receita da *abuelita* leva frango, que é o *pollo*, e feijão guandu. *Gandules.*

— Pronúncia arrasadora. — Diego dá um tapinha no ombro do filho. — Estou impressionado, Benito.

— Ele está se esforçando bastante — diz Isabel, mas não consigo parar de olhar para o pacote que acabei de tirar da sacola do mercado.

Feijão guandu.

Lógico. Não imaginei que o universo acharia uma maneira de me fazer arrumar as compras do grande jantar para Mario conhecer os pais do Ben, mas aqui estamos nós.

— Me conta, Arthur — começa Diego, se aproximando de mim. — Você conheceu esse tal de Mario? Esse aqui não me conta nada — diz ele, apontando para Ben.

Isabel faz uma careta e sussurra alguma coisa em espanhol, rápido demais para que eu entenda. Os olhos de Diego voltam para mim e ele ergue as mãos, na defensiva.

— Tá bom, tá bom.

Isabel aperta meus ombros.

— Enfiiiiim — diz ela, prolongando a última sílaba —, estamos felizes por você ter vindo. Por que não fica para jantar com a gente?

— Hã… — Balanço a cabeça e coloco o pacote de feijão na bancada. — Obrigado, mas… preciso voltar para casa.

Ben franze a testa.

— Posso levar você até o metrô?

— Não precisa, eu…

— Pelo menos me deixa ir com você até lá embaixo. — Ele faz uma pausa. — Por favor.

— Arthur, você precisa vir passar mais tempo numa próxima. Quero saber como estão as coisas com seus pais — diz Isabel.

— Está tudo certo com eles — respondo, balançando a cabeça várias vezes e já saindo pela porta. — Foi ótimo ver vocês!

Ben me segue até o corredor. Nossos olhos se encontram assim que a porta se fecha atrás da gente.

Pigarreio.

— Você e Mario estão sérios mesmo, hein? Ele vai conhecer seus pais e tudo mais.

A risada dele ecoa pelo corredor.

— Olha, na verdade, não é exatamente…

— Não, estou feliz por vocês! Você mudou de ideia sobre namorar a distância, não é mesmo?

— Ah…

— Desculpa. Ok! — Meu rosto está em chamas. — Vou nessa, mas… Ah, é isso. A gente se vê!

O nó na garganta é tão grande que tenho certeza de que ela vai se fechar de vez até sumir. Mas esse sentimento nem faz sentido. Ele não é meu namorado. Ben não é meu namorado.

Eu deveria ficar feliz por ele ter achado alguém com quem vale a pena manter um relacionamento a distância.

# BEN

### Sábado, 13 de junho

**DIAS DEPOIS, AINDA ESTOU PENSANDO** na expressão de Arthur quando meu pai falou do Mario. Não sei por que ele pensou que seria legal perguntar ao ex de alguém sobre a pessoa que o substituiu. Acho que esqueceria de respirar por um momento se me perguntassem algo assim sobre Mikey.

É uma droga, porque tudo até aquele instante estava perfeito. Andar pela cidade com Arthur de novo foi tão bom, como se estivéssemos voltando para o ponto em que paramos dois anos atrás. Até a conversa sobre nossa amizade não foi tão ruim. Na verdade, foi quase um alívio, como se talvez as coisas pudessem finalmente voltar ao normal entre a gente.

Mas Arthur passou tão longe de agir "normal" no corredor que nem conseguiu disfarçar.

*Você mudou de ideia sobre namorar a distância, não é mesmo?*

Por que ele pensaria isso?

E se ele reagiu assim, como será que vai ficar quando eu disser que estou pensando em me mudar? Não posso me preocupar com isso agora. Ainda mais quando pode nem acontecer, se a série não for comprada pela emissora. Não tem motivo para imaginar o sorriso forçado e os olhos cheios d'água do Arthur antes que a hora chegue.

A mesa está posta para o jantar, e Mario me mandou mensagem dizendo que já saiu do metrô. Vai dar tudo certo, não tem o menor motivo para surtar. Não é como se fosse a primeira vez que ele vem aqui. Lógico, meus pais nunca estiveram por perto. Todas as visitas foram muito arquitetadas, principalmente depois de meu pai ter descoberto que Mario e eu transamos. Ficar sozinho com Mario sempre foi bom; me dá uma sensação gostosa de como a vida pode ser quando eu sair da casa dos meus pais, e de como as coisas podem ser se acabar me mudando para Los Angeles.

O cheiro da comida vindo da cozinha está uma delícia. Tem *tostones* com pasta de alho como aperitivo, pernil que ficou mais um pouquinho no forno para criar uma bordinha crocante por fora e *empanadillas*, que gosto de comer com molho picante.

Alguém toca a campainha. Fico tenso como das outras vezes que trouxe um garoto para meus pais conhecerem. É engraçado passar por esse túnel do tempo quando estou pensando no futuro. Meus pais são sempre gentis com convidados, mas não tem como negar que eles preferiam Arthur ao Hudson. E agora Mario está aqui, pronto para encantar meus pais do jeito que ele fascina todo mundo.

Abro a porta.

Mario está vestindo jardineira e camisa xadrez, e na mão dele está uma ecobag cheia de comida.

— *Hola*. Trouxe algumas coisinhas.

— *Gracias*. Pode entrar.

Quando Mario entrou no apartamento pela primeira vez, não fiquei tão nervoso como de costume. Ainda não tinha visitado a casa da família dele, mas já sabia que não viviam com muitos luxos. Mario contava várias histórias sobre como a mãe dele enxotava ratos de casa como um personagem de desenho animado, sobre os irmãos agindo como se fossem alérgicos a lavar roupa e sobre o pai consertar o fogão, mas não conseguir fazer a luzinha do forno ficar acesa. Era maravilhoso não sentir que minha casa precisava ser perfeita. Não fiquei com vergonha dos armários da cozinha serem mais velhos que eu, do barulho de metal rangendo que a geladeira faz depois de ficar aberta por alguns segundos, ou do fato de que às vezes aparece uma mosca na sala querendo se juntar à família para a noite de filmes.

É raro eu ter essa sensação acolhedora, e esse é um dos motivos de eu sempre ter achado que Mario e eu combinamos.

— Mãe, pai, este é o Mario.

— Oi, Mario! — Minha mãe termina de secar as mãos e lhe oferece um abraço e um beijo na bochecha. — Seja bem-vindo!

Meu pai aperta a mão dele. Fico feliz por Mario não ter ideia do quão afetuoso meu pai costuma ser, ou a impessoalidade poderia incomodá-lo da mesma forma que está me incomodando.

— Obrigado por ter vindo — diz meu pai.

— Imagina, gente! Obrigado por me receberem. Ben sempre escondeu vocês dois de mim.

Mario nunca pediu para conhecer meus pais. Esse tempo todo, achei que a gente se escondia deles para ter privacidade. Não só por causa de sexo, mas também para, tipo, poder descansar a cabeça no ombro um do outro enquanto a gente fica deitado e ele joga *Animal Crossing*. Ou quando nossas pernas estão entrelaçadas enquanto ele escreve rascunhos no caderno, e eu reviso *AGMP*. E para eu errar o vocabulário de espanhol que ele tenta me ensinar, e depois agradecê-lo com beijos. Mas nunca quis pressioná-lo para conhecer meus pais. É um passo muito grande. Talvez Mario estivesse respeitando meu espaço tanto quanto eu estava respeitando o dele.

— Aposto que ele tem vergonha da gente — diz minha mãe, sem parecer brava.

— Você sabe que não — respondo.

Já faz anos que não sinto vergonha da minha família, e na época era só por causa de questões financeiras. Deixei de me sentir assim quando percebi que, por mais que não tivesse um tênis descolado nem pudesse comprar consoles de videogame no dia do lançamento, meus pais sempre foram incríveis comigo e com meus amigos. Nem todo mundo pode dizer isso.

— *Perdón. ¿Cuáles son sus nombres?* — pergunta Mario.

É, não fiz uma boa apresentação.

— *Yo soy Isabel y este es Diego* — responde ela.

— *Mucho gusto* — diz Mario, com uma pequena reverência. — O cheiro está maravilhoso.

— Benito falou que você vai fazer *asopao* para a gente — comenta minha mãe. — Boa sorte tentando impressionar Diego. Sempre que faço, ele odeia.

— *¡Fequera!*

— *Fequera?* — pergunto para Mario.

— É uma gíria para "mentirosa" — traduz ele.

— Ainda não chegaram ao F nas aulas de espanhol? — provoca meu pai.

— Você sabe que a gente não está seguindo o alfabeto, né? — digo.

— Ah, não estão? — Meu pai se vira para Mario. — Vamos precisar fazer uma denúncia!

Mario levanta as mãos em redenção.

— Vamos ver se consigo reconquistar sua confiança pela boca.

— Só deixo porque gosto muito de comer! — diz meu pai, convidando Mario para entrar na cozinha.

Minha mãe sorri e faz um pequeno aceno.

— Ele é fofo — diz ela sem som, só mexendo a boca.

Eu assinto.

Ela coloca música para tocar, e todos vão para a cozinha, que fica cheia. Começamos a suar em questão de minutos, então Mario decide tirar a camisa xadrez. Eu poderia passar a noite inteira olhando para ele só com a camiseta branca que usava por baixo e a jardineira. Ele engata numa conversa em espanhol com meus pais. Consigo entender uma palavra ou outra sobre números, mas desisto porque eles falam rápido demais. Não preciso de um tradutor para ver que meus pais estão rindo de verdade. Vê-los assim me deixa muito feliz. E até um pouco triste por não termos feito isso antes.

Talvez a gente tenha mais oportunidades como essa no futuro.

Quando estou cuidando do chá gelado, Mario me conta o que estavam conversando.

No início do ensino fundamental, ele teve dificuldade em aprender subtração. Como ele queria fazer soma, desenhava uma linha vertical nos símbolos de menos para transformá-los em símbolos de mais. Então, a professora mandou um recado para os pais dele pedindo que supervisionassem melhor a lição de casa.

A história é fofa, mas ainda estou impressionado com o fato de ele conseguir falar espanhol tão rápido. Passar mais tempo com Mario talvez me ajude a chegar nesse nível.

Quando a comida fica pronta, sentamos à mesa de jantar. Parece que estou em um encontro duplo com meus pais.

Todos contamos histórias, e como sou a ponte entre Mario e minha família, meio que já conheço todas. Mesmo assim, presto atenção quando Mario fala sobre como os pais dele são de Carolina, Porto Rico, mas moravam em cidades diferentes, então só se conheceram nos Estados Unidos. Ele conta detalhes novos, tipo como a mãe estava comprando cristais numa feirinha no Queens quando conheceu o pai dele, que procurava um presente de aniversário para a irmã. Ela o ajudou, e como eles se deram bem, ela pediu o número dele. Os dois só descobriram que ambos eram de Carolina no quarto encontro. É uma história muito bonita.

Eles perguntam ao Mario sobre as aulas na faculdade, e a gente menciona os comentários mais frequentes da nossa professora, como "É necessário?" e "Eu cortaria", sempre que tem uma cena muito longa nos nossos trabalhos. Eles querem saber por que Mario está tão decidido a trancar a faculdade, e ele explica os mesmos motivos que disse para mim. Ainda assim, é difícil para meus pais entenderem, porque não são do tipo criativo como nós dois.

— Seguir o coração pode ter consequências — alerta meu pai.

Mario assente.

— Vejo isso menos como seguir o coração e mais como entender que ele está me levando para outro lugar.

Nunca tinha pensado desse jeito. Tecnicamente, seguir nossos sonhos é uma escolha, mas no fundo, no fundo, não é. É inevitável, algo que puxa você como um ímã. É como me sinto sobre contar histórias. Não acordei um dia com vontade de escrever, só comecei.

Faz muito sentido para mim. Meus pais acenam com a cabeça, como se tivessem entendido a decisão de Mario. Óbvio que o fato de não se tratar do filho *deles* ajuda muito.

Quando terminamos de jantar, minha mãe nos surpreende com churros e um potinho com doce de leite. Quando Mario começa a falar sobre as etapas necessárias para que uma emissora compre a produção de uma série, eu me lembro da vez em que saí com Arthur e apresentei churros a ele. Acabamos tendo uma conversa importante sobre minha ascendência porto-riquenha, algo que nunca precisei explicar para o Mario, já que ele está no mesmo barco que eu. Arthur foi muito compreensivo sobre o assunto, o que não me surpreendeu, já que ele tem um coração enorme. Ele também me ensinou algumas coisas sobre judaísmo. Lembro quando, no último ano do ensino médio, conversamos por três horas seguidas sobre o Yom Kippur, porque Arthur estava fazendo jejum e precisava de distração. Ele disse que o Yom Kippur era sobre admitir as besteiras que você faz e prometer melhorar, e amei a risada dele quando eu disse que parecia o ápice de ter uma nova chance.

Lógico que, no ano seguinte, Mikey era a única distração de que Arthur precisava.

Mario aperta meu ombro.

— Quando o Alejo publicar o livro dele, talvez eu possa fazer a adaptação cinematográfica.

— Sim, por favor! — exclama minha mãe. — Benito, prometo assistir ao filme sem fazer um milhão de perguntas.

— *¡Fequera!* — diz meu pai.

Levo um segundo antes de lembrar o que a palavra significa.

— Mentirosa?

— *Ayyy!* — comemora Mario. — *¡Buen trabajo!*

Meu pai levanta o prato com o último churro.

— Aqui, Mario, meu presente para você.

— *Muchas gracias* — responde ele.

Mario divide o churro comigo, e vejo meus pais sorrindo.

Está ficando tarde, então quando terminamos a sobremesa, Mario ajuda a arrumar a cozinha. Ele se despede dos meus pais, e diz em espanhol que mal vê a hora de encontrá-los de novo. Eles respondem o mesmo, e isso significa muito para mim, ainda mais vindo do meu pai.

Vou com Mario até lá embaixo, quase nem pensando na vez que Arthur começou a chorar e me beijou no segundo andar porque tinha jogado "*estoy enamorado*" no Google Tradutor.

— Amei, Alejo — diz Mario. — Meus pais são maravilhosos, mas com os meus irmãos fica difícil receber atenção deles. Entendo por que você não gostaria de deixá-los.

— Receber atenção demais pode ser um problema também. Estou pronto para ter um pouco de privacidade.

— Olha, se a série for para a frente, Los Angeles pode ser a chance de você recomeçar a vida. Não falei da boca para fora quando convidei você. Gostaria muito mesmo de ter você lá comigo.

— Acho que também gostaria.

Eu o beijo no meio da rua e penso em beijá-lo em Los Angeles, em ruas onde nunca beijei Arthur.

# ARTHUR

### Domingo, 14 de junho

JESSIE FAZ UMA CARETA NO espelho da cabeceira, com luzinhas nas bordas.

— Por que estou fazendo isso mesmo?

— Porque Namrata convenceu você, e você não consegue dizer não para ela. — Sorrio da cama de baixo do beliche. — Jess, é assim que advogados acasalam na selva. O funcionário efetivo junta seus estagiários, que por sua vez *se tornam* funcionários efetivos e juntam *seus* estagiários e…

— Vou quebrar esse ciclo. Nada de encontros às cegas para os meus estagiários. Pode anotar. — Ela passa um pouco de maquiagem nos dedos com determinação.

— Você tem ideia do quanto vou rir se no fim das contas esse cara for sua alma gêmea? — pergunto e coloco o travesseiro de Jessie entre minha nuca e a parede. — Ok, vamos recapitular o que sabemos sobre ele. Grayson, vinte anos, aluno da Universidade Brandeis e natural de Nova York.

— Long Island, na verdade. Montauk.

— Montauk! Taj acabou de voltar de lá! As fotos ficaram maravilhosas! — Levanto os braços e pressiono as mãos na madeira que sustenta a cama de cima. — Acho que vocês deveriam se casar ao lado daquele farol grandão.

— Que coisa mais normal e sensata para decidir antes de sequer conhecer o cara.

— O amor é assim, imprevisível! Você precisa estar pronta.

— Papinho engraçado — diz Jessie —, principalmente vindo de quem ainda nem respondeu o "eu te amo" do namorado.

Faço uma careta.

— É diferente.

— Será? — pergunta ela, aplicando um líquido marrom nas bochechas com leves tapinhas.

Jessie sempre diz que não sabe usar maquiagem (não que eu saiba avaliar), mas me acalma tanto vê-la abrindo e fechando aqueles frasquinhos, cantarolando com a playlist das músicas mais tristes da Phoebe Bridgers. Aposto que eu poderia acabar caindo no sono sem perceber.

Mas cada vez que fecho os olhos, começo a pensar no Mikey. *Eu também te amo.* Experimento as palavras na minha cabeça. *Eu também te amo. Eu também te amo. Eu também te amo.* Quatro palavrinhas, já na ponta da língua. Por que não as disse ainda?

Mikey não tocou mais no assunto — ele nem sequer deu indiretas. Mas quanto mais tempo passa sem eu dar uma resposta, maior essa coisa toda fica, e está começando a parecer uma prova de final de semestre bem esquisita. *Primeira pergunta, valendo cem por cento da nota: Você está apaixonado por Mikey?*

Provavelmente? Possivelmente? Tudo indica que... talvez?

Queria contratar cientistas para vasculharem meu cérebro e fazerem um PowerPoint — darem baixa em todos os números, elaborarem gráficos e por fim dizerem como me sinto.

Não sei qual é o meu problema. Com o Ben, eu tinha muita certeza. Saber que o amava era como saber meu nome. Mas agora tudo está tão confuso, parece que estou me esforçando para lembrar um sonho. Sei que o amor é diferente quando ficamos mais velhos.

Talvez a certeza só venha depois de falar em voz alta.

— É que parece tão irrelevante, sabe? — começa Jessie. — Vamos voltar para a faculdade em dois meses. Não estou atrás de um namorado que more longe.

— É melhor que ter um namorado que mora do outro lado do país.

— Boston não é "do outro lado do país". — Jessie ri, mas então vê a expressão em meu rosto. — Ah, entendi. Você está falando de Ben e Mario.

— Não faz sentido. Eles nem estão namorando.

— Talvez agora estejam. Jantar com os pais do Ben parece coisa de namorado.

Jessie desliga as luzes do espelho, olhando para cima para conferir a hora no relógio em formato de cavalo pendurado na parede.

*Coisa de namorado*. Abraço os joelhos, atordoado. Talvez Jessie tenha razão — talvez eles tenham oficializado desde que Ben e eu conversamos pela última vez. Não tem como negar que levar um garoto em casa tem muita cara de "coisa de namorado".

— Será que é melhor eu mandar mensagem?

Jessie congela.

— Para o Ben?

— Sim. Sei lá, me sinto meio babaca pela maneira como agi na quarta-feira — digo e tateio a cama procurando o celular. — Devia ver como ele está.

— Não sei se isso…

A música para de tocar, e o celular de Jessie começa a vibrar ao meu lado. Olho para a tela.

— Você não vai acreditar, mas Ethan está ligando.

Jessie dá um pulo em minha direção e desliza o botão verde no celular.

— Oi! — cumprimenta ela, ofegante. — Estou atrasada, desculpa. Posso ligar para você daqui a cinco minutos? — Ela faz uma pausa. — Beleza.

Eu a encaro, em choque.

— Desde quando vocês estão conversando?

— Preciso ir — diz ela. — Depois explico. Te amo! Não mande mensagem para o ex.

Não mandar mensagem para o ex? Quando literalmente dois segundos depois de eu mencionar o nome do Ben, Jessie recebeu uma ligação do ex *dela*? O universo não poderia ter sido mais óbvio, ou será que Jessie precisa que esteja gravado em uma placa de pedra? DEVES PROLONGAR O CLIMÃO DA SEMANA PASSADA MANDANDO MENSAGEM PARA TEU EX.

Abri a conversa antes mesmo de Jessie sair do apartamento.

**Fui meio chato na quarta. Alguma chance de você (e o Mario!) topar uma segunda tentativa? Talvez no Central Park?**

Clico em enviar, me sentindo tão maduro que preciso parar para me vangloriar por um momento. A prova está aqui, por escrito: sou o ex-namorado mais de boa e respeitoso que existe.

Pelo menos fico tranquilo até Ben começar a digitar.

**Haha, vc não foi, não! Topo demais, só que preciso ajudar Dylan a escolher um terno para ir ao casamento do primo da Samantha, pq ele tem medo de ir a Bloomingdale's sozinho.** 😶

**Patrick n quis ir com ele???**, digo.

**HAHAHAH**, responde Ben. **RINDO EM CAPSLOCK.**

Sorrio para o celular. Tinha esquecido o quanto amo fazê-lo rir.

Ben começa a digitar de novo.

**Espera! E se for todo mundo junto??? Talvez vc possa me ajudar a decifrar o humor dele.**

Então respondo: **Ah, pode ser! Tem certeza de que D não vai se importar de eu invadir os planos de vcs?**

A resposta de Ben é instantânea.

**Não seria uma invasão! Vem sim, a gente vai se encontrar meio-dia na loja da Lexington, na seção perto da Armani.**

**Aquela perto do nosso correio** 😁, acrescenta ele.

Do nosso correio.

E eu aqui pensando que Mikey era o único garoto que conseguia me fazer perder o fôlego com apenas três palavras.

Perto de um monte de manequins usando ternos da Armani, Ben e Dylan parecem monitores de acampamento entrando de penetra no Met Gala. Quando chego perto deles, Dylan está na metade de uma história:

— Eu estava lá quando ela reservou! Juro pela vida dos meus ancestrais que tem um terno lá com o nome do Digby.

— É uma promessa vazia — diz Ben. — Seus ancestrais já morreram.

— Não estamos falando da *minha* linhagem, Benstagram. A questão aqui é Digby Worthington Whitaker, detentor de cinco diplomas de Yale. Respeito, por favor!

— Digby é primo da Samantha? — pergunto.

— Artrópode! Que blusa maneira! — Dylan se anima. — Parece uma mistura de *Stranger Things* com... o sol.

— Verdade! Ela é bastante amarela mesmo. — Ajusto a gola, sentindo minhas bochechas ficarem vermelhas. — Obrigado por me deixarem vir junto para as compras.

— Que bom que você veio, cara — diz Dylan, me dando um tapinha no ombro. — Preciso encontrar o terno do Digby, mas sinta-se em casa. *Mi* loja *es su* loja.

— *Mi tienda* — informa Ben.

— Já entendi, querido, *nossa* loja então. — Dylan revira os olhos, sorrindo.

Quando ele desaparece na seção de roupa social masculina, Ben confere a etiqueta de preço escondida no meio de uma camisa de botões azul dobrada.

— Puta merda. Adivinha quanto isso custa.

— Cinquenta dólares?

Ben gesticula para cima no ar, me incentivando a chutar mais alto.

— Cem?

— Duzentos e vinte e cinco dólares — revela ele —, por uma camisa de botões.

— Nossa. Armani não está para brincadeira.

— Não entendo. Por que essa camisa é melhor do que uma roupa, sei lá, da Marshalls? Os fios são de diamante? Usá-la dá um orgasmo para quem veste?

— *Hola*, uma camisa orgástica de diamante, por favor — diz uma voz.

Nós dois viramos e encontramos Mario, que está vestindo uma regata azul folgada, parecendo ter sido teletransportado direto da praia. Ele me cumprimenta com um beijo no rosto, o que me pega tão de surpresa que mal consigo processar o fato de ele ter aparecido aqui. Me lembraria se Ben tivesse mencionado que ele viria, mas acho que a presença dele é um padrão agora.

Antes mesmo de eu conseguir dar um oi, Dylan ressurge, trazendo um terno no cabide.

— Rapazes, é hora de levar essa belezinha aqui para o provador. E ao dizer "belezinha" — explica ele, olhando de um jeito malicioso para Ben —, *não estou* falando do terno.

— Não vou transar com você num provador da Bloomingdale's — diz Ben.

— A gente espera até ir à Bergdorf, então. — Dylan bagunça o cabelo de Ben. — Vamos lá, não quero experimentar roupas sozinho.

Ben balança a cabeça.

— Não tenho...

— Relaxa, Benji. Vou achar algo bonito para você.

— D, não tenho dinheiro nem para as meias daqui.

Dylan já está arrastando Ben para o provador, deixando Mario e eu para trás. Lógico, não consigo resistir a dar uma olhadinha nas etiquetas de preço, só por curiosidade.

— Esse aqui custa *oitocentos dólares*. — Olho boquiaberto para um manequim vestindo um terno azul. — O casamento é tão chique assim? O primo da Samantha é o Jeff Bezos, por acaso?

— Caramba. — Mario dá um toca-aqui na mão do manequim. — Arrasou, sr. Engomadinho.

Segundos depois, estou seguindo Mario para a parte da loja que poderia muito bem ser um apartamento minimalista, com pisos de taco, pisca-pisca na parede e porta-retratos com fotos em preto e branco. Esse não é o tipo de provador em que você vê pés por baixo da cortina, mas é fácil descobrir onde Ben e Dylan estão por causa das vozes. Ainda mais a de Dylan. Me sento em uma das poltronas de couro preto ao lado de Mario, que na hora coloca as mãos na boca e grita:

— Cadê o desfile de moda?

— Você não saberia lidar com meu estilo — responde Dylan.

Mario abre a boca para responder, mas a porta de um provador se abre um pouco, e é como se meu cérebro estivesse em modo retrato. Tudo fica desfocado, exceto Ben.

Ben está com as bochechas coradas, vestindo um blazer cinza escuro aberto e tênis aparecendo por baixo das barras de uma calça social comprida demais. Ele parece desconfortável — o jeito como seus braços estão me faz pensar em pinguins. Me sinto envergonhado só de olhar para ele.

— Uau — diz Mario, baixinho.

A mão dele está sobre o peito, e Ben faz uma careta.

— Daria para pagar metade do aluguel com essa roupa. É absurdo.

Pigarreio.

— Você deu um nó de Windsor. Quer dizer, mais ou menos.

Ele sorri e concorda, e depois a gente fica só se olhando por um minuto. Ou dez minutos. Ou dez horas. Perco a noção do tempo quando Ben está olhando para mim.

— Apreciem! — diz Dylan em voz alta.

Ele abre a porta do provador e revela um terno que consegue ser ainda mais elegante que o de Ben.

— Sou eu, saindo do casulo, transformado pelas forças da natureza e da beleza.

Levanto a mão, dando um joinha.

— Gostei.

— Você *gostou*? — Ele olha para mim, boquiaberto. — Você está falando igual a minha mãe.

— E isso é… ruim?

Mario o analisa por um momento.

— Amei o terno. Você está aberto a comentários construtivos sobre a gravata?

— Eu… não sei se estou aberto a esses fins. — Dylan tira o celular do bolso do blazer e começa a digitar. — Vou pedir para a Samantha… mandar uma mensagem para o primo e descobrir.

— Ah — digo. — O noivo é cabeça-dura?

— Demais.

— Vamos fazer assim. — Mario se levanta e se vira para Dylan. — Você vem comigo. Vamos achar outras opções e mandar fotos para o Noivozilla.

— Super Mario, sou todo seu — declara Dylan, mas depois se vira para segurar Ben pela manga do blazer. — Aonde você pensa que vai?

— Voltar para o provador?

— De jeito nenhum — diz Dylan e dá uma cutucada no ombro de Ben. — Não ouse tirar a roupa até Frantz ver você. Já volto.

Ben revira os olhos e se joga no sofá ao meu lado. Segundos depois, ele levanta, tira o blazer e volta a se sentar.

— Não esperava vir aqui e brincar de fantasia.

— Olha… — digo, as bochechas corando. — Você está ótimo.

— Obrigado. Mas me sinto muito mal. Frantz foi o funcionário que nos trouxe até o provador, e ele foi tão legal com a gente. Odeio dar mais trabalho para ele sem motivo.

— Ele vai entender. As pessoas experimentam ternos o tempo todo — digo.

Pelo menos, acho que essas foram as palavras que saíram da minha boca, com a minha voz.

Não lembro se já tinha visto Ben só de camisa e gravata antes. Acho que a última vez que o vi de terno foi quando fizemos uma chamada de vídeo momentos antes da nossa formatura do ensino médio. É muita coisa para absorver.

Quando Dylan volta, ele está com quatro ou cinco gravatas ao redor do pescoço. Mario vem correndo atrás dele, mas olha duas vezes quando vê Ben e eu. Ele tira o celular do bolso e exclama:

— Nossa!

Ben vira a cabeça.

— O que você está fazendo?

— Você vai ver.

Ainda olhando para a tela do celular, Mario se estica e pega o blazer do colo de Ben.

— Agora coloca as mãos de volta onde estavam...

Ele tira uma foto.

— Vocês... — clique — estão reproduzindo... — clique — com perfeição... — clique — uma cena de *La La Land*.

Dou uma risada brusca.

— O quê?

— Olha só como vocês estão sentados. — Mario faz uma coxinha com a mão e beija a ponta dos dedos, tal qual um chef de cozinha. — E como estão vestidos.

Dylan arregala os olhos e diz:

— Caramba.

— Deve ser um sinal — comenta Mario, se inclinando para dar um beijo na boca de Ben.

Ben sorri, envergonhado.

— De quê?

— De que você vai amar Los Angeles e nunca mais vai querer voltar para Nova York.

Levo um tempo para assimilar o que ele disse. As palavras demoram a fazer sentido juntas. *Los Angeles. Nunca mais. Voltar.*

Dylan olha para Ben como se o amigo fosse um desconhecido.

— Você vai *se mudar*?

Sinto uma dor no peito. Talvez sejam as veias e artérias se desprendendo como cabos da tomada. Talvez as válvulas do meu coração estejam ficando escurecidas.

— Hã... talvez? Só se a série do Mario for para a frente. — Ben olha para Mario. — Não seria nada definitivo. Seria apenas para ver como é. Mudança de cenário.

— Mas que merda é essa? Você ia me contar em algum momento?

— Sim! — responde Ben, ficando vermelho. — D, eu só... sei lá, só decidi...

— Você *só decidiu* se mudar para a Califórnia? Você nunca saiu de Nova York. Você nem foi visitar a Samantha e eu em Illinois.

Ben o encara, incrédulo.

— Você está bravo porque eu não tinha...

— Eu disse que pagaria!

— Mas não concordo com isso!

— Entendi. — Dylan solta uma risada sarcástica. — Mas então você concorda em se mudar para a *Califórnia* com um cara que você conhece há, o quê, dois meses?

Ben parece prestes a chorar.

— A gente faz aulas juntos há um ano! E eu não... não vou me mudar por causa de ninguém.

Paro de prestar atenção no que ele diz. Nem parece mais que estou aqui. É como se estivesse me assistindo em um telão a cinquenta metros de distância.

# BEN

### Quarta-feira, 17 de junho

FUI CONVOCADO PARA IR À Dream & Bean.

Saio da estação e mando mensagem para Arthur ao mesmo tempo que caminho pelo quarteirão.

**Acho que Dylan só precisava se acalmar um pouco**, digito enquanto me aproximo da cafeteria.

**Nunca o vi tão irritado**, responde Arthur. **Você o transformou em um menino de verdade, Geppetto.**

Dou risada. **E ele tá me tratando como se eu fosse um Pinóquio narigudo! Não menti, só não tinha falado pra ele ainda.** Paro em frente à Dream & Bean e tiro uma foto. **Olha só!**

Arthur começa a digitar. Para. Digita. Para mais uma vez. Digita. Esse suspense me deixa doido. A mensagem chega, por fim: **Pede um café gelado extragrande pro Dylan. Assim ele dá uma esfriada nas ideias!**

Ele deve ter apagado alguma coisa. Talvez até parágrafos inteiros ou algo assim, e não consigo deixar de pensar no que ele pode ter digitado.

Talvez a mensagem fosse sobre a Califórnia.

Queria saber o que Arthur está pensando. Ele não tocou mais no assunto, só ouviu minhas teorias sobre a reação de Dylan. Arthur pareceu até meio animado, na verdade. O que faz sentido.

Ou, pelo menos, não é algo que *não* faz sentido — exceto quando lembro quão em choque ele ficou na Bloomingdale's.

Fico me perguntando se tem alguma coisa que ele está escondendo. Óbvio, ele não me deve explicação alguma. Tem todo direito de guardar as coisas para si mesmo se quiser. Mas a questão é que foi exatamente assim que tudo começou da última vez. Foi assim que a gente perdeu um ao outro. E quando penso em perder Arthur de novo...

Talvez isso seja irrelevante. Quem sabe eu devesse afastá-lo agora para superar a perda de uma vez.

Ok, uau, estou pensando demais. Vai ver ele só está ocupado com o trabalho, ou procurando as palavras certas para fazer alguma gracinha, porque o Arthur é assim. Só isso. A gente vai manter contato independentemente do fuso horário. E então, nesse cenário, vou mandar mensagem para ele antes de dormir, e quando acordar provavelmente vou encontrar meia dúzia de mensagens de Arthur falando sobre a manhã dele nos mínimos detalhes, incluindo as roupas que ele e Mikey estão usando. Depois vai ser minha vez de contar a ele sobre Mario.

Vai ver Arthur-e-Ben-como-amigos seja a melhor versão da gente.

Digito uma mensagem rápida: **Tô entrando. Me deseje boa sorte. Qualquer coisa, me manda mensagem fingindo uma emergência. Só se eu precisar dar o fora.**

**A postos, capitão**, responde Arthur.

Entro na Dream & Bean, e as memórias vêm com tudo. Mas dessa vez não é nem um pouco como quando Dylan e eu encontramos o pôster da minha foto que Arthur deixou na parede daqui. Dylan está na mesa do canto com Samantha, com os dedos entrelaçados. Ele faz contato visual comigo e em seguida encara o teto, fingindo que não me viu.

Reviro os olhos.

Vou até Samantha e dou um beijo na bochecha dela.

— Oi. Como você está?

— Cansada — diz ela. — Foi uma noite longa.

— Aconteceu alguma coisa?

— Problemas familiares. Não quero falar sobre isso agora.

— Tranquilo. Espero que as coisas melhorem. — Me viro para Dylan. — Oi, D.

Ele desvia o olhar.

Não me dou ao trabalho de puxar uma cadeira ainda.

— Cara, você… Usando palavras suas: me *convocou* para a gente conversar. Não vai falar nada mesmo?

— Ele vai, sim — afirma Samantha.

— *Você* vai falar por ele?

— O que você acha?

— Acho que estamos velhos demais para isso.

Samantha une as mãos com um estalo.

— Foi o que eu disse. Senta aí e fala comigo. Dylan pode entrar na conversa quando ele crescer.

Ele se vira para ela.

— Já sou grandinho.

Samantha pega o celular.

— Não começa a contar o tempo — pede ele.

— Não vou. Vou ligar o cronômetro só para deixar registrado quanto tempo essa sua ceninha vai durar.

— Isso é muito infantil.

— Ah, beleza, *grandinho*.

Samantha liga o cronômetro. Dylan observa, mas não diz nada.

— Enfim, Ben — diz ela. — Sobre Los Angeles. Há quanto tempo você pensa nisso?

— Um tempinho. Quer dizer, mais ou menos. Mario que tocou no assunto, mas já estava me sentindo cansado de Nova York. Minha vida está estagnada, ao contrário da de vocês. Sei que a grande mudança é que agora vocês passam vinte e quatro horas por dia juntos, mas isso é legal. Mesmo não entendendo como você aguenta isso. — Gesticulo para Dylan, que parece querer responder, mas lembra que não está falando comigo.

— Aguento porque não é vinte e quatro horas por dia — brinca Samantha. — Tomo banhos longos e quase imploro para a orientadora me deixar ficar mais tempo na sala dela.

— Parece saudável — digo.

— *Parece saudável mi-mi-mi* — zomba Dylan.

Me inclino.

— Como é? Você ouviu o que eu disse, então?

Dylan fica quieto.

Samantha balança a cabeça.

— Ben, acho essa decisão muito impulsiva. Você já se matriculou para o próximo semestre. E você adora as aulas. Fora que…

— Só gosto da disciplina de escrita criativa. E Mario não vai estar lá.

— E desde quando você deu para seguir o Mario aonde ele for?

— Nossa, que dramático.

— Pfff — acrescenta Dylan, como se ele não estivesse sendo dramático ao nível do ridículo.

— Certo, você está pensando em acompanhar Mario até o outro lado do país. Para uma cidade que você nunca visitou.

— Não preciso ficar lá se não gostar.

— Na minha opinião, acho que você vai amar Los Angeles, mas não sei se essa é a melhor forma de decidir se mudar.

— Isso é uma intervenção?

— É uma conversa para dizermos que nos preocupamos com você. A gente quer o melhor, mesmo se o silêncio *infantil* de Dylan faz parecer o contrário.

Meu celular vibra. Quase não o pego para ver a mensagem, mas que bom que dou uma olhadinha. É Arthur me encorajando, e sinto como se ele estivesse sentado ao meu lado.

— Só quero apoio, sabe? Sempre apoiei vocês, mesmo lá atrás, quando esse aqui começou a chamar você de futura esposa cedo demais. Não tenho intenção de me casar com Mario, ok? A ideia é apenas passar um tempo com ele em Los Angeles.

— E largar a faculdade no processo — diz Samantha.

— Sim, largar a faculdade! Não é como se eu tivesse bolsa que nem vocês, e essa graduação não vale o estresse da minha família. A grade curricular não tem feito maravilhas para me ajudar com a escrita. Em Los Angeles, posso me inscrever em cursos que não vão me levar à falência.

Samantha assente.

— Entendo. Ben, você sabe que ser publicado não é garantia de nada, né?

— O quê? Você não acredita em mim?

— Eu... — começa Samantha, respirando fundo.

Ela olha para Dylan e diz:

— Pode parar com isso. Seu melhor amigo precisa de ajuda, e não vou pagar de vilã só porque você está sendo imaturo.

Samantha volta a atenção para mim de novo.

— Ben, eu te amo e acredito em você. Você é um escritor talentoso e muito dedicado. Quero que tenha uma história mágica na qual você publica o livro e sua vida muda para a melhor versão possível, mas não quero que seu sonho machuque você a longo prazo.

E então, ela se levanta e balança a garrafa vazia de suco.

— Agora, se me dão licença, preciso ir ao banheiro — anuncia.

Samantha se vira para Dylan, por fim, e diz:

— Se na hora que eu voltar você não estiver falando para o Ben o quanto quer fazer amor com ele, você vai passar um tempão fazendo amor sozinho.

Ela vai até a fila para o banheiro, jogando a garrafa no lixo como se estivesse descartando um microfone.

Dylan fecha os olhos.

— Um cappuccino, dois cappuccinos, três cappuccinos, quatro cappuccinos...

Uma técnica para se acalmar. Dylan nunca foi muito fã de contar só números, mas também não curte contar carneirinhos porque não acha certo ter um monte de filhotes sem nenhum carneiro adulto por perto. Nunca fez muito sentido para mim, porque não é como se ele estivesse contando animais de verdade, mas quando se trata do Dylan, não tem muito o que discutir.

— ... dez cappuccinos. — Ele abre os olhos e para o cronômetro no celular de Samantha. — Olá, Benjamin. Agradeço sua presença para dialogarmos civilizadamente.

Eu o encaro. Ele continua:

— Gostaria que discutíssemos uma questão que me deixou demasiadamente inquieto, se estiver disposto a entrar em tal mérito.

— É por isso que estou aqui.

— Reitero que agradeço sua presença. Isso posto, o tópico a ser abordado consiste na descoberta de que você está cogitando se mudar para Los Angeles. Como sabido, tal informe chegou a mim não por você, o que seria o esperado entre melhores amigos, mas por Mario Colón. Ele jogou a bomba como se fosse um brinquedo, mas posso garantir que bombas não são brincadeira.

— Diga isso a ele, não a mim.

— No momento, não estou interessado em ter essa conversa com ele. Afinal de contas, ele está tirando meu melhor amigo de Nova York.

— Você nem mora mais aqui, D.

— Um fato que poderia ser alterado! Passar o inverno em Chicago é péssimo!

— Sabe onde o inverno é bom?

— Não ouse…

— Los Angeles.

— Maldito seja, Benjamin. Você falou quando solicitei que não o fizesse, e agora estou preocupado que nossa conversa esteja sob ameaça de perder a civilidade.

Essa forma de falar está começando a me dar dor de cabeça.

— D, por que você se importa? Você encheu a boca para falar que a gente ia passar o verão juntos, mas só deu para trás nos planos comigo umas mil…

— Calúnia! Calúnia!

— E suas desculpas nem fizeram sentido. Por que eu deveria ficar em Nova York quando você não está aqui? E mesmo quando está, você fica mais esquisito que o normal.

Dylan se inclina.

— Há forças maiores. Não posso falar porque estou sob juramento de guardá-las em segredo — sussurra ele. — O que está rolando com a família da Samantha é sério, mas diz respeito apenas a ela, que me confiou os detalhes como namorado, e é sob tal papel que não devo revelá-los. Nem mesmo para você, caro melhor amigo de sardas que equipara planos cancelados ao crime de se mudar para o outro lado do país sem me contar.

— Nem me mudei ainda. A gente nem sabe se a série vai rolar!

— E quando é que tal informação estará disponível, por obséquio? Ou seria melhor contatar Mario?

— Ele disse que seria logo. Uma ou duas semanas, talvez. Mas mesmo se ele tiver que se mudar antes, acho que eu só iria mês que vem.

— Mês que vem?!

Samantha volta do banheiro.

— Não vejo ninguém fazendo amor.

Dylan se vira para ela.

— Ele vai se mudar mês que vem!

Samantha pega a mão dele.

— A vida é dele. A gente precisa respeitar.

— E posso odiar Los Angeles e acabar voltando — digo.

— Ah, por favor, né? — começa Dylan. — E você iria deixar seu namorado gato que provavelmente faz os melhores castelos de areia, surfa como um medalhista e é gostoso?

— Na verdade, Mario não sabe nadar.

— E os castelos de areia, Ben? E os castelos de areia?

Dou de ombros. Dylan suspira e diz, por fim:

— Só me avisa quando for se mudar para sempre, então.

— A gente precisa sair mais — comenta Samantha. — Dylan e eu vamos a um *open mic* na sexta-feira. Por que você e Mario não vão com a gente?

Balanço a cabeça.

— Parece divertido.

Pego o celular, distraído enquanto Dylan sussurra algo para Samantha. Mando a mensagem **Open mic na sexta com Dylan e Samantha, topa?**, e pergunto:

— O que foi, D?

— Nada.

— Ele falou que está torcendo para o *open mic* na sexta-feira fazer você voltar a amar Nova York — revela Samantha. — Mas essa não é a intenção. Só quero aproveitar você enquanto a gente pode.

Meu celular vibra.

**DEMAIS! Onde vai ser?**

De repente, o mundo para.

Mandei mensagem para a pessoa errada.

— Hã… — digo e engulo em seco. — Por engano mandei mensagem falando do *open mic* para o Arthur. Será que é melhor eu…?

— Imagina, sem problema — diz Samantha. — Chama os dois! Quanto mais gente, melhor.

— Valeu.

Mando mensagem para Mario — de verdade, dessa vez — e ele anima na hora. Nada de mais, só nós cinco saindo juntos.

O que poderia dar errado?

# ARTHUR

Quinta-feira, 18 de junho

NÃO QUERO PARECER PARANOICO, MAS tenho quase certeza de que o estado da Califórnia está me perseguindo. Primeiro foi o GIF de *As Patricinhas de Beverly Hills* que Jessie me mandou no almoço. Depois passou um táxi com uma propaganda de *Real Housewives of Beverly Hills*; passei por um artista na estação de metrô cantando "Hotel California"; tinha um cara na plataforma lendo *Big Sur*, do Jack Kerouac, um livro em que o enredo se passa na Califórnia; e vi nada mais nada menos que quatro artigos no aplicativo de notícias sobre um spin-off de *Era uma vez em... Hollywood*. Não sei se o universo acha que está sendo engraçado, mas se eu der de cara com mais uma palmeira, pôr do sol ou letreiro branco, juro que vou pedir medida protetiva.

Mas a cereja do bolo é Ethan me tirando do sério com o link da última foto do Instagram do Mario. **Pfv, me diga que vc já viu isso.**

Me jogo no sofá, tentando imaginar um mundo em que eu não tenha visto essa foto umas cinco milhões de vezes desde que Mario a postou. **Desde quando vc segue ele?**, respondo.

Um momento depois, chega a resposta: **Haha desde que vc me mandou o perfil dele.**

Abro o perfil de Mario e vejo a postagem de novo: uma montagem de Ben e eu sentados no sofá do provador ao lado de uma imagem de Emma Stone e Ryan Gosling num banco de praça. A legenda diz: "Jogo dos 7 erros." Já tem quase oitocentos likes, e cada um deles é como uma agulha no peito. Mas o pior é que não consigo deixar de rolar o perfil e ver selfies sem filtro e fotos que Mario postou de Los Angeles: o Rancho do Poço de Piche de La Brea, um prato com panquecas, o lado de fora do bar em que foi filmado um episódio de *RuPaul's Drag Race*. É fácil demais imaginar Ben em cada uma dessas fotos. Mario e Ben andando de mãos dadas pelo píer de Santa Mônica, os notebooks dos dois lado a lado sobre uma mesa na área externa de algum restaurante… É como uma ferida que não consigo parar de cutucar.

As pessoas não avisam que a dor de um coração partido é crônica. Pode ser que diminua com o passar do tempo, ou que os sintomas amenizem com a distância, mas nunca para de doer por completo. Está sempre ali, à espreita, pronta para atacar de novo assim que a guarda baixar.

Ben vai deixar Nova York. Mas parece que ele está *me* deixando.

O que não faz sentido algum. Nem moro aqui. E mesmo se morasse, ele não é meu namorado. Sem dúvida, ele com certeza não…

Mikey. Uma foto aparece na tela como se eu a tivesse invocado: uma selfie dele fazendo biquinho de peixe com a sobrinha na luz fraca do quarto dela. É a foto mais fofa do mundo, e me sinto tão culpado que poderia vomitar.

Mas de onde vem esse sentimento? Não fiz nada de mais. Nem vou. Não faria isso. Mikey sabe de cada uma das vezes que saí com Ben.

Coloco os pés sobre o sofá e abraço os joelhos. Ligo para Mikey. Ele atende sussurrando:

— Oi. Espera só um pouquinho? Estou saindo do quarto da Mia.

Logo em seguida, imagino a porta se fechar e Mikey atravessando o corredor, usando meias brancas.

— Pronto, voltei — diz ele. — A gente pode se ligar por vídeo? Queria fazer uma pergunta para você.

Sinto meu estômago revirar, mas abro um sorriso mesmo assim.

— Devo me preocupar?

— Por que deveria?

— Porque você disse que quer me fazer uma pergunta, e perguntas dão medo.

— Não é nada assim, prometo.

Mikey aparece em vídeo na tela, com um sorriso. Ele está no quarto, com o celular apoiado na escrivaninha, e a câmera o filma de um ângulo mais baixo, mostrando seu queixo. Como sempre, muito fofo e sem qualquer habilidade quando se trata de FaceTime.

— Olha, meus pais finalmente conseguiram convencer Robbie e Amanda a terem um casamento de verdade — conta ele.

—Ah! Uau…

— Vai ser bem simples. Música e um bolo no quintal, sabe? Mas posso levar um acompanhante, então… — diz ele, sorrindo tímido. — Que tal você deixar o dia 11 de julho livre?

Faço uma pausa.

— Desse ano?

— Pois é, está muito perto. Mas parece que eles já conseguiram chamar o pastor, e também alugaram uma tenda.

— Mikey, não posso ir — digo baixinho. — Sério, me desculpa. É o final de semana de estreia da peça. Vou precisar trabalhar.

Ele franze a testa.

— Será que ninguém poderia cobrir você?

— No final de semana de estreia?

— Você é o estagiário do assistente.

Sinto meu rosto queimar.

— Entendo que você esteja chateado. Mas, por favor, não menospreze o meu trabalho.

— Eu não… — começa ele, mas fecha os olhos por um instante. —Arthur. Desculpa, me expressei mal. Sinto sua falta, sabe? — Agora é a vez dele de ficar vermelho. — E não é só o casamento. É que… nas últimas semanas, parece que só *eu* tenho me esforçado.

Sinto um frio na barriga.

— Como assim?

— Sei lá. No dia a dia, nas ligações e…

— A gente conversa todo dia!

— Aham — diz ele, baixinho. — Porque *eu* ligo para você todo dia.

Fico em silêncio por um momento.

— Desculpa. Não percebi que...

— Tipo, você é tão bom em planejar gestos grandiosos. Como a virada do ano, os ingressos do musical... Mas parece que é no intervalo dessas coisas que a gente se perde.

— Bom — começo —, talvez eu queira mais gestos grandiosos da sua parte também.

— Como quando eu disse que te amava?

Sinto o ar deixar meus pulmões.

— Desculpa. — Ele aperta a ponte do nariz. — Desculpa. Eu não deveria pressionar você.

— Não, você está certo. — Respiro fundo. — Desculpa de verdade. Você tem sido tão paciente nos últimos dias. E quero dizer o mesmo para você. Só não... não sei o que tem de errado comigo. Fico pensando demais nisso e não chego a lugar algum.

Mikey assente rápido, sem olhar para mim.

Ficamos quietos por um tempo.

Quando finalmente volto a falar, a voz falha:

— Eu não deveria ter vindo para Nova York.

— Arthur, não! É o estágio dos seus sonhos. Eu não deveria ter falado nada — diz ele com a voz trêmula.

Sinto uma pontada no peito.

— Mikey...

— Vou desligar.

Ele tenta me oferecer um sorriso, mas não consegue fingir por muito tempo.

— Mikey Mouse. — digo, mas não escuto a voz dele. — Ei, Mikey. Vamos conversar.

— Amanhã. Desculpa. Não estou bravo, ok? — assegura ele. — Só com saudade de você.

Ele desliga antes que eu consiga responder.

\* \* \*

No dia seguinte, no trabalho, Taj me aborda antes mesmo de eu tirar a bolsa do ombro.

— Pronto para o surto? Você não vai acreditar — diz ele, agitando as mãos. — O pessoal do teatro se enganou e marcou nosso musical para o dia 10 de julho, sendo que já tinham outro espetáculo agendado.

Fico boquiaberto.

— Está falando sério? No final de semana de estreia?

— Aham.

— Isso, tipo… é comum de acontecer?

Ele dá uma risada meio engasgada.

— Não *mesmo*. E a divulgação já começou, né? Os pôsteres, meu pai do céu. Vou surtar! — exclama ele, pegando o *bullet journal*.

Taj passa os minutos seguintes reformulando o cronograma da produção. Esqueço tudo na mesma hora, porque parece que meu cérebro só tem espaço para focar em duas datas.

17 de julho, a nova noite de estreia. E 11 de julho, o dia do casamento.

Quando Mikey pediu para eu deixar a data livre, acho que o universo ouviu.

Taj vai atrás de Jacob, mas mal percebo que ele não está mais aqui. Não consigo me desligar do que deveria ser a coisa mais simples do mundo: ir ao casamento como acompanhante de Mikey.

Sento na mesa e apoio o queixo nas mãos, esperando o momento que vou me sentir feliz por isso.

É uma coisa boa, sem dúvida. Gosto de Robbie e Amanda, gosto de bolo, gosto de dançar. E com certeza gosto de fazer Mikey feliz. E, quem sabe, vê-lo de terno vai responder algumas perguntas para mim. Vamos nos beijar sob as estrelas e ficar de mãos dadas embaixo da mesa, e enfim vou perceber que estou apaixonado. Que sempre estive apaixonado esse tempo todo.

Mas estou deixando algo passar. Sei que estou. É como se tivesse um pensamento voando ao redor da cabeça, esperando a pista ficar livre para fazer o pouso. Algo sobre toda essa coisa de casamentos, danças, noivos e a vibe *l'dor v'dor*, ou seja, "de geração para geração".

Penso no meu bar mitzvah e em como perdi o kiddush, o almoço de santificação, porque estava chorando em uma sala vazia. Tinha pulado um verso na minha parte da Torá, e apesar de meus pais prometerem que ninguém reparou, eu sabia que não era verdade. Deus tinha percebido. E Deus não era o motivo de tudo aquilo? Será que meu bar mitzvah sequer valeu de alguma coisa?

Quando minha avó me encontrou, eu era apenas um pontinho desolado, listrado e com gel de cabelo. Primeiro, ela não disse nada, só puxou uma cadeira, sentou ao meu lado e fez carinho nas minhas costas, assim como fazia quando eu era menor. Quando ela enfim abriu a boca, pareceu ter sido a primeira conversa adulta da minha vida.

— A questão não é a Torá — disse com gentileza.

Eu a encarei incrédulo.

— Juro! — continuou ela. — Seu avô leu a Torá, assim como tio Milton, meu pai, o pai dele, e assim vai. Mas sua mãe e eu nunca fizemos a leitura da Torá. Quando eu era garota, não era comum que meninas lessem o Haftorá. Minha *mãe* fez o Tzedaka e recebeu a bênção em casa, em particular. Ou seja, não existe um único jeito de fazer um ritual. Você poderia ter ido lá na frente de todo mundo e feito uma dancinha, e mesmo assim não faria diferença, contanto que você tivesse sentido aqui.

Ela levou as mãos ao peito e sorriu.

— É aqui que está nossa ligação com as gerações que vieram antes de nós, e também é o lugar em que guardamos espaço para os que ainda não nasceram. *L'dor v'dor, Aharon* — disse ela, usando meu nome hebraico.

Eu sabia que ela estava pensando no meu bisavô, Aaron. Vovó era muito nova quando o pai dela morreu. Nem minha mãe chegou a conhecê-lo. Mas meu nome é uma homenagem a ele, e minha avó sempre diz que meu coração é como o dele.

A questão é a seguinte: não se trata só de bolo e de música para dançar. É um *casamento*. O evento está ligado a todos os casamentos que vieram antes e todos os que virão depois também. Talvez até o meu.

Coloco a mão no rosto. Do nada, estou me segurando para não chorar.

Passei esse tempo todo revirando cada canto do meu cérebro, mas nunca pensei em me afastar e olhar de longe. Agora está evidente, como um X num mapa.

Estou completamente apaixonado. Estive apaixonado esse tempo todo.

Mas não pelo Mikey. Quando penso no futuro, não é Mikey que está nele.

Mais uma vez, parece que estou viajando no tempo. Cada vez que pisco, outra hora passa. Um dia de trabalho inteiro, em plena sexta-feira, passou sem que eu percebesse. Não me lembro de pegar o elevador, mas aqui estou, embaixo da marquise do estúdio de ensaio, esperando a chuva passar. O plano era ligar para Mikey mais tarde, mas talvez eu deva ligar agora, antes que perca a coragem.

Só que minhas mãos não param de tremer. Nem sei como ter essa conversa. Deve ter um roteiro para essas situações em algum lugar. Não sou a primeira pessoa no mundo a terminar com alguém. De certa maneira, não é nem a primeira vez que termino com Mikey.

Pensar nisso dói tanto que mal consigo segurar o celular.

Sei que sou impulsivo. E desatento. Mas e a forma como estou tratando Mikey? O jeito como afasto meu coração dele?

Fui a primeira pessoa que ele disse que amava, a primeira com quem ele transou, a primeira que ele beijou. Sou o primeiro de tudo.

Sou o Ben dele.

A chuva não passou, então volto para o estúdio. É fácil achar Mikey nos contatos — o nome dele está no topo da lista de favoritos. Ligo e tento recuperar o fôlego enquanto espero.

Devo isso a ele, acho.

Mas ele não atende. Jogo o celular dentro de uma sacola de plástico e saio na chuva.

\* \* \*

Quando chego no prédio, nem me importo por estar encharcado. Aperto o botão do elevador com tanta força que estalo o dedo. Encaro a porta espelhada, observando minha boca se mover enquanto repasso o que vou falar.

*Oi, a gente pode conversar?*

*Mikey Mouse, você merece muito mais do que tenho para oferecer.*

*Você merece alguém que diga o "eu te amo" mais alto do mundo.*

*Sem hesitação.*

*Mas, Mikey, não acho que essa pessoa seja eu…*

*Porque… Porque… Porque…*

Como é que vou falar essa parte para ele?

*Ei, Mikey, lembra aquela coisa que você temia que acontecesse aqui em Nova York?*

O elevador me deixa no corredor, mas do jeito que meu coração está palpitando, parece até que estou caminhando para a morte. *Foco, Arthur.* Só mais alguns passos e chego no apartamento. Vou me secar, trocar de roupa, e depois criar coragem para ligar para ele. Vou arrancar o curativo com tudo.

*Ei, Mikey, a gente pode conversar?*

*Ei, Mikey, aconteceu o que você falou.*

Viro a chave e abro a porta. A luz da sala está acesa. Tem uma mala perto da porta.

É como se eu estivesse dentro de um filme das antigas, com uma contagem regressiva piscando até o zero.

Em todo esse tempo, Mikey nunca me beijou como agora. É tão sincero que meus joelhos tremem.

Pisco, completamente atônito.

— Você não queria um gesto grandioso? — pergunta ele.

# BEN

Sexta-feira, 19 de junho

**A CAFETERIA NEW TOWN STREET** no Tribeca é uma das melhores com *open mic*, de acordo com resenhas da internet — e também de acordo com Dylan, que já veio aqui o mesmo tanto de vezes que nós. Não tenho com o que comparar, já que não fui a nenhum outro, mas é muito legal. O primeiro comediante conseguiu terminar a apresentação sem ser completamente ofensivo — ponto para ele. O ruim é que a luz é bem fraca, então não dá para ver direito as pinturas na parede, que foram doadas por artistas para exposição. É como doar meu manuscrito para uma biblioteca para ser usado como peso de porta.

Dylan volta com as bebidas — refrigerante de gengibre para ele e Samantha, Pepsi para mim e limonada para Mario —, e nós brindamos à nossa noite juntos. Estamos aqui há quase uma hora e Arthur ainda não deu sinal de vida. Até mandei mensagem para ele de brincadeira (**Olha só quem deu para se atrasar agora**), mas ele não respondeu. Vou esperar mais uns dez ou quinze minutos e ligar para conferir se ele está bem. Não me surpreenderia se tivesse dormido na frente do notebook enquanto assistia a covers, como já aconteceu algumas vezes.

— Uma salva de palmas para Pac-People, pessoal! — anuncia o apresentador.

— Uhuuuul! — grita Samantha.

Dylan dá soquinhos no ar como se ele estivesse em um evento esportivo.

— Quem são? — pergunta Mario.

— *Yo no sé* vezes mil — respondo.

— Patrick me recomendou essa banda — diz Samantha. — A Pac-People viralizou no TikTok, e ele achou que eu gostaria do som deles.

— Talvez em *alguma coisa* Patrick tenha acertado — comenta Dylan.

— E quando ele falou que gostou do seu coque? — pergunta Samantha.

Dylan ergue o queixo, indignado.

— Acontece que discordo dele. Coque saiu de moda.

Paro de prestar atenção neles e foco na Pac-People, que está arrumando o palco. São cinco integrantes, todos vestidos em cores clássicas do Pac-Man, da sra. Pac-Man e dos fantasmas — amarelo vibrante, vermelho, azul, rosa e amarelo de novo. Quando a música começa, ela é tão enérgica que parece algo que você ouviria em um nível divertido de um jogo de videogame. Mario abraça Dylan por trás e começa a se balançar, e Dylan não tem pudor algum quando se trata de dançar.

— Segura minha bebida, amor — pede Dylan, entregando o refrigerante para Samantha, que segura as duas latas numa mão só com maestria.

— *Sostén mi bebida*, Alejo — pede Mario, me dando a limonada dele.

— Garotos, né? — diz Samantha.

— Mario e Dylan, né? — respondo.

Os dois estão sendo muito legais com Mario hoje, e Dylan só fez uma dúzia de piadas com "você está roubando meu melhor amigo". Preciso que ele tome jeito, porque Samantha e eu apostamos cinco dólares sobre quantas vezes Dylan vai provocar Mario até o fim da noite.

— Que fofo! — diz alguém passando por Dylan e Mario.

— Obrigado! — responde Dylan.

— Ele faz a autoconfiança parecer exaustiva — brinco.

— E revigorante — diz Samantha, sorrindo.

— Não vou falar para ele que você disse isso.

— Eu já falo o bastante.

— Samantha, você está alimentando a fera.

— Eu seeeei.

A Pac-People começa outra música, e Dylan e Samantha se viram e dão pulinhos.

— "Ballad of Aphrodite"! — dizem os dois ao mesmo tempo.

Samantha puxa Dylan, e eles dançam juntos.

— É como se essa música tivesse sido criada pelo Cupido, né? Só com harpa e teclado eletrônico — comenta Mario.

— E ficou boa, né?

Ele estende a mão para mim, me convidando para dançar.

— Vamos ver se ficou boa mesmo.

— Como se dança isso? — indago.

Mario segura meus pulsos e me gira como se eu fosse um boneco.

— Não sei e não me importo! A gente só se balança.

E me mexo com ele, rindo, até que o celular dele toca.

— É meu tio. Se importa se eu atender?

— *¡Ve! ¡Ve!*

Mario se vira para procurar um lugar mais silencioso, mas volta e me dá um beijo antes de ir em direção à porta. Esse beijo, e todos os outros beijos de cumprimento que ele me deu essa semana — era isso que estava faltando todo esse tempo.

Dylan e Samantha estão ocupados dançando, então ligo para Arthur. Toca uma vez, mas cai na caixa postal. Ele manda uma mensagem logo em seguida: **Chego em cinco minutos, foi mal!**

Respondo: **Oba!**

A apresentação da Pac-People termina, e Mario aparece de volta. Ele me arrasta para a saída com um sorriso.

— Trago notícias — diz ele. — Trago *a notícia*.

— A série…

— Foi comprada depois de várias emissoras brigarem por ela! Vai rolar!

Mario dá vários pulinhos pra lá e pra cá, quase como se alguém estivesse apertando o botão de pular no *Super Mario*. Ele para por um instante e segura minhas mãos.

— Alejo, meus sonhos estão se realizando! Vou poder trabalhar em uma série de TV e dar vida a androides. Ou melhor, ligar eles. Que seja. Nossa. *UAU!* Não acredito.

Por um momento, ele fica parado. Parece que está imaginando o futuro incrível que vai ter.

Estou fazendo o mesmo.

Mario vai para Los Angeles, e vou com ele. Esse é o melhor recomeço de todos.

Ele pega minha mão.

— E tem mais, Alejo.

— Meu Deus, o quê?

Talvez ele vá ser mais que apenas assistente de roteiro.

— Então, tio Carlos tem muitos contatos na indústria, óbvio, e é amigo de um agente de filmes, Dariel. Ele é um homem queer que ama livros de fantasia. Carlos falou de *A Guerra do Mago Perverso* para ele.

Acho que ouvi errado.

— Como assim? Seu tio sabe do livro?

— Lógico! Contei e disse que amava.

Mario pensa mesmo em mim, até quando não estamos juntos.

— Mas não terminei a revisão.

— Você vai terminar. Dariel gostou muito da premissa e poderia recomendar alguns agentes literários também, se ele gostar da história.

Isso me deixa animado e assustado. Sinto necessidade de voltar para casa correndo e focar na revisão, caso a oferta tenha prazo de validade.

Estou tão grato que tudo que desejo é beijá-lo. Quando me inclino em sua direção, ouço meu nome... vindo da boca de Arthur.

— Desculpa estar atrasado. Surpresa!

Arthur está de mãos dadas com Mikey — o mesmo Mikey que era para estar em Boston. Sinto meu estômago embrulhar. Ver os dois juntos me faz querer ficar ainda mais perto de Mario.

— Uau. Oi, Mikey.

— Oi!

Levo Arthur, Mikey e Mario para nossa mesa, no momento exato em que Dylan e Samantha voltam a se sentar. Dylan parece surpreso ao ver Mikey, mas corre para abraçá-lo.

— Encontro triplo! — grita Dylan. — Pela primeira vez na história do mundo!

— Aposto que não — diz Mikey.

— Você voltou para assistir a outro espetáculo da Broadway? — pergunta Samantha.

— Só quis fazer uma surpresa para o Arthur.

— E surpreendeu mesmo! — comenta ele.

— Vou pegar uma bebida — anuncia Mikey. — Quer uma Sprite?

— Perfeito — responde Arthur.

Assim que Mikey sai, Arthur olha fixamente para o próximo comediante que sobe no palco.

— Ei, está tudo bem? — pergunto.

— Tudo perfeito — afirma Arthur, mas vejo lágrimas se formando em seus olhos.

Chego mais perto dele.

— Quer ir para algum lugar conversar?

Parte meu coração vê-lo assim.

Arthur balança a cabeça.

— Não posso. Quer dizer, não preciso. Estou ótimo. Tipo aquele GIF do cachorro de chapéu falando que está tudo bem, sabe? Mas tudo ao redor dele está em chamas. Só que, no caso, não tem fogo algum.

Queria parar o tempo e conversar com Arthur. Nada de Mikey, nada de Mario. Ninguém mais. Quero que ele seja sincero comigo para que eu possa oferecer conforto, o que ele obviamente precisa agora.

Mas Arthur não quer.

Ele finge que está prestando atenção no comediante, dando risadas falsas para piadas a que Mario e Dylan estão reagindo de maneira genuína.

Mikey volta com as bebidas.

— Desculpa a demora.

— Não precisa se desculpar. Você está proibido de pedir desculpas — diz Arthur.

Sério, o que Mikey fez para ele?

Ou o que Arthur fez para Mikey?

Fico desconfortável durante as apresentações seguintes. Uma moça canta "Jingle Bell Rock". Mikey diz que foi uma escolha ousada e elogia a voz dela. Depois, duas pessoas fazem improviso, que é tão ruim que nem Dylan se dá ao trabalho de prestar atenção.

Quando o apresentador volta ao palco, anuncia:

— Agora, com vocês, Mikey!

Arthur arregala os olhos.

— Ah, uau. Uhul!

A questão é que, por mais que Arthur ame a Broadway, de ator ele não tem nada. Dá para ver que ele não está tão animado quanto tenta fingir. Seja lá o que está rolando entre eles, talvez Mikey esteja fazendo isso para animá-lo.

Mikey dá um beijo na testa de Arthur e vai até o palco. Ele pega o microfone e diz:

— Essa é para o meu namorado, Arthur. Você merece momentos grandiosos, e esse é o primeiro de muitos.

— Ahhhh, que fofo! — Dylan suspira, esfregando o joelho de Arthur.

Alguém começa a tocar o piano.

— "Arthur's Theme"! Arrasou — grita Mario.

Nunca ouvi essa música na vida. Fico sem reação quando Mikey começa a cantar sobre estar preso entre a lua e Nova York. A voz dele é tão linda que meus olhos se enchem de lágrimas. Sob a luz do holofote, de um jeito adorável, Mikey canta no microfone:

— *The best that you can do is fall in love.*

*O melhor a fazer é se apaixonar.*

Empurro a cadeira para trás e me levanto.

Mario sorri para mim e pergunta:

— Tudo certo?

Murmuro que preciso ir ao banheiro, e caio fora dali.

Deveria estar feliz pelo Arthur. Ele merece isso, né? Merece um namorado que dedique uma canção surpresa a nível da Broadway só para ele. Nunca, em um milhão de anos, poderia dar ao Arthur o tipo de coisa que Mikey está proporcionando para ele agora.

E, lógico, talvez Arthur não estivesse feliz quando chegou. Ele e Mikey não devem ser perfeitos. Mas entendo o Arthur melhor do que ninguém, e sei muito bem o quanto esses grandes gestos significam para ele. Independentemente do que esteja acontecendo entre eles, tenho certeza de que Arthur jogou tudo para o alto assim que Mikey subiu no palco. No final da noite, eles vão para casa, transar e fazer declarações de amor em meio a lágrimas.

E não tem nada de errado nisso. Eu também posso ter meus recomeços.

# ARTHUR

### Sexta-feira, 19 de junho

**NADA DISSO FAZ SENTIDO.** Mikey não canta solos. E ele *com certeza* não canta solos em cafeterias no Tribeca. Ainda assim, o garoto que acabou de cantar com todo o coração num lugar cheio de desconhecidos era, sem dúvida alguma, meu namorado tímido que odeia ser o centro das atenções.

A expressão nervosa e encantadora em seu rosto faz com que eu queira me acabar em lágrimas.

— Você é incrível — digo, sem encará-lo nos olhos.

Pego a mão dele e o levo de volta à mesa, e até isso parece mentira.

Dylan nos recebe com palmas lentas.

— Caramba, hein, que vozeirão!

Mario arregaça as mangas para mostrar que está arrepiado e diz:

— Brilhante. Isso sim é um bom e velho gesto grandioso de Hollywood.

Depois, eles começam a conversar sobre como Mario deveria escrever uma cena assim em uma série de TV, mas logo paro de ouvir. Especialmente porque Ben enfim voltou do banheiro, e só consigo pensar na expressão em seu rosto.

— Olha, falando em Hollywood… — diz Mario, abraçando Ben de lado. — Alejo, vamos contar as grandes novidades?

— Espera, quão grandes? Preciso me preparar — responde Dylan. — Estamos falando de um filme novo dos Vingadores ou é uma coisa menos conhecida, tipo…

Samantha tapa a boca dele com a mão.

—A série foi pra frente?

Mario sorri.

— Dez episódios de uma hora. Compraram a temporada toda!

Samantha bate na mesa.

— Ai, minha nossa! Agora você é roteirista de TV?

— Sou roteirista de TV!

Mikey arregala os olhos.

— Sim! Não é incrível? — diz Mario.

— Parabéns — falo, mas meus olhos procuram por Ben.

Ele parece um pouco atordoado.

— Acho que é oficial, então — sentencia Dylan. — Benhattan vai se mudar para Los Bengeles.

— Hã, sim. — Ben sorri. — Parece que sim.

Mario o cutuca.

— Ok, agora conta para eles as *suas* notícias.

O rosto de Ben fica vermelho.

— Tipo, aquilo do agente? — pergunta ele.

Mario sorri e diz:

— Tipo, aquele agente que quer ler *A Guerra do Mago Perverso* assim que você terminar o manuscrito!

— Esse mesmo, mas isso só aconteceu porque você e Carlos elogiaram o livro. Vamos ver o que ele acha, né? — justifica Ben, revirando os olhos, mas a esperança em sua voz é inegável.

— Ele vai amar — digo, forçando um sorriso. — Como não amaria?

Lembro da noite que Ben me deixou ler o rascunho e do quanto aquilo pareceu sagrado. Na época, era a coisa mais íntima que ele poderia dividir comigo. O coração dele, sem revisão, ainda uma obra em desenvolvimento.

Mas é Mario quem está realizando os sonhos de Ben. Posso ter sido o primeiro rascunho dele, mas Mario é a edição em capa dura.

Vai ver é assim que as coisas devem ser. Às vezes, o "felizes para sempre" não significa que todos estão felizes.

Mikey segura minha mão durante o caminho de volta, e sinto o peso da mentira aumentando a cada passo. Não tenho a mínima ideia de por onde começar. Como fazer isso quando não tivemos nenhuma briga? Como terminar com um garoto que não fez nada de errado?

— Não acredito que você encontrou uma música chamada "Arthur's Theme" — comento.

Mikey ri um pouco.

— Eu já conhecia. Estava guardando há um tempinho — diz ele.

Legal, bacana. Muito bom saber que Mikey planejou essa surpresa incrível enquanto estive no fundo do poço por causa do Ben. Maravilhoso saber que sou um monstro.

— Obrigado. — É o que consigo responder. — Foi muito lindo.

— Você merece uma serenata.

Minha garganta se fecha.

— Você também.

— Ei, está tudo bem? — pergunta Mikey.

— O quê? Lógico! Por quê?

— Sei lá, você está tão quieto. Parece estar pensando em milhões de coisas.

— Eu… Aham, estou bem.

Paro na frente do prédio e solto a mão de Mikey para procurar a chave.

— Desculpa, essa semana foi meio bizarra — digo.

Quando chegamos ao apartamento, as luzes estão apagadas do jeito que deixamos.

— Não tem ninguém em casa — observa Mikey. — Acho que o encontro da Jessie está indo bem.

— Pois é — respondo, sem olhar para ele.

— Você quer…

— Quer ver um filme? — interrompo, me jogando no sofá.

Me sinto tão agitado e estranho, como um soluço personificado. Pego o controle remoto e começo a procurar algo para assistir, mas mal consigo ler os títulos. Só então percebo que meus olhos estão cheios d'água.

— Arthur?

Coloco o controle no sofá e esfrego os olhos. *Não consigo. Não posso fazer essa merda. Hoje não.*

— Estou bem — digo.

— Não parece — responde ele, em uma voz tão carinhosa que perco o fôlego. — Não precisa falar. Mas se quiser, estou aqui — acrescenta.

Sinto um nó na garganta de novo. Por um momento, as palavras quase não saem.

— Você é uma pessoa tão boa — digo em uma voz rouca e contida.

— Não sou, não. Só sou apaixonado por você.

Tento sorrir, mas não consigo. Coloco as mãos no rosto.

Mikey me puxa para perto.

— Você não precisa dizer o mesmo. Sabe disso, né?

*Amanhã*, penso, e me odeio por isso.

Ele beija minha testa, e fecho os olhos.


É a última vez que vou me deitar na cama ao lado de Mikey. É a última vez que ele vai colocar os óculos na minha mesinha de cabeceira. É a última vez que vou registrar os detalhes do rosto dele no escuro: as bochechas, o desenho do nariz, os cílios loiros.

Sou o único garoto com quem ele já dividiu a cama. O único que sabe que ele abraça o travesseiro enquanto dorme. O que faço com essa informação agora? Onde posso guardá-la?

Conforme ele respira, o travesseiro se move junto ao seu peito. Depois, ele abre os olhos e vira a cabeça na minha direção. Por um instante, nós ficamos nos olhando.

— Não consegue dormir?

Balanço a cabeça.

— Não.

— Nem eu.

Ele vira de lado, deixando um espaço mínimo entre nosso rosto. Tento sorrir, mas de alguma forma a tentativa se transforma em lágrimas.

— Me desculpa mesmo.

— Pelo quê?

Ele me abraça, me puxando para perto, tentando me confortar.

— Por ser um babaca.

— Você não é um babaca.

— Mikey. — Respiro fundo. — Não sei nem como dizer isso. Ia esperar até amanhã.

Ele fica tenso.

— Ok — diz ele.

— Mikey…

— Só me fala.

Fecho os olhos por um instante.

—Acho que… quando você disse que me amava. — Faço uma pausa, secando uma lágrima. — Eu só… não estava esperando. Não naquele momento. Então meio que me fechei. Sei lá.

—Arthur, eu sei. Eu entendo.

— E amo você. Óbvio que sim. Eu sabia disso. Mas não tinha ideia se era o mesmo tipo de amor, e não queria dizer a menos que eu tivesse certeza…

— E tudo bem! Não tem pressa.

— Eu sei, eu sei. Você é… — Faço uma pausa de novo e engulo em seco. — Tão maravilhoso e paciente. Não mereço isso.

— Lógico que merece.

— Não mereço.

Meus olhos encontram os dele, e parece que estou caindo de um penhasco. A expressão no rosto dele é dura feito pedra.

— Mikey, quero tanto estar apaixonado por você…

Ele fecha os olhos e dá um pequeno sorriso.

— Mas você não está.

Balanço a cabeça devagar.

— Pois é.

Uma lágrima desce pelo nariz de Mikey, e ele a seca de imediato, com força demais. Depois se vira, se afastando de mim e encarando o teto.

— Não é… — começo.

— "Não é você, sou eu." Saquei.

— Sei que parece besteira, mas é verdade! — digo e sento na cama, abraçando os joelhos. — Você é o namorado perfeito. Não sei qual é o meu problema. Estou quebrando a cabeça para descobrir o que não faz sentido. Amo cada coisinha sobre você, mas não consigo dar um significado a isso. Mikey, você merece um cara que possa oferecer mais que eu. E sinto que estou impedindo você de conhecer essa pessoa.

— Então é isso? Só… isso?

— Desculpa de verdade.

— Uau.

Mikey encara o teto.

— Sério, desculpa mesmo, Mikey. Quero que você saiba o quão incrível você é e…

— Não quero ouvir sobre o quanto sou incrível! — Ele se senta também, escondendo o rosto nas mãos. — Caramba, Arthur. Só me dá um segundo para poder cair a ficha de que peguei um trem até aqui só para ganhar um pé na bunda!

Estremeço e digo:

— Não gosto dessa expressão.

— E eu não gosto de levar um pé na bunda!

Começo a chorar de novo.

— Desculpa, eu…

— Dá pra parar?

Aperto os lábios e assinto.

— Quer que eu saia? — pergunto, depois de um tempo. — Posso dormir na sala.

— Por favor, para. Você não precisa dormir na sala.

— Então a gente pode conversar? — pergunto.

— O que você quer que eu diga? Que está tudo bem?

— Não…

— Não está tudo bem. — Ele joga a cabeça para trás, fixando os olhos no teto de novo. — O que aconteceu? Fiz você passar vergonha hoje?

— Não! Nossa, não, você foi maravilhoso! Isso não é de hoje. Já faz um mês que estou tentando entender.

— Um mês. Então, tipo, mais ou menos na mesma época que você chegou a Nova York e começou a ver seu ex-namorado todo dia?

— Não é por isso que…

— Sério? — pergunta Mikey, virando para me encarar. — Olha nos meus olhos e diga que isso não tem nada a ver com o Ben.

As palavras somem.

— Entendi.

Uma lágrima escorre pela bochecha dele.

— Não aconteceu nada — digo, rouco. — Juro por Deus.

— Nada, tipo, vocês não transaram, ou…

— Nada, tipo, nada! Mikey, eu nunca trairia você. Nunca.

Ele me encara.

— Você beijou ele?

— Não! Beijo é traição — respondo, mas ele não diz nada. — Mikey, você sabe de cada vez que eu vi o Ben. E foi isso. Não teve sexo, nem beijo, nem mãos dadas. Só saímos. E na metade do tempo, Mario estava junto.

Mikey coloca a mão na testa.

— Se você não está ficando com ele, o que ganha com isso?

— O quê? Nada! Ele é meu amigo.

— Por quem você foi apaixonado! Quanto tempo levou até dizer isso para ele quando vocês namoraram?

Encaro os joelhos.

— Quanto tempo vocês namoraram, afinal? Três semanas?

— Três semanas e dois dias — respondo sem pensar, e Mikey faz uma careta como se eu tivesse dado um tapa nele. — Eu tinha dezesseis anos. Ben foi meu primeiro namorado. O que você quer que eu diga?

— Fico tão feliz, Arthur. Tão feliz que você tenha tido uma história fofa de primeiro amor. Quer ouvir a minha? Nós dormimos na mesma cama, todo dia, por três meses, mas ele não queria me chamar de namorado. Depois ele terminou comigo duas horas antes da minha apresentação. Foi ótimo. Eu amei.

— Mikey, desculpa. Não...

— Quer saber como passei o Natal? Chorando como um idiota. Mal conseguia sair da cama. Minha mãe ficou tão assustada que nem foi para a igreja.

Olho para ele, pego de surpresa.

— Mas você disse que...

— O que você queria que eu tivesse dito? "Oi, sei que você acabou de chegar a Boston para me ver, mas vamos falar sobre como você arruinou o Natal da..."

— Você deveria ter dito isso mesmo! — afirmo, e meus olhos cedem e as lágrimas começam a escorrer. — Eu merecia!

— Estava tão apaixonado por você, Arthur. Você nem desconfiava? Acha que agora foi a primeira vez que eu quis dizer que amo você? A primeira vez que eu soube?

Olho para ele, em choque.

— Não sabia que...

— E depois você apareceu na minha porta, na véspera de Ano-Novo, me pedindo em namoro. — Mikey leva as mãos ao peito. — Era tudo que eu queria. Só queria uma nova chance com você.

— Desculpa mesmo — falo, tão baixo que é quase um suspiro. — Fui tão idiota e estava tão confuso... Tinha acabado de terminar com o Ben, e...

— É sempre ele. — Mikey fecha os olhos. — Então, o que houve? Está apaixonado por ele ou algo assim?

— Eu...

— Acho que foi por isso que você veio para Nova York.

— Não! Óbvio que não. A gente nem estava se falando na época! — Respiro fundo. — Mikey, não é nada disso. Juro. Ele vai se mudar com o namorado para a Califórnia. Não faço ideia se vou vê-lo de novo. É isso. Essa é a história completa. Não tem um epílogo em que a gente fica junto. — A voz falha. — E, sim, sinto algo por ele. Nunca parei de sentir, acho. Não sou bom nisso, ok?

Pensei que tivesse superado, mas parece que não, e nem sei se um dia vou. Mas você não tem que esperar sentado até que isso aconteça!

Mikey fica em silêncio por um momento.

— Então acho que é isso — diz ele, por fim.

Balanço a cabeça. Os cantos da minha boca estão úmidos e salgados por causa das lágrimas.

Ele não fala mais nada, mas dá um suspiro tão lento e trêmulo que sinto a dor percorrer meu corpo. A vontade de abraçá-lo é tão forte quanto a gravidade. Abro os braços antes de pensar.

— Posso…

Mikey assente, e coloco os braços ao redor dele. Nunca o amei mais que nesse momento. Talvez, em outro universo, esse amor teria sido o suficiente.

Não lembro por quanto tempo choramos ou quando decidimos dormir. Só sei que quando acordo, estou sozinho. O lado da cama em que Mikey dormiu está com o lençol arrumado.

*Ele se levanta cedo*, penso, apesar de já passarem das dez horas. Consigo ouvir o som baixinho da TV vindo da sala. Mikey deve estar assistindo a algo na Netflix enquanto termina o café da manhã. Mas…

Não tem nada ao lado da cômoda. A mala dele não está mais aqui.

Levanto da cama e atravesso o quarto em direção à porta, me sentindo separado do meu corpo. Quando vou para a sala, escuto um barulho de sirene de escola ressoando na TV.

Ele foi embora. Lógico que ele foi embora. Quando Jessie me olha do sofá, desabo.

— Merda. — Ela desliga a TV. — Você está bem?

— Estou tão ruim assim? — digo e tento dar uma risada.

— Péssimo — responde ela, andando até mim. — O que aconteceu, Arthur?

Não sei por onde começar. Essa história não tem primeira página. Nem sei como contá-la. Só sei que ele foi embora. Eu mereço isso. Estou aliviado. Sinto falta dele. E quero contar ao Ben, para que ele segure meu rosto, me beije e diga que nunca deixou de me amar por um segundo sequer. Mas isso não vai acontecer, porque não é verdade. Partir o coração de Mikey não muda o fato de que Ben está partindo o meu mais uma vez.

# BEN

### Terça-feira, 23 de junho

— NÃO FOI ISSO QUE imaginei quando falei para a gente sair.

Dylan dá de ombros.

— Não, não, não, não, não. Você ficou reclamando horrores sobre eu ser o maior motivo para você deixar Nova York só porque a gente não se vê mais. Você não tem direito de ficar resmungando quando a gente está junto.

— Você não é o maior motivo. Não entra nem no top três.

— Muito ofensivo, mas agora não estou com tempo para sua chatice, porque vou comprar um presente de aniversário — diz Dylan.

A gente entra em uma floricultura em Alphabet City.

— Mikey parecia ter saído de um episódio de *Glee* naquele dia — comenta Dylan —, e agora preciso fazer com que a Samantha se emocione do mesmo jeito que Arthur.

Não acho que Arthur tenha se emocionado de verdade. Sei lá, talvez eu esteja interpretando errado, mas podia jurar que ele ficou ainda mais esquisito depois que o Mikey cantou. Ele ficou tão quieto a noite toda, meio distraído. Não entendi nada. Tinha tanta certeza de que a serenata de Mikey daria um jeito na tensão entre os dois.

Fico tentado a mandar mensagem para saber como ele está, mas não sei como tocar no assunto sem parecer estranho. Quer dizer, não estou superansioso para que Arthur saiba quanto tempo passei pensando sobre a dinâmica do relacionamento dele.

Mas talvez isso tudo seja coisa da minha cabeça. Provavelmente imaginei uma situação que não existia. E se eles estivessem mesmo brigados, tenho certeza de que a essa altura já fizeram as pazes. Sem dúvida Mikey já escutou o "eu também te amo" pelo qual estava esperando.

Também não estou superanimado para ouvir essa história.

— Psiu. — Dylan chega mais perto. — Estar nesta lindíssima floricultura me faz pensar em como deve ser a experiência de deflorar...

— Não acredito que Samantha aguenta você há quase dois anos — interrompo.

— Agora não tem mais como escapar.

— Acha que está imune a ter seu coração partido?

— Você parte meu coração todo dia — anuncia Dylan, lendo os cartões das flores enquanto o florista atende outro cliente. — Mas Samantha e eu estamos felizes.

— Dá para ver. É bom não ter que me preocupar com você. Pelo menos não nessa área da sua vida, né? Ainda tenho medo de um dia você simplesmente ser Dylan demais na frente da pessoa errada e levar uma surra. Espero que a Samantha salve você.

— Ah, por favor. Assisto MMA. Quero ver alguém tentar.

Só Dylan para achar que assistir a lutas é o mesmo que ter treinamento de defesa pessoal.

Ele pega um buquezinho de flores brancas pequenas.

— O que acha dessas?

— Parecem couve-flor.

— Isso é *stephanotis*, seu idiota.

— Como você sabe essa palavra?

O florista vem em nossa direção e diz, com a voz grossa:

— Bela escolha.

Ele é negro, tem barba branca cheia e plantas enroladas nos ombros. Ele me lembra um fabricante de poções de *AGMP*.

— Qual a ocasião? — pergunta ele.

— Eu e minha namorada estamos fazendo dois anos de namoro.

— Ah, *mazel tov*. Sabe quais são as flores preferidas dela ou quer montar seu próprio buquê?

Dylan pega o celular e abre o aplicativo de notas.

— Ela gosta de copo-de-leite e *ranunculus*.

— Você tem uma cola das flores favoritas dela? Que fofo.

— Para lembrar desses nomes, só com uma colinha mesmo.

Eu os sigo pela loja enquanto o florista e Dylan conversam.

Dylan aponta para rosas brancas.

— Super-ho-Ben, o que acha dessas?

— São legais.

— Você deu para imitar hétero top? Se não vier cheirar essas rosas, vou arrumar um novo melhor amigo na Parada do Orgulho LGBTQIA+.

— À vontade — digo.

— Você vai se arrepender. Vai ser um evento único. Tipo *The Bachelor*, mas nessa versão vamos chamar de *O Melhor Amigo,* e todos vão me mimar muito.

— Mal posso esperar para *não* assistir a esse reality.

— Que mau humor. Se precisar de mim, estarei com meu novo amigo Phil.

Desejo toda a sorte do mundo para Phil.

Mando mensagem para Mario, perguntando como está o jogo de basquete com os irmãos dele. Depois, saio andando pela floricultura esperando a resposta. Tem uma seção chamada *Flores para todos os humores*. É uma ideia interessante, já que não é muito bom levar flores de enterro a um encontro. Tem rosas vermelhas para amor e alegria. Margaridas roxo-azuladas para desejar melhoras a alguém. Tulipas amarelas são recomendadas para animar a pessoa. Elas me fazem pensar em Arthur — apesar de que, se eu quisesse animar o dia dele, mandaria flores silvestres, que são as favoritas dele. Quase mandei, em dezembro, quando ele e Mikey terminaram, mas o único buquê que achei era para velório e custava sessenta dólares, então em vez disso mandei o link de um passeio virtual pela exposição de flores silvestres de um parque. Foi melhor do que o buquê, porque fizemos o tour juntos.

Fico lembrando de dezembro passado. Arthur e eu estávamos flertando tanto que parecia que a gente nem tinha terminado. Arthur estava implorando por uma sequência de *AGMP*, e lá pelo Natal, eu na verdade estava pensando numa continuação *da gente*. Estava disposto a tentar namorar a distância, ainda mais depois de ver o quanto nossa conexão continuava forte.

Estava tão perto de dizer a ele como me sentia.

E então Arthur escolheu Mikey antes mesmo de eu entrar na jogada.

Agora não faço ideia do que se passa na cabeça dele. Se ele estava mesmo incomodado no dia do *open mic*, será que me procuraria para conversar?

Se ele me mandasse mensagem, eu sairia correndo dessa floricultura para encontrá-lo.

Não iria à Parada do Orgulho LGBTQIA+, mesmo que talvez essa seja minha última em Nova York.

Até diria para Mario que alguém importante está precisando de mim.

Mas duvido que eu poderia fazer Arthur sorrir como antes. Nem sei se tenho o direito de tentar.

# ARTHUR

Sexta-feira, 26 de junho

— ELE VAI VOLTAR A falar com você — diz minha mãe.

Eu a imagino na cadeira giratória do escritório, segurando o celular como se fosse um walkie-talkie. Ela continua:

— Tenho certeza de que ele só precisa de um pouco de espaço para processar tudo que aconteceu.

— Um pouco? Ele me deu *soft block*!

— Isso é muito... Não sei o que é isso — responde ela.

— Significa que ele fez a minha conta no Instagram parar de seguir a dele. E ele não me segue mais também. Agora a conta dele está trancada, então não consigo nem ver as fotos!

Atordoado, encaro o teto com a mão no rosto. Entre todas as coisas que pensei de que sentiria falta, quem diria que uma delas seria a péssima habilidade fotográfica de Mikey no Instagram. A maioria dos posts era de corpos d'água e fotos iluminadas demais de Mortimer, o gato da irmã dele, que tem um problema intestinal que Mikey sempre mencionava nas legendas, porque aparentemente ele é o primeiro idoso de dezenove anos do mundo.

Não estou dizendo que sinto falta das atualizações sobre o intestino de Mortimer. Mas estou com saudade de Mikey. Sinto falta de conversar com ele, de provocá-lo e de fazê-lo rir. Queria muito me desculpar, de verdade.

Depois que minha mãe desliga, me deito na cama por cima das cobertas, segurando o celular para ver como estão minhas olheiras na câmera frontal. Tive péssimas noites de sono a semana toda, e dá para perceber.

Uma semana atrás, Mikey estava vindo para Nova York.

Mal consigo acreditar. Não contei sobre o término para quase ninguém, o que significa que não parece muito real. Sim, minha mãe me ligou todos os dias essa semana, e meu pai fica tentando fazer FaceTime durante o trabalho. E Taj sabe — ele adivinhou assim que olhou para minha cara na segunda-feira. Mas as únicas outras pessoas que sabem, são Jessie, Ethan e minha avó. E as amigas do clube do livro da vovó, o atendente do balcão de frios do mercado favorito da vovó e uma tal de Edie da sinagoga, cujo neto bissexual estuda medicina e está solteiro. Mas não falei para Musa. E muito menos para o Ben. Não quero nem que Jessie comente com Samantha, porque ia acabar chegando ao Ben, e não estou pronto para isso. Não estou.

Abro os stories do Mario de novo, só para me afundar de vez nesse buraco de saudade. Por que não, né? Estamos na véspera do final de semana do Orgulho LGBTQIA+, e ficar se lamentando, de cueca, por causa do namorado gato do meu ex é uma expressão muito válida da cultura gay.

É apenas a quarta vez que assisto aos vídeos — pequenos vídeos consecutivos com a música "Hollywood Swinging" tocando ao fundo. Neles, Mario está batucando em caixas de papelão e as fechando com fita adesiva, e de vez em quando olha para a câmera e canta junto com a música. A empolgação dele é tão contagiante que sinto um aperto no coração. A cena toda foi gravada por alguém que não aparece na tela, que solta um "uau" na metade do segundo vídeo. Pelo menos sei que não é Ben. Reconheceria a voz dele em qualquer universo, mesmo com uma única sílaba.

O celular toca, e levo um susto tão grande que quase o derrubo na minha cara.

É Ethan. Eu o amo, mas não estou no clima para conversar, então deixo cair na caixa postal e volto para o Instagram. Mas antes que eu veja mais uma vez os stories de Mario, o celular toca de novo. Dessa vez, é um número aleatório com o código de área de Nova York.

— Alô?

Sinto meu coração bater mais rápido.

Primeiro, só ouço estática e barulho de trânsito, mas então uma voz abafada diz:

— Ah! Oi!

Franzo a testa.

— Oi?

— Hã… Desculpa! Estou na rua. Consegue me ouvir?

Ouço uma buzina no fundo. A pessoa diz:

— Ah, é o Ethan!

— Desculpa, *o quê*?

— Ethan Gerson? Se lembra de mim? Seu melhor amigo desde o primeiro ano?

— Eu não… Onde você está?

Olho para a tela do celular e minha ficha cai: não é um número aleatório. É o número tem-alguém-na-entrada-do-prédio-pedindo--para-subir.

— Você está na rua, tipo, *aqui* na rua? — pergunto.

— Tipo, aqui na rua mesmo. Vai me deixar entrar?

Solto uma risada de felicidade.

— Nossa. Sim! Vou apertar aqui para abrir o portão… Não, espera, desço para buscar você… Não, minha nossa, foi mal, está muito calor. Vou apertar para você entrar, mas fica no saguão. Vou descer e encontrar com você aí embaixo. Só preciso colocar um… Uma roupa.

Olho para baixo e encaro a cueca boxer e a camiseta que usei ontem.

— Sei pegar um elevador. Seu apartamento é o 3A, né?

— Não acredito que você se lembra disso!

— Não lembrava — diz ele. — Tenho uma espiã infiltrada…

Aperto o botão para deixá-lo entrar antes de, Deus me livre, ele começar a cantar o rap de "Yorktown" de *Hamilton*.

* * *

— Você está mesmo aqui — digo pela milésima vez.

Deveria estar mostrando a Times Square para Ethan, mas não consigo parar de olhar para a cara de turista animado dele.

— Não acredito que você conseguiu folga do trabalho!

— Inacreditável é seu trabalho dar folga para todo mundo por causa da Parada — diz ele depois de olhar para um outdoor de arco-íris gigante. — É um feriado da cidade?

Dou risada.

— Acho que não. Mas é um teatro queer, e meu chefe e o marido levam isso muito a sério. Eles até se fantasiam para a Parada, e com certeza tem muitas penas envolvidas.

— Nossa! Mas e aí, o que a gente vai fazer?

— Olha… — Observo a Broadway, tapando as luzes com a mão. — Estamos na rua Quarenta e Dois, então posso mostrar a você alguns dos teatros, se quiser. A maioria só…

— Não. O que vamos fazer para o final de semana do Orgulho? — diz Ethan. — Qual é o plano-gay?

— Hã? Não, obrigado.

— O quê? Por que não?

— Não estou muito no clima para comemorações — digo.

— Nada nisso. Não mesmo. A Parada do Orgulho não tem nada a ver com Mikey!

— Você sabe que ele é gay, né? — pergunto.

— O Orgulho não tem nada a ver com você e Mikey. É sobre *você*, quem você é e sua comunidade. Olha só para isso. — Ethan gesticula vagamente para as bandeiras e serpentinas que enfeitam as fachadas das lojas, os outdoors gigantes piscando com arco-íris. — É incrível.

— Ok. Lógico que fico feliz por tudo isso existir. Mas não estou muito a fim de ir a uma grande festa da minha comunidade uma semana depois do meu grande término gay.

— Mas essa é uma grande oportunidade gay de seguir em frente! E se acabar encontrando o cara certo para você por lá?

— Então ele vai ter que esperar — respondo. — Olha, agradeço o esforço, mas…

— Ou talvez o cara certo para dar uns amassos. Posso ser seu cupido!

— Tenho certeza de que o universo não vai colaborar com peguetes.

—Ah, é? Então explica *isso* — diz Ethan, parando de repente em frente a uma loja de lembrancinhas da Broadway.

Tem um manequim na vitrine usando uma camiseta que já vi muitas vezes. A frase *Love is love is love*, Amor é amor é amor, está estampada várias vezes em todas as cores do arco-íris.

— É a citação do Lin-Manuel Miranda de... — tento dizer.

— Cara, conheço essa frase. Vamos, vou comprar para você. — Ele me puxa para dentro da loja.

— Não precisa.

—Ah, eu *insisto*...

— É que já tenho essa camiseta — murmuro.

Ben me mandou no último ano do ensino médio como presente de Chanuká. Ainda lembro da sensação ao ver a letra dele no pacote do correio.

— Sério? Vai ser perfeito para...

— Ethan. Chega — digo, irritado. — Quantas vezes preciso repetir? Não quero ir.

— Eu sei. Saquei, mas...

— Por que você está insistindo tanto?

— Não estou insistindo! Credo — diz ele, encarando uma prateleira de globos de neve com mais intensidade que o normal.

Então lembro que Ethan literalmente pegou um trem da Virgínia para vir me animar. E eu aqui, gritando com ele em uma loja de lembrancinhas.

— Ethan... Nossa. Me desculpa.

— Não, tudo bem. Eu entendo.

— É que estou meio perdido agora, por causa da coisa com Mikey — explico. — Mas foi legal da sua parte vir me ver. E, para falar a verdade, é muito legal mesmo que você queira ir à Parada! Tipo, não é todo hétero que está disposto a ajudar o amigo gay a conhecer pessoas na...

— Não sei se isso é verdade... — responde Ethan.

— É sim. E dou muito valor a isso. Nem todo mundo tem um Ethan. Você se superou, vindo para Nova York me fazer uma surpresa e... planejando tudo isso com sua ex, né?

— Não. Quer dizer... — Ethan pega um globo de neve. — Ok, acho que tenho uma coisa para contar.

— Que coisa?

— Uma novidade, acho?

— Ok...

Minha mente considera todas as possibilidades como se fosse uma apresentação de PowerPoint. *Uma novidade. Algo que ele quer me contar.* É engraçado, isso lembra tanto a...

Dois verões atrás. Quando Ethan e Jessie anunciaram que estavam namorando.

Fico de queixo caído.

— Você e Jess voltaram!

Ethan parece confuso.

— Voltamos?

— Ok, dessa vez não vou ser babaca. Caramba! Sabia que vocês estavam se falando, mas...

— A gente não voltou — anuncia Ethan.

— Estão ficando?

— Você sabe que moro na Virgínia, né?

— É por isso que você está aqui! Para reconquistar a Jess!

Ethan começa a rir.

— Arthur, nossa. Não.

— Então o que...

— Se você parar de falar por um instante, eu conto.

Ele balança o globo de neve, e seu sorriso vacila.

— Então... descobri algo sobre mim — afirma ele.

Coloco a mão na boca.

— Ainda estou me entendendo, sabe? Mas talvez você possa me ajudar. — diz ele, soltando uma risada rápida e nervosa. — Ok, você está empolgado demais com isso.

Balanço a cabeça sem falar nada, sorrindo por trás da mão.

— Então… — Ele faz uma pausa. — Hã… Acho que sou bi.

— EU SABIA!

Ethan parece assustado.

— Mesmo?

— Não nesse sentido. Desculpa, não quis dizer que sabia esse tempo todo. É que agora você estava dando muitos sinais de que ia revelar ser do vale. Ethan! — Balanço a cabeça, ainda sorrindo. — Do que você precisa? Posso ser seu mentor gay? Ai, meu Deus. Ok, ok, vou calar a boca. Conta tudo.

Ethan coloca o globo de neve de volta na prateleira. As bochechas dele estão vermelhas e um sorriso toma conta de seu rosto.

— Hã… Então…

— Espera! — Jogo meus braços ao redor dele e o abraço forte. — Eu te amo. Mas você já sabe disso. Ok, *agora* vou calar a boca.

— Também te amo. E, hum, é. É estranho. Fico pensando no baile de formatura, e em como você já sabia sua sexualidade havia um tempo e só estava procurando um jeito de dizer. Mas para mim foi, tipo… do nada mesmo. Tipo uma reação alérgica.

— Você é alérgico a monossexualidade!

Ele ri.

— Talvez? Tipo… sabe quando você tem uma alergia que só fica ali paradinha no seu organismo, esperando o gatilho certo, e aí TCHAM?! — Ele bate de leve no peito. — Faz sentido?

— Sem dúvida. Aham. Entendo total. Coisas sobre ciências, depois mais coisas sobre ciências, e então você teve um gatilho.

— Isso mesmo. — Ele sorri. — Acho que essa epifania, ou seja lá o que for, é algo novo, mas também *sinto* que sempre esteve aqui… Até que duas semanas atrás fiquei, tipo, "eita".

— Isso, meu amigo, é o que chamamos de… — Faço uma pausa, pegando uma camiseta das araras dedicadas à Parada do Orgulho LGBTQIA+ e jogando nos braços de Ethan. — O despertar da bissexualidade.

É literalmente o que a camiseta diz, com letras brancas sobre vermelho, no mesmo estilo do filme O *Despertar da Primavera*.

Ethan ri.

— Meu Deus, é perfeita.

— E aconteceu alguma coisa que fez você perceber? Me conta como foi isso.

As bochechas dele ficam ainda mais vermelhas.

— Engraçado você perguntar, porque você teve um papel muito importante.

— Ah, é? — Ajeito a postura, feliz. — Me conta.

— Quer mesmo saber?

— Ethan! Lógico!

Ele assente, segurando a camiseta com dizeres bissexuais junto ao peito.

— Então… Lembra quando você me ligou porque estava surtando sobre o novo namorado do Ben ser gato? Depois você mandou o perfil do Instagram dele para eu validar sua necessidade de ouvir que era mais bonito que…

— Não foi nada disso…

— Enfim! Aquele tal de Mario. Comecei a olhar as fotos dele e fiquei, tipo, "é, esse cara é bonito". E depois fiquei, tipo, "espera aí… esse cara é *muito* bonito".

Eu o encaro.

— Espera. Então…

— Sei lá — diz Ethan, rápido. — Foi como se… algo no Mario tivesse virado uma chavinha. Foi insano. Comecei a lembrar outras coisas que achava que não significavam nada. Tipo, desde o ensino fundamental. Você se lembra daquele menino, Axel, da Flórida?

Balanço a cabeça vagamente, mas a verdade é que minha mente saiu do eixo no minuto em que o nome do Mario foi mencionado. E agora Ethan está recapitulando todos os detalhes de crushes passados e eu… Não acredito que…

Mario? O despertar bissexual do Ethan foi o *Mario*? Só pode ser piada. Desculpa, mas isso eleva a palhaçada de acasos do universo a um nível absurdo.

— Uau. — Pisco. — E você não fazia ideia?

— Quer dizer, as pistas estavam ali. Parando para pensar agora, é muito óbvio, mas é isso, sabe? Não tinha noção, porque… Sei lá?

Gosto de garotas. Estava muitíssimo apaixonado pela Jessie. Mas mesmo quando estava com ela, tinha muitos sinais que deixei passar. E, Arthur, estou falando de sinais gigantescos, tipo outdoors. Jessie também não percebeu. Não sei. Mas enfim, ela tem me ajudado a entender isso.

— Ah — digo e balanço a cabeça devagar.

— Então, acho que… é isso. Obrigado mesmo.

Quando ele olha para mim, seus olhos estão brilhando.

— Imagina, não precisa agradecer. Estou tão feliz por você. Vou comprar isso para você.

Pego a camiseta das mãos dele.

— Quer dizer… essa ca-*bi*-seta? — pergunta ele.

— Nossa, você é mesmo bissexual, né? — Eu o abraço de novo. — Tenho *tanto* orgulho de você!

— Obrigado. — Ele sorri. — E desculpa ficar forçando sobre a Parada, sabe? Não queria vir aqui com um plano-bi. Só estou meio… Isso é uma coisa nova para mim. Ainda não passou pela avaliação por pares.

— Chega! — Bato as mãos. — Menos metáforas científicas sem sentido e mais procura por roupas para compor o look para sua primeira Parada do Orgulho LGBTQIA+.

— Não, sério…

— Nem vem com essa. Está decidido. Agora, *eu* é que vou ser *seu* cupido. E sabe o que mais? Você precisa de algum enfeite para a cabeça. — Pego duas toucas. — A escolha é sua, cavalheiro. Os Bi-seráveis ou Queer-ido Evan Hansen?

— Você foi mesmo de Arthur Desanimado Pós-Término para Arthur LGBTrocadilhos em dez minutos?

— O melhor dos dois mundos — digo, convencido, colocando a touca de *Querido Evan Hansen* nas mãos dele.

# BEN

### Sábado, 27 de junho

**JÁ FAZ UMA SEMANA DESDE** que tive notícias de Arthur, e acho que não deveria estar tão surpreso. É o velho truque de mágica: quanto mais as coisas vão bem com Mikey, mais ganho chá de sumiço.

Mas não posso focar nisso. Arthur não tem direito de ser estraga-prazeres justo hoje. É a última vez que vou passar o mês do Orgulho LGBTQIA+ em Nova York, e parece que estou sonhando. Caminhar pelas ruas segurando a mão de Mario. As bochechas pintadas com arco-íris que desenhamos um no outro. Camisetas que Mario estampou com os dizeres SOU DELE com setas coloridas apontando um para o outro — o que é ótimo, já que as pessoas ficam dando em cima dele.

— Você está arranjando muitos fãs por aqui — digo, enquanto atravessamos a multidão na Union Square.

— Você também, Alejo — responde Mario.

Não vi nenhuma prova disso, mas não ligo. Não quero chamar a atenção de ninguém.

Só quero estar presente na Parada LGBTQIA+: aglomerar com pessoas que podem ter tido um processo de aceitação mais difícil que o meu; ouvir Mario cantar músicas tocadas na caixa de som de uma drag queen, como "Dancing On My Own", da Robyn, e "Cut to the Feeling", da Carly Rae Jepsen; comemorar quando alguém jogar confete colorido de um terraço; comprar bótons com meus pronomes de uma pessoa com batom azul; tirar fotos de duas pessoas latinas com cartazes, um que diz SOMOS O QUE SOMOS! e o outro B NÃO É DE BISCOITO!; e me juntar à salva de palmas quando alguém pega um megafone e anuncia que é trans.

Por que todos os dias não podem ser tão lindos quanto hoje?

Deixo o celular quietinho no bolso porque nem me importo se Arthur mandar mensagem. Não quero perder nenhum instante da Parada. O sol está forte no meu rosto, e estou pronto para que minhas sardas fiquem ainda mais evidentes, como se fosse uma pequena constelação chamada Orgulho.

Por mais que esteja me divertindo com minha comunidade, é difícil não rir toda vez que olho para meu aliado favorito.

Dylan está usando uma camiseta que diz AMO TODES VOCÊS, POVO ANIMADO com tiara de arco-íris, colar de arco-íris e pulseiras de arco-íris. Para resumir, a estética de Dylan está supergay. E, como ele ama atenção, fica pedindo para as pessoas assinarem a camiseta dele como lembrança. Nenhum de nós abriu a boca para contar que umas três pessoas desenharam pintos na parte de trás da camiseta.

— Não parece que todo mundo está fazendo teste para um clipe da Lady Gaga? — pergunta Dylan.

Samantha se vira, o vestido colorido de cintura alta esvoaçando.

— Dylan!

— Não foi um insulto! Muito homofóbico você pensar isso.

O sol está quente demais, mas tenho a impressão de que, mesmo se hoje estivesse congelando, algumas pessoas ainda teriam vindo à Parada de roupa íntima. É bom que estejam curtindo tanto, mesmo se esse for o único fim de semana em que se sentem confortáveis em se vestir — ou se despir? — assim.

— Vou sentir falta disso — comenta Mario. — A Parada LGBTQIA+ de Los Angeles já rolou.

— Então aproveita bastante hoje — digo, sorrindo.

— Já estou aproveitando, Alejo.

Samantha dá um beijo na bochecha de Dylan, e de repente ele anuncia:

— Necessito fazer uma pausa para urinar!

— Eu também — diz Samantha. — Mas sem esse vocabulário aí.

— Façam a Cobrinha! — grita Dylan.

Ele inventou a Cobrinha como uma maneira de darmos as mãos para passarmos por lugares cheios sem deixar ninguém para trás. Nós serpenteamos pela multidão até encontrarmos uma cafeteria, que fica no quarteirão da Duane Reade em que meu pai trabalha. Não entraria lá em um dia de folga nem que me pagassem. Dylan e Samantha entram na fila, os dois quase dançando ao se contorcerem com vontade de fazer xixi.

— Quanto dinheiro você tem? — pergunta Dylan. — Vamos precisar de suborno para furar fila.

Samantha revira a bolsa e diz:

— Tenho uma nota de vinte.

— Gastei o restante que tinha comprando bótons — explico.

Mario observa a fila.

— Tem nove pessoas na frente. Vou trocar o dinheiro e a gente dá um jeito.

Ele pega a nota de Samantha e corre para um carrinho de cachorro-quente.

— Confiamos em Mario para lidar com nosso dinheiro? — pergunta Dylan.

— Não, ele é um *fequero* — digo.

— Ele é *o quê*?

Sorrio e saio andando, sem traduzir "mentiroso" para Dylan.

Observo a multidão e me pergunto qual é a história de cada pessoa. Tudo pelo que cada uma passou para poder estar aqui. Quem vai estar aqui ano que vem. E no próximo ano. Será que venho de novo? Com Mario?

Não sou vidente, então foco no presente.

Tem tanta vida aqui, é tudo tão enérgico. O look das pessoas não se compara a nada que vejo no dia a dia. Vi alguém usando uma fantasia muito elaborada — uma roupa do Capitão América, só que no lugar das listras vermelhas, brancas e azuis, era um arco-íris. No geral, as pessoas estão homenageando o dia com camisetas incríveis que eu queria que usassem o ano todo.

*Se for gay, me chama.*

*A revolução é trans.*

*Orgulho trans.*

*Assexual, bebê.*

*Pergunte meus pronomes.*

Depois vejo um garoto bonito e baixinho virando a esquina com uma daquelas camisetas do Lin-Manuel Miranda.

Meio segundo depois, percebo que é Arthur, e de repente não me importo que ele não tenha mandado mensagem. Meu coração está batendo rápido demais, porque uma coincidência dessas só pode ser coisa do universo. Sabe-se lá quantas pessoas estão nas ruas hoje, e lógico que eu ia encontrar justamente Arthur Seuss. Fico tão feliz em vê-lo que dou um pulinho e grito o nome dele, mas Arthur não me ouve em meio à multidão fervorosa e à música barulhenta.

Quando estou prestes a empurrar as pessoas para ir até ele, vejo alguém usando touca azul ao seu lado, de braço dado com o dele. Só pode ser Mikey.

Sinto que perdi a voz e o controle dos músculos. Quero cavar um buraco no asfalto e me esconder da aglomeração.

Nem entendo como Mikey ainda pode estar em Nova York. Ele largou o trabalho e se mudou para cá, por acaso? Eles não conseguem mesmo passar um mísero verão longe um do outro? Me lembro da noite do *open mic* e tento imaginar a ordem dos eventos. Talvez Mikey não tenha conseguido pegar o trem de volta para casa. Talvez eles tenham passado uma semana incrível transando. Talvez Mikey tenha feito serenatas intimistas todas as noites. Isso explicaria o motivo de Arthur não ter falado comigo. É uma droga, porque pensei mesmo que a gente estava se aproximando. Mas agora me sinto mais distante dele do que nunca, mais do que quando a gente morava a milhares de quilômetros de distância.

Ele podia pelo menos ter dito que viria à Parada LGBTQIA+.

Mas é aquela coisa — eu também poderia ter mandado mensagem.

Nem sei por que me importo. É por isso que estou prontíssimo para recomeçar a vida em Los Angeles. Chega de lembranças me pegando de surpresa a cada quarteirão. Chega de esbarrar com ex-namorados que tiveram a chance de fazer coisas que eu nunca tive.

# ARTHUR

Terça-feira, 30 de junho

O PIOR DE TUDO É que pensei mesmo que as coisas tinham melhorado — ou ao menos que estavam caminhando para isso. Óbvio, foi doloroso não poder mandar mensagem para Mikey comentando sobre as pessoas na Parada LGBTQIA+ que estavam fazendo cosplay de *Animal Crossing*. Além disso, fiquei olhando o Instagram do Mario como se fosse meu trabalho, mas pelo menos minha boca estava começando a se lembrar de como é sorrir. Tive até longos períodos em que não pensei no Ben nem no Mikey, nem um pouquinho. Eu era apenas um cara usando camiseta LGBTQIA+ de *Hamilton*, caminhando com meu melhor amigo pelas ruas de Manhattan repletas de arco-íris.

E então Ethan voltou para casa.

Preciso começar a aprender a diferença entre *estar bem* e *estar distraído*.

Pois é. Pelo jeito, o mundo não para só porque estou de coração partido. Não posso faltar ao trabalho só por estar parecendo um zumbi, porque me sinto mal pelo que aconteceu com o Mikey, ou porque Ben não me ama mais. Não tenho o direito de surtar nove dias antes do primeiro ensaio com figurino.

Nove dias. E depois só mais oito dias até o espetáculo entrar em cartaz. Não era para eu estar pelo menos um pouco empolgado com isso? Aqui estou, em um palco de verdade em Nova York, sob um teto repleto de equipamentos de luz profissionais. Não estou dizendo que é um lugar grandioso como Radio City Music Hall — aqui é um teatro blackbox. Ou seja, só um cubo pintado com tinta preta, mesmo em um lugar prestigiado. Mas esse não é o problema. *Eu* sou o problema, porque meu cérebro não para de pensar no garoto por quem não estou apaixonado.

Exceto quando penso no garoto que não está apaixonado por mim.

— A configuração está ruim — diz Jacob. — Arthur, desculpa, você se importaria de mover o berço um pouco mais para lá? Daqui só consigo ver o bebê falso assustador.

Empurro o berço para a parte de trás do palco, quase no fundo.

— Aqui?

Jacob analisa, solta um suspiro exausto e se vira para Taj.

— Será que é melhor trazer um bebê de verdade? A gente vai mesmo ter que fazer isso, né?

— Um bebê do tipo que chora? — pergunta Taj.

Jacob aperta a ponte do nariz.

— E se a gente fizer a criança ser mais velha? Uns três ou quatro anos? Vou mexer no roteiro e…

— Sim, sim, entendo perfeitamente. Mas, veja bem. — É desconcertante a calma na voz de Taj. — Estou pensando se não tem uma maneira de não mexermos no roteiro, sabe? Já que estamos a, bem, menos de três semanas da estreia. O que acha?

Inquieto, encaro as fileiras de assentos vazios — da direita para a esquerda, como se estivesse lendo em hebraico. Cinquenta lugares organizados em plataformas, como se fossem escadas. A primeira fileira é no nível do chão e do palco, e é lá que Jacob e Taj estão sentados.

— É… — diz Jacob, em um suspiro. — Ok, por que a gente não para um pouco? Voltamos em quinze minutos.

Ele se levanta e espreguiça, depois toca na tela do celular. Quando alcanço a primeira fileira de cadeiras, Jacob já está na metade do caminho para o saguão.

— Vixe. Dia difícil para a FDP — diz Taj, abrindo um potinho de iogurte de soja.

Pego um pacote de biscoito de queijo dentro da minha bolsa e me sento ao lado dele.

— Ele não vai mudar o roteiro, né? — pergunto. — Tipo, teria que reescrever toda a cena da hora de dormir, e todas as cenas do parque, e isso é…

— Maluquice — completa Taj. — Pirou na batatinha, coitado. Mas ele odeia mesmo os bonecos.

Me viro para o palco, que agora está montado como o interior de um apartamento: sala de estar, quarto da criança e cozinha. O design cênico é mais sugestivo — apenas alguns móveis essenciais organizados na frente de três painéis que servem como pano de fundo. Porém, quando a luz está configurada e os atores estão em cena transitando entre os cômodos, parece mesmo uma casa.

Mas até eu preciso admitir: Jacob tem razão sobre o maldito bebê. É realístico o bastante para um boneco cenográfico, mas passa uma energia de cadáver. Ou melhor, energia nenhuma. Não dá nem para fingir.

— Tem que ter uma solução mais simples — digo.

De repente, levanto e atravesso os poucos metros entre a primeira fileira e o palco. Analiso os três cenários por um momento. Os fundos são tão grandes que chegam a dar medo, mas pelo menos têm rodinhas na parte inferior para facilitar a locomoção. Experimento mover um pouco o painel do meio.

— Está redecorando? — indaga Taj.

— Só estou tentando ver uma coisa.

Taj deixa o iogurte no chão e se levanta também.

Cinco minutos depois, puxamos o painel do meio para trás e empurramos os painéis laterais para a frente, até o palco não ter mais três cômodos adjacentes. Agora é apenas sala e cozinha, com uma alusão ao quarto da criança por trás — só uma parte do fundo azul-bebê e a pontinha do berço.

— Assim o bebê sempre vai estar *lá* — explico. — Um pouquinho fora do palco, mas ainda assim em cena.

Observo Taj assimilar tudo, seguindo seu olhar de um painel a outro. É incrível como um ajuste simples pode mudar o clima de um cenário. O foco geral está mais bem direcionado agora, e a nova profundidade faz o apartamento parecer muito mais real. Como se sugerisse que existe vida além dos limites do palco. Não faço ideia do que Jacob vai achar, mas eu amei.

— Ok — diz Taj. — Vamos supor que nós somos Addie e Beckett na cena oito, quando estão discutindo e Lily acorda. Então…

— Certo! E se Beckett não estivesse no palco durante essa cena? Tipo, a gente põe um som de bebê chorando, e o público o vê entrando no quarto…

— Hum… — Taj comprime a boca. — Então… Addie vai ficar na sala e… eles vão conversar entre os cômodos? Ele só poderia esticar a cabeça para fora, para termos a sensação de que ele está na cena?

— Isso! — digo.

Pela primeira vez desde que Ethan foi embora, uma ideia me vem à cabeça.

Em geral, me sinto inútil no trabalho. Mesmo nunca deixando a peteca cair, parece que estou sempre prestes a vacilar. Mas alguma coisa está se encaixando hoje, de um jeito que não sei explicar. Taj continua balançando a cabeça e digitando no celular enquanto falo, como se minhas ideias fossem dignas de serem ouvidas. Como se eu não fosse apenas um estagiário idiota. Ou, pelo menos, um estagiário idiota com *potencial*.

— U-a-u!

A voz de Jacob. Parece que meu coração vai pular pela boca.

— Isso é tão interessante — comenta ele, se aproximando de Taj. — Me explique o que você pensou.

Taj gesticula para mim.

— Foi o Arthur.

Jacob une as mãos.

— Se arriscando criativamente. Arrasou!

— Acho que não vai dar certo — digo, rápido. — Foi só uma ideia que surgiu. Ainda não consegui pensar direito em como seria. Era mais curiosidade mesmo. Sério, posso colocar tudo de volta no…

— Ou — interrompe Jacob, sorrindo —, você poderia me explicar o que pensou.

Dez minutos depois, Jacob e Taj estão para lá e para cá — tirando fotos do palco de todos os ângulos; mandando mensagem para o gerente de palco; falando em outra língua, repleta de abreviações e jargões de teatro. É o tipo de coisa que faz com que me sinta amador, mas não hoje. Hoje, é algo mágico que ajudei a criar.

Assisto da primeira fileira, mal conseguindo acreditar no que aconteceu.

Jacob amou a ideia. Ele literalmente suspirou quando expliquei. Me chamou de *gênio*.

Sim, sou um caos total. Sim, Ben vai se mudar para longe. Sim, estraguei as coisas com Mikey. Não, nunca vou conseguir ficar bonito com uma gravata florida como o Taj.

Mas há um porém!

Jacob Demsky. Me chamou. De gênio.

Quando os dois voltam, Jacob está ninando a FDP como se fosse um bebê de verdade.

— Fizeram as pazes — explica Taj.

É tão bom poder soltar uma risada.

— Arthur, você entregou tudo! — diz Jacob, se inclinando por cima de Taj para me dar um soquinho. — Vou ao teatro com Miles mais tarde para fazer uns novos acertos, mas acho que está tudo tranquilo. Não sei como agradecer.

— Fico feliz em ajudar.

Sinto meu rosto corar de orgulho.

— Sério. Pelo amor de Deus, tira o resto do dia de folga. Ou a sexta-feira toda! Pega um ônibus, vai fazer uma surpresa para o seu namorado e…

Taj o cutuca, e ele para abruptamente, no meio da frase.

Por um instante, ninguém fala.

— Hã… — Minha voz sai uma oitava mais alta. — Não tenho. Não tenho mais um desses.

— Não tem um…

— Um namorado.

— Ah. — Jacob se vira para mim e Taj. — Ah, Arthur. Sinto muito.

— Nada, imagina! — acrescento, um pouco rápido demais. — Eu que terminei. Me importo com ele, mas… Percebi que não estava apaixonado. Queria muito estar.

— Então, você tomou a decisão certa — afirma Jacob de um jeito tão simples que dói.

Conto a história toda.

— É uma droga, porque a gente funcionava bem, e sinto falta dele. Muita falta. Mas não era a pessoa *certa*, sabe? E como ajeito isso? Não sei. Talvez um dia a gente tivesse chegado lá?

Sinto um nó na garganta, mas continuo:

— Acho que, em parte, o que estragou tudo foi eu ter percebido que ainda tenho sentimentos por outra pessoa, algo que não era justo com Mikey. Ele não devia ter que esperar eu superar Ben, meu outro ex. Meu primeiro ex. Mas esse lance com Ben não vai rolar, já que ele vai para Los Angeles atrás do namorado.

— Vai até lá, tipo, se mudar para lá? — pergunta Taj.

Assinto e abaixo o olhar para a minha bolsa, e a visão começa a ficar um pouco embaçada.

— Pois é. Acontece, né? O universo não planejou um final feliz para mim. Vida que segue.

— Mas você não o superou.

— Pior que não. Estou apaixonado por ele — revelo, com a voz um pouco trêmula.

Faço uma careta. Não sei por que achei que conseguiria dizer isso como se não fosse nada de mais. Forço minha boca a formar algo parecido com um sorriso.

— É meio patético, né? — acrescento, por fim.

— De jeito nenhum — diz Taj.

— Só por curiosidade… O que faz você pensar que acabou? — pergunta Jacob.

— Quer dizer, com o Ben? — pergunto, olhando para ele de soslaio.

Jacob assente.

— Olha… — começo. — A parte em que ele vai embora para a Califórnia com o namorado me faz pensar que, sim, acabou.

— Então! Namorado. Eles não são casados — lembra Jacob. — Essa mudança vai ser para sempre, só durante o verão, ou o quê?

— Tipo, ele *diz* que vai experimentar para ver como é. Mas não é como se ele fosse odiar morar em Los Angeles, sabe? Ainda mais de graça e com o namorado gato e roteirista de TV. É a vida dos sonhos.

— Certo, mas… Ok, olha só. Sou escritor. Preciso encarar isso como uma história. O garoto por quem você está apaixonado vai se mudar para a Califórnia com outro cara. Esse é o enredo, certo?

— Aham.

Jacob assente outra vez.

— Então a pergunta óbvia aqui é sobre perspectiva, né? A história de quem está sendo contada? Qual é o seu papel na narrativa?

— Sou o personagem que demorou muito para entender o que sentia.

— Ok. Você é o obstáculo? A Califórnia é o "felizes para sempre" dele? Ou então… — Jacob faz uma pausa. — Você é o cara que corre pelo aeroporto para impedi-lo de ir? Você é o protagonista?

— Eu… — Pisco. — Como vou saber disso?

— Aqui vai uma pista: a vida é sua. Você é sempre o protagonista. — Jacob sorri.

Sinto meu coração acelerar, mas me contenho.

— Tá, mas… meu ex também é protagonista da história dele. E o mesmo vale para o namorado dele.

— Sem dúvida — concorda Jacob.

— Então não é tão simples assim. Não posso me declarar para o protagonista só porque quero estar na história dele.

— Lógico, querido. Você não pode controlar o desenrolar das coisas, óbvio que não. Se Ben disser não, é isso, acabou. Mas se você quiser estar na história, se joga! Corre atrás dele no aeroporto!

— Acho que ele vai de carro.

Taj se inclina em minha direção e diz:

— É uma metáfora. Ele está falando para você contar ao Ben como se sente.

— Ah! Minha nossa, não. Isso é… Não. Ha-ha. De jeito nenhum.

— Por que não? — indaga Taj.

— Porque não quero estragar a felicidade dele. — Estremeço. — Ele está em um relacionamento. Não quero interferir.

— Você só vai interferir se ele corresponder — argumenta Taj.

— Nem contei para ele que Mikey e eu terminamos. Eu não… — Faço uma pausa, o coração a mil. — Tenho medo de dificultar as coisas para ele.

Jacob me encara.

— Ou só está com medo da rejeição? — pergunta Jacob.

— Estou morrendo de medo disso — respondo, sem hesitar.

No caso, ele já rejeitou.


Jacob continua insistindo para que eu vá para casa, mas prefiro me afundar em trabalho — mal saio do palco até Jacob nos liberar às cinco. Já faz horas desde a última vez que mexi no celular, mas sinto ele vibrando na bolsa antes mesmo de colocar o pé para fora do estúdio.

É Jessie. Geralmente ela só manda mensagem, então corro para atender.

— Oi! Tudo bem? — pergunto.

— Como *você* está? Leu as mensagens, né?

A voz dela soa cansada e preocupada, e percebo com uma pontada no coração que já ouvi esse tom antes. No último ano da escola, justo nas primeiras semanas depois do término com Ben.

— Tudo ótimo. — Reviro minha bolsa, procurando os fones de ouvido. — Desculpa, fiquei o dia todo no palco, sem celular. Eles estavam revendo as marcações das cenas e tudo mais.

— Ah, não tem problema. Foi mal. Só estava perguntando sobre domingo, mas depois você lê. Para resumir, queria saber se a gente pode mudar a noite de sexta com Grayson para um jantar no domingo.

— Beleza. Não vejo a hora de conhecê-lo.

Coloco meus fones de ouvido para poder ler as mensagens enquanto conversamos.

— Eu também! Acho que vocês vão se dar bem — diz ela.

Quando dou por mim, Jessie está listando restaurantes. Me perco na conversa quando leio a mensagem de Dylan: **Ok, Seussical. Escape room sexta à noite, só os garotos. Vejo você lá** 😌

— Então, lá pelas sete? — pergunta Jessie.

— Pode ser. — Encaro a tela do celular. — Ei, então… Dylan me chamou para um *escape room* na sexta.

—Ah, maneiro. Fui a um em Providence, gostei bastante.

— Sim, mas… — Dou um passo à direita para deixar uma família me ultrapassar na calçada. — Você não acha estranho Dylan me chamar para sair? E para um *escape room*, ainda por cima? Por que eu ia aceitar ficar trancado em um lugar com Ben e Mario? A menos que ele esteja querendo sabotar a mudança para a Califórnia ao fazer com que…

Paro de repente, tentando me livrar da sementinha de esperança que está tentando criar raízes em minha cabeça. Mesmo se Dylan estiver planejando provocar algo, não é como se Ben fosse entrar na onda dele. Afinal de contas, Dylan não tem o direito de opinar sobre a vida amorosa do amigo.

Nem eu.

—Ah, sim. Caramba — diz Jessie, vagamente. — Não sei, hein?

— É melhor responder que não vou, né?

— É, a menos que queira ir…

— Não quero *mesmo*. — Minha voz ressoa tão alto que um cachorro que está passando se assusta. — Para mim, chega. Não preciso me meter nesse grupo. Só quero passar um tempo com *meus* amigos. Tipo, você e Ethan. E mal posso esperar para conhecer Grayson também e… Ah, já estou quase chegando ao metrô, mas escuta, sei que Grayson não pode ir na sexta-feira, mas se você ainda quiser fazer algo, me avisa. Estou livre. Obviamente.

— Ok, hã… Na verdade… — Jessie hesita. — Espero que não seja estranho, mas… meio que vou sair com a Samantha na sexta.

— Ah! — Balanço a cabeça, o que sempre é uma escolha muito inteligente durante uma ligação. — Nossa, imagina, tudo certo. Ótimo. Mesmo.

Encaro a tela por uns trinta segundos depois de desligarmos.

Durante toda a viagem de metrô, só consigo pensar na minha última noite em Nova York. Minha *primeira* última noite, quando Ben e eu passamos horas estudando química. Lembro como a boca dele formava um sorrisinho toda vez que Ben acertava uma questão. Será que já existiu algo tão lindo quanto o rosto de Ben Alejo quando ele se sente orgulhoso?

Ele me ensinou a diferença entre mudanças físicas e químicas sem conferir as anotações. Reações físicas são mudanças que não são nada de mais, algo mais superficial. Já reações químicas quebram ligações e criam novas, até que a composição da substância esteja completamente alterada.

— Por exemplo, assar um bolo — explicou Ben, na época. — Você pode desistir no meio do caminho, mas não vai ter os ingredientes de volta. Mudança química.

Veja também: a amizade de Jessie e Samantha. Dylan me mandando mensagens. E o fato de que não consigo passar uma mísera viagem de metrô sem pensar em Ben, porque ele está ligado a cada célula no meu cérebro, e estou começando a achar que reconstruiu meu coração do zero.

# BEN

### Sexta-feira, 3 de julho

ESTOU PRONTO PARA JOGAR.

Já faz um tempo desde que fui a um *escape room*. Amo jogos, mas às vezes tem muita pressão para resolver um desafio ou enigma, e não gosto de parecer que não sou inteligente o bastante para solucioná-los. Essa insegurança é um dos motivos de eu odiar jogar Scrabble. Todo mundo jura que vou arrasar no jogo porque sou escritor, como se por isso eu soubesse todas as palavras que existem no mundo. Então entro em pânico e coloco palavras como "prego" e "lar". A única partida de Scrabble que não me fez querer quebrar tudo foi quando joguei on-line com Arthur no último ano do ensino médio. Nós desistimos logo no início e acabamos fazendo uma captura de tela do tabuleiro para escrever palavrões no Paint.

Mas quer saber? Tenho certeza de que também não odiaria jogar Scrabble com Mario. Aposto que seria até mais tranquilo, porque sei que ele não iria se importar se minha maior contribuição para o jogo fosse uma palavra de três letras. Assim como ele não ligaria de eu não ajudar em nada no *escape room*.

Estamos todos no saguão, esperando o infame Patrick. Mario está sentado em um sofá laranja, mandando mensagens. Dylan olha o placar, murmurando que não vamos ganhar de jeito nenhum com Patrick em nosso time. Reviro uma cesta com placas de "vitória" e "derrota", ansioso para ver como vai ser.

— Inacreditável — reclama Dylan. — Olha o atraso desse cara!

— Por que você o convidou? — pergunta Mario, tirando os olhos do celular. — Parecia que você odiava ele.

— Porque amo minha namorada e... — Dylan faz aspas no ar e diz, em tom de brincadeira: — ... preciso ser legal com o melhor amigo dela pois ela é legal com o meu. — Ele revira os olhos e aponta para mim. — Quem não amaria esse anjinho de sardas?

— Concordo — diz Mario.

As palavras me atingem com tudo. Ele está dando a entender que me ama? Quer dizer, as pessoas decidem que vão morar juntas se por acaso não se amam? É possível se mudar para o outro lado do país se não for por amor?

Preciso me fazer a mesma pergunta: *eu* o amo também?

Amo passar tempo com ele, amo como a gente combina, mas será que eu *o amo*?

Já deveria saber disso.

O funcionário, Liam, surge de trás do balcão, limpando os óculos.

— O horário de vocês começa em três minutos. O quarto participante já está chegando? — pergunta ele com sotaque britânico.

— Excelente pergunta, Liam. Vou ligar para o filho da mãe — responde Dylan.

Ele tira o celular do bolso assim que um garoto com pinta de modelo chega. Ele tem cabelo preto cacheado, maxilar marcado, e olhos castanhos taciturnos. Ele é tão pálido que quase dá para ver o protetor solar em seu rosto; parece um vampiro triste.

— Dylan, cara, me desculpa mesmo. Colocaria a culpa no metrô, mas eu deveria ter saído de casa meia hora antes.

É o Patrick.

— De boa — murmura Dylan.

— Vocês devem ser Ben e Mario — diz Patrick, apertando nossas mãos. — Dylan fala de vocês o tempo todo.

— Ele já falou um pouco de você também — respondo.

Patrick leva as mãos ao peito.

278

— Ah, que legal!

O celular de Mario começa a tocar alto.

— É sobre o caminhão de mudança — informa ele. — Vou atender. *Un momento.*

— Mas...

Sei que resolver as coisas do caminhão de mudança é importante, ainda mais porque Mario adiantou a viagem para segunda-feira, mas queria muito ter essa lembrança aqui com ele.

Colocamos nossos pertences nos armários e Liam explica as regras do *escape room* enquanto esperamos Mario — por sorte, ele já sabe como funciona. As regras são simples: temos uma hora para tentar sair da sala e podemos pedir dicas quando quisermos.

— O tema é o vírus Z — anuncia Liam, passando a mão pelo cabelo loiro. — Uma pandemia está transformando pessoas em zumbis. É *muito* assustador. A missão é explorar o laboratório abandonado e escapar com o antídoto. Senão, a humanidade acaba.

Patrick finge tremer de medo.

— Uuh, temos um problemão nas mãos!

Dylan finge esfaquear as costas de Patrick.

— Estão prontos para começar? — indaga Liam, abrindo a porta da sala.

— Hã, Mario deve voltar logo, logo — aviso.

Liam olha para o relógio no pulso.

— Tem um grupo grande depois de vocês. Precisamos começar.

Dylan arregala os olhos e pergunta:

— O que acontece se a gente não conseguir sair?

— Como assim? — pergunta Liam, seco.

— A pergunta foi autoexplicativa — rebate Dylan.

— No jogo ou na vida real?

— Os dois, acho — responde ele.

— No jogo, vocês morrem. Na vida real, a gente deixa vocês saírem.

Dylan balança a cabeça devagar, como se estivesse digerindo a resposta.

— E se...

Ele se vira para a porta da frente, por onde Mario saiu para atender o telefone e ainda não voltou.

— E se a gente não quiser sair?

— Você está me enrolando? — questiona Liam.

— Que absurdo você...

— Olha, esse é o horário que vocês reservaram. Se não entrarem agora, vamos cobrar de qualquer jeito. Vocês têm trinta segundos antes de eu fechar a porta.

Dylan resmunga e se vira para mim e Patrick.

— Então vai ser só a gente...

Patrick esfrega as mãos.

— Estou tão empolgado! É minha primeira vez — diz ele, entrando na sala.

— Me mata — implora Dylan.

— Dez segundos — avisa Liam.

— Vou buscar o Mario — digo.

Dylan me pega pelos pulsos e me arrasta para dentro.

Liam fecha a porta atrás de nós.

— D!

— Não tem a menor chance de eu ficar preso aqui sozinho com Patrick por uma hora — sussurra ele.

— E agora estou sem o Mario!

— Você vai sobreviver. — Dylan aponta para Patrick. — Ele não iria.

Que droga. Não dá para sair antes da hora sem desistir do jogo. Quem sabe Liam vai ser bonzinho, quebrar as regras e deixar Mario entrar.

O laboratório tem uma luz vermelha piscando na parte de cima com um som baixo de alarme. Sinto cheiro de isopor e tinta. Tem sangue falso seco em alguns papéis e uma lupa suja. Patrick coloca um jaleco com uma manga rasgada.

— Isso é tão maneiro — comenta ele.

Dylan o imita, zombando, sem emitir som algum.

— Por onde começamos? — pergunto, o ignorando.

Patrick pega um kit de primeiros socorros.

— Talvez isso seja uma pista.

— Duvido muito — resmunga Dylan.

Dou uma olhada no objeto e vejo um cadeado trancado com senha. Com certeza é uma pista. A gente procura os números para destrancar e Patrick rapidamente os encontra dentro dos documentos cobertos de sangue. Dou a ele a honra de abrir o kit. Encontramos luvas, um estetoscópio, um frasco e uma chave.

—A-há! Eles esconderam uma chave aqui dentro — diz Patrick.

— Muito inteligente. Agora o próximo passo é achar o cadeado.

Patrick dá uma volta pelo laboratório.

— Ora, ora, parece que temos um Sherlock Holmes aqui — murmura Dylan.

— D, ele está de boa. Relaxa.

No outro lado da sala, Patrick tenta abrir todas as gavetas da escrivaninha. Dylan e eu procuramos pistas nos armários.

— Foi mal pelo Mario. Ele está estressado com a mudança — digo.

— E agora precisamos sobreviver ao apocalipse zumbi… e ao Patrick.

Zumbis que não existem e uma pessoa supertranquila. Como é que vamos sobreviver a isso?

Tem gente querendo fugir de coisas reais.

Fico pensando em como foi difícil ver Arthur e Mikey na Parada do Orgulho LGBTQIA+. Acho que sempre pensei que eu estaria com Arthur na primeira Parada dele em Nova York. É como se tivesse uma caixa enorme de cenários hipotéticos com Arthur guardada na minha cabeça. A maioria é coisa aleatória, como esculpir abóboras para o Halloween e lavar louça juntos. Ou só andar de mãos dadas na rua, ou de braços dados, como Arthur e Mikey.

Às vezes parece que Arthur está tendo a vida que sempre imaginei que viveríamos juntos.

Mas sei que esses *e se?* não são reais. Vou construir memórias na Califórnia. Com Mario. Isso é real.

— D, preciso contar uma coisa para você.

— Já sei que você é gay.

— Quero que saiba por mim, dessa vez. Acho que vou me mudar na segunda-feira.

Dylan para de revirar o armário.

— O quê?!

— A viagem de carro com Mario me faria economizar bastante.

— Você nunca teve interesse em viajar de carro.

— Estou tentando mudar minha vida.

Dylan balança a cabeça e diz:

— Não dá. Tem um churrasco na casa da Samantha no final de semana que vem, e preciso que você esteja lá.

— Por causa do...?

Aponto para Patrick, que está tentando mexer os ponteiros de um relógio.

— Você vai ficar bem — digo.

— Não, nada a ver. Você *precisa* estar lá. Pode se mudar depois, quando eu for embora, mas estou aqui ainda.

Fecho o armário.

— Dylan, não quer que eu tenha o que você tem? — pergunto.

— Sim! Mas também quero que você...

Dylan respira fundo duas vezes, depois começa a contar cappuccinos de trás para a frente.

— Oito cappuccinos, sete cappuccinos... Você não pode se mudar agora. Confia em mim, Ben Hugo Alejo. Preciso de você aqui. Arrumo dinheiro para você ir de avião até Los Angeles depois do próximo final de semana. Mas você não pode me abandonar ainda.

Dylan não está fazendo piada sobre como precisa de mim aqui para a gente fazer amor. A respiração dele acelera.

— O que está rolando? — questiono, nervoso.

— Só não vai embora, ok?

— Me dê um bom motivo para ficar na cidade que está me assombrando!

— Porque Samantha e eu vamos fazer um casamento surpresa no final de semana que vem, porque estamos grávidos. Surpresa! Ela está grávida, não eu. Você entendeu. Ela me pediu para não revelar a gravidez para ninguém, nem mesmo para você, porque ainda estamos planejando tudo. A família dela está no nosso pé, mas agora você sabe, e preciso do meu padrinho aqui para o casamento! E seria maravilhoso se você não se mudasse para Los Angeles, já que vamos voltar a Nova York para nossas famílias nos ajudarem… Ainda mais porque você também vai ser padrinho do bebê!

Não ouço nada exceto o som da respiração de Dylan, e dos zumbis batendo na porta.

Pelo alto-falante, Liam pergunta se precisamos de uma pista.

Patrick levanta a mão, tímido.

— Sim, por favor — pede ele.

Dylan se vira para Patrick, falando por cima de Liam:

— Por que você não está chocado com o que acabei de contar?

Patrick dá de ombros e faz uma careta.

— Samantha já tinha me contado…

— O QUÊ? — berra Dylan.

Acho possível que a cabeça dele exploda.

— Mas eu não podia contar nem… — continua Dylan. — Ben, você precisa interromper o casamento no "cale-se para sempre"!

— Não viaja na maionese.

— Ok. Tudo certo. Vou abandoná-la no altar.

— Ela estava assustada — argumenta Patrick. — A gente é amigo desde sempre…

— Conheço Ben há mais tempo que isso! — exclama Dylan.

— Como ela está? — pergunto.

— Ela está ótima, o bebê está ótimo, tudo ótimo — responde Dylan.

— Espera aí. — Eu o pego pelos ombros. — Você vai ser pai.

Dylan começa a chorar e eu também.

Meu melhor amigo vai se casar — e ser pai!

Patrick resolve um enigma e um jato de fumaça sai da parede.

— Abri uma passagem — anuncia Patrick, entrando pelo buraco da ventilação e sumindo.

— Você não vai estar aqui, Ben — continua Dylan. — Sempre pensei que estaria.

— Olha, não vou com o Mario na segunda-feira, não se preocupe. Estou aqui. Queria ter apoiado você esse tempo todo.

— Ben Alejo, eu te amo. Nunca conseguiria fazer isso sem você. Quer dizer, *tive* que fazer isso sem você, mas *não faria*. — Dylan pega minha mão. — Você esteve aqui durante as etapas mais importantes. Pedi para você provar um terno. O Earth Café foi para experimentar os sabores para a recepção. O dia do *open mic* foi para vermos a banda se apresentando ao vivo. A floricultura foi para o casamento também. E hoje… — Ele gesticula para a sala. — … é minha despedida de solteiro.

Ele é tão exagerado.

— Ai, meu Deus, vai ter mais um de você no mundo.

Dylan sorri igualzinho ao emoji de diabinho.

— Desculpa cancelar nossos planos tantas vezes. As visitas à obstetra, o desgaste de brigar com a família dela e resolver as coisas da nossa mudança para cá… Tudo isso é muito cansativo. Meus pais estão me deixando louco também. Fiquei arrasado por não poder conversar sobre isso com você, mas achei que a gente não ia contar para ninguém, até eu descobrir agora que… — Dylan olha ao redor. — Cadê ele? Foi pego pelos zumbis?

Patrick surge no buraco de novo com um frasco em mãos.

— Resolvi o enigma! — exclama ele.

— Sozinho? — pergunto.

— Aham.

— Parabéns.

— Liam ajudou — diz Dylan.

A voz de Liam surge no alto-falante:

— Não ajudei, não. Você falou por cima de mim. Ah, e parabéns pelo casamento e o bebê.

Dylan olha para a câmera e retruca, murmurando:

— Parabéns pelo *seu* casamento e pelo *seu* bebê.

— Não foi sua melhor resposta.

— A mentalidade de piadinha sem graça de pai já chegou.

Patrick coloca o frasco com o antídoto no suporte de tubos de ensaio e a porta é aberta.

— Conseguimos! — comemora ele.

Não foi exatamente um trabalho em equipe, mas é legal da parte dele incluir a gente.

Mario está no saguão e pula do sofá quando nos vê.

— Alejo!

— Oi. Tudo certo com a mudança?

— Sim, mas estou chateado por ter perdido o jogo.

Coloco o braço por cima dos ombros de Dylan.

— Não foi só isso que você perdeu.

# ARTHUR

Domingo, 5 de julho

ENCARO JESSIE, DESCONCERTADO.

— Grávida, tipo, *grávida*? De um *bebê*?

— Espero que sim, né? Imagina se sai outra coisa de lá?

— E eles vão se casar.

Sento ao lado dela no sofá de dois lugares, jogando uma manta marrom felpuda por cima das nossas pernas encolhidas. Nossa nova rotina matinal de final de semana preferida: ficar encolhidos e cobertos no sofá igual a um urso de duas cabeças.

Jessie segura uma caneca de café com ambas as mãos.

— Aham. Casados. Daqui a menos de uma semana.

— E eles têm nossa idade! Como foi que isso aconteceu?

— Olha, quando duas pessoas se amam muito, muito mesmo…

Dou um chutinho de leve na perna dela embaixo da coberta, rindo.

— Como a gente ficou sabendo disso só agora?

— Eles não planejavam contar para ninguém tão cedo. Foi babado. Tipo, a gente estava na casa dos pais da Samantha…

Jessie faz uma pausa e toma um pequeno gole do café.

— Eu, a irmã dela e mais algumas pessoas. Samantha tinha organizado um campeonato de videogames. Depois de umas três horas, o celular dela tocou. De primeira, ela ignorou, porque estava acabando com a prima no jogo, a Alyssa. Mas daí tocou de novo. Ela saiu de perto para atender, e era Dylan. Aí, ela ficou num canto conversando com ele, bem baixinho, e teve uma hora que fez uma cara *assim.* — Jessie revira os olhos e abre a boca. — E aí ela desligou e, por alguns minutos, ficou olhando para o nada. Lógico que a gente ficou preocupada, né? Mas ela riu de nervoso e disse que tinha algo para contar.

Levo a mão à boca, em choque.

— Dylan a pediu em casamento pelo telefone?

Jessie me encara.

—Arthur, fala sério.

— A *gravidez*, então? Como ele saberia antes dela?

— É sério?

Faço que sim, e ela fecha os olhos devagar.

— Sua falta de noção é muito impressionante. Você sabe, né?

— Não sei se levo isso como um elogio.

— Não é um elogio. — Jessie ri. — Nossa, eu amo tanto você. Sim, então, Samantha, a pessoa que está carregando o bebê, sabia da gravidez...

— Algumas pessoas não sabem até parir! Tem um programa sobre...

— Quer que eu conte ou não?

Assinto rapidamente e faço um gesto como se estivesse fechando um zíper na boca.

— Ok, então. Samantha já estava grávida há, tipo, uns quatro meses, mas os dois só tinham contado para a família mais próxima porque... Longa história. Para resumir, o plano era anunciar a gravidez no casamento, que *também* seria surpresa, já que eles estavam dizendo que seria só um churrasco.

Encaro o nada, pensando no interesse súbito de Dylan em comprar um terno caro da Bloomingdale's.

— Deixa eu adivinhar... o primo da Samantha não vai se casar.

— Ela não tem primo. Só Alyssa, e ela tem doze anos — diz Jessie.

Pressiono minha mão na bochecha.

— Então por que resolveram revelar tudo agora?

— Não era a intenção, acho. Parece que Dylan teve um ataque de pânico e deixou escapar. Ele não postou no Twitter nem nada, mas falou para Ben, Patrick e...

*Mario*, penso, mas afasto a ideia.

— Dylan está melhor?

— Sim, total, ele só se sentiu mal. Mas acho que os dois estão felizes por finalmente terem contado as novidades.

— Uau.

Afundo no sofá e me cubro mais ainda com a manta.

— Pois é.

— O que eles vão fazer com a faculdade?

— Não sei — responde Jessie. — Acredito que ainda não decidiram cem por cento. O bebê nasce em dezembro, então acho que vão tentar terminar o semestre. Mas depois disso, não faço ideia.

—Acho melhor mandar mensagem para ela, né? E para o Dylan.

Mas quando abro as mensagens, o contato pelo qual procuro é o de Ben.

**Acabei de ficar sabendo das novidades!!! Mds**, digito. **Vc NÃO ESTAVA ERRADO sobre Dylan estar estranho!!!!!!**

Ben responde de imediato:

**EU SEI. Ainda nem parece real. Eu vou ser tio?!?!**

Um minuto depois, ele acrescenta:

**Só não sei como. Tô numa loja de coisas para bebês, e metade de mim quer morrer de fofura e a outra metade está surtando. Tipo... como vou saber o que a criança quer??? Ela nem nasceu ainda!**

Sorrio para o celular e escrevo uma resposta. **Haha nem imagino. Acho que tbm preciso comprar algo para eles qualquer hora, né?**

**PERA AÍ**, digita Ben. **Tá em casa agr? Tô no Upper West Side, na rua Columbus com a rua Oitenta, de frente para o museu. Vem pra cá?**

Fazer compras para um bebê com o Ben.

Em uma tarde de domingo.

Como um casal que acabou de ter filho. E se...

288

Não. De jeito nenhum. Corpinho, pode parar com esse frio na barriga. Sabe o que não vou fazer dessa vez? Criar expectativas para um Momento nosso com M maiúsculo, quando não tenho dúvida de que Ben está ao lado do Mario com M maiúsculo neste exato momento.

Vinte minutos depois, encontro Ben olhando para o celular em frente a uma fileira de lojas que parecem caras. Ele coloca o celular no bolso e me abraça assim que me vê.

— Chegou bem na hora — diz ele. — Os vendedores estavam começando a me olhar feio. Acho que pensaram que eu era um criminoso de lojas de bebê.

Dou risada, me sentindo meio tonto.

— Ouvi falar que isso é um problema de verdade por aqui.

— Crime em lojas de bebê?

— Pensaram que isso tinha acabado quando pegaram o ladrão de pijamas de bichinhos, mas…

— Fofinho. — Ele cutuca meu braço. — Vamos entrar?

— Aham! Quer dizer, a menos que você queira esperar Mario chegar.

— Ah… Não, ele está fazendo as malas. — Com uma vergonha repentina, Ben coça a nuca. — Talvez eu vá lá mais tarde para ajudar… Ou não. Acho que ele já acabou. Nós, é… Ele ia embora amanhã, mas adiou para semana que vem. Não dava para perder o casamento de Dylan e Samantha.

Balanço a cabeça e o sigo para dentro da loja, tentando ignorar a pontada no meu peito. *Nós*.

— Você tinha razão. A loja é fofa de morrer mesmo — comento.

Dou uma olhada ao redor, assimilando as luminárias redondas e bancadas brancas com roupinhas de bebê e enxovais organizados de forma quase artística.

Ben mostra uma pilha de mantinhas de várias estampas.

— Viu só? É disso que estou falando. O bebê gosta de macarons? — Ben aponta para uma estampa de biscoitinhos coloridos. — O bebê tem sistema digestivo? Como vou saber?!

Sorrio.

— Ok, mas tem estampa de unicórnios. E narvais, os unicórnios do mar!

— De jeito nenhum. Não vou aguentar seis meses do Dylan fazendo piada porque narvais existem.

— Espera, ele acha que narvais existem mesmo? — pergunto.

Ben inclina a cabeça.

— Mas eles existem — diz ele.

— Uhhh...

Ben solta uma risada.

— Essa foi minha reação também! Arthur, foi horrível! Eu tinha uma cena inteira estruturada para a sequência de *A Guerra do Mago Perverso*, né? Estava contando o enredo para Dylan, nas férias de Natal, e ele ficou tipo: "Benion, eu te amo, mas não posso deixar você colocar um narval numa cena que se passa no Caribe." Então, comecei a palestrar igual a um babaca sobre como a ideia faz parte da minha *"interpretação* de uma criatura fantástica". E Dylan sim-ples-men-te surtou. Tipo, rindo tão alto que achei que estava se engasgando. Porque, pelo jeito...

Ben pega o celular, digita na barra de busca e me mostra.

É a foto de uma baleia com um chifre grande e pontudo.

— ESPERA AÍ...

— Cem por cento real. De verdade.

— Eu... não acredito.

Ben faz uma careta que é meio sorriso e meio expressão de vergonha.

— Somos as únicas duas pessoas no planeta que não sabiam.

— Vivendo e aprendendo.

— Inclusive. — Ben solta uma risada rápida e ofegante. Acredita que Dylan e Samantha planejaram o casamento deles sem a gente desconfiar de nada?

— Pois é. Icônico.

— Você vai, né? Vai levar o Mikey? — indaga ele. — Não sei se Dylan já falou com você, mas vocês com certeza estão convidados.

Congelo.

— Hã… Eu… não vou com Mikey. Porque… — Mordo o lábio.
— A gente meio que… terminou?

A mão de Ben para de repente em uma roupinha florida.

— Sério?

— Aham. Tipo, duas semanas atrás. Quando ele voltou a Nova York, sabe?

Legal. Amo como minha voz fica aguda conforme falo. Rei da autoconfiança.

Ben abre a boca, fecha, depois pergunta:

— Como você está?

— Ah, tudo certo. De boa. Foi depois do *open mic*. Percebi que… Não quero conversar sobre isso, mas não estava funcionando. Foi o que falei para ele, e… — Dou de ombros. — Foi isso.

— Não sabia.

— Desculpa. Não queria contar assim do nada. Você já está passando por tanta coisa…

Ben balança a cabeça.

— Não faz isso. Não precisa esconder as coisas de mim. Quero poder apoiar você.

— Eu sei. É complicado, sabe? Mas, sério, estou de boa.

Ben fica em silêncio por um momento, com as sobrancelhas franzidas.

— Desculpa, é que…

Ele me analisa quase como se estivesse considerando falar algo.

— Poderia jurar que vi vocês na Parada — diz ele, por fim.

— Espera, o quê?

— Talvez tenha sido só impressão. Foi perto da Strand. Eu estava esperando Dylan e Samantha terminarem de fazer xixi. Pela enésima vez.

— Eu estava por lá mesmo! Mas não com Mikey. Tem certeza de que não foi o Ethan que você viu? Ele estava aqui naquele final de semana.

Ben semicerra os olhos.

— Ele estava usando touca? Não deu para ver de perto…

— Sim! Uma touca de Queer-ido Evan Hansen!

— Ah! — Ben arregala os olhos. — Ethan por acaso…

— Ele teve uma epifania — digo, com um sorriso.

— Bom para ele — responde Ben, depois me olha, em choque. — Espera, vocês dois estão…

— Meu Deus, não! — Começo a gargalhar. — Seria como você namorar o Dylan. Ok, péssimo exemplo, porque dá *super* para imaginar vocês dois namorando…

— Gostaria de lembrar que estamos, neste exato momento, escolhendo presentes para o bebê que ele vai ter com a noiva dele, com quem vai se casar no fim de semana…

— Justo. Mas não estou namorando o Ethan. Sou um estagiário solteiro.

Ben sorri.

— Estagiários são legais. Inclusive, nossa! Falta menos de duas semanas para a peça, né?

— Aham, vai ser no dia 17! E o primeiro ensaio com figurino é daqui a quatro dias.

— Puta merda. Você está surtando?

Dou risada.

— É estranho. Na verdade, acho que vai dar tudo certo. Os pôsteres começaram a circular agora e ficaram incríveis. Quer ver?

Abro o arquivo salvo no celular e mostro para ele.

Ben arregala os olhos.

— Espera, esses são…

— Amelia Zhu e Em…

— Você está me dizendo que, esse tempo todo, cada vez que você mencionava Emmett e Amelia… — Ele balança a cabeça, em choque. — Emmett Kester está na sua peça?

— Sim! Ele é maravilhoso, e muito fofo…

— Você falou com ele?

A voz de Ben está uma oitava mais aguda que de costume, assim como naquele dia do restaurante. Ben, fã de teatro. Não sei se quero rir, beijá-lo ou os dois.

Com certeza os dois.

— Se você for assistir à peça, posso apresentá-los — digo, esperando que minhas bochechas não estejam tão vermelhas quanto sinto que estão.

Algo muda nos olhos dele.

— Na verdade, hã… Acho que já vou estar na Califórnia.

Tento sorrir, mas mal dura um milissegundo.

— Pois é. Desculpa — continua ele —, ainda não contei para a maioria das pessoas, mas acho que vou para lá com o Mario. Logo depois do casamento.

Por alguns segundos, nenhum de nós fala.

— Você vai mesmo embora, hein? — digo, por fim.

— A ficha ainda não caiu.

Me apoio de leve na bancada mais próxima.

— Acho melhor a gente escolher as coisas para o bebê, então. Você precisa fazer as malas, imagino.

— É… — As bochechas de Ben ficam vermelhas. — Não, isso…

— Vou pegar a manta de narvais mesmo — digo, rápido demais, forçando um sorriso. — Vou contar ao Dylan que foi sugestão sua.

— Idiota. — Ben sorri.

Nós dois escolhemos uma mantinha e levamos ao caixa para pagar — eu com cartão, Ben com um maço de notas amarrado por um elástico. Depois, ele passa direto pela estação de metrô na rua Setenta e Nove e anda comigo até a entrada do meu prédio.

Paro na porta.

— Vejo você no casamento?

— Com certeza! Ou antes disso. Me avisa se quiser fazer algo esta semana.

Eu o vejo caminhar pela rua Setenta e Cinco até ele sumir de vista, virando à direita na Broadway. A caminho de arrumar as malas para Califórnia. Aquela história de correr atrás dele no aeroporto já era, né?

Me sinto vazio, sem um resquício de ar nos pulmões.

Ele vai embora.

Contei para ele que terminei com o Mikey, e não fez diferença. Acho que não tinha me dado conta do quanto estava esperançoso que essa informação fosse mudar tudo. Como se Ben de repente fosse desistir da mudança. Como se Mario tivesse sido apenas um plano B.

Ele vai embora mesmo.

Nova York vai ser apenas mais uma cidade qualquer sem Ben aqui. Sem aquele brilho de novas possibilidades. Por que vim para cá? Por que estou tentando fingir que aqui é meu lugar? Não sou um maldito nova-iorquino.

Só quero ir para casa.

**PARTE TRÊS**

# Pode ser a gente

# BEN

### Domingo, 5 de julho

ENCARO AS CAIXAS DE MUDANÇA no quarto de Mario.

Todas as coisas dele já estão empacotadas. A maior parte vai com ele para Los Angeles; outra parte das caixas é de roupas de frio que os irmãos dele não quiseram, então Mario vai doar para um abrigo. Não consigo deixar de pensar na caixa com as coisas de Hudson depois do nosso término, o que me levou a Arthur, que voltou para a Geórgia com uma caixa minha. Às vezes caixas significam adeus. E às vezes significam recomeços.

— Alejo — chama Mario, me jogando uma camiseta.

Eu a pego no ar e a observo. Está estampado MAGO DE LOS ANGELES, com o desenho de uma varinha sublinhando as palavras.

— Que incrível. *Gracias*.

Não acredito que isso está acontecendo mesmo. Vou para Los Angeles. Essa pode ser a camiseta que vou usar no dia em que chegarmos lá. E, depois, como vai ser minha vida? Tomar sol na praia com Mario, lendo livros e roteiros um do outro, me parece maravilhoso. Nós poderíamos ir a novos restaurantes para eu tentar pedir nossa comida em espanhol, e deixar Mario interferir para me ajudar quando fosse necessário.

Por mais incrível que isso pareça, estou nervoso e triste por precisar me despedir de todo mundo que conheço. Minha mãe, meu pai. Dylan, Samantha. Ainda mais agora que estou prestes a ter meu melhor amigo de volta.

E também tem o Arthur. Não sei se vou conseguir me despedir dele sem ter um troço.

Além disso, Arthur está me fazendo questionar todas as decisões que tomei. Minha cabeça está a mil desde que soube que ele e Mikey terminaram. Quer dizer, lógico que não tem motivo algum para isso. É tarde demais para pensar nessa possibilidade.

Mas, mesmo assim, ela não sai da minha cabeça.

Estou passando fita adesiva em uma caixa quando algo chama minha atenção. É o ursinho de pelúcia que Arthur pegou na máquina e deu para o Mario. Foi no dia em que pensei que conheceria Mikey.

É difícil acreditar que o término dos dois seja definitivo. Tipo, não posso deixar meus pensamentos irem por esse caminho. Não posso reescrever o próximo capítulo da minha vida só porque ele está solteiro de novo. O que aconteceria comigo quando Arthur e Mikey decidissem voltar?

Termino de lacrar a caixa e fico encarando o nada.

— *¿Estás bien?* — indaga Mario.

— Aham. Quer dizer, *estoy bien*. Apenas pensando que você vai ser a única pessoa que conheço em Los Angeles.

Mario sorri.

— Tem pessoas piores.

— Tomara que a gente não as conheça, então.

— Não vamos, mas fazer amigos é parte da aventura. É a experiência que você queria ter se fosse fazer faculdade em outro estado. Todo mundo que você ama vai estar aqui quando voltar. O que assusta você?

Ele tem razão. De volta à metáfora da caixa, às vezes elas ficam guardadas por um tempo. Não usamos as coisas, mas também não as jogamos fora. Elas ficam nos esperando até retornarmos. É o caso da minha família, Dylan e Samantha.

Mas nem todas as pessoas que amo vão estar aqui quando eu voltar, seja lá quando for.

— E se não der certo? — questiono.

— E se o que não der certo?

— A gente — digo.

Estou tão acostumado a ser a pessoa que tenta se lembrar das palavras em espanhol que me dou conta de que nunca vi Mario sem saber o que dizer.

— A gente nunca conversou sobre nosso relacionamento, Mario. E daqui a pouco vou para casa arrumar as malas para seguir você até o outro lado do país.

— Não vejo isso como você me seguindo. É você escapando da cidade que você mesmo falou várias vezes que é sufocante.

— Acho que outro lugar não vai me ajudar a respirar melhor também.

Mario tenta elaborar uma resposta, mas para toda vez que abre a boca. Ele não está pronto para essa conversa. Eu nem estava planejando trazer esse assunto à tona agora. Por muito tempo, tentei não atrapalhar nosso ritmo e rotina para que ele me quisesse; para que visse que não sou uma pessoa complicada. É tão difícil encontrar alguém como ele. Somos tão compatíveis que parece que fomos feitos um para o outro. Então por que essa decisão é tão difícil?

— Você ainda pode desistir — comenta ele. — Mas se decidir ficar, acho que não consigo manter um relacionamento a distância.

Se eu não for, será que vou me arrepender em relação ao Mario tanto quanto me arrependi com Arthur? Não sei se quero descobrir. Levei tanto tempo para superar aquele término, e não desejo viver tudo de novo — seja o relacionamento oficial ou não.

— Entendo — murmuro.

Depois, ficamos em silêncio. Talvez nem seja por tanto tempo assim, mas é desconfortável de qualquer jeito. Tenho a impressão de que estraguei tudo. Acho que teria sido melhor se eu só tivesse ficado quieto e deixado as coisas rolarem em pura alegria.

— A gente pode conversar melhor sobre isso — Mario quebra o silêncio.

— Não, tudo certo. Esta semana está muito cheia, o casamento do Dylan…

— E você também acabou de saber que ele vai ser pai. É muita coisa, Alejo.

— Estou com medo de perdê-los.

— Eles estarão a um voo de distância. É Los Angeles, não Marte — argumenta ele, sorrindo pela primeira vez desde que a conversa ficou mais séria.

A questão é que Los Angeles poderia ser Marte, nesse cenário. Não ter dinheiro para pegar um avião quando eu quiser pode significar que meu melhor amigo está a planetas de distância.

— É verdade — concordo.

Não quero arriscar estragar o clima de novo.

Vou fazer isso tudo dar certo. Vou arrumar um trabalho em Los Angeles; abrir uma poupança especialmente para viagens a Nova York. Terminar meu livro e, com sorte, vendê-lo por bastante dinheiro. E aí vou poder ter o melhor dos dois mundos.

— É sua vida também, Alejo — diz Mario, apoiando a mão no meu ombro. — Você tem que ter certeza de que a está vivendo por você. E mais ninguém.

## 34

# ARTHUR

### Terça-feira, 7 de julho

A GAROA DO COMEÇO DA noite vira chuva assim que chego ao Tompkins Square Park. Deveria ter imaginado que o universo reservaria um *grand finale* para essa ocasião que, por si só, já é uma grande merda. Essa pode ser a última vez que vou ficar a sós com Ben Alejo pelo resto da vida, e agora vou chegar lá ensopado e ofegante, como um sr. Darcy triste e gay.

Corro para o primeiro lugar coberto que vejo — metade gazebo, metade estátua, com a palavra CARIDADE gravada na parte de cima. Tem uma fonte de água no meio, e a chuva passa pelas laterais abertas. É bom o bastante para proteger o celular e o presente de Ben, então por ora vai servir.

Minhas mãos estão tremendo, por isso ligo em vez de mandar mensagem.

— Oi! Foi mal. Nossa, a chuva está muito forte. Você está me ouvindo?

— Está tudo certo? — pergunta ele. — Onde você está?

— No Tompkins Square Park, e está caindo o mundo. Mas estou em um gazebo, vou esperar a chuva passar um pouco e...

— Um gazebo... — Ben faz uma pausa. — Tem uma estátua de bronze em cima?

— Sim! E uma palavra virtuosa.

Ele ri.

— Ok, espera aí. Vou pegar um guarda-chuva e buscar você.

— O quê? Ben, não precisa fazer…

— Estou indo. Até já!

Olhar para a chuva faz com que me distraia, e nem reparo em Ben se aproximando até ele já estar na minha frente, segurando um guarda-chuva de estampa de pavão. Ele sorri quando vê que estou olhando.

— É da minha mãe. Exagerado, eu sei, mas é o maior que consegui encontrar.

— Não, eu amei. — Sorrio. — Obrigado por vir me socorrer.

— Imagina — diz ele, erguendo o guarda-chuva para eu ficar debaixo.

Depois, Ben inclina a cabeça alguns centímetros, e me sinto em um pequeno casulo. Tenho plena noção do quanto ele está próximo de mim — minha bolsa é a única coisa entre nós.

Esse momento mal começou, e já sinto falta disso.

— O tempo está horrível — reclama ele.

Não consigo falar. Já estamos quase fora do parque quando consigo pigarrear e fazer a pergunta mais básica do mundo:

— Tudo certo com a mudança?

—Acho que sim. Poderia ser pior, sabe? — Ben troca o guarda-chuva de mão por um segundo para se coçar. — Não vou levar tudo que tem no meu quarto nem nada assim. A casa de hóspedes do tio do Mario é mobiliada, então só preciso levar roupas e uma coisa ou outra.

— É melhor você levar roupas para usar no tapete vermelho.

Ben ri.

— Um pouco precipitado, acho.

— É o que você merece.

— Obrigado, Arthur.

Limpamos os pés no tapete do lado de fora do apartamento de Ben, e ele coloca o guarda-chuva num suporte ao lado da porta.

— Meus pais estão trabalhando — informa ele.

Em um universo diferente, acho, isso seria um convite.

Ele mexe no celular e uma música começa a ressoar de uma caixa de som em outro cômodo. Mas só quando Ben abre a porta do quarto eu reconheço a música. Olho para ele, sorrindo.

— É minha playlist da Broadway?

— Preciso absorver o máximo de Nova York enquanto ainda posso.

O quarto dele está parecendo uma zona de guerra com roupas e livros espalhados e algumas caixas de papelão abertas.

O *Garoto da Caixa*, lembro, e sinto uma pontada no coração.

Ben analisa o caos.

— Não repara na bagunça.

Ele atravessa o quarto, pega um porta-ternos esticado sobre a cama e o pendura na janela. Depois ele se senta na cama, abrindo espaço.

Hesito.

— Quer ajuda? Não quero atrapalhar sua arrumação.

— Não tem problema. Posso fazer uma pausa.

Me sento ao lado dele, olhando para o terno dentro da capa de proteção, pendurado na janela.

— É da Bloomingdale's?

— Ganhei de Dylan e Samantha para usar no casamento, já que sou o padrinho. Não sei como não percebi. Tipo, parando para pensar, por que Dylan teria me levado para a Bloomingdale's, me feito experimentar um terno caro pra caramba e *chamado um consultor de vendas* para pegar minhas medidas?

Dou risada.

— Porque é o Dylan, e ele faz coisas assim?

— Eu sei. — O rosto de Ben fica sério. — Ainda não acredito em como tudo está acontecendo ao mesmo tempo. Vou me mudar para o outro lado do país, e meu melhor amigo vai ser pai.

— Mas o bebê só nasce em dezembro, né? Talvez você consiga voltar para visitar por algumas semanas.

— Só se encontrar passagens baratas. — Ele sorri, um pouco nervoso. — Além disso, vai ser minha primeira viagem de avião.

— Verdade. Tinha me esquecido disso.

— E, tipo, já estou com medo do voo — confessa ele.

—Ah, não! Relaxa. É esquisito… Durante a maior parte, mal dá para sentir que o avião está em movimento. Rapidinho você se acostuma. — Faço uma pausa. — E Mario vai estar com você, né?

—Acho que sim. Talvez ele queira passar o Natal aqui se puder, então…

— Isso ajuda.

— Pois é.

Ele se ajeita na cama para encostar na parede, dobra as pernas e suspira.

— Ok, seja honesto. Você acha que sou o maior babaca do mundo por estar indo embora? — pergunta Ben.

— Ué… Por que seria?

— Tipo, quantas vezes meu melhor amigo vai ter o primeiro filho?

— Só uma. A menos que o segundo filho dele seja um segundo *primeiro* filho…

Ben ergue as sobrancelhas.

— Tá bom, vou parar de ser mórbido — digo. — O primeiro *primeiro* filho deles está vivo e saudável. E você… — Cutuco o braço dele. — Bom, precisa parar de reler aquele livro em que todo mundo morre no final.

Ele dá de ombros.

— É um ótimo livro.

— E você não é babaca — acrescento. — Não tem que pausar sua vida por causa do Dylan.

— É… Você está certo. É que estou meio… Sei lá.

Ben encara os joelhos sem piscar.

— Vou pegar seu presente — declaro, quando o silêncio fica pesado demais.

Me inclino para pegar minha bolsa.

— Não precisava…

— É só uma lembrancinha. Você vai ver.

Reviro a bolsa por um tempo e consigo tirar o envelope de dentro do meu fichário do estágio. É um envelope branco de tamanho padrão; selado e, por sorte, seco.

— Posso abrir agora?

Balanço a cabeça, e ele tira o adesivo com cuidado, revelando o cartão colorido do tamanho de uma foto, com um desenho de ingresso. Está escrito: MAIS UMA VEZ, DO COMEÇO: ENSAIO COM FIGURINO.

— Que demais! — exclama Ben.

— Olha atrás.

Ele vira e arregala os olhos. Ben lê em voz alta as palavras escritas à mão:

— "Ben, espero você na quinta-feira! Com amor, Em Kester." — Ele está boquiaberto. — É O QUÊ?

— Surpresa!

—Arthur! Puta merda. Isso é *incrível*. — Ele vira o cartão mais uma vez e analisa o ingresso. — Nossa… Nem sabia que eles liberavam ingressos para ensaio com figurino.

— Não liberam. Quer dizer, na verdade sim, mas só para o último ensaio com figurino, e até lá você já vai ter ido embora. Mas Jacob falou que você pode ir a esse. E eu mesmo fiz o ingresso, assim Emmett conseguiu autografar. — Faço uma pausa, o coração batendo rápido. — Se você *quiser* ir, com certeza posso apresentar você ao Em depois.

— Uau.

Ben pisca algumas vezes.

— Mas sem pressão, viu? — digo, rápido. — Sei que você tem muita coisa para fazer, com os preparos da mudança e o casamento, e… você não precisa decidir agora. Não precisa decidir nada, se não quiser. Se quiser ir, estarei lá.

— Parece que vai ser incrível. Tenho que ver como vão estar as coisas esta semana e…

Sinto meu rosto esquentar.

— Sério, não se preocupa.

— É um presente maravilhoso. Mesmo. Obrigado.

— *No problemo!* — digo, e me arrependo em seguida. — Nossa, eu *não* falei isso. Finge que...

Ele ri.

— Vou sentir sua falta.

— Também. — Suspiro. — O que é ridículo, porque nem moro aqui. Na prática, não faz a menor diferença, né?

— Não, eu sei como é — murmura ele.

Começo a sentir as lágrimas nos olhos. Me levanto depressa.

— Mas, enfim, vou deixar você terminar de arrumar as coisas.

— Não, pode ficar o tempo que quiser.

Encaro o rosto dele, tentando memorizar cada detalhe. Sei que vou vê-lo de novo no casamento, e talvez no ensaio. Mas o rosto de Ben sempre pareceu um pouco diferente quando estamos só eu e ele.

— Tenho que... A gente se vê depois.

Ele levanta em um pulo para me abraçar.

— Ok, então. Muito obrigado. Por... tudo.

Assinto com o rosto contra o ombro dele, sem conseguir falar.

A porta se fecha atrás de mim e mal consigo recuperar o fôlego. Não sei o que estava esperando. Um grande beijo de despedida? Uma rejeição dolorosa? É o tipo de coisa que faz sentido nos filmes, mas cai por terra quando se trata da vida real. Ainda mais por ser justamente Ben com o quarto cheio de caixas de mudança; por ele me dizer para ficar o tempo que quiser, mas não me *pedir* para ficar.

Me pergunto quantas histórias de amor acabam assim — com um abraço longo e um milhão de coisas não ditas.

Chego às escadas, a visão embaçada como se estivesse à beira de um penhasco. Sinto o celular vibrar algumas vezes no bolso. Quando o pego, vejo várias mensagens de Ben. A primeira é só uma palavra: **Amor**.

Uma série de fotos surge na tela, cada uma com um zoom maior na letra de Emmett.

*Amor.* Minha respiração vacila.

Ele manda outra mensagem.

O EM ME AMA??? 😭 😭 😭

Emmett. Ele está falando do autógrafo do Em. Não de *mim*. Nunca mais serei o amor dele. A menos que…

Mal percebo meus pés me levando de volta para o corredor, mal consigo ouvir as batidas que dou na porta de Ben.

Ele a abre, sorrindo.

— Esqueceu alguma coisa?

Passo por ele e entro no apartamento.

— Beleza, escuta — começo. — Não quero deixar a situação estranha, também não quero estragar as coisas para você. Nem sei como falar isso, porque… não consigo encontrar um jeito de dizer, mas também não consigo me imaginar saindo por aquela porta sem falar.

Por fim, me viro para encará-lo. Meus lábios tremem.

— Ben, me desculpa *mesmo*.

Ele ri, parecendo ter sido pego de surpresa.

— Pelo quê?

Levo as mãos ao rosto para cobri-lo, mas paro no meio do caminho e pressiono o queixo.

— Não estou fazendo sentido algum.

— Zero — concorda Ben.

Solto uma risada um pouco ofegante.

— Certo. Só tenho que… Droga. Os filmes fazem isso parecer tão fácil, e eu… — Levanto as mãos e elas não param de tremer.

— Ok, você está começando a me assustar.

— Ainda estou apaixonado por você — revelo.

Ben fica boquiaberto.

— Ah…

— Sei que não deveria me sentir assim, e prometo que não estou falando isso com esperança de ser correspondido. Sei que não… Sei que isso não vai acontecer. Não tem problema. — Tento sorrir. — E quero que saiba que estou feliz por você e Mario. — Faço uma pausa. — Quer dizer, mais ou menos. — Outra pausa. — Ok, quer saber? Que se dane. Não estou, não.

Ben solta uma risada rápida, surpreso.

— Olha, quero que você seja feliz. Mas não com ele, porque... Quer dizer, ele é uma ótima pessoa — acrescento, e uma lágrima escorre pela minha bochecha. — Gosto muito dele, mas quero que você fique comigo. — Aperto as mãos junto ao peito, sentindo meu coração acelerado. — E ele não é eu.

— Arthur...

— Espera, me deixa terminar, vai ser rápido, antes que... Por favor. Só preciso botar isso para fora, ok? Não quero acordar daqui a dois anos e precisar falar para o cara ao meu lado que não... — Minha voz falha. — Bom, que não estou apaixonado por ele. Porque ele não é *você*. E sei que essa é a parte em que eu devia listar todos os motivos engraçadinhos. Tipo, ah, amo como você fica sério jogando videogame...

— Não por causa dos jogos — diz Ben. — Não gosto de...

— De perder. Eu sei. — Dou uma risada engasgada em meio às lágrimas. — Eu... sou *péssimo* nisso. Como é possível? Sabe o que fiz ontem à noite? Assisti a todas as cenas de declaração de amor que consegui encontrar, e cada uma delas me fez lembrar de você. Todas. *Um lugar chamado Notting Hill. Asiáticos podres de ricos. 10 coisas que eu odeio em você...* Ben, chorei assistindo ao final da continuação de *A barraca do beijo.* Porque, para mim, é sempre você. Você está em todas as histórias.

Uma lágrima escorre pelo rosto de Ben, e ele a seca com o dedo.

— Queria poder dizer que estou feliz por você se mudar, e que vou superar o que sinto. Mas agora, nesse momento? — questiono, e fecho os olhos por um instante. — Não sei como é superar você. Não consigo nem imaginar isso e... Caramba, não devia estar contando essas coisas. Não é justo com você. — Enxugo o rosto. — Eu sei. Sei que não é.

— Não tem problema, Art. Relaxa.

— Quer saber? É melhor eu ir embora. Assim você não precisa pensar numa resposta. Só quero que saiba que... eu entendo. Entendo mesmo, e vou arrumar uma maneira de seguir em frente. Algum dia. É isso.

Lanço um sorriso fraco para ele.

— Vejo você no casamento. Tchau, Ben.

Respiro fundo, trêmulo, e saio pela porta.

# BEN

### Quarta-feira, 8 de julho

**O QUE EU DEVERIA TER** respondido quando Arthur revelou que ainda está *apaixonado* por mim?

Estou sem palavras desde ontem. Depois que ele foi embora, fiquei parado, encarando a porta que ele tinha acabado de fechar. Pensando na porta que ele tinha acabado de abrir em mim. Não consegui absorver tudo naquele instante e ainda não consigo. Não parece real ele ter falado tudo aquilo em voz alta. Para mim. E eu jurando que ele iria para Boston implorar ao Mikey por uma nova chance. Assim como da última vez.

Mas agora Arthur diz que não me superou. Que nem consegue *imaginar* me superar.

E eu o deixei ir embora.

Deveria ter ido atrás dele.

Não, não deveria.

Existe uma hora certa para confissões de amor, e não é quando estou prestes a me mudar para Los Angeles com alguém de quem gosto muito, muito mesmo. Não pedi para Arthur aparecer aqui em pleno último ato, como se a vida fosse um espetáculo da Broadway. Não sou um personagem de um romance cheio de reviravoltas. Sou uma pessoa real, com um coração que foi partido quando ele voltou com Mikey.

Nunca contei para Arthur que encontrei um ônibus para New Haven por quinze dólares. Ia fazer uma surpresa para ele. Seria a primeira vez que eu iria sair de Nova York. Ficava imaginando o sorriso no rosto dele quando me visse, imaginando como seria finalmente beijá-lo de novo... Tinha tanta certeza de que as coisas entre a gente iam dar certo.

E então ele me ligou do aeroporto, na véspera de Ano-Novo.

Foi como se alguém tivesse diminuído o brilho do mundo. Como se meu coração estivesse se quebrando em pedacinhos. Nunca tinha sentido uma dor tão grande como aquela, nem mesmo quando vi Arthur indo embora da agência dos correios no último dia dele em Nova York. Passei janeiro inteiro muito mal. Acho que Arthur nem sabe disso.

A questão é que Mario foi a única coisa, em meses, que fez com que eu quase me sentisse normal.

Mas agora só consigo pensar em Arthur com as mãos no peito. *Porque, para mim, é sempre você. Você está em todas as histórias.*

Fico imaginando mensagens que posso enviar, mas repenso cada palavra três vezes antes mesmo de cogitar digitá-las. Conhecendo Arthur, sei que deve estar morrendo de ansiedade para que eu fale com ele. Mas se não for para dizer *Eu também estou apaixonado por você*, de que serviria procurá-lo?

Preciso de um tempo para entender melhor como me sinto.

Ouço uma batida na porta do quarto.

— Pode entrar.

Meus pais entram. Minha mãe está segurando um prato de biscoitos com manteiga de amendoim. Meu pai olha para as caixas e posso jurar que ele está contendo as lágrimas.

— *Aquí estás* — diz minha mãe, me entregando o lanche que preparou.

— *Gracias*.

Não estou com muita fome, mesmo sem ter tomado café da manhã. Queria me enfiar em uma caixa e ficar escondido no escuro.

— Não é tarde demais para mudar de ideia — afirma meu pai.

— Sobre o quê?

— Se mudar — responde ele. — Seu quarto ainda está livre.

— Ah… Aham.

Minha mãe se senta no chão ao meu lado.

— Não vou me dar ao trabalho de perguntar como você está, porque vejo em seu rosto — declara ela, passando a mão no meu cabelo. — Fala com a gente, Benito.

Evito contato visual porque sinto que vou desabar, mas estou tentando ser forte. Estou cercado de caixas porque era para eu me mudar… Não, porque *vou* me mudar para Los Angeles. As coisas com Mario finalmente estão dando certo, e tudo que Arthur falou está me impedindo de seguir em frente. Isso não é justo. Não depois de ele ter vivido outro relacionamento até perceber que quer ficar comigo.

Meu pai se aproxima e diz:

— A gente sempre vai estar aqui, Benito, mesmo quando você estiver longe. Mas o fuso horário vai ser diferente, então não ligue depois das nove da noite, porque pode apostar que vamos estar dormindo. — Ele ri e me dá um tapinha nas costas. — Conversa com a gente enquanto estamos juntos aqui.

Passei tanto tempo desejando ter mais espaço, ficar longe deles. As coisas vão ser diferentes quando não puder sair do meu quarto e encontrá-los no sofá.

— Então, hã… — Respiro fundo. — Ontem à noite, Arthur falou que ainda está apaixonado por mim.

Meus pais trocam olhares, como se estivessem tentando decidir quem fala primeiro. Me lembra alguns anos atrás, quando cheguei em casa com a notícia de que fiquei de recuperação em química. Eles já sabiam que minhas notas estavam ruins. Não ficaram surpresos. E também acho que não estão surpresos agora.

— Como você está se sentindo em relação a tudo isso? — pergunta minha mãe.

— Não sei o que fazer.

— Não estou perguntando o que pretende fazer. Quero saber como se sente.

— Não tem respostas erradas — acrescenta meu pai.

— Mas também não tem nenhuma certa — começo. — Passei um tempão desejando que Arthur dissesse tudo aquilo, e me culpei por não ter dito quando tive oportunidade. Mas nunca pareceu que as coisas entre a gente iam dar certo, e mesmo agora ainda parece que não vão. Ou poderiam? Como dá para ver, estou disposto a me mudar de estado. Mas aí estaria sendo injusto com Mario, que não fez nada de errado. Seria mais fácil se um dos dois fizesse como o Hudson e me traísse. Mas os dois são incríveis. Alguém vai se machucar nessa história.

— De novo, Benito, você não respondeu. Como você está se *sentindo*?

Não sei por que minha mãe está tão decidida a tirar uma resposta de mim.

— Tenho medo de não aproveitar a chance de acertar as coisas com Arthur e depois me arrepender. E estou apavorado porque, se não der certo, vou ter perdido a única pessoa que quer estar comigo.

— Não se preocupe — tranquiliza meu pai. — Você ainda tem o Dylan.

— É verdade — concorda minha mãe. — Não tem casamento forte o bastante para afastar aquele garoto de você.

Dou um sorrisinho para meus pais por tentarem me animar. Minha mãe segura minha mão e diz:

— Tem dois rapazes maravilhosos que teriam sorte de ficar com você. E tem vários outros rapazes no mundo, Ben. Agora é você que tem que descobrir qual caminho vai fazer seu coração mais feliz. Tome essa decisão no seu tempo.

— Mas você não tem a vida inteira para decidir — lembra meu pai. — Tem um caminhão de mudança chegando. E quando eu terminar de ajudar você a arrumar as coisas, não tem mais saída.

— Sem pressão — digo.

— Com um pouquinho de pressão, sim — enfatiza meu pai, me surpreendendo.

A maioria dos pais mentiria.

— A pressão faz parte da vida — continua ele. — Nem sempre você vai agradar e proteger todo mundo que ama. Quando tudo estiver difícil, a coisa certa a se fazer é dar seu melhor. — Ele beija minha cabeça e se levanta. — Acredito em você.

— Eu também — diz minha mãe.

Ela segura a mão do meu pai, e ele a ajuda a se levantar.

— Espera — peço. — Podem me dizer para quem estão torcendo? Arthur ou Mario?

— Estamos torcendo por *você* — responde minha mãe, fechando a porta do quarto ao sair.

— Obrigado por nada! — grito.

É muito legal da parte deles, mas quero alguém que facilite as coisas para mim.

Pego o celular e ligo para Dylan. Tentei assimilar tudo antes de arrastá-lo para a situação porque sei que ele vai fazer muitas perguntas. Espero que ele possa me ajudar a respondê-las.

Ele recusa minha ligação, que vai direto para a caixa postal. Ele manda uma mensagem. **Tô no tribunal.**

**Pq?**, respondo.

**Tô processando a Samantha por contar as novidades pro Patrick antes que eu pudesse contar pra vc.**

**Tradução?**, peço.

**Papelada. Casar é um saco!**

**Haha. Se divirta, tá? Me liga depois.**

**Ligo sim, gatinho.**

Me dou um tapinha no ombro, orgulhoso do novo passo que dei em direção a meu amadurecimento de personagem. Em vez de surtar por Dylan estar vivendo a vida dele, estou respeitando isso. Ele não está me evitando nem agindo de modo estranho. As prioridades dele são outras, e isso faz parte de se tornar adulto. Meu melhor amigo não está mais disponível o tempo todo. Mas aposto que, quando a gente sentar para conversar, ele não vai me ajudar em nada, vai flertar de brincadeirinha por uma hora, dizer algo sensato e depois me chamar de gatinho de novo.

Seria muito bizarro conversar com Mario sobre a declaração de amor do Arthur. Lógico que vou contar em algum momento, mas definitivamente não agora.

Pego o celular e dou uma olhada nos contatos, procurando alguém que possa me ajudar a entender a situação. Tudo está mudando, e não quero ter arrependimentos.

Leio o nome de uma pessoa específica e paro.

É loucura, mas…

Vou pedir conselhos amorosos para o meu primeiro ex-namorado.

# ARTHUR

Quinta-feira, 9 de julho

**JÁ FAZ TRINTA E NOVE** horas desde o show de horrores também conhecido como minha declaração de amor, e até agora nenhum sinal do Ben. Sem problema, não é como se eu estivesse entrando em pânico. Só faz dois dias que fico checando o celular a cada dez segundos, porque pelo jeito minha cabeça acha que Ben pode mandar uma mensagem de *Eu também estou apaixonado por você* a qualquer momento, inclusive às nove e meia da manhã de quinta-feira.

— Quer saber? — Jacob analisa o palco com o queixo apoiado na mão, pensativo. — Por que a gente não foca ainda mais em Addie na parte do monólogo?

O holofote se acende devagar no rosto de Amelia.

— Ok, ótimo. — Ele para. — Ei, me arranja algumas fotos do palco? Quero ver como fica.

— Deixa comigo — responde Taj.

Taj dá um tapinha no meu ombro, e nós dois levantamos mais uma vez. Jacob não tem escrúpulos quando se trata de mudanças de última hora para afinar as luzes. Tiro algumas fotos e quase esqueço de mandá-las para Jacob, já que estou ocupado demais verificando as configurações do meu celular de novo. Só para garantir que não o coloquei no modo Não Perturbe sem querer.

Gostaria muito que Ben Alejo me perturbasse.

O silêncio dele é insuportável — até uma rejeição direta seria melhor. Queria que ele dissesse *qualquer coisa*. No fim das contas, talvez o silêncio *signifique* algo também. Ben não me ama, não há outro motivo. Isso não é um processo seletivo. Ele não está por aí consultando pessoas para saber minhas referências ou pesando meus prós e contras. Amar alguém não é uma decisão consciente. Só acontece. Você ama e pronto.

Ou, no caso do Ben, não ama.

Tudo o que resta é me arrastar pelo dia de trabalho mais longo do mundo. Mesmo se tudo der certo, o ensaio no teatro só vai acabar lá pelas oito e meia da noite. E graças à falha no cronograma, precisamos desmontar o cenário e levar tudo de volta para o estúdio por uma semana. Isso me faz questionar a razão de Jacob se dar ao trabalho de fazer um ensaio com figurino. É tanto esforço e cuidado colocado em algo que vai acabar logo…

Dou uma olhada nas mensagens mais uma vez. Nada.

Está na hora de alguém tirar o celular da minha mão e o esconder de mim. Já passou da hora, na verdade. Acho que o limite foi atingido quando minha mãe me mandou a foto do cachorrinho novo da minha tia mais cedo, e eu chorei. Porque, pelo visto, cheguei ao ponto "vai à merda, cachorrinho, você não é o Ben".

Quarenta horas. Talvez eu esteja ficando louco. Será que minha declaração de amor digna de comédia romântica aconteceu mesmo? Será que sonhei com isso? Será que Ben quer que eu *pense* que tudo foi um sonho? Ele nunca vai tocar no assunto de novo, né? Será que ele tem o direito de fazer isso? Quem faria uma coisa *dessas*?

Um pensamento me faz parar.

Eu. Eu faria uma coisa dessas. Na verdade, foi exatamente o que eu fiz.

Três semanas. Passei três semanas sem dar uma resposta ao Mikey, e quando finalmente toquei no assunto, fui um idiota evasivo. Depois ele pegou um trem para me fazer uma surpresa, segurou um microfone e abriu o coração na frente de um monte de desconhecidos. Foi aí que parti o coração dele e fui embora sem olhar para trás.

— Qualquer coisa me avisa — diz Taj, animado.

Olho para cima.

— Desculpa... O quê?

— Starbucks? Olha, querendo ofender mesmo, você está precisando. Frappuccino Mocha com chantilly extra, né? Qual tamanho?

— Médio, acho?

— Vai ser o maior, então — decreta ele. — Por garantia, sabe? No caso de Jacob resolver mudar o mapa de som também.

—Ai, Deus. Por quê?

— Porque ele é o Jacob. — Taj dá de ombros. — Mas você se acostuma. Confie em mim, daqui a um ano você já vai conseguir prever cada movimento dele.

— Daqui a um ano?

— Aham. Ele até já fez o pedido de auxílio para poder pagar você melhor — informa Taj. — Se você quiser, lógico.

Fico de queixo caído.

— Tipo uma nova chance?

— Está mais para um bis merecido — responde Taj, bagunçando meu cabelo.

Quarenta e uma horas. Encaro as mensagens de novo, mas agora me prendo ao nome de Mikey. As últimas doze mensagens na nossa conversa estão todas do lado direito da tela. Todas minhas.

Não posso culpá-lo.

Olhando de maneira mais objetiva, sempre soube que Mikey era o mais apegado de nós dois, mas acho que nunca quis acreditar nisso. Me parecia impossível alguém gostar *tanto assim* de mim. Não sou tão memorável. Pelo menos achei que não fosse.

Eu deveria ligar para ele.

Ou não. Com certeza não. Não quero pressioná-lo. Mandar mensagem é melhor. Assim ele pode levar o tempo que precisar para responder, ou só mandar um emoji ou algo assim. Talvez ele nem responda.

Encaro o teclado por um minuto.

Oi, finalmente digito.

Nenhuma resposta imediata, mas não tem problema.

Continuo: **Sei que vc deve estar ocupado com o casamento do Robbie, então não precisa responder agora.**

**Ou nunca.**

**Sério, sem pressão.**

**Só queria pedir desculpa de novo. Fico horrorizado quando penso em como tratei vc.**

**E tipo…**

**Vc foi TÃO sincero comigo, e não consigo nem imaginar como deve ter sido pra vc. Queria ter tido mais coragem.**

**E entendido melhor o que eu sentia.**

**Queria ter cuidado melhor do seu coração, que é tão bom.**

**Desculpa, Mikey Mouse.**

Clico em enviar, e assim que saio das mensagens, aparece uma notificação do aplicativo de fotos.

Dia 9 de julho. Exatamente dois anos atrás.

Arranha-céus — uma foto tirada de um ângulo tão baixo que parece que os prédios estão caindo. Um feixe de luz aparecendo no fundo. Lembro desse momento de um jeito tão nítido que quase sinto o sol aquecendo meu rosto.

O Arthur que tirou aquela foto não sabia que estava a caminho da agência dos correios. Não tinha ideia de que estava a minutos de conhecer o Garoto da Caixa.

# BEN

Quinta-feira, 9 de julho

**FAZ QUASE UM ANO E MEIO** que não vou à casa de Hudson.

Aperto o interfone e fico surpreso por ele me deixar entrar.

A entrada do prédio não mudou muito. Tem pacotes deixados em frente às caixas de correio. Um espelho embaçado. O elevador ainda tem um aroma cítrico. O corredor com iluminação fraca sempre tem cheiro de comida sendo preparada, independentemente da hora. Toco a campainha, que continua muito alta.

Meu coração bate descompassado quando a porta se abre. Hudson está usando óculos, e é a primeira vez que o vejo assim. Combina com ele.

— Oi, Ben.

— Oi.

Hudson me convida para entrar, mas não abre os braços para que eu o abrace. Estou muitíssimo desconfortável nesse lugar que era como uma segunda casa para mim. Mas ele não me deve boas-vindas calorosas, ainda mais sabendo o motivo de eu ter vindo aqui. Me sinto grato por ele se disponibilizar a conversar sobre minha vida amorosa. Até porque não nos vemos tem um bom tempo, quando dei bolo nele no último minuto e não fui ao boliche para comemorar o aniversário de Harriett.

Ele vai em direção ao quarto. Nem sei se Hudson quer que eu o siga, mas então ele puxa a cadeira que fica próxima à escrivaninha e se senta na cama. Acho que isso é um convite.

— Como estão as coisas? — pergunto.

— Indo — responde Hudson.

Estou sentindo que vim até aqui para nada.

— Quer que eu vá embora?

— Faz o que você quiser — resmunga Hudson.

— Então você ainda está bravo por causa do aniversário da Harriett — digo.

— Ah, sei, quando você deu as costas para a gente por tentarmos reatar nossa amizade?

— Não diria que vocês estavam se esforçando muito.

Hudson cruza os braços na defensiva. A gente não precisava tocar nesse assunto. Vim aqui pelos meus motivos, e ele quer discutir coisas do passado, como se meus crimes fossem maiores do que os dele. Foi ele quem me traiu. Ainda assim, ele está feliz em um novo relacionamento, enquanto minha vida amorosa está um caos.

— Então quer dizer que o Arthur ainda ama você — diz Hudson.

— Acho que sim.

— E você não fazia ideia?

— Na verdade, não. Arthur e Mikey pareciam perfeitos um para o outro.

— Em que sentido?

— Os dois são obcecados pela Broadway e…

— Gostar das mesmas coisas não significa que alguém é perfeito para você. Significa apenas que vocês têm gostos parecidos, e isso faz da outra pessoa uma boa companhia.

A postura de Hudson está gritando "você é tão sem noção". Ele continua:

— Você falou que estava pensando em se mudar para Los Angeles com seu namorado.

— Mario não é meu namorado — corrijo.

— Ele não é seu namorado.

321

Nem é um questionamento. Hudson está constatando um fato, e isso dói ainda mais.

— Você sabe o que tem de errado nisso tudo — diz ele.

De novo, não é uma pergunta. Respiro fundo.

— Queremos tentar — defendo.

— Parece que Dylan colocou na sua cabeça que todo mundo da nossa idade precisa de uma história de amor épica.

— Olha, Dylan e Samantha vão se casar e ter um filho.

Hudson ri.

— É sério — enfatizo.

— Eu sei — diz Hudson. — E isso é ridículo. Dylan realmente arrastou aquela pobre garota para a loucura dele.

— Eles estão muito felizes juntos. O relacionamento deles é pra valer. Assim como o dos pais dele.

— Não tem garantia alguma de que a história deles vai ser como a dos pais dele.

— Dylan não quer uma história igual a dos pais. Ele quer uma história autêntica, com a Samantha.

— Ben, acho que você já tem todas as respostas de que precisa. Se quiser se arriscar, vá para a Califórnia com seu *amigo* e prove que estou errado. Se quiser ficar com Arthur, fique com Arthur.

Não era o que eu queria com essa conversa. Esperava um pouco de maturidade. Hudson assumiu a responsabilidade dos erros que cometeu, mas não dá a mínima sobre eu ficar ou não em Nova York.

— Hudson, você foi meu primeiro amor e nosso relacionamento foi de verdade para mim. Não sei como foi para você, mas me doeu muito. Consegui seguir em frente, e você também. Maravilhoso, né? Não é como se minha intenção fosse virar amiguinho de você e do Rafael, mas vocês estarem juntos não me incomoda.

— Porque agora você tem outras opções?

— Não. Porque não quero forçar nada.

Levanto, pois nada disso está me ajudando.

— Foi real para mim também — afirma Hudson. — Isso não me impede de amar outra pessoa nem de ser feliz por ter seguido em frente. Mas foi de verdade, Ben. Ainda me sinto mal pela maneira como tudo acabou. Trair você foi a pior coisa que fiz na vida. Foi uma escolha errada pra caramba, e sempre me arrependi. E agora preciso conviver com isso.

— É disso que tenho medo. E se eu fizer a escolha errada? Não quero me arrepender.

— Não é a mesma coisa — rebate ele. — Você não está decidindo entre trair ou não. Na sua situação, não tem uma escolha errada. Você só precisa saber o que quer de fato.

— Só que não quero machucar ninguém…

Hudson dá uma risada apática, balançando a cabeça.

— Você *vai* machucar alguém! É assim que as coisas acontecem, às vezes, e é uma droga, mas qual a alternativa? Nunca tomar uma decisão? Se fechar para o mundo? Você precisa ser honesto, pelo menos consigo mesmo. Aprendi isso com você, Ben. Seja sincero! Diga ao Arthur que você vai seguir em frente, ou diga ao Mario para seguir em frente sem você.

Hudson se levanta e anda em minha direção. Acho que ele está prestes a me abraçar, mas pega minha mão e olha em meus olhos.

— Você é o escritor, Ben. Se pudesse escrever o final perfeito, como seria?

Alguém vai se machucar.

Precisei ouvir isso do meu ex-namorado que me traiu para internalizar a mensagem.

Por mais que eu coloque Ben-Jamin e os outros personagens em enrascadas, a mágoa que vou causar hoje é muito pior que qualquer monstro de sete cabeças ou fogo mágico. Isso aqui vai ser real.

Sempre odiei o clichê do triângulo amoroso — talvez porque pensava em mim mesmo como a pessoa que não seria escolhida. Agora, sou a pessoa com escolhas a fazer. Duas pessoas incríveis para escolher. E, sinceramente, estou tentado a não escolher nenhum deles para que nós três possamos ficar sozinhos e tristes, mas então seriam três corações partidos sem necessidade. A meu ver, essa é uma conta que não fecha direito.

Estou no trem, a uma estação de Mario. Passei a viagem inteira olhando para a camiseta MAGO DE LOS ANGELES que ele fez para mim e para o ingresso improvisado que Arthur fez para o ensaio de *Mais uma vez, do começo*. Esses pequenos presentes são lembretes pessoais do quanto esses garotos me querem na vida deles. É meio difícil de acreditar, mas preciso mostrar o amadurecimento do meu personagem. Estou pronto para fazer isso quando sair do trem.

Não quero entrar na casa de Mario. Mando mensagem pedindo para ele me encontrar do lado de fora, porque não estou com vontade de fazer isso na frente da família dele.

Sinto meu coração batendo forte. É como se tudo na vida tivesse me trazido até aqui.

A porta da frente se abre, e Mario desce as escadas usando só jardineira. Sem camisa, sem meias. Uma alça solta, mostrando o peitoral. Mario não parece se incomodar com o vento gelado. Ele assimila minha presença com os olhos castanhos e me puxa para um beijo com gosto de hortelã. Passo as mãos por seus braços, sem tirar meus lábios dos dele.

Por fim, interrompo o beijo e respiro fundo.

— Oi — digo.

— Não conseguiu ficar longe de mim, Alejo?

— Acho que não.

Mario segura minha mão.

— Por que estamos parados aqui fora? *Vayamos adentro*.

— Não posso demorar. Preciso encontrar Arthur.

— Ah, é! A peça. Estou tão feliz por ele. Você não vai se atrasar?

— Nada de novo sob o sol, né? — respondo.

Aperto a mão dele, com medo de soltá-la. Respiro fundo mais uma vez e digo:

— Preciso contar uma coisa para você. — Hesito. — Arthur se declarou para mim. A verdade é que ele continua apaixonado por mim.

Tudo fica silencioso. Como se ele já estivesse com receio da conversa.

— Foi por isso que ele terminou com o Mikey? — pergunta Mario, passando os dedos pela testa. — Quando ele contou isso para você?

— Alguns dias atrás.

Ele fica em silêncio. Só escuto os sons dos carros e das risadas vindo de dentro da casa.

Mario se senta nos degraus da escada.

— Imagino que ele não queira que você vá para Los Angeles.

— Ele diz que entende meus motivos, mas sei que não quer que eu me mude. O que não faz sentido, já que ele nem mora aqui.

Mario me encara.

— Talvez tenha outra razão para isso não fazer sentido. Tipo, eu.

Me sento ao lado dele.

— Óbvio que você é o principal motivo disso não fazer sentido. Eu poderia resolver as coisas com Arthur, se quisesse. Mas mesmo com tudo que eu e você temos em comum, tem alguma coisa entre nós dois que eu não tinha quando namorava o Arthur.

— Uma noção maior de espanhol?

— Ok, duas coisas, então — digo. — A outra coisa é dúvida, Mario. Não sei o que o futuro reserva para mim e Arthur. Mas lembro que quando estava com ele, eu sabia que ele queria estar comigo. Não tenho a mesma segurança com você.

Ele balança a cabeça. Outra brisa passa pela gente, e ele esfrega os braços para se esquentar. Quero abraçá-lo, mas agora não é hora para isso. Talvez nunca mais exista uma hora certa para nós dois.

— Você merece saber como alguém se sente sobre você — diz Mario.

O olhar dele é tão intenso que quase desvio o meu. Consigo sentir o quanto ele se importa comigo.

— Mas vocês já tentaram antes — continua Mario. — O que faz você pensar que pode ser diferente dessa vez?

— Talvez não seja. Talvez não dê certo. Mas você é muito especial para mim, e não quero magoar você mais do que já estou magoando. E, para ser sincero, passei muito tempo desde o término tentando superar Arthur... Praticamente minto para mim todos os dias sobre não me importar com quem ele está namorando, quando na verdade isso acaba comigo. Não é justo começar uma vida nova com você quando ainda sinto tanta coisa por ele.

— Você ainda o ama? *No importa*. Não precisa responder. Não quero saber. — Mario olha para o céu, encarando o pôr do sol. — Acho mesmo que a gente seria feliz juntos, Alejo. E espero que eu consiga ficar feliz por você um dia... Só não vai ser hoje.

— Você não tem que ficar feliz por mim, Mario.

— Eu sei. Mas eu quero.

Ficamos sentados em silêncio. Quando vejo Mario tremer, entrego a ele a camiseta MAGO DE LOS ANGELES.

— Toma aqui. Faz mais sentido você ficar com ela. Até porque você vai fazer muita magia em Los Angeles.

Acredito nisso, de verdade. Um dia, vou ver um outdoor divulgando uma série de TV que tem Mario como roteirista. E vou tirar fotos com muito orgulho, como se fosse um grande amigo, mesmo se a gente já tiver perdido contato.

Mario olha para a camiseta e diz:

— Vou entrar, Ben.

Não usar mais meu sobrenome parece uma descida de nível do no nosso relacionamento. E é estranho, mas parece certo.

— Posso abraçar você? — pergunto.

— É bom que abrace mesmo.

Ele é o primeiro a abrir os braços e me envolver, e apoio meu queixo no ombro dele.

— *Gracias* por todas as coisas boas e *lo siento* por tudo de ruim.

— *De nada. Para lo bueno y lo malo.*

Ele segura o choro e me solta, se virando tão rápido que nem consigo ver o rosto dele pela última vez. Mario entra em casa, como num passe de mágica.

Fico parado por um minuto, me sentindo pesado demais para fazer qualquer movimento. Não importa o que aconteça com Arthur, sei que terminar com Mario foi a coisa certa. Hudson perguntou sobre o final perfeito, mas em vez disso vou focar no começo.

Vou focar na nova chance, para ser mais exato.

# ARTHUR

### Quinta-feira, 9 de julho

**TENHO QUASE CERTEZA DE QUE**, a essa altura, o celular está de brincadeira com a minha cara. Como se o silêncio absoluto do Ben não bastasse, agora tem também o vácuo que Mikey está me dando. Fico me perguntando quantas vezes dá para deslizar a tela de bloqueio até o dedão começar a criar bolha.

Eu devia sumir do mapa. Mudar para uma fazenda numa versão pós-apocalíptica de New Hampshire em que quase toda humanidade se foi e não tem sinal de celular ou eletricidade. Pelo jeito, quando o assunto é ficar no vácuo, sou um verdadeiro especialista.

Mas não tem problema. Vou ficar aqui sentado relendo cada linha desse folheto, como se eu fosse a vovó e as amigas dela da sinagoga chegando cedo de New Haven para uma matinê de domingo. Hoje não tem nada a ver com meu celular, ou com garotos, ou com a falta deles. Hoje tem a ver com o fato de eu estar no teatro, sentado na fileira atrás do meu diretor favorito. Significa que vou ver minha nova peça preferida quase no formato final, e saber que fiz parte disso.

Jacob murmura algo nos fones de ouvido que faz as luzes do teatro piscarem.

Em seguida, vejo de relance um movimento e ouço um leve barulho em um assento. Ben se senta ao meu lado como se não fosse nada de mais, o que me deixa chocado, um pouco antes das luzes se apagarem. Tenho quase certeza de que meu coração acabou de parar por alguns segundos.

Semicerro os olhos no escuro, meu estômago dando um nó. Será que estou sonhando? Isso está mesmo acontecendo? Ben me dá um sorrisinho rápido. Ah, tranquilo. Quem precisa de pulmões, não é mesmo? Por que todo mundo dá tanta importância para essa coisa de respirar? O fato de Ben estar aqui é surreal. Será que ele sabe que eu estaria agradecendo a Deus só com uma mensagenzinha? Um GIF já teria sido o suficiente.

Como é que vou agir com naturalidade, se meu coração está batendo tão forte que escuto cada pulsar?

O tempo passa rápido — cada vez que pisco, já passou mais uma cena. O primeiro ato parece durar dez segundos. Ou alguém está brincando com o controle de velocidade do universo, ou meu cérebro está entrando em curto-circuito.

Quando o ensaio termina, Emmett e Amelia pulam do palco como se fossem alunos do ensino médio. Me viro para Ben, em choque.

— Você gostou?

— Com certeza. Foi ótimo.

Ben balança a cabeça rápido. Olho de volta para a frente e vejo Jacob e Miles, o gerente de palco, conversando com Emmett e Amelia.

— Eles estão dando algumas sugestões para os atores — explico. — Não vai demorar muito, e aí posso apresentar você ao Emmett.

— Não estou aqui para vê-lo. — A voz de Ben está surpreendentemente intensa. — Tem algum… A gente pode ir para algum lugar? Rapidinho?

— Aham. Sim. Com certeza. Me deixa só… Aqui, vem comigo.

Levo Ben para a coxia, atrás da cortina de fundo preta, e depois saímos pela porta dos fundos. *Fica de boa, ok? Fica de boa, fica de boa, fica de boa, fica de boa.* Mas não estou de boa. Isso não existe. Não para mim.

Acho que meu cérebro está derretendo. Me sinto como o céu antes do sol nascer, no intervalo entre a contagem *três, dois, um* e o comando *pode subir.*

Olho para Ben.

— Aqui está bom? Como você está?

— Sim. Não sei — responde ele, em uma risada meio nervosa.

— Ben, me desculpa. Não devia ter dito nada daquilo. Não culpo você de jeito nenhum. Sabe disso, né? Não culpo mesmo. Você é tão... Meu Deus, nem acredito que você veio assistir ao ensaio. Estou tão feliz por poder ser seu amigo. Isso não...

— Você não para de falar nunca, né? — diz Ben, sorrindo de um jeito tão carinhoso que minha respiração oscila.

— Nunca.

Ele ri um pouco.

— Ok, então agora é minha vez de falar. Eu... Eu não consegui parar de pensar em tudo o que você disse na terça-feira. Arthur, eu não tinha ideia. Nenhuma.

— Eu sei, eu não deveria ter...

— Não — interrompe Ben, balançando a cabeça, sério. — Me escuta. Assim que você foi embora, voltei para o meu quarto e fiquei sentado lá olhando as malditas caixas, pensando "meu Deus, Califórnia". Tipo, devia ser um botão de reiniciar, né? Eu devia refazer toda minha vida, a quase cinco mil quilômetros de tudo e todos que conheço. Só que você, Arthur, é um clandestino na minha cabeça. Não sei como não levar você comigo. Toda vez que penso em algo esquisito, me vem à mente, "ah, o Arthur entenderia". Tem noção de que toda vez que alguém sorriu para mim nos últimos dois anos, eu comparei com o seu sorriso? Por *dois anos.* Como se fosse um jogo, e como se alguém pudesse ganhar de você.

Ben coloca a mão na testa.

— E ser escritor não é apenas contar histórias para outras pessoas, sabe? — continua ele. — Tem também as histórias que conto para mim mesmo. E todas as coisas que posso inventar para me fazer acreditar que estou feliz. Mas cansei de reescrever como me sinto. A verdade é que tenho medo de me machucar mais uma vez. Reescrever meus sentimentos só vai partir meu coração depois, quando perceber que não ganhei o final perfeito. E, Arthur, o final perfeito da minha história é com você.

— Você… — Coloco a mão na boca. — Vou chorar.

— Você já está chorando. Literalmente.

Ele solta uma risada engasgada, pegando minhas mãos para me puxar para perto. Depois, beija minha testa e deixa a boca tocando minha pele por tempo o bastante para eu me derreter.

— Eu te amo. *Te quiero* — declara ele, me encarando com olhos úmidos. — Não vou me mudar. Terminei com o Mario. Posso beijar você agora? Por favor?

Seguro o rosto dele para beijá-lo antes mesmo de Ben terminar de falar.


Achei que ainda conhecia a sensação de beijá-lo, mas devo ter lembrado com algum tipo de filtro. Porque não teria sobrevivido à dor completa de não ter esses beijos em minha vida. Ben me abraça e puxa para perto, com as mãos nas minhas costas, e só consigo pensar: *Ah. Sim. Isso.*

*Isso.* O jeito como ele se inclina para me beijar, e a maneira que preciso levantar o rosto como se estivesse olhando para as estrelas. Passo minhas mãos pelo cabelo dele, por todas as mechas que ainda não toquei. Dois anos de cortes de cabelo, novas células, novas sardas. Tantas atualizações para baixar.

Ele beija minha têmpora.

— Por que a gente demorou tanto para fazer isso? — pergunta Ben.

— Porque somos dois idiotas que não conseguem ver o que está bem na nossa cara?

Nossas bocas estão próximas. Posso sentir o calor da respiração dele quando Ben ri.

— Nem parece real. É como se eu estivesse me vendo num filme.

— Quer dizer *Arthur e Ben: O retorno?* — pergunto. — *A vingança de Arthur e Ben. Ben e Arthur…*

— Esse último existe mesmo — diz Ben.

— Ok, mas o que acha de *Ben e Arthur: Noite adentro?*

— Parece o nome de um filme pornô amador, mas…

Eu o beijo mais uma vez e ele retribui, e de repente não sei diferenciar minha língua da dele e onde minha boca termina e a dele começa. Dou um passo para trás, me apoio na parede do teatro e puxo Ben para perto até não ter mais espaço entre nós. Os lábios dele encontram os meus de novo, naturalmente, e penso: *Sim, é isso.*

— Eu te amo — anuncio. — Já falei isso? Eu te amo também. *Te quiero.*

— *Te quiero mucho* — responde Ben.

A expressão apaixonada no rosto dele é tão sincera que perco o fôlego.

— *Te quiero mucho* — digo, desejando que ainda soubesse como dizer "eu te amo" em hebraico.

Queria poder falar em todas as línguas do mundo. As palavras saem com tanta naturalidade quando estou com ele, como se amar Ben fosse parte da minha língua materna.

— O mais doido disso tudo é que você *sabia* — diz ele, de repente. — Desde o primeiro dia.

— Que a gente ia se pegar no meu estágio…?

— Você sabia que o universo não iria decepcionar a gente.

— Ah, pode apostar. Sabe que dia é hoje, né?

— Estamos em julho. Quinta-feira? Dia… — Ben faz uma pausa. — *Puta merda.*

— Repetimos até o dia. Não tem como negar. É o universo.

— Esse universo safado. Caramba.

Ben solta uma risada curta. Dou um sorriso convencido.

— No fim das contas, a gente descobriu que o universo queria mesmo que a gente se conhecesse — observo.

— Nossa história de amor foi basiquinha esse tempo todo.

Ele bagunça meu cabelo, e dou uma risadinha boba. Depois, nós dois falamos ao mesmo tempo:

— Ok, sabe o que…

— Você quer, tipo…

Ben segura minhas mãos e entrelaça nossos dedos.

— Você primeiro — diz ele.

— Não, desculpa, sem problema. Estava me perguntando se você quer ir para algum lugar. Tipo… Não atrás do teatro, sabe? — Eu o encaro. — O que você ia falar?

— A mesma coisa — responde ele, rindo. — Quer ir lá em casa? Meus pais saíram. Ou, pelo menos, acho bom terem saído. Se eu falar para eles que vou levar você, aposto que deixariam a barra limpa para a gente.

*A gente*. Nunca, jamais vou me cansar de ouvir essas duas palavras saindo da boca de Ben.

# BEN

Quinta-feira, 9 de julho

O UNIVERSO ME DEIXOU GANHAR.

E essa é *a vitória*.

Arthur e eu não ficamos enrolando para ir à Casa Alejo. Andamos de mãos dadas durante todo o caminho, até no metrô, apesar daquele episódio assustador de dois anos atrás. Se alguém estiver olhando feio para a gente, nunca saberemos, porque nossos olhos estão fixos um no outro como se não tivéssemos nos visto desde que terminamos. E isso é verdade, de certa forma. Pela primeira vez depois daquela despedida, podemos ser *a gente* de novo.

Essa história não foi fácil.

A agência dos correios nos levou um ao outro.

As pessoas tentam planejar encontros perfeitos, mas a perfeição é um mito.

Nosso término deveria ter nos afastado, mas foi impossível separar a gente.

Chegamos à Casa Alejo, e por sorte meus pais não estão. Quase arrasto Arthur para o quarto como se estivéssemos no meu livro, fugindo de magos perversos. Esbarro em caixas e as derrubo, mas não me preocupo. Só tem roupas dentro, porém eu jogaria até o notebook do outro lado do quarto se ele estivesse no caminho.

Sou o primeiro a se jogar na cama. Tiro os tênis e abro os botões da camisa de Arthur enquanto ele me beija. Estamos nos reencontrando em cada toque, ambos mais experientes que da última vez, e mesmo não sendo a intenção, trazemos essas histórias para os lençóis com a gente. Apesar de estar mais que pronto para me despir na frente dele de novo, não me apresso para tirar as roupas de Arthur.

— Senti tanta saudade — sussurro.

Com outro beijo, ele responde que também sentiu minha falta.

Abraçá-lo é como um sonho. Mas agora é de verdade. Estou tocando sua pele macia. Sinto a respiração dele em meu rosto. Os olhos azuis dele me veem. A boca dele não para de visitar a minha, e não quero que vá embora.

Quando sinto que já esperei o máximo que consigo, pego a camisinha na gaveta.

Enquanto aproveitamos essa nova chance, já estou ansioso para repeti-la. De novo e de novo.

Quanto mais fundo vou, mais próximo a gente fica.

Com cada beijo e respiração, fico mais confiante de que nunca vamos deixar algo nos separar de novo. Poderiam nos mandar para lados opostos do sistema solar, e mesmo assim a gente daria um jeito de se encontrar. O universo sempre quis que a gente ficasse junto.

Quando terminamos, quero mais uma vez. Mas estou exausto e o coitado do Arthur não consegue disfarçar os bocejos.

— Vai dormir, Art.

— Você não vai estar em Los Angeles quando eu acordar, né?

— Não vou a lugar nenhum sem você.

— Isso é muito… — começa ele, lutando contra outro bocejo e perdendo. — … fofo.

— Aonde você for nesse verão, eu vou. E espero que me acompanhe por aí também. Tipo, talvez até para o casamento do Dylan. Nós dois *juntos*.

Arthur se levanta como se alguém tivesse jogado um balde de água fria nele.

— Eu aceito… Quer dizer, eu vou!

# Sábado, 11 de julho

Meu melhor amigo vai se casar. E ele precisa de um desodorante.

— Benito Franklin, era para você ter trazido desodorante.

— Não era, não.

— Como padrinho, você tem a obrigação de prever todas as minhas necessidades.

— D, se você tem idade o bastante para se casar, também tem para lembrar de trazer desodorante.

Estamos usando o banheiro de visitas da Casa O'Malley, uma propriedade acolhedora em Sunnyside, no Queens. Estou com medo da minha calça rasgar, mas mesmo assim me agacho para revirar as gavetas atrás de um desodorante. Talvez seja melhor assim. Acharia mais nojento Dylan usar o desodorante de outra pessoa do que o próprio cheiro natural dele.

— Será que posso usar pasta de dente? — indaga Dylan.

Ele está em pé, vestindo apenas uma cueca boxer.

— D, é nesses momentos que fico aliviado por você voltar a Nova York para criar seu filho.

Entro no box do chuveiro e pego o sabonete.

— Toma. E não me peça para ajudar você — repreendo.

Dylan esfrega o sabonete debaixo dos braços e anuncia:

— Você é o pior padrinho do mundo.

Ele já tomou banho, mas o nervosismo está fazendo ele suar de novo. Ele ergue os braços.

— Melhor? — pergunta ele.

— Cheira você.

— Segunda advertência, padrinho. Só mais uma e você está fora do casamento.

— Vou ser chutado para fora das redondezas, ou posso ir me sentar ao lado do Arthur durante a cerimônia?

— Você está obcecado com seu futuro marido.

— Nem começa — alerto, dando nó na minha gravata do jeito que Arthur me ensinou.

— Casamento é uma coisa maravilhosa, Ben. Você vai amar.

— Você ainda nem se casou.

— Ainda dá tempo de você declarar seu amor por mim.

— Não vou ser um destruidor de lares. Respeito o Bebê Boggs!

— Que saco, essa criança nem nasceu e já está prejudicando minha vida sexual.

Terminamos de nos vestir, e ajudo Dylan com sua gravata.

— Benzinho?

— Diga, meu docinho.

— Estou muito feliz por você.

— Cala a boca. É o dia do seu casamento. Eu é que estou feliz por você.

— Eu sei. Eu amo você e sou Time Arthur. Casa com ele!

Balanço a cabeça. Não penso em casamento por enquanto. Mas quando o dia chegar, também sei para qual time estou torcendo.

— Estou feliz que você e Samantha estejam se casando, D. Acredito em vocês, e não vejo a hora de brincar com seu filho.

— É melhor você escrever um novo livro, *Magos Perversos Júnior*.

Acabamos de nos arrumar. Dylan está tão bonito que acho mesmo que ele deveria se tornar modelo. O coque dele está preso com um elástico amarelo vibrante que combina com o lenço de bolso. O terno preto ficou perfeito nele.

— Essa calça não valoriza minha bunda — reclama Dylan.

Quase perfeito, pelo visto.

— Está pronto, D?

— Estou pronto há anos, Ben.

Ele segura minha mão para a gente sair do banheiro dos convidados, esperando o total de um segundo para fazer gestos sexuais na frente dos pais dele. O sr. e a sra. Boggs, também conhecidos como Dale e Evelyn, são sem dúvida as pessoas mais normais do mundo. Não consigo nem falar palavrão perto de Evelyn. E aqui está Dylan agindo como se tivéssemos acabado de transar no banheiro. Ele deve ter sido trocado na maternidade, é a única explicação. O que significa que em algum lugar do mundo existe um Dylan quietinho.

Não trocaria o Dylan que conheço por ninguém.

(Na maior parte do tempo.)

— Você está muito bonito, Dyl — elogia Evelyn, segurando o choro. — Você também, Ben.

— A calça está escondendo minha bunda — responde Dylan, como se a mãe pudesse fazer algo para resolver isso.

— Estamos muito orgulhosos de você, filho — diz Dale, ignorando a reclamação de Dylan com uma naturalidade que vem de anos de prática.

Ele ajeita a gravata do filho. Dylan abraça os pais.

— Obrigado por me mostrarem que isso é possível.

A mãe dele cai no choro. Quando o rímel começa a borrar a maquiagem, ela corre para o banheiro para limpar. O pai de Dylan aperta os ombros do filho e vai atrás da mulher que ama desde o ensino médio.

— Que fofo, D — digo.

— Ocasião especial e tal. Mas parei por aí!

— Espero que tenha guardado algumas frases bonitas para os votos também.

— Vou é lançar um discurso de "você engravidou, então precisamos nos casar".

Dylan olha por cima do ombro para a porta. Logo vamos passar por ali e encontrar os convidados no quintal. Ele está suando de novo, e uso meu lenço de bolso para secar a testa dele. Dylan fica tão feliz que parece um cachorrinho ganhando carinho.

Ele agradece e me abraça.

— Te amo, Dylan — digo.

— Então fica de Dy-quatro e… — Ele se interrompe. — Também te amo.

A porta do banheiro se abre, e Evelyn chora de novo ao ver nosso abraço. O casamento vai acabar com ela. Em vez de sair correndo novamente, ela pega o celular e tira uma foto da gente. Vou pedir para ela me enviar depois.

— Que coisa linda — comenta Donna, a mãe de Samantha, ao virar no corredor. — Os familiares e amigos já estão esperando lá fora, e tem uma noiva maravilhosa pronta para se casar com você.

338

Ela assumiu a posição de organizadora do casamento por conta própria, e juro que a mulher deve ter um clone, porque tudo está indo como foi planejado. Ela já está arrumada com um vestido cor de creme e um blazer rosa bebê. Nem quero saber a que horas ela precisou acordar para fazer um penteado tão elegante no cabelo ruivo.

— Como está se sentindo, Dylan? — pergunta Donna.

— Pronto para ver minha noiva maravilhosa — responde ele.

— Então vamos lá — diz Donna.

Dylan abraça os pais mais uma vez, e Donna leva todos para seus lugares.

Isso está mesmo acontecendo.

O casamento do meu melhor amigo está prestes a começar.

A música começa a tocar nos alto-falantes. É uma versão instrumental de "Into the Wild", de Lewis Watson, que Dylan cantava com os pais quando era criança. Dylan vai para o quintal e é recebido pela luz do sol e pelos aplausos, que ele encoraja até se transformarem em gritos e assobios.

Estou logo atrás dele pensando nos motivos pelos quais estou virando fã do universo. Um deles é que Dylan não teve tempo de ensaiar uma daquelas danças para ir até o altar. Mas meu motivo favorito está sentado entre os convidados. É a primeira vez que vejo Arthur hoje, e ele prometeu que faria uma surpresa — está usando a gravata de cachorro-quente do dia em que nos conhecemos.

Quase me esqueço de que esse não é o nosso casamento. Estou prestes a correr até ele e beijá-lo quando lembro que estou aqui como padrinho.

Tudo no seu tempo.

Por enquanto, apenas abro um sorriso. E percebo, depois de um segundo, que ele está sentado entre Jessie e meus pais.

Patrick se junta a mim e Dylan embaixo do dossel. Está usando um terno verde-floresta e sapatos pretos simples. Ele sorri e acena para nós dois.

— Psiu. — Dylan chama minha atenção. — Ele está tentando ganhar de mim com esse terno. A coragem desse filho da…

— Dylan. Cara. Ele não está competindo com você. E mesmo se estivesse, você está prestes a se casar com a Samantha. Acho que você venceu.

Dylan assente.

— É, venci mesmo.

Ele exibe um sorriso convencido para Patrick.

No fundo do quintal, os cinco membros da Pac-People saem de uma tenda branca fechada, todos usando camisetas pretas com suas respectivas gravatas coloridas e instrumentos. Todo mundo fica em silêncio quando a banda começa a tocar a versão do Israel Kamakawiwo'ole de "Over the Rainbow".

Os convidados se levantam, esperando.

As abas da tenda se abrem de novo. Dessa vez, para Samantha e o pai dela.

Samantha está usando um vestido branco florido com mangas de renda e o colar prateado com pingente de chave que ela sempre usa. Já quero incluir esse look em um baile real no meu livro. Mas não teria palavras para descrever o sorriso de Samantha quando ela olha para Dylan.

— Vou chorar — diz ele, tremendo. — Não me deixa chorar, Ben.

Coloco a mão no ombro dele.

— Força, D — respondo, também me controlando para não chorar.

Samantha abraça o pai e se junta a nós no altar. Dylan se ajoelha de imediato.

— Oi. Você é tão linda. Casa comigo?

Ela ri.

— Estou tentando, sr. Bonitão.

Quando as risadas dos convidados diminuem, o celebrante dá início à cerimônia.

Não acredito que estou ao lado do meu melhor amigo no casamento dele. Pensei que esse dia ainda demoraria anos para chegar. Mas ele está seguindo os passos dos pais e se casando jovem. Não tenho dúvidas de que Dylan e Samantha vão dar certo. Só estou um pouquinho preocupado com o bebê e receoso se Samantha vai conseguir ser pé no chão o bastante para compensar o exagero de Dylan. Por sorte, vou estar por perto para ver essa criança crescer.

Samantha começa os votos.

— Dylan, quando você me pediu em casamento no dia 1º de abril, dia da mentira, em momento algum achei que era uma pegadinha…

Estou tão feliz de estar aqui com Dylan, mas não vejo a hora de me sentar com ele e Samantha para eles me contarem todos os detalhes dessa saga secreta dos dois. Perdi tanta coisa. Nos votos de Samantha, ela fala sobre ter ficado nervosa para contar para a família, e que Dylan lhe disse que tudo ficaria bem, então ela acreditou porque confia nele como nunca confiou em ninguém.

— Prometo amar você, Dylan, mesmo nos dias em que quero tirar sua bateria — conclui ela.

— Já posso beijar a noiva? — pergunta Dylan.

— Quase lá — responde o celebrante com um sorriso. Ele passa o microfone para Dylan. — Gostaria de compartilhar seus votos?

Dylan gira o microfone entre os dedos.

— Samantha, como homenagem a ter conhecido você em uma cafeteria, pensei em encher meus votos de cantadas. Por exemplo, a forma como sua beleza não tem cafeína, mas me tira o sono, e que tenho ca-*fé* no nosso amor, e que vou te amar *espressivamente* pelo resto da vida. Mas pensei duas vezes. Em vez disso, quero voltar àquele 1º de Abril, quando eu não tinha um anel para dar, então dei uma chave para você… — Ele se vira para os convidados, como se fosse um comediante de stand-up. — Por que uma chave, vocês perguntam? Entenda… — Ele fecha as mãos ao redor do microfone e grita: — VOCÊ JÁ ERA A PROPRIETÁRIA DO MEU CORAÇÃO!

Enquanto todos riem, inclusive Samantha, ela pega o microfone.

— Fala para eles o motivo de verdade, ou vou embora daqui.

— Você já fez votos de me amar!

— Dylan…

— Tá booom. — Ele segura a chave no pescoço dela, o pingente do colar. — Essa é a chave do nosso dormitório da faculdade, também conhecido como nosso primeiro lar. E eu disse que quero dividir muitos outros lares com você.

Levo minhas mãos à boca, de tão lindo que isso é.

— Ótimo, agora todo mundo sabe que eu sei ser fofo — diz Dylan.

— Isso humaniza você — comenta Samantha, passando a mão pela bochecha dele.

Dylan se vira para o celebrante.

— Pelo amor de Deus, a gente pode se beijar agora?

O celebrante ri e encerra a cerimônia. Patrick e eu entregamos as alianças aos nossos melhores amigos. A de Dylan é um anel simples, e a aliança de ouro de Samantha era da avó dela.

— E agora? — pergunta Dylan, morrendo de vontade de beijar Samantha.

— Eu vos declaro marido e mulher — anuncia o celebrante. — Você pode beijar…

Dylan não perde tempo e beija a garota que um dia chamou de futura esposa.

Meu melhor amigo está casado.

Nunca bati palmas com tanta força na vida. Com os olhos marejados, vejo Dylan fazer uma reverência segurando a mão de Samantha. Juntos, eles andam pelo corredor enquanto seus familiares e amigos comemoram a união.

Encontro Arthur se virando para me encarar, como se nossos olhares não se encontrassem há muito tempo. Estou tão feliz por ele estar na minha vida novamente. E estou pronto para tentar quantas vezes forem necessárias, até nos tornarmos a melhor versão da gente; a versão que a gente sabia que poderia ser.

Uma vez, me perguntei se nós tínhamos uma história de amor ou uma história sobre o amor.

Agora sei a resposta.

40

# ARTHUR

Sábado, 11 de julho

A ÚNICA COISA MELHOR QUE ver Ben sob o dossel no casamento é a parte em que ele anda em minha direção quando a cerimônia acaba.

E a parte em que ele me beija com tanta naturalidade, que quase me derreto sobre a grama recém-cortada.

É tão eufórico e estranho — os beijos rápidos que me pegam de surpresa em frente de avós, garçons e do tio gato do Dylan, chamado Julian. Já faz tanto tempo que as pessoas sabem sobre minha sexualidade que nem penso em como ainda me contenho em algumas situações. Mas o Arthur de quinze anos mal ousaria sonhar em beijar um namorado em público. Tenho quase certeza de que meu eu de treze anos pensava que dois garotos se beijando em um casamento era algo que só acontecia nas fotos de desconhecidos.

Ben segura minhas mãos e entrelaça nossos dedos.

— E aí? Quais suas opiniões sobre o padrinho?

— O melhor padrinho, sem dúvida. Não consegui tirar os olhos dele. Nem vi se os noivos estavam no altar.

— Também não reparei — diz Ben. — Estava ocupado demais olhando para um garoto usando gravata de cachorro-quente.

Sorrio.

— Ocasião especial, né?

Juro que minhas moléculas se reorganizam quando ele está perto de mim. O clima entre nós é tão palpável que aposto que, se me mexer agora, poderia quebrar a redoma ao nosso redor. Ben se inclina para me beijar mais uma vez, e nem sei como ainda estou de pé.

— Au au auuuuuuu! — uiva Dylan com as mãos ao redor da boca, imitando um megafone.

Ben e eu nos afastamos, com vergonha e um sorriso no rosto.

— Vejam só, não quero interromper, mas…

— Dylan! — Vou até ele e dou um abraço forte. — *Mazel tov!* Como se sente?

— Com vontade de tirar nudes, é como me sinto — responde Dylan.

Ben sussurra um "uau" e diz:

— Essa parece ser uma atividade pós-casamento.

— *Au contraire*, Padrinho Benito. Você é indispensável — diz ele, ajeitando a gravata de Ben e dando um tapinha em seu ombro. — Ordens da fotógrafa. Além disso — acrescenta ele, levantando as sobrancelhas para mim com um olhar malicioso —, namorados *com certeza* são permitidos.

*Namorado* — meu estômago dá uma cambalhota quando ele fala essa palavra. Foi assim que Dylan me apresentou a seus pais hoje de manhã. *Namorado do Ben.* Tento ficar de boa, já que Ben e eu tecnicamente ainda não conversamos sobre isso, mas não dá para deixar de notar que ele não corrigiu Dylan em nenhuma das vezes.

Ben pega minha mão.

— Vem comigo?

Como se precisasse perguntar. Ao seguirmos Dylan, passamos pelas mesas enfeitadas com flores e pela pista de dança improvisada, cheia de luzes piscando. Tem uma alcova arborizada no fundo da casa dos O'Malley, onde uma mulher vestida de preto está tirando fotos de Samantha com vários parentes. Quando ela nos vê, o sorrisinho forçado para as fotos é deixado de lado e ela abre um de orelha a orelha.

Samantha como noiva ainda é um conceito estranho, mas não dá para negar que combina com ela. É tão linda que até eu estou encantado. O vestido parece algo que seria usado em uma adaptação da Jane Austen — corte de cintura alta com movimento, renda marfim e mangas curtas. "Código de vestimenta: *maternidade fina*" foi como ela chamou hoje de manhã, puxando o tecido para mostrar a barriga e esfregar na nossa cara como passamos semanas sem reparar no que estava óbvio.

A fotógrafa puxa Dylan para o enquadramento, colocando-o entre Samantha e a avó. Me inclino para perto de Ben para ver a fotógrafa se mexendo para lá e para cá, tirando um milhão de fotos de cada ângulo e às vezes parando para acrescentar ou remover outro parente da família O'Malley.

— Estou aqui pensando que essas são as fotos do *casamento* de Dylan e Samantha — sussurra Ben com um sorrisinho. — Tipo, somos testemunhas da criação de uma imagem que vai ser passada para os netos deles.

Observo Dylan esticar os braços para se espreguiçar — e então ele cheira o sovaco.

— Essa vai para os netos — sussurro de volta.

Ben beija minha bochecha antes de ir para o lado de Dylan tirar fotos — seguido de uma sessão exclusiva, apenas os dois, a pedido do noivo.

Samantha atravessa o gramado até mim, com os braços estendidos para um abraço.

— Arthur! Estou tão feliz que você veio. Muito obrigada, viu? Por tudo.

— Tá brincando? Obrigado por ter me convidado. Esse casamento... E você! — Levo as duas mãos ao peito. — Depois de você, nenhuma noiva vai ser tão linda.

— Que pena. Acho melhor você não se casar com uma, então. Dou risada.

— Não mesmo.

— Estou tão feliz por vocês.

Ela olha para Ben e Dylan, que estão reencenando uma pose de *Crepúsculo* no gramado.

— Nunca vi Ben tão feliz assim — comenta ela.

Sinto meu coração bater forte e rápido.

— Sério? — pergunto.

— Arthur, ele está completamente apaixonado. Você consegue ver isso, né?

— Ei, atual esposa — chama Dylan, se levantando. — Volta aqui!

— Nossa. Não gostei muito disso de...

— Me desculpe. — Dylan pigarreia mais alto do que o som da risada de Ben. — Minha *eterna* esposa.

Ela abre um sorriso.

— Você também, rei Arthur. Vem pra cá! — convida Dylan.

Samantha pega minha mão.

— Nosso paparazzo nos espera.

É o tipo de alegria que é quase intensa demais para olhar diretamente; tipo o sol. Como eu poderia pedir por qualquer coisa além da mão de Ben na minha cintura e o clique da câmera? Provas documentadas de que esse momento existiu, que Ben e eu pertencemos um ao outro.

O fim de tarde vira noite em um piscar de olhos repleto de comida, flores e dança. Passo o tempo todo nos braços de Ben, já sentindo falta de cada momento desse dia.

— Quer dar uma volta? — pergunta ele, um pouco depois de terem cortado o bolo.

Andamos até o fundo do quintal, onde as fotos foram tiradas. Aqui, a música da festa quase parece estar tocando em outro mundo. Estamos sozinhos, cara a cara, à meia-luz. Nada entre nós exceto nossas mãos entrelaçadas.

Queria poder ficar aqui para sempre. Quero me agarrar a esse momento. Fico imaginando meu futuro eu, sozinho no quarto do dormitório, tentando sonhar com esse instante. Me pergunto se Ben vai sentir minha falta quando o verão acabar. Ainda vamos estar juntos? Dessa vez a gente pode fazer dar certo, né? Namoro a distância não é o fim do mundo, e Connecticut é mais perto que a Geórgia. A gente pode só fazer o esquema de pegar trem... por três anos.

— Ei. — Ben me puxa para mais perto. — Você está preocupado com o quê?

— Ah. Eu… Sei lá. Estou feliz de estar aqui. — Sorrio para ele. — Ainda não acredito.

— Que Dylan e Samantha se casaram?

— Isso também. — Sinto meu coração palpitar. — Mas não, estou falando *da gente*. Que nós, sabe, voltamos… Acho?

— Você acha?

Ben inclina a cabeça para o lado, e dou risada.

— Sei lá! Voltamos? Como vai ser isso?

A música muda. Mesmo do outro lado do jardim, identifico a melodia desde o primeiro compasso. Tenho quase certeza de que essa eu reconheceria mesmo dormindo.

"Marry You", do Bruno Mars.

Ben começa a gargalhar.

— Uau. Será que vai começar um flash mob, ou…

Levo as mãos ao rosto.

— Não planejei isso. Ai, minha nossa. Universo, o que é isso? Tira uma folguinha de vez em…

Ben me beija. Olho para ele, surpreso.

— Ok, então — digo.

Ele me beija de novo, e suas mãos deslizam até as mangas do meu blazer, deixando uma trilha de arrepios por onde passam, mesmo através do tecido. Meus braços estão embaixo dos dele, e eu o puxo para mais perto, encaixando sua boca na minha, porque ar é bom, mas a respiração de Ben é ainda melhor. As mãos dele mudam de caminho, dando meia-volta até meus ombros, chegando em minha nuca, e não consigo parar de pensar em quantas histórias essas mãos já devem ter contado digitando em pequenas teclas. A ponta dos dedos dele encontra a pele acima do meu colarinho e vai para trás, sobre a etiqueta da minha camiseta — nunca tinha pensado em fazer algo assim, mas é bom demais.

A maneira como o toque de Ben me incendeia faz com que me incline para mais perto. É como se ele estivesse me colocando em itálico.

— Olha — diz ele, ofegante de tanto me beijar —, o segredo sobre novas chances é que você tem que fazer algo diferente, ou... você sabe. Não faz sentido.

Meu coração afunda no peito.

— Então você acha que não faz sentido a gente...

— Não! Meu Deus. Desculpa, Arthur. O que estou tentando dizer é que... Caramba. — Ele respira fundo. — Estou dizendo que sim, quero que a gente volte. Nós nunca devíamos ter terminado. Arthur, fizemos a escolha errada da última vez. Vamos tentar de novo. Não me importo com a distância. A gente dá um jeito, ok?

— Aham. Vamos... ok.

De repente, estou chorando e rindo ao mesmo tempo.

— Precisamos brindar a isso depois — declaro. — Novas chances merecem, né?

— A gente merece — acrescenta ele, me abraçando.

Encaixo meu rosto em sua roupa.

— Estou tão feliz — murmuro. Minha voz, abafada pelo tecido, é uma mistura de choro e risada engasgada. — Esse é meu dia preferido.

— O preferido até amanhã — avisa Ben.

Seco uma lágrima de sua bochecha.

— Por favor, diga que pode dormir lá em casa hoje à noite — imploro. — Ou Dylan precisa de você para... Sei lá...

— A noite de núpcias?

— Olha... estamos falando de Dylan.

Ele ri.

— Vou dizer a ele que minha presença está sendo requisitada em outro lugar.

— Que bom. Os quadros de cavalo do tio Milton perguntaram por você.

— Gostei — diz ele. — E sabe do que mais eu gosto? Não estar cercado por todas as minhas roupas encaixotadas.

Meu coração estremece de felicidade, como faz toda vez que lembro que Ben vai ficar. Ele vai ficar, ele vai ficar, ele vai ficar!

— Ajudo você a desfazer tudo amanhã cedinho.

— Não precisa…

— Ei, você desistiu da Califórnia. Por mim — começo. — Ter você no mesmo lado do país que eu é surreal! Vou limpar seu quarto todos os dias até o começo das aulas. Nem ligo.

Ele ri.

— É quanto tempo de viagem daqui até Wesleyan mesmo?

— Umas duas horas de trem. Uns vinte e cinco dólares, mais ou menos. Mas vale a pena se você comprar várias passagens com antecedência. Tipo, quando você é daquelas pessoas que faz a mesma viagem sempre. — Sorrio. — Nós deveríamos ser esse tipo de pessoa.

— Ok, mas… — Ben se vira para mim de repente, com uma expressão que não consigo decifrar. Mas quando seus olhos encontram os meus, eles brilham. — E se a gente não precisasse?

**EPÍLOGO**

# E o resto do mundo desaparece

# BEN

*Quatro anos depois*
*Brooklyn, Nova York*

**NEM TODA HISTÓRIA TEM UM** final feliz.

Às vezes as pessoas tentam várias vezes, mas não dá certo. Elas acabam desperdiçando muito tempo forçando algo que nunca vai funcionar, em vez de seguir por outros caminhos. É realmente difícil de aceitar, ainda mais quando tem anos de rotina e felicidade envolvidos. É mais difícil ainda quando isso envolve grandes sonhos. Mas dizer adeus pode ser libertador e dar lugar a novas possibilidades.

Esse é o caso de *A Guerra do Mago Perverso*.

Queria muito, muito mesmo que vendesse. Foi o livro que comecei a escrever no ensino médio e larguei a faculdade para terminá-lo. Acreditava muito nessa história. Apesar dos meus magos perversos encantarem meu agente literário a ponto de ele me representar, o manuscrito não conseguiu lançar um feitiço que conquistasse as editoras. Meu agente, Percy, me incentivou a escrever meu próximo livro. É um conselho bastante popular, mas eu não conseguia fazer isso. Achei que seria a exceção à regra, e me senti impotente quando não consegui realizar meu maior sonho.

Mas encontrei meu poder de novo graças ao meu maior fã.

Meu namorado incrível, Arthur Seuss.

Quando me mudei para Connecticut no terceiro semestre do Arthur na faculdade, aluguei um quarto próximo à Wesleyan e a uma livraria chamada RJ Julia, onde consegui um trabalho de livreiro. Arthur sabia o quão desanimado me senti depois de não conseguir vender *A Guerra do Mago Perverso*, mas ele não me deixou desistir da escrita.

A ideia para meu novo livro veio do nada. Lembro que Arthur estava com a cabeça deitada no meu ombro quando abri o documento em branco e comecei a digitar. Em dez meses, terminei o sofrido primeiro rascunho, e Arthur implorava para ler. Quando meu agente ligou algumas semanas depois com a notícia de que *A melhor versão da gente* tinha sido vendido em um leilão entre quatro editoras, Arthur abriu uma garrafa de espumante e nós dançamos animados no nosso pequeno apartamento no Brooklyn.

Teria ligado para os meus pais e para o Esquadrão Boggs na manhã seguinte para contar a novidade, mas Arthur teve a ideia incrível de anunciar meu contrato literário em grande estilo. Nem comecei a editar o livro oficialmente, mas Arthur achou que seria legal se nós organizássemos um encontro em que eu leria algumas páginas. Ele chamou o evento de ensaio com figurino, porque sempre está pensando em termos da Broadway — ainda mais depois de Jacob tê-lo contratado de verdade quando Arthur se formou.

Então, hoje convertemos nosso apartamento em uma pequena cafeteria — a Café Bart.

A casa mal comporta nós dois, que dirá Beauregard, nosso cachorro border collie que fica muito animado sempre que voltamos de qualquer lugar, mesmo quando só vamos até o fim do corredor jogar o lixo fora. Mas agora o ambiente está uma loucura com a quantidade de gente que veio para o evento.

Estou um pouco intimidado, mas todos parecem estar se divertindo.

Arthur está com os pais dele e os meus, que ainda estão comentando empolgados sobre o quanto amaram a apresentação da noite passada. Arthur e toda a equipe do Demsky realmente deram tudo de si em *Fora do armário e a cidade*, e está valendo muito a pena. Os críticos que foram à estreia estão fazendo resenhas ótimas, e consegui distrair Arthur para que ele não lesse a avaliação mediana.

Ethan e seu namorado, Jeremy, estão no palco improvisado — um pufe com um compartimento embutido onde guardamos os brinquedos do Beauregard — cantando "Here's to Us", de Halestorm. Eles estão impressionando *abuelita* e a avó de Arthur; assim como meu colega de quarto de Connecticut, Yael; Jessie e Grayson; e meus amigos da livraria. Taj está sendo um anjo gravando o dueto para o perfil de casal que Ethan e Jeremy têm no TikTok.

A porta do meu quarto se abre, e meu afilhado de quatro anos, Sammy, vem correndo com o relógio de vidro usado no episódio piloto da série de TV que Mario e o tio dele terminaram de gravar no mês passado. Estamos todos na torcida para que a série seja comprada pela emissora, porque parece incrível. Mas só fizeram cinquenta relógios desses, então eu gostaria muito que Sammy não o quebrasse como ele fez com o controle do Nintendo.

— Ei, Sammy — digo. — Posso ver esse relógio?

Sammy olha para mim com os olhos azuis que puxou da mãe e uma careta de brincalhão que puxou do pai.

— Posso vender para você.

— Vender? Mas é meu.

— Mas está comigo agora.

— Não é assim que funciona, mas deixo passar. Quanto você quer por ele? Um dólar?

— Onze dólares e dezessete centavos.

— Onze dólares e… que específico. De onde você tirou esse número?

— Não sei.

Eu sei. Genética.

Dylan e Samantha vêm em direção a Sammy. Levanto um dedo, pedindo a eles para deixarem comigo.

— Se você me der o relógio, levo você à livraria amanhã de manhã.

Sammy faz um bico enquanto considera a oferta.

— Quero ir ao zoológico. E vou querer algodão-doce.

— Combinado.

Apertamos as mãos, e ele me entrega o relógio. Depois, sai correndo para aterrorizar meu pai.

— Não me devolva a criança até o efeito do açúcar passar — implora Samantha.

— Ou deixa ele no zoológico com as outras cobras — diz Dylan. O celular dele vibra e ele sorri animado. — É o Patrick. Só um segundo. Patty! Como está aí em Cuba, seu gostoso?

Samantha balança a cabeça enquanto Dylan sai andando para falar com seu Terceiro Melhor Amigo.

— Por favor, deixa eu me mudar para cá, Ben. Estou tão cansada. Sei que o Beauregard não dorme na cama dele, me deixa ficar com ela.

Dou uma risada e a abraço.

Por um bom tempo, Dylan chamou o bebê de Cider. Confesso que passei a gostar do nome, sem brincadeira. Samantha não tinha nenhum nome específico em mente, mas quando Dylan viu tudo que ela fez para trazer o filho deles ao mundo, ele sugeriu colocar o nome dela no bebê. Engraçado é que ela nunca deixa ninguém além da mãe dela chamá-la de Sammy, mas decidiu colocar esse nome no filho. Talvez isso vire uma nova tradição.

Depois de uma hora, acho que todo mundo que eu convidei já chegou.

Me espremo no meio da aglomeração de pessoas e pego a mão de Arthur.

— Com licença — digo aos nossos pais, e puxo Arthur em direção ao nosso quarto. — Acho melhor a gente começar antes que os vizinhos reclamem.

— Não entendo por que eles não podem só curtir o espetáculo — resmunga Arthur. — Estou praticamente trazendo a Broadway para o Brooklyn.

— Às vezes é bom a Broadway tirar uma folguinha — afirmo, dando um beijo na bochecha dele.

— Blasfêmia — responde Arthur. — E essa folga é nas segundas-feiras, para sua informação.

Entramos no nosso quarto, e pego uma caixa de papelão com o manuscrito que Arthur mandou imprimir e encadernar. Não consigo acreditar que estou segurando a versão física do livro. Voltamos para a sala de estar, e Arthur pede a atenção de todos. Ele sobe no pufe e fala em um microfone cenográfico.

— Quero dar as boas-vindas à segunda parte do Especial Arthur e Ben — diz ele. — Obrigado por terem ido assistir à apresentação ontem à noite e por virem hoje ouvir as novidades de Ben...

— Vocês vão ter outro cachorro? — pergunta Sammy, fazendo carinho em Beauregard.

— Não, só o Beau por enquanto.

— Quero outro! — insiste Sammy.

Dylan aponta para o filho e se vira para a esposa.

— Controle seu xará.

— Controle seu DNA — rebate ela.

Minhas pernas começam a tremer quando percebo o que está prestes a acontecer. O quanto isso vai mudar a forma como as pessoas que amo me veem. Como esse dia finalmente chegou, e tudo pelo que precisei passar para ter um momento desses.

— Estive guardando um segredo. Comecei a escrever algo que era tão pessoal que me assustava. Não queria falar sobre isso, porque me senti muito humilhado quando não consegui vender os direitos do meu livro de fantasia. Mas...

Tiro o manuscrito da caixa.

— Você terminou! — exclama minha mãe.

Todos batem palmas. Me viro para Arthur, que está todo empolgado.

— Não só terminei de escrever o livro — digo —, mas também consegui um contrato. Vou ser um autor publicado!

Meus pais surtam nessa hora. Dylan e Samantha comemoram mais alto do que todos, e Sammy grita só por gritar. Todo mundo fica tão feliz por mim, mas ainda estou tremendo por causa do que vem a seguir.

— Arthur achou que seria legal se eu lesse as primeiras páginas para vocês. Com certeza vai mudar, mas essa é a versão que foi comprada pela editora… — Abro na primeira página e paro. — Para ser sincero, não consigo.

Dylan vaia. E, óbvio, Sammy o acompanha.

— Arthur, você se importa de ler para mim? — pergunto. — Estou muito nervoso.

Arthur parece surpreso.

— Mas não ensaiei. Me dá um minutinho para entrar no personagem?

— Eu te amo, mas de jeito nenhum.

Trocamos de lugar em cima do pufe. Arthur abre o livro, e estou esperando, mas então ele lê:

— Capítulo Um…

— Espera, Art. Você pulou uma página.

Ele olha para mim.

— Você incluiu um prólogo? Pensei que você fosse contra prólogos…

Ele volta para a página da dedicatória.

— Para Arthur, meu eterno marido.

Os olhos azuis dele se enchem de lágrimas e todo mundo fica boquiaberto. Tiro um anel do bolso e me ajoelho.

— Preciso corrigir alguma coisa?

# ARTHUR

*Dois anos depois*
Middletown, Connecticut

COMO POSSO ME REFERIR A um momento que é tão perfeito que tenho medo de estar sonhando?

Estou perto o bastante para reconhecer o rosto das pessoas presentes, e é a combinação mais estranha que já vi na vida. Musa e sua esposa, Rahmi, sentados ao lado dos amigos autores de Ben. A sra. Ortiz, nossa vizinha, mandando beijo para um dos filhos de Jacob. Juliet e Emerald. Namrata e David. Tantos parentes — tio Milton, por exemplo, com sua Grande Amiga do interior, sem falar na dupla incrível de senhorinhas: minha avó e a avó do Ben. Todas essas pessoas, de diferentes partes de nossa vida.

Mas nenhum ex-namorado à vista. Não ficamos surpresos quando Hudson e Rafael recusaram o convite, e menos ainda quando Mikey e Zach fizeram o mesmo. Mario foi o único que pareceu triste por não poder vir — ele não iria conseguir tirar folga da produção da série, mas nos enviou um vídeo daquele ursinho mandando beijos e nos parabenizando, com os dizeres *Eu te amo*.

Começa a tocar uma versão instrumental de "Marry You", do Bruno Mars, e Ben aparece no tapete caminhando para o altar. Não estou perto o bastante para decifrar a expressão em seu rosto, mas consigo imaginar o sorrisinho inseguro por saber que as pessoas estão olhando para ele. Chamo essa expressão de "o rosto de dar autógrafos". Ele está acompanhado dos pais, e os três estão andando bem devagar, provavelmente porque Isabel fica cumprimentando os convidados.

— Ainda está respirando? — pergunta minha mãe.

Balanço a cabeça.

— Estou *me casando*.

Com Ben. Com o homem por quem sou apaixonado desde os meus dezesseis anos.

Ben e eu não nos vemos há horas, mas acordamos mais cedo só para poder andar na Avenida Principal juntos. Ele autografou alguns livros na RJ Julia, e fomos lanchar no Ford News Diner. E, lógico, passamos na "cãofeitaria" para comprar biscoitos caseiros para cachorro, já que é a primeira vez que deixamos Beauregard com alguém que não seja os pais de Ben, que está ansioso com isso. Consegui convencê-lo a não fazer um FaceTime com a *pet sitter* para que Beau pudesse ver as opções de petiscos. Dá para dizer que agora tenho uma boa noção do tipo de pai que Ben vai ser.

É estranho que eu mal possa esperar por isso?

A música muda para "Only Us", de *Querido Evan Hansen*, que pelo jeito é a deixa para Sammy invadir o corredor. Não tenho a mínima ideia de onde está a almofada das alianças que era para ele carregar, mas não tem problema, porque as alianças de verdade estão nos nossos bolsos. Arthur e Ben do Passado sabiam que seria melhor mantê-las longe de alguém com tanto DNA do Dylan. Sammy estica as mãos quando chega na chupá, como um lutador entrando no ringue.

Meu pai me dá um tapinha nas costas.

— Acho que está na hora. Pronto?

O som que sai da minha boca definitivamente não é uma palavra, mas ele só dá uma risadinha e ajeita minha gravata.

E então, meus pais entrelaçam os braços nos meus, e tenho a vaga noção de que todos os rostos se viram para me olhar.

Mas só consigo olhar para Ben. Como ele está perfeito, com uma postura reta, usando terno cinza-escuro — acho que ele está nervoso demais para ficar curvado. Nossos olhares se encontram, e ele leva a mão à boca, como se estivesse segurando o choro.

Não consigo acreditar que vou me casar com essa pessoa.

Ben tenta me cumprimentar com um beijo quando chego à chupá, mas Dylan bate na cabeça dele com um papel.

— Sem spoiler!

— É um casamento — diz Ben.

— Vocês não estão casados ainda! — Dylan vira de costas para a plateia. — Amigos! Inimigos! — Ele faz uma pausa e depois uma leve reverência. — Amores.

Samantha balança a cabeça, incrédula.

— Quero começar — continua Dylan —, recorrendo às escrituras divinas da minha igreja, a igreja que dá... a vida universal. Companheiros peregrinos, fui desafiado! Fui testado! Minha caminhada para a plenitude celestial foi repleta de tribulações! Mas desde o dia em que enviei informações minhas no mais sagrado formulário virtual, sou... — Ele fecha os olhos por um instante. — ... um homem de fé inabalável.

Ben olha para mim, e mordo a parte interna da boca para não cair na risada.

— De tal modo, tenho a honra ungida de dar a vocês as boas-vindas ao sagrado matrimônio gay de Benjamin Hugo Alejo e Arthur James Seuss. Esse evento, sem exagero algum, é a ocasião mais homorromântica da humanidade. — Dylan faz uma pausa dramática. — Portanto, sem mais delongas, gostaria de passar a palavra para os noivos, que escreveram os próprios votos. Vá em frente, Ben. Faça meu dia feliz. Não... — Dylan sorri, fazendo um grande gesto em minha direção. — Faça o dia *dele* feliz.

Quando dou por mim, Ben está pegando um papel meio amassado do bolso do terno, fazendo um barulho que é metade risada e metade suspiro.

— Como sabemos, eu não... — começa ele, com a voz um pouco trêmula. — Desculpa, posso... Vou começar de novo.

Aperto a mão dele e abro um sorriso, e ele sorri de volta com nervosismo.

— Ok, vamos dar uma nova chance — continua ele. — Como sabemos, não sou o autor de fantasia que pensei que seria, o que foi difícil para mim. Mas superei isso graças a você. Você é meu maior fã e meu maior vencedor. E me prova todo dia que o mundo real é muito mais mágico do que eu jamais poderia escrever, porque você está nele. Perco o fôlego. Não é possível que eu vá sobreviver a tanta alegria.

— Tem tantos dias em que não consigo acreditar que você está na minha vida. E se eu não tivesse ido ao correio naquele dia? E se você não tivesse voltado a Nova York? E se eu tivesse ido embora? E então, quando penso no quanto a vida seria horrível sem você, reflito sobre tudo que vou fazer para manter você nela. Como, por exemplo, deixar você cantar números de musicais antes da gente dormir, mesmo que os vizinhos reclamem. E nunca abusar dos cinco minutos de atraso que você me concedeu.

Dou uma risada e seco as lágrimas dos olhos.

— Arthur, eu te amo e estou muito ansioso para escrever o próximo capítulo com você — declara ele. — E cada capítulo que vier depois.

— Seussical, minha nossa senhorinha — diz Dylan, balançando a cabeça. — Como você vai responder à altura?

— Pois é… por que mesmo a gente deixou o autor publicado ler os votos primeiro?

Ben sorri, e sorrio de volta.

— Você tem sorte por eu não me intimidar tão fácil — digo, e depois faço uma pausa. — Ou por eu ser tão facilmente intimidado que estou *acostumado* a ser intimidado, o que é quase como não ser intimidado no fim das contas, acho.

Algumas pessoas riem, e abro meu papel, me sentindo estranhamente alheio ao meu corpo.

Respiro fundo.

— Querido Garoto dos Correios.

Dou uma olhada em Ben, que já está secando as lágrimas.

— Oito anos atrás, conversamos por alguns minutos na agência de correios da Lexington. Eu era o garoto da gravata de cachorro-

-quente. Você era o garoto devolvendo as coisas do seu ex-namorado. E agora estou aqui, me casando com você.

Ouço um "ahhhh" coletivo, mas deve estar a milhões de quilômetros de distância, porque no momento só tem a gente. Eu e Ben.

— Assim como os narvais, os unicórnios do mar — digo, voltando a olhar para meu papel —, mal consigo acreditar que esse momento é de verdade.

Ben dá uma risada, e isso me causa um nó na garganta.

— Sou *tão* apaixonado por você. Sempre fui. E você sabe disso. E sei que deveria estar fazendo votos, mas não sei por onde começar. — Respiro fundo de novo. — Só quero fazer você feliz — declaro. — Mas vou estar aqui quando você não estiver feliz também. Se estiver triste, vou passar pela tristeza com você. Sei que vou errar às vezes também, mas prometo pedir desculpas, porque é isso que as pessoas fazem quando querem que algo dê certo.

Ben assente e pisca várias vezes.

— Ben, quero dormir ao seu lado e começar todos os dias com você. Quero novas chances infinitas. Quero fazer você rir e saber tudo sobre você. Quero ver você envelhecer, e não estou nem falando da meia-idade. Velhinho mesmo, sabe? — Ben ri de novo e seca outra lágrima. — Quero toda a sua história. E a versão estendida. E os erros de gravação. Eu... eu te amo mais do que pensei que era possível amar alguém. Tipo, sério, é até meio ridículo. Fico pensando naquele primeiro verão em Nova York, e em como eu estava com saudade de casa. — Minha voz falha. — Mas agora, sei que você é meu lar.

Dobro o papel. Suspiro. Ben e eu olhamos um para o outro.

Dylan enxuga as lágrimas com a manga do terno.

— Pessoal, não sei o que dizer. Dois gays fizeram meu dia, e agora estou todo chorão — comenta Dylan, pressionando a mão no peito por um instante. — É, é melhor finalizar isso logo. Botem para fora, rapazes!

— As alianças — interrompe Samantha, da primeira fileira. — Ele está falando das alianças.

Vejo que as mãos de Ben estão tremendo. Depois, percebo que as minhas também.

A próxima parte é como um borrão. *Com esta aliança. Como símbolo. De agora em diante. Sem ressalvas.*

*Sim.*

*Sim.*

— Então, com o poder investido a mim pela internet, por Deus e pelo estado de Connecticut, eu vos declaro marido e marido! — anuncia Dylan, soprando um beijo em nossa direção. — Podem mandar ver.

E só consigo pensar em uma coisa: às vezes, os *e se?* se tornam realidade.

# AGRADECIMENTOS

COMO BEN ALEJO DISSE UMA vez, essa história não foi fácil. Prazos, escola virtual dos filhos, cronogramas desalinhados e nossas mentes confusas fizeram com que este livro tivesse um processo bem diferente de *E se fosse a gente?*. Mas em meio a todo o caos, uma coisa sempre esteve cristalina para nós: temos as melhores pessoas do mundo nos apoiando, e não existe um universo em que teríamos conseguido escrever sem elas.

Em especial:

Donna Bray, que nos acompanhou por várias tentativas com a orientação editorial mais sábia possível. Agradecemos por aguentar todos os altos e baixos (e aquela apresentação de PowerPoint sobre casamento que surgiu no meio do caminho). Sua paciência e seu senso de humor são sem igual — o que pode ser útil, agora que você é a sogra do Dylan (*Lo siento* por todo o trabalho, Donna!).

Andrew Eliopulos, uma das maiores estrelas no universo de Arthur e Ben até o final.

Nossas agentes, Jodi Reamer e Holly Root, que são (como Dylan diria) PROPRIETÁRIAS DESTE LIVRO! Não podemos agradecer o bastante a vocês por seu apoio sem fim durante todo esse processo. Gratidão infinita também as nossas equipes da Writers House e Root Literary (com menções honrosas a Alyssa Moore, Heather Baror-Shapiro, Cecilia de la Campa e Rey Lalaoui).

Alexandra Cooper, Alessandra Balzer e o restante da nossa equipe na HarperCollins, incluindo: Shona McCarthy, Mark Rifkin, Erin Fitzsimmons, Alison Donalty, Allison Brown, Sabrina Abballe, Michael D'Angelo, Audrey Diestelkamp, Patty Rosati, Mimi Rankin, Katie Dutton, Jackie Burke, Mitch Thorpe, Tiara Kittrell e Allison Weintraub.

Kaitlin López e Matthew Eppard, os reis do show (e que também deveriam ser os reis do universo).

Nossa equipe na UTA, que faz os *e se?* virarem realidade: Jason Richman, Mary Pender-Coplan, Daniela Jaimes, Orly Greenberg e Nia Nation.

Dana Goldberg, Bill Bost, Blair Bigelow, Stacy Traub e Ryan Litman pela nova chance dos nossos sonhos.

Nossos times editoriais incríveis ao redor do mundo, que trouxeram tantos leitores para esse universo (com menções especiais à S&S do Reino Unido, Leonel Teti, Christian Bach e Kaya Hoff).

Jeff Östberg, pela capa que foi amor à primeira vista para nós dois.

Froy Gutierrez e Noah Galvin, por compartilharem seus talentos inacreditáveis com nossos garotos mais uma vez.

Jacob Demlow, que tem ainda mais brilho que sua representação fictícia. Sua sabedoria, percepções e abundância de conhecimento sobre teatro enriqueceram muito este livro.

Mark Oshiro, que deu uma de Mario e nos ensinou espanhol, deixando este livro ainda mais incrível.

Frantz Baron, pelo melhor tour virtual da Bloomingdale's.

David e os Arnold + Jasmine e os Wargas. Queríamos que essas bandas existissem, mas já somos gratos o bastante por essas pessoas existirem.

A comunidade literária. De verdade, este livro não existiria sem o apoio que *E se fosse a gente?* recebeu de leitores, blogueiros, booktokers, bookstagrammers, livreiros, bibliotecários e artistas, e somos muito gratos.

Tantos amigos — TANTOS. Quando terminar este livro parecia uma tarefa impossível, vocês nos incentivaram. Esta pequena lista não faz jus a todos os nomes que nos ajudaram: Dahlia Adler, Amy Austin, Patrice Caldwell, Dhonielle Clayton, Zoraida Cordova, Jenn Dugan, Sophie Gonzales, Elliot Knight, Marie Lu, Kat Ramsburg, Aisha Saeed, Jaime Semensohn, Nic Stone, Sabaa Tahir, Angie Thomas, Julian Winters e os Yoonicorns.

Nossas famílias, que amamos em todos os universos. Somos muito gratos a cada um desses judeus e porto-riquenhos (e aos outros também). Menções honrosas a Brian, Owen, Henry, Persi, os Rivera e ao bebê Max.

E, por fim: Willow e Tazz, que sacrificaram muitas coçadas de cabeça para que este livro pudesse ser escrito. Vocês nos salvaram.

| | |
|---|---|
| *1ª edição* | JUNHO DE 2022 |
| *impressão* | IMPRENSA DA FÉ |
| *papel de miolo* | AVENA 70G/M² |
| *papel de capa* | CARTÃO SUPREMO ALTA ALVURA 250G/M² |
| *tipografia* | FAIRFIELD |